U0151998

王向遠教授

學術論文選集

● 第四卷 ●

翻譯及翻譯文學研究

《王向遠教授學術論文選集》編輯委員會

編輯弁言

萬卷樓圖書股份有限公司與王向遠教授部分的學生，組成編輯委員會，於王向遠教授從事教職滿三十週年（1987-2016）之際，推出《王向遠教授學術論文選集》。

《王向遠教授學術論文選集》是王向遠教授的論文選集，選收一九九一至二〇一六年間作者在各家學術刊物公開發表的學術論文二百二十餘篇，以及學術序跋等雜文五十餘篇，共計兩百五十餘萬字，按內容編為十卷，與已經出版的《王向遠著作集》全十卷（寧夏人民出版社，2007年）互為姊妹篇。

各卷依次為：

第一卷《國學、東方學與東西方文學研究》

第二卷《比較文學學科理論研究》

第三卷《比較文學學術史研究》

第四卷《翻譯與翻譯文學研究》

第五卷《日本文學研究》

第六卷《中日現代文學關係研究》（上）

第七卷《中日現代文學關係研究》（下）

第八卷《日本侵華史與侵華文學研究》

第九卷《日本古典文論與美學研究》

第十卷《序跋與雜論》

以上各卷所收論文，發表的時間跨度較大，所載期刊不同，發表時的格式不一。此次編入時，為統一格式原刊有「摘要」（提要）、關鍵詞等均予以刪除；「注釋」及「參考文獻」一般有章節附註與註腳兩種形式，現一律改為註腳（頁下註）。此外，對發現的錯別字、標點符號等加以改正，其他一般不加改動。

感謝王向遠教授對本書編輯出版的支持，也感謝本書編委會諸位成員為本書的編校工作及撰寫各卷〈後記〉所付出的辛勞。

萬卷樓圖書股份有限公司

二〇一六年六月

目次

翻譯文學的學術研究與理論建構[1]

近百年來，在中國公開出版或發表的文學作品中，翻譯文學（譯作）與本土文學幾乎是平分秋色，二分天下。有的歷史時期，譯作的數量甚至超過本土創作。據我的粗略的統計，在二十世紀一百年中，中國出版的俄國文學譯本（含複譯本）有一萬種左右，英美文學譯本五、六千種，法國文學譯本四、五千種，日本文學譯本兩千種，德語國家文學譯本一千多種，印度文學譯本約五百種。從這些主要國家和語種翻譯過來的文學作品就已經兩萬多種，加上譯自其他國家和民族的作品，總數可能會達到三萬種以上。至於發表在報刊雜誌上的短篇譯文，則數量難以統計。季羨林先生說中國是「翻譯大國」，信哉斯言！而且不只是「翻譯大國」，也是「翻譯文學大國」。特別是近代以降，在所有領域和類型的翻譯中，文學翻譯數量最多，文學讀者幾乎無人不讀翻譯文學。

然而，相對於晚清以來中國翻譯文學的豐富實踐和纍纍碩果及產生的巨大作用和影響，我們的翻譯文學研究遠遠無法相稱。無論是史的研究還是基本理論研究，都遠遠落後於對中國本土文學的研究，也落後於對「外國文學」的研究。中國文學史的研究著作與教材已接近千種，而中國翻譯文學史的著作卻只有近幾年間出版的寥寥四、五種；各類文學概論、文學原理之類的著作教材也有數百種，但都以本土文學和外國文學為基本材料，幾乎不涉及作為一種獨立文學類型的

1　本文原載《北京師範大學學報》（北京），2004年第3期。原題〈翻譯文學的學術研究與理論建構——我怎樣寫《翻譯文學導論》〉。

翻譯文學；各種中文版的外國文學史類的教材專書也有上百種，但卻略過「翻譯」這一環節，不提「外國文學」如何轉化為「翻譯文學」、不提翻譯家的作用和貢獻。翻譯文學原理、翻譯文學概論之類的系統的基礎理論著作更是付之闕如。整體看來，和一般文學研究相比而言，翻譯文學研究乃至整個翻譯研究還沒有走出狹隘的同人圈子，融入整個時代的學術文化大潮中。這是很不應該的。

上世紀八〇年代以來，翻譯界對於文學翻譯及翻譯文學的研究取得了較大進展，從研究的範圍和對象來看，大致有三種形態。

第一種形態，是包含在「翻譯學」中的翻譯文學研究。「翻譯學」或「翻譯研究」是把古今中外的一切翻譯現象——當然也包括文學翻譯，作為研究對象，試圖建立理論體系，探討和總結翻譯活動的基本規律。近十幾年來，中國出版了多種以「翻譯學」為書名的著作，討論翻譯學的文章數以百計，但翻譯界對「翻譯學」如何建立，翻譯學學科能否成立，是否已經成立，不同性質的翻譯活動是否存在共同規律，翻譯究竟是科學還是藝術等等問題，都沒有形成一致的看法。在現有的「翻譯學」的架構中，「翻譯文學」——確切地說是「文學翻譯」——只是其中的一部分，而不是獨立的研究。而且大凡提倡建立翻譯學的人，都不把文學翻譯作為主要研究對象，這對建立相對獨立的文學翻譯和翻譯文學的理論系統，顯然是不夠的。

第二種形態，是「文學翻譯」的研究，即把「文學翻譯」從「翻譯學」中剝離出來，使其形成一個相對獨立的研究領域，研究的重心是「文學的翻譯」，即把文學翻譯作為一種活動過程、作為一個動態的實踐過程來看待，其研究特點是其動態性、例證性、實踐性。強調對實踐的指導作用，在行文中普遍使用大量中外文翻譯的例句和片段，有時與語言學、翻譯技法的研究融為一體，多數屬於大學外語系的教科書，但也有一些著作形成了自己的特色。在「文學翻譯」的理論研究方面，張今教授的《文學翻譯原理》[2]作為國內最早的著作，也是迄今為止僅有的一部全面系統地論述文學翻譯原理的專著，具有探索和補缺之功，作者把「文學翻譯原理」看成是「文學翻譯理論」的一個分支，試圖從「原理」的層面全面研究文學翻譯中的基本問題。可惜的是作者沒有能夠區分「文學翻譯」與「翻譯文學」這兩個不同的概念，並且近乎完全套用上世紀五〇年代以後流行的一般文學原理中的基本概念，如「世界觀」、「思想性」、「真實性」、「風格性」、「內容和形式」、「民族性」、「歷史性」、「時代性」等，甚至提出了「現實主義與浪漫主義相結合的翻譯方法」、「真善美的翻譯標準」等迂遠僵硬的命題，而未能建立起文學翻譯特有的概念系統和理論框架。鄭海淩教授的《文學翻譯學》提出了「文學翻譯學」這一概念，在文學翻譯的理論概括上大有深化和推進，在建立「文學翻譯」的本體理論方面做出了可貴的努力。他在〈緒論〉中指出：「文學翻譯是一項實踐活動，注重實際效果，而文學翻譯學則是對這項活動的研究，側重科學性。」[3]可見作者的立足點仍是「文學翻譯」而不是「翻譯文學」。

第三種形態，是「翻譯文學」的研究，即把「翻譯文學」作為一種文學類型，屬於文學研究及文學文本研究。「翻譯文學」研究與上述的「文學翻譯」研究有聯繫，也有區別。從研究範圍上看，「文學翻譯」的研究既有「中譯外」，也有「外譯中」，而「翻譯文學」卻只以漢語譯本為研究對象，亦即把優秀的「外譯中」的譯作視為中國文學的一個特殊組成部分來研究；從研究的側重點上看，「文學翻譯」研究強調翻譯的實踐和操作，是一種「過程」的研究，「翻譯文學」強調翻譯的結果——文本，研究的是業已成為中國文學之特殊組成部

2 張今：《文學翻譯原理》（開封市：河南大學出版社，1987年）。
3 鄭海淩：《文學翻譯學》（鄭州市：文心出版社，2000年），頁8。

分的譯作，其實質是「譯作史」的研究；從研究的宗旨和目的上看，「文學翻譯」的研究重視對翻譯實踐的指導作用，而「翻譯文學」研究並不企圖指導實踐，而是強調理論本身的認識與闡述功能；從學科的歸屬關係上看，「文學翻譯」的研究主要依託語言學，而「翻譯文學」研究則完全屬於文藝學，是一種跨文化的文藝學研究。總之，可以將「翻譯文學」研究的特點歸納為四個特性，即：國別屬性、歷史屬性、文字屬性、文學屬性。對翻譯文學研究做出突出貢獻的首推謝天振教授。上世紀八〇年代以來，他發表了一系列研究翻譯問題、翻譯文學問題的文章，並在此基礎上出版了《譯介學》一書。謝天振第一個明確界定了「翻譯文學」這一概念，區分了「翻譯文學」與「文學翻譯」，認為翻譯文學（譯作）是文學作品的一種存在方式，中國的翻譯文學不是「外國文學」，提出「翻譯文學應該是中國文學的一個組成部分」。[4]這些觀點的提出對中國比較文學界乃至整個中國文學研究界，都造成了一定的衝擊，引起了反響和共鳴。我本人近年來對翻譯文學的研究，也頗受益於謝先生理論的啟發。此外，在翻譯文學研究方面提出過許多精彩見解的還有羅新璋、方平、許鈞諸先生。羅新璋對於中國傳統翻譯理論的梳理和總結，對「譯作」審美本質的認識和闡述，方平先生關於文學翻譯的從屬性和依附性的論述、關於翻譯文學在「藝術王國」中應有地位的論述，都幫助我深化了對翻譯文學本質特徵的認識。

就上述的研究狀況看，可以看出有「三多三少」，即：以「翻譯研究」和「文學翻譯研究」兩者相比，專門研究「文學翻譯」的少，而在「翻譯研究」的框架中附帶研究「文學翻譯」的較多；以「文學翻譯」和「翻譯文學」兩者相比，研究「文學翻譯」的較多，而研究「翻譯文學」的少；在「翻譯文學」的研究中，單篇文章較多，而自

---

4 謝天振：《譯介學》（上海市：上海外語教育出版社，1999年），頁239。

成系統的專門著作太少。至於《翻譯文學概論》、《翻譯文學原理》、《翻譯文學導論》之類的著作，則連一本也沒有。在這種情況下，不怪有人斷言：「翻譯文學文本自身在很多層面上是找不到自己可以自主的理論的，它不能另外具有什麼起源論、本質論、文體論和方法論。」[5]而現在我們所要做的，與其參與「翻譯學能否成立」之類的爭論，不如先從具體的翻譯領域——例如從翻譯文學領域——入手，做出一些切實的工作，即嘗試建構「翻譯文學文本自身」的「可以自主的理論」。而建構翻譯文學的本體理論的最基本的工程，就是要寫出一本關於「翻譯文學」的概論性、導論性著作。

然而怎樣寫《翻譯文學導論》？這是一個頗費躊躇的複雜問題。

我想，首先，既要建立中國翻譯文學的本體理論，就不能簡單地將「翻譯文學概論」置於一般的文學概論或文學原理的框架結構中。翻譯文學在許多方面具有不同於一般文學的特性。一般作家作品是直接體驗和描寫社會與人生，翻譯家及其譯作則要對作家筆下的社會與人生進行再體驗和再呈現；一般文學作品是直接的母語寫作，而譯作則是由外語向母語的轉換。因此翻譯文學理論的核心問題，不是社會人生與作家作品的關係問題，而是作家作品與翻譯家及其譯作的關係問題。一般文學理論探討的是文學的起源問題，世界的客觀性和作家的主體性問題，作品的內容、主題、題材、人物形象、情節結構，作品的風格特徵等等問題，而翻譯文學理論涉及更多的則是原作的客觀性與翻譯家的主體性問題，文學翻譯及翻譯文學的起源問題，主要討論運用什麼樣的原則標準、方式方法來再現原作中的這一切。它所涉及的多屬於文學的形式方面的問題，包括兩種語言轉換的必要性、可能性、規律性，關注的是譯作的價值屬性和審美特性。《翻譯文學導論》的寫作目的就是為著揭示翻譯文學的獨特性或特殊性。因此，在

5　劉耘華：〈文化視域的翻譯文學研究〉，《外國語》1997年第2期。

研究寫作中，一般的文學原理只是一個重要的參照，但參照它是為了不落它的窠臼。翻譯文學導論是文學原理或概論的一個補充和延伸，而不應只把它作為提供給文學原理的另一類例證。換言之，假如將翻譯文學理論完全放在現有的文學理論的體系框架中，那麼翻譯文學實際上就只能是給一般文學理論提供一點例證而已；假如翻譯文學理論不能為文學理論提供新的獨到的理論貢獻，那麼翻譯文學理論就可有可無。

嚴格地說，中國的翻譯文學的本體理論並沒有完全建立起來，但也絕不是一無所有的空白狀態。相反，從古代佛經文學翻譯到晚清以降的純文學翻譯中，翻譯家和譯學理論家們對翻譯及翻譯文學發表了不少有理論價值的觀點和見解，這些觀點和見解雖然大都處在「經驗談」的狀態，講的大都屬於翻譯的實踐論問題，基本還是片段的、感性化的、不系統的。但這些「經驗談」卻是我們建立中國翻譯文學本體理論的基礎和出發點。假如拋開了已有的翻譯文學的理論資源與遺產，任何一個學者都無法憑空建立起中國翻譯文學的本體理論，如果有，那恐怕也只能是空中樓閣。我們要做的，首先就是將這些翻譯經驗加以闡發、加以提升，加以系統化，集片段為整一，使片面為全面，變散亂為有序，化矛盾為統一，擢感性為理性，由「技」進乎「道」，使各種從不同角度、不同立場提出的見解都找到自己的理論定位——即把那些「零部件」加以「打磨」，「安裝」在正確的位置，使其各就各位、各得其所，顯示出它們在理論構建中的獨特作用和價值；然後對缺少的部件和環節，還要嘗試著加以創制和補充。

要做到這一切，就需要形成一個科學合理的、獨具特色的理論框架，才能用這個框架來統馭、整理和闡釋已有的翻譯文學理論遺產，對中國翻譯文學的實踐與理論的成果加以梳理、闡發，提升，使之更為體系化、學科化。我認為，現在來設計中國翻譯文學的理論體系或框架，已經具備了基本的條件。首先，翻譯文學史的研究、翻譯家及其譯作的個案研究已有了一定的基礎；其次，在中國翻譯文學理論史上，我們已經形成若干穩定的概念範疇，如「信、達、雅」、「直譯」、「意譯」,「複譯」、「轉譯」、「神似」、「化境」等等。近年來又形成了「翻譯文學」、「文學翻譯」、「譯作」、「譯學」等新的概念體系。這些都為我們進行翻譯文學的理論建構打下了基礎。因此，我們不必、也不能生硬套用相鄰學科——如哲學、美學、闡釋學、語言學等——的理論模式。套用這些學科的理論模式、沿用它們的概念範疇，當然比較便當，有時也許可以收到提升翻譯文學理論檔次之功效，但卻無助於翻譯文學理論的獨特性的揭示，也無益於翻譯文學理論本體的建構。假如像現有的某些著述所做的那樣，要嘛簡單地將翻譯學中的概念轉換為美學概念，如將原文稱為「審美客體」，將譯者稱為「審美主體」等；要嘛以翻譯為藉口，談的卻是西方美學與哲學，將翻譯文學這樣一種文藝對象加以玄學化，將譯本這種實實在在的文本存在加以抽象化，那就不是說清翻譯及文學翻譯是什麼、怎麼樣，而是越說越「複雜」、越說越「高深莫測」。這是我所不敢效法的。同時，也不能照搬西方的譯學模式。誠然，正像有人所指出的，西方的譯學研究在許多方面走在我們前頭，對他們加以了解和借鏡是完全必要的，但不能照搬。而且據我孤陋寡聞，西方也的確沒有真正令我們服膺的值得我們照搬的理論模式。重要的是，無論是外國的語言學模式還是文藝學模式，都難以真正切實有效地梳理、解釋、提煉和闡發中國翻譯文學的實踐和理論。最後，作為翻譯文學的理論著作，要用邏輯演繹、歸納分析等方法講清應該講清的問題，不能乞靈於具體的翻譯實例的列舉。在中國已出版的大量有關翻譯的著作中，那些具體的翻譯實例大都占全部篇幅的三分之二以上，有的甚至更多。讀者要讀這類的書，至少可以找到數百種。但《翻譯文學導論》作為文學概論的一個分支，必須突出理論性和概括性，不能使其成為譯例匯編和翻譯技法指南。

基於上述這樣的想法，我確定了《翻譯文學導論》的寫作宗旨。它是從總體上全面論述翻譯文學的性質特徵的總論性、原理性的著作，目的是為中國翻譯文學建立一個說明、詮釋的系統，即梳理、整合並嘗試建立中國翻譯文學的本體理論；它以中國翻譯文學的文本為感性材料，以中國文學翻譯家的體會、體驗、經驗和理論主張等為基本資源，從文藝學的角度對中國翻譯文學做出全面闡釋。它出發於中國翻譯文學，歸結於中國翻譯文學，因而也可以給它加上一個副標題——「以中國翻譯文學為中心」。同時，我設計出了它的基本的框架結構。作為「導論」，它由「十論」構成，即概念論、特徵論、功用論、發展論、方法論、譯作類型論、原則標準論、審美理想論、鑒賞與批評論、學術研究論。

「概念論」，是翻譯文學的本體論之一。我將「翻譯文學」首次界定為「一個文學類型概念」或稱「文學形態學的概念」，廓清「翻譯文學」與「文學翻譯」兩個概念的不同，然後又在「翻譯文學」與「外國文學」、「翻譯文學」與「本土（中國）文學」的關係中，進一步闡述了翻譯文學的性質，認為沒有「外國文學」的概念，就不會產生「本土文學」的概念，而沒有「外國文學」和「本土文學」的對蹠，就不會形成翻譯文學的概念，而「翻譯文學」既是一個中介性的概念，也是一個本體性的概念。並指出「文學翻譯」屬於「翻譯學」的範疇，而「翻譯文學」則屬於「文藝學」的範疇。

「特徵論」，是翻譯文學的本體論之二。從文學翻譯與非文學的異同、文學翻譯家的從屬性與主體性、翻譯文學的「再創作」特徵、原作風格與翻譯家及其譯作的風格的關係四個方面，論述了翻譯文學的特徵。認為科技翻譯、人文學術翻譯重在如實傳達知識性資訊，以求真為要；文學翻譯則重在忠實傳達審美資訊，以求美為本。創作活動與翻譯活動之間的關係是「創作」與「再創作」之間的關係，翻譯家與原作家之間的關係是「原創者」與「再創作者」的關係。翻譯家的主體性是在尊重原作的前提下實現的，翻譯家的創造性是在原作的制約下完成的。文學翻譯中的創造不是絕對自由的創造，而是在從屬狀態下的創造，是受到限定的創造。理想的譯作是翻譯家以自己的文字風格貼近原文的風格，既保持了原作家作品的獨特的個人風格，又再現了原作的民族風格。

「功用論」。翻譯文學的功用論，屬於翻譯文學的價值論的範疇。綜觀中國翻譯文學史上翻譯家和譯學理論家對翻譯文學價值功用的認識，可以看出，由於時代的不同、思想背景的不同，人們對翻譯及翻譯文學的要求和期待有所不同，對翻譯的功用價值的認識也就有所不同。晚清以降，人們對翻譯的重要性與必要性的認識，經歷了從政治工具論、到文化、文學本體論的發展演化過程。特別需要強調的是翻譯文學在中國語言文學的發展史上所發揮的作用，翻譯文學對外來詞彙語法、對外來文體的引進、對現代漢語的演變和成熟、文學觀念的轉型和革新，都發揮了不可替代的特殊的重要作用。

「發展論」，是中國翻譯文學的縱向論，是對中國翻譯文學歷史演進歷程及其規律的鳥瞰與概括。中國古代的翻譯文學主要依託於佛經翻譯，到近代翻譯文學開始獨立，近代文學翻譯的基本特點是以中國傳統文學的觀念和方式對原作加以改造，試圖將外國文學「歸化」到中國文化和文學之中。五四新文化運動前後翻譯文學發生轉型，即從「歸化」走向從「歐化」或「洋化」。經過「歸化」和「異化」的矛盾運動，到了上世紀三〇年代後半期，中國翻譯文學在中外文化和文學的「融化」中逐漸趨於成熟，二十世紀後半期的翻譯文學在起伏中前進，到八、九〇年代走向高度繁榮。

「方法論」，這裡的所謂「方法」不是翻譯技巧層面上具體的操作方法，而是文學翻譯的基本的方法，即「方法論」意義上的方法。不同的時代、不同的翻譯家對翻譯方法都有自覺的選擇，從而體現出了不同的翻譯觀，也造就了不同面貌的翻譯作品。我據此把中國翻譯文學史上的基本方法分為四種：第一是對原作的形式和內容隨意加以改動，只譯出大概意思的「竄譯」；第二是拘泥於原文字句形式而譯文常常不能達意的「逐字譯」（或稱「逐字硬譯」、「硬譯」）；第三是儘量忠於原文詞句形式，同時又譯出原文意義的「直譯」；第四是在領會原作含意的基礎上一定程度地衝破原文形式的「意譯」。指出這四種基本方法經歷了「正、反、合」或「否定之否定」的辯證發展過程：即「竄譯」和「逐字譯」是正反關係，「竄譯」又是對「逐字譯」的否定，「直譯」是對「逐字譯」的承繼和修正，「意譯」是對「竄譯」的承繼與修正。今天，這四種基本方法也可以進一步歸併為「直譯」和「意譯」兩種方法。「直譯」和「意譯」也就成為翻譯方法中的一對基本的矛盾範疇。「直譯」和「意譯」兩者恰到好處的和諧統一，應該成為翻譯及翻譯文學的值得提倡的方法論。

在「譯作類型論」中，我認為由譯本所據底本的不同，形成了直接翻譯和轉譯兩種不同的譯作類型；由同一原本的不同譯本出現的時間先後的不同，形成了首譯與複譯兩種不同的方式。並根據譯本與原本的不同關係，將翻譯文學的譯本類型總結為四種，即：一是直接根據原文翻譯的「直接譯」（也叫「原語譯」）；二是以非原語譯本為依據所做的翻譯即「轉譯」（有人也叫「間接翻譯」）；三是第一次翻譯即「首譯」；四是在「首譯」之後再使用相同的譯語重新翻譯，形成新的譯本或譯文，即「複譯」。本章對翻譯界關於「複譯」、「轉譯」的必要性和價值的不同看法做了評述，分析了這些譯作類型產生的緣由及其是非功過，認為，「轉譯」和「複譯」是在一定時代環境和一定條件下必然出現的譯作類型。「轉譯」多屬不得已而為之，但卻是建造「巴別塔」的有效途徑之一，它可以超越語種的制約，滿足讀書界的迫切需要；「複譯」的價值則取決於譯者和出版者的翻譯與出版的動機。壞的複譯本是濫竽充數，甚至是剽竊之作；好的複譯本是取長補短，後來居上。

在「原則標準論」中，我認為文學翻譯、翻譯文學與文學創作兩者的根本不同，是文學創作只遵循自身的藝術規律，卻沒有一個用來衡量其價值的外在的固定的原則標準；文學翻譯和翻譯文學卻既要遵循翻譯藝術的規律，又要有指導翻譯實踐、並衡量自身價值的原則標準。而這個標準的最終依據就是如何真實地、藝術地使用譯文語言再現原文。中國翻譯及翻譯文學的原則標準是由嚴復提出的「信、達、雅」三字經。它作為翻譯的原則標準是在中國翻譯史上長期自然形成的，它是指導和衡量翻譯活動的總體依據，而不是具體的翻譯標準。「信達雅」凝集了千年來中國佛經翻譯的歷史經驗，也有可能借鑒了西方的有關理論，簡潔準確深刻地揭示了翻譯的原則標準；而百年來眾多的翻譯家及理論家對「信達雅」所做的補充、修正、闡發乃至批評否定，都從不同意義上超越了嚴復的歷史侷限性，不斷豐富發展和深化「信達雅」的內涵，使它成為富有中國特色的翻譯及翻譯文學的理論成果。它既適合於文學翻譯，也適合於非文學翻譯；既可作為文學翻譯實踐行為的原則標準，也可作為文學翻譯批評的原則標準。今天翻譯界的多數人仍樂於標舉「信達雅」，這並非有人所說的「停頓不前」，也不是「保守僵化」，而是在尊重、承續和發展著中國的譯學理論傳統。

在「審美理想論」中，我認為中國翻譯文學的審美理想是「神似」、「化境」說，它凝集了中國傳統的美學智慧和中國現代眾多文學翻譯家的藝術再創造的體會與追求，揭示了翻譯文學的藝術本質。「神似」、「化境」說是「翻譯文學」審美論，而不是「文學翻譯」標準論。它屬於對已完成的譯作進行評價的審美價值學說，而不宜作為翻譯活動的指導原則（翻譯活動的指導原則是「信達雅」）。這樣來界定「神似」、「化境」說，就可以避免將「神似」與「形似」對立起來，在翻譯中「捨形求神」的片面認識；也可以避免將「化境」之「化」理解為「歸化」之「化」，用漢語之美文改造原作，致使譯文失去「洋味」的片面做法。本章還將「神似」、「化境」說與外國的「等值」、「等效」說進行了比較，認為「神似」、「化境」說更切合翻譯文學的藝術規律，真正點破了文學翻譯及翻譯文學最高的審美境界。

在「鑒賞與批評論」中，我探討了翻譯文學的鑒賞與批評的關係，一般文學批評與翻譯文學批評的關係，翻譯文學批評特有的方式方法、它的特殊困難、對批評家修養的特殊要求等。認為翻譯文學鑒賞有兩個基本層次，一是對譯文本身的鑒賞，二是譯文與原文的對照鑒賞。後者已經具備翻譯批評的條件。翻譯批評與一般文學批評比較起來，專業性、針對性更強，難度更大，批評的話題更敏感、更實在。一般文學批評多是審美判斷，翻譯文學批評多是對與錯、好與壞的價值判斷。怎樣將現有的翻譯文學批評由「語言學批評」的挑錯式批評與審美判斷為主的「文學批評」結合起來，是翻譯文學批評的一大課題。翻譯批評的標準應該和翻譯的標準統一起來，翻譯文學批評的標準應該和翻譯文學的標準統一起來。而只有「信達雅」有資格成為翻譯批評的標準。翻譯文學批評要真正繁榮起來，必然要求批評的專業化。

在「學術研究論」中，我認為翻譯文學研究是使翻譯及翻譯文學突破以往「譯壇」的狹小圈子，走向當代文學研究和當代學術文化廣闊天地的有效途徑，因此翻譯文學應該成為學術研究的相對獨立的一個重要領域，這個領域可以包括三個方面，即一、翻譯學的理論建構；二，翻譯文學理論的研究；三，翻譯文學史的研究。我通過對已有的研究成果分析述評，對翻譯文學學術研究的價值、方法及模式等提出了自己的看法。並指出，翻譯學的理論建構可為翻譯文學的研究提供不可缺少的大語境，翻譯文學理論的研究宗旨是建立翻譯文學的自身的理論系統，以加深人們對翻譯文學的理解和認識，翻譯文學史的研究則可以縱向地整理翻譯文學的傳統，也為橫向的翻譯學研究和翻譯文學理論研究提供了深廣的歷史向度。

總之，上述「十論」從總論到分論，從範疇論到實踐論，從橫向論到縱向論，從過程論到結果（譯作）論，從「怎樣譯」（方式與方法）到「譯得如何」（審美境界），從翻譯文學到翻譯文學批評，再到翻譯文學研究……經緯交織，層層推進，環環相扣，涉及翻譯文學的方方面面。總之，我希望通過這「十論」，大體說清「翻譯文學」到底是怎麼一回事兒，也為翻譯文學的系統的本體理論的建構做一次嘗試性的探索。

「導論」這一類的書，特點就在這個「導」字上。導也者，導引也，疏導也，引出話題、梳理問題，導而言之。它必須吸收現有的一切成果，將中國文學翻譯家和譯學理論家有關翻譯文學的論述和思考集中起來，統括起來，條而貫之，並在此基礎上加以理論上的提升，首先是評述，然後是闡釋，其中當然也少不了作者自己的理解、評價和發揮，目的是使翻譯文學理論自成一統，周全自足。這樣一來，我不敢說翻譯文學理論因此就成了「科學體系」，但也總算使它們成為一個「知識系統」。一個領域的知識一旦得以系統化，它就由感性層面的「經驗談」朝著「理論」邁進了一步。而系統的翻譯文學理論形態的形成與確立，是一個民族的翻譯文學走向成熟的顯著標誌。理論的自覺和理論的成熟，也必將反過來對今後的翻譯文學的發展提供指導和鑒鏡。退一步說，翻譯文學理論即使不能對文學翻譯的實踐提供太多的指導和鑒鏡，它也有著自己獨立的不可取代的價值——因為「創造」世界和「解釋」世界是同樣的重要；一切得不到解釋的創造，遲早將會被湮滅，正如解不開斯芬克斯之謎就得死亡。恩格斯早就說過：一個民族如果不從理論高度思考問題，那將是一個沒有希望的民族。同樣的，如果不從理論的高度思考翻譯問題，我們的翻譯事業就難以健康發展。翻譯家們「創造」了翻譯文學，而我們的翻譯文學理論則要「解釋」它、闡發它；譯學理論家提出了各種觀點看法，我們也要「解釋」和評說。對於各家相互對立、莫衷一是、甚至針鋒相對的觀點看法，我們要梳理它、分析它，鑒別它；對於有理論價值的翻譯家「經驗談」，我們要進一步闡發它，充分地利用它；對於偏頗的、個性化的但又有一定合理成分的觀點主張，我們要甄別它、修正它、完善它。這就是「理論」的用處。實際上，成功的翻譯家一般都有自己的「理論」，有的是自覺的，有的是不自覺的；抑或沒有自己的理論，卻自覺不自覺地接受某種理論的指導。因此可以說，理論修養是一個優秀的翻譯工作者的必備修養之一。當然，正如依靠文學理論當不了小說家和詩人一樣，單靠讀《翻譯文學導論》之類的書也當不了文學翻譯家。故長期以來，有人據此對翻譯理論的價值與作用存在一些未必正確的成見。如著名翻譯家傅雷先生曾經說過：「翻譯重在實踐，我一向以眼高手低為苦。文藝理論家不大能兼作詩人或小說家，翻譯工作也不例外；曾經見過一些人寫翻譯理論，頭頭是道，非常中肯，譯的東西卻不高明得很。我常引以為戒。」[6]但是，這話也可以反過來說：傅雷之所以翻譯上很高明，原因之一是他有自己的理論，因而傅雷這話並不能說明理論的無用。更多的情形是翻譯上「高明得很」，理論上卻未必都能做到「頭頭是道」。或者有高明的譯者自以為自己的理論也「高明」，卻在學理上捉襟見肘，難以圓通。因為理論與實踐原本就是兩種不同的性質的活動，原不足怪。而兩種活動在人類文化史上都同樣的重要。中國文化的興旺發達，不但依靠埋頭苦幹的實幹家，也需要坐而論道的思想家、理論家甚至魏晉時代那樣的清談家；中國翻譯文學的興旺發達，不但需要大批的實踐型的翻譯家，也需要大批的學究型的翻譯文學理論家。而且今後中國的翻譯及譯學研究要真正走出若干翻譯家談文論譯（藝）的狹小圈子，真正成為受廣大學術界和文化界關注的事業，翻譯及翻譯文學要真正成

6 傅雷：〈翻譯經驗點滴〉，《文藝報》1957年第10期。

為相對獨立的學科，就需要翻譯家與理論家的適當分工。翻譯上「高明得很」的人，自應把主要精力投入翻譯；而有一些翻譯經驗，或者沒有翻譯經驗卻能把翻譯說得「頭頭是道」的人，就應該繼續「頭頭是道」地說下去。倘若兩者能夠相輔相成，而不是相互輕視，則中國的翻譯事業、翻譯文學事業才能協調健康地發展。

翻譯文學史的理論與方法[1]

中國的翻譯文學既是中外文學關係的媒介，也是中國現代文學的一個特殊的重要組成部分。完備的中國現代文學史，不能缺少翻譯文學史；完整的比較文學的研究，也不能缺少翻譯文學的研究。

在二十世紀中國的翻譯文學史中，日本文學的翻譯同俄國文學、英美文學、法國文學的翻譯一樣，具有特別重要的地位。一百年來，中國共翻譯出版日本文學譯本兩千多種。日本翻譯文學對中國的近代文學、五四新文學、三〇年代文學以及八〇到九〇年代的文學，都產生了不小的影響。但長期以來，中國沒有出現一部日本文學翻譯史的著作，在這方面的研究也處於空白狀態。在二十世紀即將結束的時候，我們有責任研究、整理百年來中國的日本文學譯介的歷史。這對於總結和借鑒中日文化交流史及翻譯文學的歷史經驗，對於豐富二十世紀中國文學史的內容，對於拓展文學史的研究領域，對於中國比較文學研究的深化，對於促進東方文學、日本文學及中國現代文學的學科發展，對於指導廣大讀者閱讀和欣賞翻譯文本，都具有重要的意義和價值。

基於這樣的認識，我研究並撰寫了《二十世紀中國的日本翻譯文學史》。

我覺得，研究並撰寫翻譯文學史，首先必須明確的，是「翻譯文學」及「翻譯文學史」的學科定位問題。翻譯文學及翻譯文學史的研究應該是比較文學研究的重要組成部分。比較文學的學科範圍，應該

1 本文原載《中國比較文學》(上海)，2000年第4期。

由縱、橫兩部分構成。橫的方面，是比較文學的基本理論研究，不同文學體系之間的平行研究、文學和其他學科之間的貫通研究等；縱的方面，則是比較文學視角的文學史研究，其中包括「影響——接受」史的研究、文學關係史的研究、翻譯文學史的研究等。翻譯文學史本身就是一種文學交流史、文學關係史，因而也就是一種比較文學史。比較文學的一些分支學科，如淵源學、媒介學、形象學、思潮流派比較研究等，都應該、也只能放在比較文學史、特別是翻譯文學史的知識領域中。這樣看來，翻譯文學及翻譯文學史的研究就成了比較文學學科中一項最基礎的工程。

據我所知，「翻譯文學」這個漢字詞組，是日本人最早提出來的，起碼在本世紀初日本就有人使用這個概念了。受日本文學影響很大的梁啟超，在一九二一年就使用了「翻譯文學」這個概念。戰後，日本對翻譯文學的研究更為重視，出版了不少研究成果。如川富國基在一九五四年發表了《明治文學史上的翻譯文學》，柳田泉在一九六一年出版了《明治初期翻譯文學的研究》。在五、六〇年代日本出版的各種文學工具書，如《新潮日本文學小辭典》、《日本近代文學大事典》、《比較文學辭典》等，都收了「翻譯文學」的詞條。而在西方，都是一直使用一個含義比較寬泛的概念——「翻譯研究」（Translation studie 或 Translation study）。西方的所謂「翻譯研究」，當然也包括「翻譯文學」的研究在內，但顯然要比「翻譯文學」寬泛得多。

「翻譯文學」作為一個概念，它與我們所慣用的「外國文學」這一概念，具有重合之處，所以長期以來，不論是一般的文學愛好者，還是專業工作者，通常都將「翻譯文學」等同於「外國文學」。例如，我們大學中文系所開設的基礎課「外國文學史」，並不要求學生一定去讀外國文學的原作。這門課所開列的閱讀書目，統統都是中國翻譯家所翻譯的「翻譯文學」，然而我們卻一直稱其為「外國文學」，而不稱「翻譯文學」。事實上，「翻譯文學」不等於、不同於「外國文學」。首先，「外國文學」與「翻譯文學」的著作人主體有所區別。文學翻譯家所翻譯的固然是外國作家的作品，但文學翻譯不同於依靠機器來翻譯的簡單的語言轉換。它必須超越語言（技術）的層面而達到文學（審美）的層面，也就必然依賴於翻譯家的創造性勞動。關於這一點，中外的翻譯家和研究者們都有共同的看法。可以說「翻譯文學」是一種「翻譯性的創作」（可簡稱為「譯作」）。第二，從文本的角度來看，翻譯的結果——譯本，是獨立於原作而存在的。譯本來源於原作，而又不是原作，因為它並不是原作的簡單的複製。打一個蹩腳的比方：正像孩子「來源」於父母，但又不是父母的簡單的複製。因此，現行的《世界版權公約》、《伯恩版權公約》等國際性的版權法律，都在保護原作的前提下，對翻譯文學的版權予以確認，一般在原作者去世五十年後，譯者及譯本則享有獨立的版權。第三，從接受美學的角度看，一個文本的最終完成，要由讀者來實現。而譯本的讀者群不是原作的讀者群。譯本的完成要由譯本的讀者來實現。由於時代、社會、文化、語言等種種因素的不同，譯本可能會獲得與原本不同的解讀和評價。

「翻譯文學」既不同於「外國文學」，那麼，再進一步說，「外國文學史」也就不同於「翻譯文學史」。

中國出版的各種「外國文學史」類的著作及教科書，不管是國別的文學史（如《英國文學史》、《日本文學史》），還是地區性文學史（如《東方文學史》、《歐洲文學史》），還是總體文學史（如《世界文學史》、《外國文學史》），都是以外國的文學史實及作家作品為描述對象的。它們用中文來講述，但它所講述的又是原作，而不是譯作。當我們使用漢語來講述「他者文化」、「他者文學」的時候，這本身就是一種廣義上的「翻譯」現象。而我們用漢語寫作的外國文學史卻又忽視了翻譯家和譯本這個環節，企圖超越譯作而直接面對原作。而絕大多數文學史及外國文學作品的讀者，他們不能、也不必閱讀原作，他們所閱讀的，是翻譯文學。這就是我們的各種《外國文學史》所遇到的矛盾和尷尬。另外，近百年來，中國的翻譯作品，已經積累了數萬種。在已出版的全部文學類書籍中，翻譯作品要占到三分之一強。對於這麼大一筆文化、文學的財富，現有的一般的外國文學史著作卻沒有、也不可能把它們納入研究和論述的範圍。而一般的中國文學史著作也難以充分、全面地展示翻譯文學的豐富內容。這都意味著：翻譯文學是文學研究的一個獨立部門，翻譯文學史應該是與外國文學史、中國文學史相並列的文學史研究的三大領域之一；外國文學史、中國文學史、翻譯文學史，這三者構成了完整的文學史的知識體系。

在翻譯文學史的研究和寫作方面，學界前輩已經做了不少的工作。中國翻譯文學研究的先驅者是梁啟超。他在一九二〇年發表了長文《佛典之翻譯》，一九二一年又出版了《翻譯文學與佛典》（一名《中國古代翻譯事業》）。一九三八年，阿英發表《翻譯史話》，內容講的都是翻譯文學，可惜沒有寫完。除了這些專門著作外，二、三〇年代出版的若干國別文學史的著作，也講到了翻譯文學。如胡適的《白話文學史》、陳子展的《中國近代文學之變遷》、王哲甫的《中國新文學運動史》、郭箴一的《中國小說史》等，都有專門章節講述翻譯文學。在翻譯及翻譯文學的專門研究方面，一直到了一九八四年，才有馬祖毅的《中國翻譯簡史・五四以前部分》出版（後來擴寫為《中國翻譯史・上卷》，一九九九年由湖北教育出版社出版），其中大量涉及翻譯文學的內容。一九八九年，陳玉剛等主編的《中國翻譯文學史稿》由中國翻譯出版公司出版；一九九八年，郭延禮著《中國近代翻譯文學概論》由湖北教育出版社出版；一九九九年，孫致禮編著的《一九四九至一九六六我國英美文學翻譯概論》由南京譯林出版社出版。同年，王宏志的《重釋「信達雅」──二十世紀中國翻譯研究》由上海的東方出版中心出版。這些著作都填補了中國翻譯文學史研究的空白。但總的看來，與翻譯文學的悠久的歷史和豐富的成果相比，中國對翻譯文學及翻譯文學史的研究還是薄弱的。

造成這種情況的原因是多方面的。有政治、文化上的，也有文學觀念上的。如上所說，人們習慣上將「翻譯文學」視同「外國文學」，是制約翻譯文學及翻譯文學史研究的首要原因。近半個世紀以來，中國的文學研究分科越來越細，不同的「專業」之間也很封閉，同時兼有中外文學兩方面的人才越來越少了。例如，大學外語系的專家教授們大都從事外語本體的研究，有關的翻譯專業或「翻譯學」專業，基本上是在語言層面上研究翻譯的技法，對「翻譯文學」的研究難以展開；而在大學中文系或中國文學的研究機構，同樣也習慣於封閉地研究中國文學。樊駿先生在近來發表的〈關於學術史編寫原則的思考〉一文中談到了這個問題。他認為，中國現代文學史著作忽視了翻譯文學，這是因為從事中國現代文學研究的人在外國語言和外國文學兩方面都有欠缺，「對他們來說，產生這種『忽略』，非不為也，實不能也」。這種看法大體是符合實際情況的。事實上，對於稍具文學史常識的人來說，有誰竟看不到翻譯文學在中國文學中的顯著地位和作用呢？但是，如果不對外國語言文學有一定的修養，談翻譯文學、研究翻譯文學就很困難。

不過，最近這些年，情況有了可喜的變化。不少人大聲呼籲重視翻譯文學及翻譯文學史的研究。其中，上海的謝天振教授呼聲最高，他寫了多篇這方面的文章，並且提出了「翻譯文學是中國文學的組成部分」的觀點。我認為，把翻譯文學視為中國文學的組成部分，是合情合理的、必要的。但同時還必須清楚，翻譯文學是中國文學的一個「特殊的」組成部分。說它「特殊」，就是承認它畢竟是翻譯過來的外國作品而不是中國作家的作品；說它「特殊」，就是承認翻譯家的特殊勞動和貢獻，承認譯作在中國文學中特殊的、無可替代的位置，也就是承認了翻譯文學的特性。所以，我們期望今後新出版的中國文學史著作，都有翻譯文學的內容。但是，另一方面還要看到，由於一般的中國文學史著作有體系、體例上的制約，要全面、系統地展示翻譯文學，恐怕難以做到，所以，那就非得有翻譯文學史的專門著作不可。

文學史研究作為一種研究實踐，必須有明確的、正確可行的理論與方法做指導。不過，翻譯文學史，目前仍處於草創階段。究竟怎麼寫？前人並沒有提供足夠的範例供我們作參考和借鑒。

我想，根據研究的範圍、角度的不同，翻譯文學史大體可以分為四種類型。第一種類型是綜合性的翻譯文學史，即全面論述中國譯介世界各國文學的歷史、展現翻譯文學發展的概貌。如前面提到的《中國翻譯文學史稿》就是。由於這種綜合性翻譯文學史涉及多國家、多語種，除非是多卷本的大部頭的著作，否則恐怕只能是概述性的。第二種類型是斷代性的翻譯文學史。如郭延禮的《中國近代翻譯文學概論》。第三種是專題性的，如梁啟超的《翻譯文學與佛典》。第四種是只涉及某一國別的、某一語種的翻譯文學史，如我現在寫的《二十世紀中國的日本翻譯文學史》就是。我認為第四種類型的翻譯文學史，在今後相當長的時間裡，應該是翻譯文學史研究與寫作的最基本的方式。它可以由個人獨立完成，並有可能很好地體現出學術個性，保證研究的深入。在這種國別性的翻譯文學史研究有了全面的積累後，才會出現綜合性、集大成、高水平的《中國翻譯文學史》。

寫翻譯文學史，還必須對翻譯文學史內容的構成要素有清楚的把握。翻譯文學史與一般的文學史，在內容的構成要素方面，有共通的地方，也有特殊的地方。一般的文學史，其基本的構成要素有四個，即：

時代環境——作家——作品——讀者

而翻譯文學史的內容要素則為六個，即：

時代環境——作家——作品——翻譯家——譯本——讀者

在這六個要素中，前三個要素是外國文學史著作的核心，而翻譯文學史則應把重心放在後三個要素上，而其中最重要的還是「譯本」。因為翻譯家的翻譯活動的最終成果是譯本，所以歸根到柢，核心的要素還是譯本。如果我們機械地奉行「翻譯文學史就是翻譯家的翻譯歷史」，那就是以翻譯家為核心了。以翻譯家為核心，就勢必會用較多的篇幅介紹翻譯家們的生平活動。但文學家、文學翻譯家的生平活動，在現有的《翻譯家辭典》之類的工具書及其他文獻材料中都可以輕易查到，在一部學術著作中，在翻譯文學史中，除非特殊需要，是不必費太多的篇幅去堆砌這些材料的。所以，翻譯文學史還是應以譯本為中心來寫。

譯本有那麼多，如何選擇取捨呢？究竟哪些譯本要寫？哪些譯本不寫？哪些譯本要多寫？哪些譯本要略寫？

這是一個很實際的問題。例如，單就本世紀中國翻譯出版的日本文學譯本來說，總數達兩千多種。假如每一種譯本都要講一通，面面俱到，那翻譯文學史將寫個沒完沒了。任何歷史研究著作都要對研究對象去蕪存精、區分主次、甄別輕重、恰當定位。翻譯文學史首先應該是名作名譯的歷史。而對於非名作、非名譯，把它們作為一種翻譯文學史上的一般「現象」來看待就可以了。

一般地說，譯本的歷史地位，是由三個條件來決定的。第一，原作是名家名作，這是決定譯本地位的先決條件。幾乎所有的名家名作的譯本都值得翻譯史來關注。但也有特殊情況，如有的原作在原作者的國內並不被重視，而譯本卻在翻譯國有重大影響，如日本文藝理論家廚川白村的著作《苦悶的象徵》就是這種情況，對此我們的翻譯文學史也要高度重視；第二，譯者是名家，是決定譯本歷史地位的另一個重要條件。一個譯者之所以被認為是著名的翻譯家，首先在於他對翻譯選題的把握準確可靠，其次是翻譯質量的可靠。而翻譯家的地位，也正是靠不斷地、高質量地翻譯名家名作來奠定的。第三，在名家名作名譯當中，首譯本又特別的重要。首譯，就意味著填補了空白，而填補空白本身就有其歷史意義。當然，這並不是說複譯本不重要。但從填補空白的意義上說，複譯本不可能取代首譯本。

選材的取捨問題解決後，接下去就是怎樣利用這些材料，來表達文學史作者的學術見解了。

我認為，翻譯文學史作者的學術見解，或者說翻譯文學史應該解決和應該回答的主要是如下的四個問題：一、為什麼要譯？二、譯的是什麼？三、譯得怎麼樣？四、譯本有何反響？

首先，為什麼要譯？這也就是選題動機的問題。在翻譯家的整個翻譯活動過程中，選題是第一步。在眾多的可供選擇的對象中，為什麼要選這個作家而不選那個作家，為什麼要選這個作品而不選那個作品？這當中，有翻譯家對選題對象的認識與判斷，有翻譯家的思想傾向、審美趣味在起作用，同時也受到翻譯家所處的時代背景、社會環境、出版走向等因素的制約。一部翻譯文學史，應該注意交代和分析翻譯選題的成因，應該站在中外文化和文學交流史的高度，站在比較文學與世界文學的高度，在選題的分析中，見出翻譯家的主體性，見出中國在接受外國文學的過程中某些規律性的特徵。

第二個問題：譯的是什麼？這個問題就是要求恰如其分地介紹和分析翻譯的對象文本——原作。翻譯文學史對原作的介紹和分析，本身是為著說明、闡釋原作，這是外國文學史的核心內容，因而可以展開來寫。而翻譯文學史對原作的介紹和分析，是在原作如何被轉化為譯作這一獨特的立場上進行的。

第三個問題：譯得怎麼樣？就是要對譯本進行分析和判斷。這就首先要涉及到語言技巧的層面。一個譯本的成功，最基本的是在語言技巧方面少出問題。翻譯文學史應該對那些重要的譯本，進行個案解剖。必要時，可有針對性地進行原文與譯文的對照分析；如果有不同的譯本，可將不同的譯本作比較分析，指出譯文的特色和優劣。不過應該注意，翻譯文學史不是翻譯教程，它不必、也不可能對所有重要譯本都做語言層面上的分析，否則就使翻譯文學史變成了翻譯技巧的講義。在進行語言層面的分析評論時，要有歷史感。從現代漢語的形成和發展的角度來看，翻譯文學的譯語的變化，與現代漢語的逐步成熟有著相當密切的關係。翻譯文學不斷輸入著外國的句法、詞彙及修辭方法，推動了漢語的現代化。在這個過程中，許多現在看來是不通的、彆扭的譯文，如當年魯迅、周作人從日文「直譯」過來的譯文，都包含了他們借鑒外國語言來改良漢語的良苦用心。我們不能用今天業已成熟了的現代漢語的標準，予以貶低，而必須承認其歷史地位。另一方面，還要看到，從比較文學的角度看，有些不忠實的翻譯，包括對原作的刪除、增益、改寫等等，那不是語言學意義上的「錯誤」，而常常是翻譯家有意為之。這種情況在一定的歷史時期，特別是翻譯文學的肇始期，是常見的現象，如梁啟超對日本的政治小說《佳人奇遇》的翻譯就是一例。除了語言層面之外，還必須進一步從文學的層面對譯本作出評價。從文學層面對譯本作出評價，基本標準是要看譯者是否準確地傳達出了原作的風格。如果說語言技巧層面上的評價是「見樹木」，那麼文學層面上的評價就是「見森林」。一個好的作品譯本應該是「語言」與「文學」兩方面藝術的高度統一。

第四個問題：譯本有何影響和反響？這個問題的要素是「讀者」，就是談翻譯文學的讀者反應。這裡所謂的「讀者」主要可分為兩種，第一種是文壇內部人士，包括翻譯家、研究家、評論家和作家（有時候這幾種角色兼於一身）。翻譯家首先也是「讀者」，他們對作品的介紹和評論，常常在譯本序、譯後記之類的文字中表現出來。有的譯本序本身就是一篇研究論文，這是我們在寫翻譯文學史的時候應特別注意加以利用的材料。研究家、評論家對作家作品和譯作的研究和評論，主要體現為論文或專著，一般都能夠發表深刻、系統的意見。翻譯文學史必須注意研究這些論文和專著，並把它們作為「讀者反應」的基本材料加以利用。從這個角度來看，「翻譯文學史」不能只是孤立地講「翻譯」，它還必須包括「研究」和「評介」。因此，完整的、全面的「翻譯文學史」同時也是「譯介史」，即翻譯史和研究評介史。《二十世紀中國的日本翻譯文學史》就涉及到了不少關於中國對日本文學的研究和評介的內容。不過，書的名字還是叫作「翻譯文學史」，就是因為我覺得「翻譯文學史」理所當然地應該包括研究和評介史在內。除了上述的文壇內部的「讀者」之外，第二種是社會上的一般讀者。譯本對一般讀者的影響，雖然常常缺乏具體的文字材料來證實，不過，譯本的印數、發行量、再版甚至盜版的情況，都可以說明譯本在一般讀者中的影響。

總之，對於二十世紀中國的翻譯文學史，特別是像《二十世紀中國的日本翻譯文學史》這樣的某一特定語種的翻譯文學史，還缺少研究經驗的積累。上述關於翻譯文學史研究與寫作的體會，只是本人在寫作《中國的日本翻譯文學史》中的一得之見，實不免簡陋，發表出來，敬祈方家指正。

「翻譯文學史」的類型與寫法[1]

一　譯本批評的缺失與綜合性《翻譯文學史》的侷限

近三十年來，翻譯文學的研究取得了很大成績。各種各樣、厚厚薄薄的「中國翻譯文學史」陸續出版，有的是通史，有的是「二十世紀」之類的斷代史。這些不分語種、不分國別對象的綜合性翻譯文學史，是翻譯文學研究全面展開的必然表現，也是系統梳理翻譯文學縱向發展演變的必然結果，其價值和用處是不言而喻的。

但是，這樣的綜合性「翻譯文學史」，也有許多不可克服的侷限。首先，由於涉及到多語種，它不可能由一個、乃至兩三個作者來完成，往往需要一批作者共同完成。多人寫史，難免在學術思想、知識水平、文字風格等方面參差不齊，若遇上掛名的主編，無法對全書加以細緻統稿，便必然雜湊成書，各章節血脈梗阻、文氣不暢，很難稱為一部統一的作品。更為重要的是，許多這樣的「翻譯文學史」執筆者，大多沒有文學翻譯的經驗，若加上外語水平低於作為研究對象的翻譯家，就不敢對翻譯家的譯作做出分析批評。作為「翻譯文學史」基本要素的譯本分析，就只好放棄，於是就將「翻譯文學史」寫成了「文學翻譯史」。其特徵是沒有文本分析，只有關於文學翻譯的事件和史料記載的歷史。這樣的「文學翻譯史」大多寫翻譯家的生平、翻譯家的翻譯動機、譯者自述、原作家對翻譯家的影響、譯作出

1　本文是「首屆翻譯史高層論壇」（成都）的主題發言稿，原載《社會科學報》（上海），2013年10月17日。原題〈應該有專業化、專門化的翻譯文學史〉。

版，寫得好的還談到讀者的接受情況等。相對而言，這樣的文學翻譯史比較好寫，因為即便不作譯本分析，也能把書寫得很厚很長。

然而，翻譯文學史作為「文學史」，與一般歷史著作的不同，正在於它必須以文本分析作為基礎。換言之，沒有文本分析的文學史不是真正的文學史；沒有譯本分析的翻譯文學史，也不是真正的翻譯文學史。

誠然，即便是上述那樣的沒有譯本分析批評的「文學翻譯史」，作為入門書在一定時期也是需要的。在翻譯文學研究的初級階段上，出現較多的此類文學翻譯史書，也是很自然的。但是，翻譯文學史研究要深化，就不能以此為滿足。否則，這樣的文學翻譯史即便越寫越多，越寫越厚，在學術上也沒有太多實質性的推進。

二　應該有多角度、多樣化、專門化的翻譯文學史

因而，今後的翻譯文學史的研究與寫作，不能以此為滿足，應該有多角度、多層次、多樣化、專門化的訴求。

我認為，在上述的綜合型翻譯文學史（實際是「文學翻譯史」）之外，翻譯文學的類型還可以分為以下幾種：

一是以「國別」為範圍的翻譯文學史，如中國的日本翻譯文學史、中國的俄羅斯文學翻譯史之類；這樣的翻譯文學史是翻譯文學研究的基礎，可以由通曉某種外語、又懂得翻譯文學的專家來承擔。但很可惜，三十年來，這樣的翻譯文學史進展不大，相關著作也很少見。

二是以「語種」為範圍的翻譯文學史，如「中國的英語文學翻譯史」、「德語文學翻譯史」之類。這類翻譯文學史的範圍比國別史的範圍稍大，但由於語種相同，極有可操作性。目前，德語方面已有衛茂平先生的相關著作出版，而最應該寫的大語種的《中國英語文學翻譯史》之類的著作卻一直未見問世。

三是斷代的國別翻譯文學史，或斷代的語種翻譯史，如二十世紀三〇年代中國俄國文學翻譯史、新中國十七年英美文學翻譯史之類。這樣的斷代文學史，是前兩種翻譯文學的基礎的前期性的工作。斷代的先寫出來，「整代」的也許就可以隨之慢慢出世了。

除了國別、語種的翻譯文學史之外，還可以立足於不同的「學科」立場，來撰寫帶有學科色彩的翻譯文學史。這裡大約也可以分為如下三類。

第一是立足於中外文化交流史的翻譯文學史，它主要是將翻譯文學作為中外文化交流的一種現象，強調相關史料的收集整理與呈現，從傳播與接受、影響與回返影響的角度，揭示出翻譯（包括翻譯家、譯本等）在中外文化交流中的作用、功能和地位。

第二是立足於語言學立場的翻譯文學史，重點是對譯本做語言學層面的批評，用語言統計學、語義分析學的方法，重視翻譯語言技術層面上的分析。

第三是立足於比較文學的翻譯文學史，超越具體的語言層面，強調翻譯文學是一種跨文化的文學關係與文化交流，特別重視其文化變異現象，對「創造性叛逆」給予正面評價，注重譯作對原作總體風格的呈現和傳達。

三　不同學科立場的翻譯文學史之價值與價值觀之間的衝突

在這三種不同學科立場的翻譯文學史中，立足於歷史學和文化交流史立場的翻譯文學史，一般都不需要深入到譯本內部做具體細緻的文本分析，而只是對譯本周邊的相關史料加以清理和陳述。乍看上去，這種翻譯文學史與上述的綜合性文學翻譯史，在不觸及譯本內部構造這一點上，似乎很相似，但實則有很大不同。現有的綜合性文學翻譯史，主要是立足於本國文化立場，主要筆墨用於文學翻譯與本國文學的關係、與本國社會文化的關係、與本國讀者的關係。而文化交流史立場上的翻譯文學史，側重點則是翻譯文學、翻譯家、譯本作為中外文化交流之「媒介」的作用和價值，尤其重視譯本與原作之間、翻譯家與原作家之間的互動關係，重視翻譯家與譯本的文化旅行的跟蹤。最重要的是，它不僅要寫「外譯中」即「譯入史」，還要研究「中譯外」即「譯出史」，並將兩者有效結合起來。這樣的角度，是現有的綜合性文學翻譯史所普遍缺乏的。之所以缺乏，是因為有關資料來源不僅涉及國內，更涉及國外，資料信息收集和處理是跨境性的，因而，這類翻譯文學史研究寫作的難度相對較大，學術文化價值也更大。

立足於語言學的翻譯文學史，與立足於比較文學的翻譯文學史，在強調譯本分析方面是有共通性的，但又有很大的不同。立足於語言學的翻譯文學史，尊奉的是語言學的價值觀，主要是從詞彙轉換、語法結構、語篇的改變等角度，來分析譯本，從而做出語言學立場上的對與錯、準確不準確的判斷。這樣的譯本分析，主要目的是以文學譯本為剖析對象，為了給語言學習者、研究者提供案例，宗旨是從字句、語法的層面上切磋、琢磨翻譯技術。這樣的翻譯文學史很適合用於外語學院翻譯專業教學使用。但可惜的是，在如今外語專業熱熱鬧鬧的翻譯學學科建設中，這樣的翻譯文學史仍然付之闕如。

同樣是譯本分析，立足於比較文學層面上的翻譯文學史，與立足於語言學層面的翻譯文學史，其學術立場與價值觀卻迥然有別。比較文學立場的翻譯文學史的譯本分析，重點不在詞彙句法等純語言的基礎層面，而是注意在翻譯過程中，哪些東西因為文化、文學或美學上的原因，而不得不發生變異或改變；關注翻譯家如何通過有意識的語言扭轉、意象轉換、形象改變等，將原作納入譯入國的文化語境中，即實現譯本的「歸化」，同時有效地傳達原作的總體風格。因此，比較文學立場的翻譯文學史的譯本分析，重點不是語言的對錯、準確與否的判斷，而是比較文學最為重視的文化變異現象。對翻譯文學而言，就是人們所熟悉的所謂「創造性叛逆」現象。「創造性叛逆」是語言學層面上的譯本分析所堅決排斥和否定的，卻又是比較文學層面的譯本分析所特別推崇並高度評價的。在語言學層面上來說，對原作的不忠實翻譯等叛逆現象，實是一種「破壞性叛逆」，絕不值得提倡。在中國翻譯界，這兩種譯本價值觀有著針鋒相對的衝突。例如翻譯家、譯論家江楓先生，堅決反對「創造性叛逆」推崇與提倡，並認為這種主張是近年來翻譯水平下滑、胡譯亂譯的禍根；而比較文學家、譯論家謝天振先生，卻充分肯定「創造性叛逆」的作用與價值，兩種學科立場的價值觀是涇渭分明的。在相當長的時間裡，兩者翻譯觀要想達成和解與統一，還有許多困難，因而兩種翻譯文學史也可以同時並存。

總之，不同類型和層次的翻譯文學史，根本的差異在於有沒有實現研究對象（國別、語種）的專業化和專門化，更在於有沒有具體細緻的譯本分析或譯本批評；在做譯本批評的時候，是依據語言學的標準，還是比較文學的標準。專業化、專門化的翻譯文學史，是學術質量的保證；而具體細緻的譯本分析或譯本批評，是翻譯文學史應具有的「文學史」特性的標誌。只有在專業化、專門化的翻譯文學史研究有了充分積累後，高水平的綜合性翻譯文學史才能在此基礎上寫出來，並且寫好，這是我們所期望於未來的。

論翻譯文學批評

──特殊性、批評標準與批評方法[1]

一　翻譯文學批評的必要性和困難性

翻譯文學批評是根據一定的原則和標準對譯作進行分析、評論和價值判斷。在翻譯文學的大系統中，翻譯批評是不可缺少的環節。如果說，翻譯文學是一種產品，翻譯文學批評就是這產品的檢驗者、評說者。它要對譯作做出價值判斷，一方面從一個消費者、接受者的角度將自己的感受表達出來；另一方面要從專業的角度，指出譯作的成敗得失，是非優劣。關於翻譯批評的宗旨和目的，魯迅早在一九三三年的〈為翻譯辯護〉一文中就說過：翻譯「……必須有正確的批評，指出壞的，獎勵好的，倘沒有，則較好的也可以」。[2]好的翻譯批評，可以起到引導譯本的購買消費、指導讀者的閱讀、規範譯者翻譯等作用。

翻譯文學批評對一種譯作的批評和判斷，對該譯作的聲譽、流傳和地位構成都有較大的影響。從已有的情況看，並不是每一種譯作問世後都有翻譯文學批評緊隨其後，有的譯作出版後，也許評論界很長時間沒有反應。但是，沒有反應也是一種反應，一直都得不到批評的譯作很可能意味著批評界對該譯作的默認，或者因為它在翻譯選題上

1　本文原載《蘇州科技學院學報》（社會科學版，蘇州）2014年第2期。

2　魯迅：〈為翻譯辯護〉，見羅新璋編：《翻譯論集》（北京市：商務印書館，1984年），頁292。

平平，或選題上太偏僻而不為一般人所注意，或在譯文質量上一般，批評者沒有多少話可說。但無論如何不能認為沒有受到批評的譯作是沒有問題的譯作，而受到批評的譯作的問題一定比沒有受到批評的多。從現有的批評來看，特別受到批評家注意的，一般都處於兩種「極端」，都有典型性和代表性。一種是名家名作名譯，這樣的譯作評論家最感興趣，批評者的批評要引起社會的注意，最有效的做法就是批評名作名譯。一部優秀的譯作一般都免不了接受翻譯文學批評，而且應當能夠經得住表揚，也經得住批評。批評名家名譯，有助於總結名家的翻譯經驗，以使後來者學習和借鑒，也有助於發現名家的侷限與不足，以便後來者超越。另一種就是發現惡劣的譯品，作為劣譯的典型加以解剖，以便遏制它在讀者中的流傳。這兩種「批評」一般都稱之為「批評」，但嚴格地說，對劣譯、盜譯的其實不值得「批評」，而只能是否決和剔除式的「批判揭露」，與工商界中的「打假」行動別無二致。如果說，一般的翻譯批評是評判該譯作哪些方面好和哪些方面不好的問題，即「好不好」的問題，那麼，對劣譯的批判揭露是要指出該譯文值得不值得要讀者來閱讀，即「要不要」的問題。

看來，翻譯文學批評作用重要，不可缺少。但是，在中國一百多年來翻譯文學史上，翻譯文學批評相對而言是一個薄弱環節，其表現是很少有專門的翻譯批評家。擔當翻譯批評的大多數是翻譯家自身。好的翻譯家往往是著名的翻譯文學批評家，如魯迅、周作人、瞿秋白、茅盾、郭沫若、鄭振鐸等，當代的則有許鈞等。翻譯家兼批評家有它的好處，就是能夠將批評植根於翻譯的體驗或經驗中，不說外行話。因此許鈞甚至認為：「沒有搞過翻譯的人是不能做翻譯批評的，這話有一定道理。因為翻譯是項極為特殊的活動。……沒有親身體驗過翻譯甘苦的人，難免要說些不著邊際的話，更難免要做感想式的批評，難以切中要害，說到點子上。」[3]翻譯文學批評靠翻譯家來做，在目前來看是一個現實情況，但不能說今後應永遠如此。一個懂得翻譯文學、懂得外國語言文學的翻譯文學讀者，他雖然沒有譯作發表出版，但他仍然可能有權力、也有能力做翻譯文學批評。正如一般的文學批評不能僅僅靠作家自身來承擔。眾所周知，在中國，早期的文學批評也大都是由作家來兼作的，後來才出現獨立的批評家。但當初也有作家對非作家的批評家不服氣，對此，魯迅在《花邊文學·看書瑣記·三》中，認為批評家兼能創作的人向來是很少的，「批評家和作家的關係，頗有些像廚司和食客。廚司做出一味食品來，食客就要說話，或是好，或是歹。廚司如果覺得不公平……於是就提出解說或抗議來——自然，一聲不響也可以。但是，倘若他對客人大聲叫道：『那麼，你去做一碗來給我吃吃看！』那卻未免有些可笑了。」[4]現在，在一般的創作與批評界，以這樣的原因排斥批評的作家恐怕很少了。創作與批評之間的分工早已形成。十九世紀著名的俄國三大批評家別林斯基自己並不創作，卻成為一代作家的導師。但在翻譯文學界，翻譯家和批評家的分工無論在圈內或者是在圈外，似乎都不被廣泛認可。在中國，批評家與作家早有了明確的分工，專職的文學批評家數量較大，但在翻譯文學界，情況卻截然不同。記得一次和一位研究中國近代文學的教授聊天時，我稱讚一部剛剛出版的研究近代翻譯文學史的著作，但那位教授卻懷疑地說：那位作者從來不做翻譯，他怎麼能寫好翻譯文學方面的書呢？……在這種觀念的影響下，非文學翻譯家或沒有翻譯經驗的人，一般很少置喙翻譯批評，這幾乎已經成了翻譯界的通例。似乎只有身兼翻譯家的翻譯批評者的文章，才能搔

3　許鈞：〈給文學翻譯一個方向〉，載許鈞等著：《文學翻譯的理論與方法》（南京市：譯林出版社，2001年），頁254。

4　魯迅：《花邊文學·看書瑣記·三》，見《魯迅全集》（北京市：人民文學出版社，1981年），卷5，頁550-551。

到痛癢，才有一定的說服力。相反，則被視為外行話而被輕蔑。今後，隨著翻譯文學的進一步發展，應呼喚「專業的」翻譯批評工作者的出現，大學的有關專業應當培養翻譯批評的專門人材。只有這樣，翻譯批評者才能與翻譯家一樣成為「翻譯批評家」。

誠然，翻譯批評非常難做。其專業性很強，針對性也很強。同時，翻譯文學批評中所指出的是非對錯的問題常常十分具體，指出錯誤往往令譯者無可辯駁，處於尷尬境地。這樣的批評是一種「硬性」批評，和一般文學批評的「軟性」批評頗有不同。一般的文學批評極少涉及語言文字本身的問題，而大都屬於審美風格、思想內涵、藝術形式等方面的見仁見智的問題，對此，許多作家可以超然物外。但面對翻譯文學批評，翻譯家就難以充耳不聞。因為批評所涉及到的，是翻譯家的翻譯水平、翻譯的對與錯、譯文的價值質量等非此即彼的要害問題。這樣的批評，容易引起人際糾紛，批評者也容易叫人覺得「有失厚道」。上世紀二〇年代末至三〇年代初，魯迅與梁實秋、趙景深之間，就曾有翻譯批評而互相「得罪」，使論爭帶有黨同伐異的火藥味。四〇年代，有人撰文批評日本文學翻譯家尤炳圻翻譯的夏目漱石的《我是貓》的譯文（連載於天津《庸報》），便有人指責這種批評「吹毛求疵」、「有失厚道」，原因是這作品本來難譯，尤炳圻譯得這樣已經可以了，不必批評。[5]一種是批評起來類似「戰鬥」，一種是為了保有「厚道」而不讓批評，都不利於翻譯文學批評的健康發展。新中國成立初期的五〇年代，中國文學翻譯界曾有過翻譯文學批評的健康發展的興旺時期，一九五〇年三月二十六日《人民日報》以〈用嚴肅的態度對待翻譯工作〉為題，發表了三篇翻譯批評文章，引起了很大反響。《翻譯通報》也曾在一九五二年四月發表署名文章，對翻譯家韋叢蕪貪多求快、在兩年時間裡譯出十二部粗製濫造的譯本的行

5　參見羅芸蘇：〈談翻譯〉，原載《留日同學會刊》1943年第5號。

為，提出了毫不留情的尖銳批評，迫使韋叢蕪發表文章做公開檢討，但後來這樣的健康的翻譯批評文章很少見到了。不久，在所謂「三反五反」中，《翻譯通報》上的批評文章卻變成了對翻譯家的政治攻擊和陷害，偏離了正常的翻譯文學批評的軌道。進入八〇年代後，在這樣一個以包裝、廣告、推銷等商業文化占主導地位的時代，在這樣一個動不動就有人「拿起法律武器」打官司的時代，翻譯批評更為困難，而且要冒風險。所謂「批評」文章倒也不算太少，但是宣傳性的、甚至吹捧的文章多，而「批評」的文章少。在少量「批評」的文章中，也難得指名道姓。難怪周儀先生在《翻譯與批評》一書的自序中寫道：「翻譯批評，在翻譯界如果不是一個被人遺忘的角落，也算是一個令人生畏的禁區吧。批評，就會得罪人。得罪人是不好辦的。開展翻譯批評，大概也同懲治腐敗一樣艱難。這或許是翻譯界人士涉足少的一個原因吧！」[6]近年來像施康強先生、許鈞先生發表的一系列搔到痛癢的翻譯文學批評文章，是十分難能可貴的。

二　翻譯文學批評的特殊性

這也從一個側面反映出了翻譯文學批評與一般的翻譯批評的不同。翻譯文學批評與一般文學批評在許多方面的要求是相通的。作為文學批評，都需要公正的科學精神、與人為善的態度、良好的文學修養、敏銳的學術眼光和出色的審美判斷力，但翻譯文學批評除此之外還有其特殊性。它首先是「語言學」的批評，而且是跨語言的文學批評，批評者的基本資格是必須精通原文語言和譯本語言這兩種語言，而不能離開原本對譯本做孤立的評判。因此，這種批評的客觀性和科學性比起一般的文學批評就更強，要求也更高。如果說，一般的文學

6　周儀、羅平：《翻譯與批評》（武漢市：湖北教育出版社，1999年）。

批評所要求批評家的首要的是審美判斷力，那麼，翻譯文學批評所要求批評家的首先是語言——母語，特別是外語——的能力。一般的文學批評只要讀懂所批評的文本就可以了，而翻譯文學批評家不僅要讀譯本，更要讀原作文本，還要在此基礎上進行兩者之間的對比。這樣一來，翻譯文學批評家應該具有翻譯家所應具備的一切素質。從這些方面來看，做一個翻譯文學批評家比做一個一般的文學批評家更難。對此，魯迅在一九三四年寫的〈再論重譯〉一文中早就指出：「批評翻譯比批評創作難，不但看原文須有譯者以上的工力，對作品也須有譯者以上的理解。」[7]

翻譯的本質是一種語言轉換，文學翻譯也是一種語言轉換。但文學翻譯中的語言轉換既要講科學性和規定性，更要講文學性和藝術性。這就決定了翻譯文學批評必須建立在語言學批評的基礎上。批評家既要判斷譯文本身是否符合譯入語的全部規範，更要指出譯文是否正確地、藝術地傳達出了原文之意。而這些都是很客觀的東西，而且常常是很科學的東西。一般的文學批評可以「得意而忘言」，翻譯文學批評卻應該是「言意兼顧」。所以我們理解，為什麼在迄今為止的翻譯文學批評中，語言學的批評居大多數。

在語言學批評中，最多的就是挑錯式的批評。這一點在中國的翻譯文學批評史上尤其顯著，大量的批評文章是挑錯式的。魯迅在〈關於翻譯（下）〉一文中，把這種工作比作「剜爛蘋果」，他說：「我們先前的批評法，是說，這蘋果有爛疤了，要不得，一下子拋掉。然而買者的金錢有限，豈不是太冤枉……倘不是穿心爛，就說，這蘋果有著爛疤了，然而這幾處沒有爛，還可以吃的。這麼一辨，譯品的好壞是明白了，而讀者的損失也可以小一點……所以，我又希望刻苦的批

---

7 魯迅：〈再論重譯〉，見《魯迅全集》（北京市：人民文學出版社，1981年），卷5，頁507。

評家來做剜爛蘋果的工作，這正如『拾荒』一樣，是很辛苦的，但也必要，而且大家有益的。」[8]魯迅所說的「剜爛蘋果」，就說指出一篇譯文中的「爛疤」，即錯譯。並把這項工作作為翻譯批評的有效方法。的確，這種批評對於嚴肅翻譯者的態度，提高譯文的質量是十分必要的。翻譯文學批評家就是要看這蘋果有沒有「爛疤」，有多少「爛疤」，是不是「穿心爛」。假如一篇譯文文字本身很漂亮，然而卻是錯譯連篇，恐怕也不能算是一個好蘋果。可見，挑錯式的或「剜爛蘋果」式的批評，在翻譯文學批評中是一項基本的工作。但是，這種批評也存在一些負面的因素和侷限性，那就是過於死板，一葉障目，不見泰山。或攻其一點，不計其餘；或以己之是，妄斷是非。一個作家使用母語寫作，用嚴格的句法規則來衡量，有時也難免出錯。一個譯者在翻譯的時候更難免出錯，要在一篇譯作、哪怕是名家名譯中挑出幾條錯譯——無論是譯文本身的，還是譯文沒有語病對照原文卻不正確的——都是可能的。做這樣的批評要仔細對照原文和譯文，批評家在這裡所做的工作十分專業，有些類似於譯審的工作。在中國翻譯文學史上，這種批評長期以來一直是最盛行的批評。當年創造社的批評多屬於這類批評。郭沫若在一九二二年發表的〈批判《意門湖》譯本及其他〉就屬於這類批評的代表性的文章。郁達夫的《夕陽樓日記》（1921）中激烈指摘余家菊的一篇譯文中的錯譯，成仿吾在〈學者的態度〉（1922）中除了反擊胡適對郁達夫的批評外，還逐條列舉了胡適的錯譯。當年魯迅在〈上海文藝之一瞥〉中對這種批評不以為然，他批評創造社的翻譯批評專門挑錯，但魯迅本人也做過類似的批評，他曾在〈風馬牛〉一文中，指出趙景深翻譯的俄國作家契訶夫的《樊凱》（今譯《萬卡》）將「milky way」譯為「牛奶路」，並將譯者

---

8 魯迅：〈關於翻譯（下）〉，見羅新璋編：《翻譯論集》（北京市：商務印書館，1984年），頁295。

嘲笑了一番。以「牛奶路」為例，長期以來人們普遍把魯迅的看法視為定論，但前幾年謝天振等學者發表了專文，認為將「milky way」譯為「牛奶路」不但沒錯，而且還是一個能夠保存原文特有的文化意象的妙譯。這從一個側面反映出挑錯式的翻譯文學批評難以避免的侷限性。這種批評一旦多起來，一旦形成了一種模式，批評家將注意力集中在譯文的錯譯上，倘若能在一篇（部）譯文中找到多個錯誤，便可以連綴成文。使翻譯文學批評成了咬文嚼字的語言批評，以這樣的批評來取代「文學批評」，那就很可能以偏概全，使讀者誤將帶點疤痕的蘋果當作爛蘋果。例如，在傅雷、朱生豪的譯文中挑些錯出來，是應該的，但即使挑出了一些錯譯，仍不能因此而貶低乃至否定它們的文學價值。

要把翻譯文學從語言學批評進一步提升為真正的文學批評，困難很大。有一些矛盾難以解決，包括語言學批評與文學批評的矛盾、局部批評與整體批評的矛盾、翻譯批評與翻譯欣賞之間的矛盾、翻譯文學批評與一般的翻譯批評之間的矛盾、批評的主觀性和客觀性的矛盾、批評家的批評方式與批評對象之間的矛盾等等。在翻譯文學批評中，應該將譯文的細節批評與總體批評結合起來，語言學批評與美學批評結合起來，片段的抽樣分析與完整的譯文評價結合起來，特殊的批評角度與全面公正的評價結合起來。對此，茅盾先生早在一九五四年的全國文學翻譯工作會議上的報告中就提出希望：「我們希望今後的批評更注意地從譯文本質的問題上，從譯者對原作的理解上，從譯本傳達原作的精神、風格的正確性上，從譯本的語言的運用上，以及從譯者勞動態度與修養水平上，來做全面的深入的批評。」[9]

但要做到這些並不容易。在目前現有的翻譯批評文章中呈現出「二多一少」的情況，就是細節和局部批評的多，籠統地不點名批評

9 茅盾：〈為發展文學翻譯事業和提高翻譯質量而奮鬥〉，見《翻譯研究論文集》（北京市：外語教學與研究出版社，1984年），頁14。

的多，而整體上將語言批評與文學批評有機結合的批評少。其中，取得較大成績、顯出較高水平的批評大都集中在細節的局部的語言學批評上。代表性的著作首推馬紅軍先生的《翻譯批評散論》（中國對外翻譯出版公司，1900年）。該書從公開出版的書刊上選取了若干有商榷性的譯文片段，對照原文，分析其中的成敗得失，然後再擺出自己的譯文，在逐層的分析和比照中，不同譯文的高下優劣一望可知，充分體現了翻譯批評的嚴謹性和藝術性，當然也不會給人留下「眼高手低」之譏。

三　翻譯文學批評的方法與標準

要開展翻譯批評，必須有大家所應自覺遵守的翻譯批評標準。早在五〇年代初，翻譯界就曾對翻譯批評標準問題展開了討論。董秋思先生在〈翻譯批評的標準和重點〉（1950）一文中就承認翻譯批評有兩個基本的困難，一是沒有完備的翻譯理論體系，二是沒有公認的客觀標準。[10]焦菊隱在一九五〇年發表的〈論翻譯批評〉一文中也指出：「批評漫無標準，各人各以主觀的尺度去衡量譯文──這是產生這種隱藏著不良傾向的批評現狀的主因。」[11]到了九〇年代，這種情形仍然存在。許鈞先生說：「我國的文學翻譯批評還沒有建立一套相對完善且行之有效的理論。近十年來，我國翻譯理論的探索與研究取得了可喜的成果，但在與文學翻譯批評有著密切關係的文學翻譯標準的探討方面，卻仍然難以達成比較統一的意見。既然翻譯標準都未能統一，那該如何去正確而又富於說服力的評價譯文的質量呢？標準的

10　董秋斯：〈翻譯批評的標準和重點〉，原載《翻譯通報》第1卷第4期（1950年）。

11　焦菊隱：〈論翻譯批評〉，見《翻譯研究論文集》（北京市：外語教學與研究出版社，1984年），頁36。

不統一，勢必造成評價的殊異。」[12]但許先生在《文學翻譯批評研究》一書中也只是提出了若干基本原則和方法，並沒有對批評標準問題多加論述。

看來，要正確有效地進行翻譯文學批評，就必須建立大家可以普遍認可的翻譯批評的標準。批評標準的混亂必帶來批評的混亂，「信達雅」仍然應該是翻譯批評的最可靠的基本準則。如果說批評家是質量檢驗員，那麼批評標準就是他應遵守的質量檢驗標準。物質產品的質量檢驗的標準可以有專家和管理部門制定出來並強制實施，但翻譯文學批評的標準的形成卻複雜得多。它應該是普遍被認可的，又是約定俗成的。中國現有的關於翻譯批評的文章對批評標準的看法是異中有同，表述簡潔的有「忠實、通順、優美」、「真善美」、「和諧」等，表述稍繁的有「譯文是否重視原著、是否流暢、是否再現原作的藝術手法和風格」等等。我認為，翻譯批評的標準應該和翻譯的標準統一起來，正如一件物質產品的生產和製造的標準，同時也是它的質量檢驗的標準，難以設想它們存在兩套不同的標準。在中國，嚴復提出的「信達雅」，經一代代翻譯家和理論家的不斷修正、闡釋，已成為絕大多數翻譯家認可的、約定俗成的普遍標準，它也有資格成為翻譯批評的標準。雖然有人曾認為，像「信達雅」這樣的翻譯標準只是空洞的原則，拿它做標準不能解決問題，「這一標準也就沒有多大用處」，應該形成一個供批評用的「完整的理論體系」才好。[13]但這種看法值得商榷。不要說那樣的「完整的理論體系」當時沒有、現在仍然沒有產生，即使有人宣布它產生了，恐怕也不便使用。原因在於，如果翻譯批評要依賴一種「完整的理論體系」，則翻譯批評必然成為可以尺量寸度的純「科學」的活動，翻譯批評、尤其是翻譯文學批評中的必

12 許鈞：《文學翻譯批評研究》（南京市：譯林出版社，1992年），頁37。

13 董秋斯：〈翻譯批評的標準和重點〉，原載《翻譯通報》第1卷第4期（1950年）。

不可少的人文性、創造性、審美性便被封殺了。因此，翻譯批評的標準應當是原則性的，不應當是細則性的。同時，翻譯批評的標準當然也不能像科學技術標準那樣由某種權力機構硬性推行。上文已經說過，「信達雅」是經過一百多年的時間考驗和實踐檢驗而形成的被絕大多數人所接受原則標準。它不僅是一般翻譯的原則標準，也是文學翻譯的原則標準；它適用於非翻譯文學的批評，也適應於文學翻譯的批評。把這樣一個約定俗成的原則標準拋開，另立新的標準，恐怕會割斷我們的譯學傳統，難以被普遍接受。而一種「要求」是否能成為「標準」，根本的條件是為人們普遍認可和接受。技術上的標準、行政的標準可以由政府頒布強制施行，而文學批評、翻譯文學批評的這樣的人文科學的標準，必須尊重傳統的約定俗成。這樣的原則標準，恐怕非「信達雅」莫屬。

批評家對一個譯本做出價值判斷，無論如何跳不出「信達雅」。「信達雅」作為一種原則性的標準，在批評實踐中可以由翻譯批評家根據其批評的對象的不同、目的的不同、側重點的不同，而靈活加以運用。例如，對一般的科技翻譯，取「信」和「達」的標準就足夠了；對文學翻譯，「信達」之外，還要「雅」。但是，在翻譯文學批評中，「信達雅」是最基本的批評標準，僅僅以「信達雅」來衡量一部文學譯作的價值還不夠，我們還要用「神似」、「化境」這一理想境界來衡量。當批評家用「神似」、「化境」的標準來衡量的時候，往往可以表明批評對象已具備了相當高的藝術水平。如果說，「信達雅」是翻譯文學批評的基本標準，那麼，「神似」、「化境」就是翻譯文學的最高標準。一般的譯作，拿「信達雅」來衡量已經足夠，但特別優秀的譯作還值得批評家用「神似」、「化境」來衡量。以超越語言的層面，上升到文學美學的層面。換言之，使用什麼樣的批評標準，不僅取決於批評者的主觀願望，更取決於批評對象在翻譯藝術上所達到的高度。儘管使用「神似」、「化境」來批評譯作，不像指出錯譯那麼實在，有時甚至不免玄遠，但這恰恰可以體現出翻譯文學批評的根本特徵，文學批評需要批評家的悟性，需要批評家抓住語言文字之上的東西，揭示出譯文的風格、韻味等美學的層面，這才能從根本上顯現譯文的價值。

當然，對翻譯文學的批評既應當有「信達雅」、「神似」、「化境」這樣的文藝美學上的批評標準，有時還需要從語言學角度提出更具體的批評標準。如黃杲炘先生在〈英語格律詩漢譯標準的量化及其應用〉一文中，根據英語格律詩內在特點提出了許多可以量化的標準，以此作為評價漢譯英語格律詩的批評標準。這些量化的標準反映了英語格律詩翻譯的基本要求，為譯詩評論尤其是漢譯格律詩的評論提出了客觀實在的依據，對漢譯英文格律詩的批評是有相當的參考價值的。但並非所有文體都能夠制定出如此具體的標準來。如果能夠，那對於規範語言學層面上的翻譯文學批評，當然是有益的。

有了翻譯文學批評的標準，還要注意翻譯文學批評的方法。方法是在標準的指導下的具體操作。翻譯文學批評的標準應該達成一致，而翻譯批評的方法則可以多樣。從翻譯文學批評與一般文學批評的不同中，可以見出翻譯文學批評也應該有自己特別切實可行、行之有效的方法。許鈞教授在〈文學翻譯批評的基本方法〉[14]一文中，提出了六種基本的翻譯文學批評方法，包括第一，「邏輯驗證的方法」，即從上下文的邏輯關聯上來驗證譯文；第二，是「定量定性分析方法」，即形式上定量、風格上定性；第三，「語義分析的方法」；第四，抽樣分析的方法；第五，「不同版本的比較」；第六，「佳譯賞析的方法」。現在看來這六種方法的劃分並不太完善，如第二、第三種有些互相重疊，第六種將翻譯賞析與翻譯批評混淆在一起，勢必會出現許鈞先生

14 許鈞：〈文學翻譯批評的基本方法〉，載《譯學論集》（南京市：譯林出版社，1997年），頁96-106。

所擔心的那種「太活」(太主觀隨意)的批評。但在目前翻譯理論界尚未系統提出這一問題的情況下,是有一定的參考價值的。依筆者看來,翻譯文學批評的基本方法,就是要把翻譯批評可能遇到的幾種矛盾辯證統一起來,即,將譯文的細節批評與總體批評結合起來,語言學批評與美學文藝批評結合起來,片段的抽樣分析與完整的譯文評價結合起來,特殊的批評角度與全面公正的評價結合起來,等等。而許鈞教授所說的那些「基本方法」,不妨可以作為一些「具體的方法」來看待。其中,他提到的第六種方法「不同翻譯版本的比較」,作為翻譯文學批評的一種十分獨特的角度,應給予高度的重視。

對同一原作的不同譯本的比較批評,即「譯本比較批評」,在一般文學批評中不可能存在,而在翻譯文學批評中,卻是一種重要的、行之有效的批評方式方法。在世界各國文學史上,名家名著是有限的,而名著的譯本可以無限。在我國,隨著翻譯事業的繁榮,不同複譯本越來越多,一般的一、二流作品都有了兩種以上的譯本,這就為翻譯文學批評提供了大量的比較批評對象,並且具有無庸置疑的可比性。有比較才有鑒別。再高明的翻譯家也總有敗筆,而一般的無名的譯文的有些譯文,也許為大翻譯家所不及。對不同譯本的比較批評,可以瑕瑜互顯,長短互見,相互映襯,相互借鏡。可以說,在有複譯本的情況下,真正全面深入的翻譯文學批評,不能無視不同複譯本的比較批評。早在一九三七年,茅盾先生就寫了題為〈《簡愛》的兩個譯本〉的文章,對伍光建和李霽野的《簡愛》譯本做了比較評論,指出了兩種譯本在翻譯方法上的不同,不同的藝術效果和它們的優缺點,在今天看來仍是不同譯本比較批評的典範文章。首先,這種比較批評對一般翻譯文學的讀者尤其有用。在圖書館中、在書店裡有多種不同的譯本,究竟買哪一種、看哪一種?沒有批評家的引導,可能就難以判斷。在比較中,劣譯的讀者市場可以逐漸萎縮,最終歸於湮滅;而優秀的譯本更可以擺脫劣譯的遮蔽,而更廣為人知。其次,這種比較對文學翻譯工作者也有用，初學翻譯者應取各家之長，從善如流，而譯本的比較批評不啻是學習翻譯家藝術經驗的可靠途徑。這種翻譯文學批評在上世紀九〇年代以後大量湧現，成為翻譯文學批評最流行的一種方式。例如，對蕭乾、文潔若譯《尤利西斯》、金隄譯《尤利西斯》，對朱生豪、梁實秋、方平譯莎士比亞的《哈姆雷特》，對四、五種雪萊的《西風頌》譯文、對近十幾種《紅與黑》的不同譯本等，都有專門的文章甚至專門的著作加以比較批評，顯示了這類批評在翻譯文學批評中的良好的發展前景。

東方古典文學的翻譯及相關問題[1]

經過近半個多世紀的努力，迄今為止，東方各國古代文學經典名著，尤其是第一流的名著，大部分都已經有了中文譯本，但也有相當一部分古代名著、尤其是東方文學史上經常提到的名著，仍然沒有中譯本。已經出版的譯本，除了《一千零一夜》、《源氏物語》等作品外，還存在發行量較小，讀者偏少的狀況。造成這種狀況的原因非常複雜。五四運動以來中國長期存在的「西方文學中心論」的偏向及對東方文學的漠視，是主要原因。對東方古代文學和文化的隔膜，使一般讀者對東方古典的閱讀與理解產生了困難和障礙。同是東方國家，中國人理解起西方文學來更有親近感，而閱讀近鄰的東方古典文學，卻常常感覺理解困難乃至不可思議，這的確令人感慨。要改變這種狀況，不能僅僅被動地依賴於出版市場，因為古代經典文本，現代人在閱讀理解上都有難度，這就需要我們這些專業工作者的積極推動，需要營造閱讀東方古典名著的教育環境與學術氣氛，需要逐步提高讀者的文化修養、文學水平和閱讀趣味。而對我們這些專業工作者來說，目前最切實有效的工作，就是要加強東方文學研究，強化大學文學院的東方文學教學。

首先想談談東方文學研究與東方文學翻譯之間的關係。

我所說的研究，不僅僅是傳統意義上的對原作家和原作品的研

---

1 本文是在北京大學「東方文學經典：翻譯與研究」學術研討會上的主題發言稿，原載《社會科學報》（上海），2008年8月26日，第5版，原題〈改變東方文學相對蕭條的局面〉。

究，還包括中國的翻譯史、翻譯家及其譯作的研究。要讓學術界、文化界重視東方文學翻譯，就必須將翻譯文學、包括東方各國文學的翻譯，作為學術研究的領域和對象，將中國重要的東方文學翻譯家及其貢獻寫進翻譯文學史，使之進入中國的學術文化殿堂，進入以高等教育為中軸的文化傳承機制中。只有這樣，翻譯家們對中國文學和中國文化的獨特貢獻才會被承認，翻譯家對自己所從事的工作的重要性才會有更充分的自覺、翻譯家才會持有與其貢獻相適應的影響與地位。本著這樣的想法，我曾在一九九九年撰文呼籲：要著手研究中國翻譯文學史，要從國別文學翻譯史寫起。二○○一年我曾出版過一部《二十世紀中國的日本翻譯文學史》（後改題《日本文學漢譯史》再版），但迄今為止仍是僅有的一部東方國別文學翻譯史。在東方文學翻譯史研究方面，我本人曾在二○○二年出版過一部《東方各國文學在中國——譯介與研究史述論》一書（後改題《東方文學譯介與研究史》再版），但那只是粗略的。因為我本人不懂印度、阿拉伯、波斯等東方文字，對有關翻譯家及譯本的評述與評價只是從比較文學的角度切入，而難以進行原文與譯文對讀，難以對譯本做出語言學上的文本分析和具體評價。我一直認為，真正理想的「翻譯文學史」，不能僅僅滿足於翻譯文學史料的梳理，還必須有具體的語言學層面上的審美分析，必須在原文與譯文的比較中，在不同譯文的比較中，對譯本作出審美價值判斷。我一直期待著在東方翻譯文學史研究領域，有真正的專門家寫出《印度文學漢譯史》、《阿拉伯文學漢譯史》、《朝鮮文學漢譯史》、《波斯文學漢譯史》等方面的國別翻譯文學史，只有這樣，中國的東方文學翻譯史的研究才能扎實、全面的展開。

除了上述的「翻譯文學史」這樣的研究方式外，對東方文學翻譯的研究可以以專題的方式進行，對重要的譯本、對重要的翻譯家進行個案研究。關於林紓、朱生豪、傅雷、魯迅、周作人等翻譯文學史上老一輩的重要翻譯家，已經有了專門的研究著作，而在東方文學翻譯研究領域，這樣的工作尚未展開。要意識到學術研究不僅要呈現歷史，也要關注當下。實際上，許多當代的東方文學翻譯家值得進行專門的研究，例如印度文學翻譯領域的季羨林、金克木、劉安武、黃寶生等先生，阿拉伯文學翻譯領域的納訓、李唯中、仲躋昆等先生，波斯文學翻譯領域的張鴻年等先生，日本文學翻譯領域的葉渭渠、陳德文、林少華等先生，都值得用專題論文，甚至專著的形式做專門的研究。當然，翻譯家的地位是翻譯家的貢獻和實力所奠定的，但還需要用學術研究的方式對這種地位和貢獻予以確認和弘揚，以免於受到不應有的忽視和忽略。

再談談關於東方文學教學與東方文學翻譯的關係。

作為一名大學文學院的教師，我認為，要真正解決中國的東西方文化受容的不平衡問題，改變東方古典文學的閱讀接受相對蕭條的局面，為東方文學的翻譯營造應有的社會文化氛圍，培養更多的讀者，應從大學教育與課堂教學入手。具體地說，要從文學專業的大學生入手。這些學生是文學閱讀、包括東方文學閱讀的龐大讀者群，而且他們畢業後，又可以帶動社會上更多的人參與閱讀。為此，我們必須充分認識東方文學學科及教學的重要性。如果各大學的中文系或文學院都能按學科規範，在外國文學基礎課中既講西方文學，也講東方文學，必將有利於矯正西方文化一邊倒的傾向，維護一個國家應有的學術生態與文化教育生態的平衡，同時也將有助於為中國的東方文學翻譯事業營造應有的社會文化氛圍。

幾年前，我就寫文章提倡用「中國翻譯文學史」的講法，來逐步改造中文系傳統的基礎課「外國文學史」的講法，提出在中文系用中文講授的外國文學，與在外語系以語言學習為中心而以外語講授的分國別的外國文學，其目的和宗旨應該有所不同。在中文系講授外國文學，應該立足於中國文學，運用比較文學的觀念和方法，一方面講授外國文學史及作家作品，另一方面要講授中國翻譯文學史、翻譯家及其譯本。以東方文學史的教學為例，無論哪個授課老師恐怕都不可能懂得東方各種語言，但他完全可以以譯本為中心，對翻譯文學文本進行比較文學層面的分析，甚至可以對翻譯文學文本進行審美鑒賞與批評。例如，即使教師不懂梵語，也完全可以對金克木翻譯的《雲詩》做文本賞析，因為《雲使》這樣優美的翻譯文學完全不亞於、甚至高於中國詩人的創作，具有獨立的審美價值；即使不懂梵語，也完全可以將季羨林、孫用、糜文開三人分別翻譯的三種《羅摩衍那》譯文進行比較分析，從比較文學、翻譯文學的角度做出文本批評和審美價值判斷。如果用這種方法來講授，則文學翻譯家就進入了課堂，翻譯家成為與原作家平行的講授對象，翻譯家及其翻譯文學的相對獨立的作用、相對獨立的價值就被凸現出來。從事翻譯的翻譯家們，就會切實地意識到自己工作的價值之所在，就會意識到自己的工作不僅僅是一個媒介者的工作，也是一種藝術創造者的工作。

在文學翻譯史上，有一種普遍的現象，就是翻譯家的知名度一般依賴於原作家的知名度，譯作的知名度，往往依賴於原作的知名度。翻譯那些文學史上已經有定評的古典名著，比起翻譯當代的尚待歷史檢驗的作家作品而言，往往更有利於確立翻譯家的聲譽與地位，例如在東方古代文學名著的翻譯中，納訓之於《一千零一夜》的翻譯，季羨林之於《羅摩衍那》等的翻譯，豐子愷之於《源氏物語》的翻譯等，都是如此。從翻譯文學史上看，幾乎所有古典名著的翻譯家，都已經確立了著名翻譯家的地位。反過來說，只有翻譯名著，特別是古典名著，才能更充分地顯示和發揮翻譯家的實力與才能。由於存在歷史文化阻隔，由於語言文字的古老，古代名著的翻譯較之近現代作品的翻譯困難大得多，耗時費力，譯事常常曠日持久。而且，古典名著的翻譯，往往伴隨著大量注解、考證、解說，翻譯本身就是一種研究的形態。因此古典名著對翻譯者的要求較高，尋求合適的譯者較為困難。唯其如此，古典名著的翻譯對翻譯家的吸引力也應該更大。

我認為在當前的中國東方文學翻譯與研究界的活躍人士中，完全可以找出能夠勝任東方古典文學翻譯的優秀人才，包括中青年翻譯家。可以組織和聯合東方文學界的翻譯家與研究者，以北京大學東方文學研究中心、中國社會科學院文學所東方室和中國東方文學研究會等各方組成編委會，策劃並實施《東方古代文學名著翻譯與研究叢書》之類的選題，推動、說服出版社繼續擔當起出版東方古典名著翻譯出版的責任，列入選題計畫。要使出版社方面認識到，東方古典名著的讀者面固然不寬，成為暢銷書的可能性較小，短期內出版社的經濟效益不會太顯著，但古代名著的譯本如果質量高，其生命力可以持久，一批批的學生、學者都有陸續不斷的研讀與購買的需求，並因此可以成為常銷書，長期看會有一定的經濟效益。例如，上世紀八〇年代初，日本的《源氏物語》剛剛出版的時候發行量很有限，但過了十幾年後，隨著日本文學研究與教學的展開，《源氏物語》的發行逐漸增加，現在已經成為各書店的常銷書。此外，古典名著原則上已經沒有版權許可問題，不必購買原作版權即可以翻譯出版，免去了譯者翻譯古典名著時受制於人的麻煩，這是古典名著翻譯選題的優勢之所在。

關於《東方古典名著翻譯與研究叢書》具體選題，陸續推出幾十種應無問題。例如印度的往世書（選譯），古代阿拉伯短篇說唱故事「瑪卡梅」，日本平安王朝的隨筆日記文學與短篇物語集，馬來古典小說《杭・杜亞傳》等。根據古典文學譯介的特點，可以嘗試和探索翻譯與研究相結合的文本形式，將翻譯與注釋、翻譯與研究結合起來，即在同一個文本中，既有譯文，也附有研究著作或較長篇幅的研究論文。這樣做，從翻譯家的角度看，可以體現他的古典文學的翻譯與研究密不可分的特點；從讀者角度著想，一般讀者、包括文學專業的大學生，如果不參讀相關的研究論文或研究著作，而僅僅單獨地閱讀譯文，是很難登堂入室的。譯文與研究文章合為一書，可以滿足讀者的閱讀與理解、審美與求知的雙重需要，又可以大大地提高譯本的學術文化品位，同時還有助於改變目前各大學通行的教師業績評價機制中，一般不把翻譯列為學術成果的不正常做法。我本人目前正在進行的《日本古代文論譯注》一書，也想在這個方面做一嘗試。

為了強化東方古典名著的翻譯工作，北京大學東方學研究中心及中國東方文學研究會，曾於去年年底邀請有關方面的翻譯家和學者，在北大召開了專題研討會，許多專家在會上談了自己的意見和設想，我們期待著有關成果儘早問世。

中國的波斯文學翻譯應該受到高度評價

——在紀念波斯詩人莫拉維誕辰八百週年學術研討會的致辭[1]

尊敬的伊朗—波斯文學翻譯家、研究家、教授、先生們：

波斯文化是東方文化的重要組成部分，波斯文學在東方文學中占有重要地位，在中國、在北京大學召開這樣的會議，除了學術交流的意義之外，會議本身就表明了中國學者對波斯文化及波斯文學的重視與崇敬。或許基於這一想法，我的兩位前輩老師、中國東方文學研究會會長陶德臻教授、何乃英教授，幾乎每次都出席波斯文學的有關研討會。我參加今天的會議，也是出於同樣的心情。更為重要的，是想借這個場合，表達我對在座的、或不在座的各位波斯文學翻譯家、研究家的敬意與感謝。各位先生們的創造性的勞動，特別是在波斯文學翻譯方面的貢獻，不僅豐富了我國的翻譯文學寶庫，也給我國的東方文學總體研究和東方文學比較研究提供了豐富的學術資源。

近幾年來，我曾在《翻譯文學導論》、《比較文學學科新論》等有關著作及有關文章中，大力呼籲、闡釋並提倡「翻譯文學」。我認為，由中國翻譯家創作性地翻譯成中文文本的外國文學作品，已經不再是「外國文學」，而是「翻譯文學」；中文系所開設的、用中文講授的「外國文學史」課，要求學生閱讀中國翻譯家的譯作，所以它本來

1　本文原載北京大學《東方文學研究通訊》（北京），2006年第3期。

就具有「中國翻譯文學史」的性質。經過長期的消化吸收與積澱，中國翻譯文學已經成為中國文學的一個重要的特殊的組成部分。從這樣的觀點來看，中國的波斯翻譯文學，也理所當然地屬於中國翻譯文學的一個重要組成部分；波斯文學翻譯家及波斯文學譯作，也構成了中國翻譯文學史研究的重要對象，成為用中文講授的「中國翻譯文學」的重要對象。事實上，一九二四年郭沫若翻譯的《魯拜集》，一九八三年潘慶齡編譯的《鬱金香集——波斯古代詩選》、張鴻年先生翻譯的內扎米的《蕾麗與馬傑農》、《波斯古代詩選》，張暉翻譯的魯達基、內扎米詩歌，邢秉順翻譯的哈菲茲詩歌等，已經進入一些大學中國語言文學學科的課堂，為中國文學專業學生閱讀研究與欣賞。特別是二〇〇〇年出版的由張鴻年、張暉、元文祺、宋丕芳、邢秉順、穆宏燕諸位翻譯家擔綱翻譯《波斯經典譯叢》十八卷，堪稱中國波斯文學翻譯的集大成。這套《波斯經典譯叢》不僅是波斯文學的經典，更是中國的波斯翻譯文學的經典，對此，我在五年前出版的中國的東方文學學科史著作《東方各國文學在中國》一書中，已經給予了高度評價。我認為，中國的波斯文學翻譯，在總體上已經形成了鮮明的風格特色。中國的波斯文學翻譯家人數雖屈指可數，但相當精悍，幾乎全都出自北京大學東語系波斯語言文學專業，在最近二十多年的翻譯實踐中，自然而然地形成了一個團結協作的團隊，形成了一個嚴格意義上的波斯文學「譯壇」。中國的波斯文學翻譯家們顯示了相互合作、統籌協調的自覺意識與實踐能力，在翻譯選題的選定上，有條不紊、步步推進，從單行本到叢書，翻譯範圍與規模逐漸擴大，波斯文學翻譯家們堅持經典本位原則，保持了高雅的審美格調。近年來英語、法語、日語等語種的文學翻譯界所不時出現的搶占選題、低水平重複翻譯、乃至胡譯亂譯等消極現象，在波斯文學翻譯界完全不存在。而且，中國的波斯文學翻譯家們所譯出的波斯文學作品，重點在古典詩歌。詩歌翻譯最難，困難的詩歌翻譯本身既是文學翻譯行為，也是一種學術研究行為，最有利於充分發揮一個翻譯家的藝術創造才能，也最有利於使「文學翻譯」成為「翻譯文學」。在這些方面，波斯翻譯文學翻譯家，在我國的翻譯文學界做出了表率。我曾經仔細閱讀品味過《波斯經典譯叢》中的某些譯作，覺得有不少篇目和段落，具有很高的文字與文學的欣賞價值。已故流行作家王曉波所說的「要想讀好文字就要去讀譯著」;「最好的文體都是翻譯家創造出來的」這兩句話，在波斯文學翻譯家的譯作中也可以得到有力的印證。

總之，波斯文學是中國的東方文學、東方總體文學、東方比較文學的重要組成部分，中國的波斯文學翻譯，是中國翻譯文學的重要組成部分，中國的波斯文學翻譯家，是中國文學家的重要組成部分。這並不只是我個人的看法，而是顯而易見的事實。但在我國的東方文學學科總體上還處於弱勢地位的大背景下，這樣的事實也需要鼓吹，需要彰顯，否則就有可能被遮蔽。我們這些從事東方文學教學、翻譯與研究的同仁們，今後所要做的工作，就是在中國弘揚包括波斯文學在內的東方文化及東方文學、宣傳東方文學翻譯家、研究家的貢獻，使中國的東方文學逐漸成為為更多的人所注目的強勢學科。

謝謝大家。祝研討會圓滿成功！

二〇〇六年九月二十二日

於北大英傑交流中心第一會議室

五四前後中國的日本文學翻譯的現代轉型[1]

一　翻譯選題的變化

五四前後，既是中國文學史的一個重要的轉捩點，也是中國的日本文學翻譯的一個轉捩點。轉折的最顯著的標誌，是翻譯在選題上出現的明顯的變化。

在五四之前，中國對日本文學的翻譯，具有濃厚的急功近利的色彩。在大多數翻譯家們看來，文學翻譯只是一種經世濟民、開發民智或政治改良的手段。他們看中的不是文學本身的價值，而是文學所具有的功用價值。在這種觀念的指導下，翻譯選題基本上不優先考慮文學價值，而是考慮其實用性。一方面為了宣揚維新政治，啟發國民的政治意識而大量翻譯日本的政治小說；一方面為了開發民智，向國民宣傳近代西方的科學知識、近代法律、司法制度、近代教育、軍事而大量翻譯日本的科學小說、偵探小說、冒險小說、軍事小說等。而明治時代四十多年間日本文壇出現的許多重要的文學家和大量優秀的作品，卻大都在中國翻譯選題的視野之外。如，日本近代文學的開山之作、二葉亭四迷的長篇小說《浮雲》（1887-1890），直到一九一八年周作人於一次演講中提到之外，此前甚至從來都沒有被人提起，更不必說翻譯了。這樣的作品之所以沒有翻譯，恐怕是因為作品所表現的

1　本文原載《四川外國語學院學報》（重慶），2001年第1期。

內容與當時中國的需要不相適應。《浮雲》所反映的是處在近代官僚制度壓抑下的個人的苦惱和個性意識的覺醒，批判了當時的西化風氣，而當時中國的知識分子所拚命鼓吹的，卻是如何培養個人的國家觀念、如何引進西方文化。至於個性的覺醒與苦惱，是五四以後才被覺察並在文學作品中加以表現的。再如夏目漱石是明治文壇的領袖人物，在當時極有影響，他於一九〇五年發表傑作《我是貓》，直到一九一六年去世，此後十幾年間佳作不斷。夏目漱石活躍的時期，正好是中國清末民初的翻譯文學的熱潮時期，當時中國大批的留日學生，不可能對漱石一無所知，但是，漱石在那時卻完全沒有被譯介。主要原因恐怕是夏目漱石作品所貫穿的對「文明開化」的懷疑與批判態度，對近代資本主義社會的反感與反思，與當時中國的知識界、文學界的主流文化不一致。上個時期得以譯介的僅有一個日本大作家是尾崎德太郎（紅葉）。尾崎紅葉是明治文壇最早出現、最有影響的文學團體「硯友社」的核心人物。當時有著名譯者吳檮翻譯了他的三部作品——《寒牡丹》、《俠黑奴》、《美人煙草》，但這些都不是他的代表作。這幾個作品大都以異域故事為題材，之所以翻譯它們，恐怕是為了迎合當時讀者異域獵奇心理的需要。而尾崎紅葉當時影響最大、最受迎歡的代表作《金色夜叉》，卻並沒有被翻譯，原因恐怕也是因為該小說所批判的是資本主義社會的金錢萬能，與當時中國的時代主調不相協調。

還有一層原因，五四以前的中國翻譯界，一方面非常重視、大力提倡或從事日本書籍的翻譯，而另一方面又普遍認為日本的文化、文學比不上西方，因此翻譯日本書籍只是一個方便的捷徑，而不是最根本的目的。在這方面，梁啟超的看法很有代表性。他在〈東籍月旦敘論〉一文中說：「以求學之正格論之，必當於西而不於東；而急就之法，東固有無可厚非者矣。」在他看來，學問的「正格」當然應求諸西方，求諸日本只不過是「急就之法」。在這種情況下，就不可能有人認真地去研究日本文學，而往往只能是東鱗西爪，取己所用。所以，五四以前的二十多年間，我們找不到一篇認真研究和介紹日本文學狀況的文章，那些日本文學的翻譯家們，包括其中的佼佼者如梁啟超、吳檮、陳景韓等，對日本文學的狀況都沒有總體、全面、準確的了解和把握。這樣，近代中國的日本文學翻譯的選題，就不可能是以文學為本位，而常常是由非文學的因素決定著譯題的選擇。在譯出的作品中，要麼是文學與其他學科領域交叉產生的作品，如政治小說、科學小說之類；要嘛是通俗作品，如偵探小說、言情小說之類。而純文學的翻譯，則如鳳毛麟角，非常罕見。

而這種情況，在五四前後發生了明顯的變化。一九一八年，周作人在北京大學作了一場題為〈日本近三十年小說之發達〉的演講。這篇演講系統全面地梳理了日本明治維新以後二十年的文學發展情況。雖然談的只是小說，但由於小說是日本近代文學壓倒性的文學樣式，因此並沒有以偏概全之嫌。其中重點提到了「寫實主義」的提倡者坪內逍遙及其文學理論著作《小說神髓》，「人生的藝術派」二葉亭四迷及其《浮雲》，以尾崎紅葉、幸田露伴為代表的「硯友社」的「藝術的藝術派」的文學，北村透谷的「主情的」、「理想的」文學，國木田獨步等人的自然主義文學，夏目漱石的「有餘裕」的文學與森鷗外的「遣興文學」，永井荷風、谷崎潤一郎的「享樂主義」的文學，白樺派的理想主義文學，等等。當然，這篇演講並不是沒有缺憾，如對當時日本文壇崛起的以芥川龍之介、菊池寬為代表的「新思潮派」（又稱「新理智派」、「新技巧派」）完全沒有提到——但總體上看是抓住了日本近代文學之要領的。鑒於周作人在當時的地位和影響力，這篇演講發表後，對中國的日本文學翻譯、特別是翻譯選題所起的指導作用，是不可低估的。重要的是，周作人的演講開了中國研究日本文學的風氣之先。五四以後，不少文學家、翻譯家，都對日本文學做了認真的研究，至少是對所譯的作家作品做了研究。大多數譯本都有介紹作家作品的文字，而且所談的，也大多準確可靠。有的譯本還附了譯者或專家撰寫的上萬字的序言，或者附了作家評傳。這表明翻譯者同時也是研究者。而在五四以前，日本作品譯本中，很少有譯者寫的研究和介紹作家作品的「序言」或「後記」之類的文字，即便有，也只是借題發揮，而很少談到作家作品本身。

好的翻譯選題，是以全面了解被翻譯國文學狀況為前提條件的。它有助於譯者克服選題上的隨意性和盲目性。由於五四以後翻譯家們大都是日本文學的行家裡手，因此在翻譯選題上，顯得既繁榮，又有序；既有重點，又比較全面。雖然五四前後乃至整個二、三〇年代，中國文壇的主導傾向還是主張文學為「人生」服務的，但這又不同於五四以前翻譯文學中的功利主義。在他們看來，文學是手段，同時文學本身也是目的。他們對日本文學的選擇還是以文學為本位的。加上二、三〇年代中國文壇呈現了百家爭鳴的局面，因此，在對日本文學的翻譯選題上，標準與對象也非定於一尊，而是各有喜好。因此，日本文學的不同的風格、流派的作家作品，都有人譯介，又都有各自的讀者群。

在二、三〇年代，隨著時代環境的推移，中國的日本文學的翻譯在選題上也呈現出階段性變化。五四時期，時代的主旋律是「人的覺醒」、「人的解放」和「個性的解放」。因此，最受歡迎的是像謝野晶子那樣的關於向傳統挑戰的浪漫主義作家，譯介最多的是日本的白樺派的人道主義、理想主義文學。二〇年代中期以後，五四新文學陣營因思想分裂而崩潰，文學觀念更趨多元化和複雜化。對日本文學的翻譯也是如此。有人對日本的人道主義文學感興趣，有人熱衷譯介日本的唯美主義文學，有人讚賞「新理智派」的小說藝術而翻譯芥川龍之介和菊池寬的作品；有人受「革命文學」浪潮的影響，傾向於左翼無產階級文學，大量翻譯日本普羅作家的作品。而對於夏目漱石那樣的超越流派的大家，則始終充滿著譯介的興趣。

還應注意到的是，五四以前，對於日本的文學著作幾乎沒有譯介，而五四以後，出於建設新文學的需要，對於日本近代文學理論的翻譯出現了繁榮的局面。這也是日本文學翻譯選題上的一個重大變化。對日本文學理論的譯介，單從翻譯的數量上看就是十分引人注目的。文學理論的譯本占這一時期全部譯作的三分之一以上，突出地表明了日本文學理論與中國現代文學的密切的關係，反映了二、三〇年代在中國文學的理論建設中對日本文學理論是如何的重視、如何地注意借鑒。因而，對日本文論的譯介，應該是中國的日本文學翻譯史中值得探討的重要課題。

對日本現代名家名著的翻譯，是日本文學翻譯中最富有建設性的工作，也是最能體現翻譯家的翻譯藝術水平的領域。在那不到二十年的時間裡，日本文學中的許多中長篇名著都有了中譯本，還編譯出版了許多日本短篇小說名作的選本。這都是一個值得稱道的成績，它表明我們的翻譯家，在翻譯的選題上已經具備了文學角度的、歷史角度的敏銳眼光。越是水平高的翻譯家，翻譯的選題也越精到。因此，日本文學名家名著的翻譯，一般都是由好的翻譯家們來承擔的。日本近現代的著名的作家，各種思潮、各種流派的代表人物的代表作，大都被翻譯過來了。如，近代文壇的兩位領袖人物──夏目漱石和森鷗外的作品，白樺派作家武者小路實篤、有島武郎、志賀直哉等人的作品，自然主義作家田山花袋、島崎藤村的作品，唯美派作家谷崎潤一郎、佐藤春夫的作品，新理智派作家芥川龍之介、菊池寬的作品，左翼作家葉山嘉樹等人的作品，都在這時期的中國得到了譯介。其中不少日本作家在中國有了自己的中文版的《選集》，重要的有《國木田獨步集》、《夏目漱石選集》、《芥川龍之介選集》、《菊池寬集》、《有島武郎集》、《谷崎潤一郎集》、《佐藤春夫集》、《志賀直哉集》、《葉山嘉樹集》、《藤森成吉集》，等等。

二　翻譯方法的轉換

五四以前的日本文學翻譯，在翻譯方法上有兩個基本特點。一是使用文言，一是在翻譯時任意添削刪改，截長補短，「豪傑譯」盛行。

用文言文翻譯外國文學，是五四以前翻譯界的風尚。最為人所推崇的林紓的小說翻譯、嚴復的社會科學著作的翻譯，用的都是古文。在日本文學翻譯界，最早翻譯日本小說的梁啟超，用的也是文言，後來是半文半白。本來，梁啟超翻譯的用意在於廣為人讀，以收啟發民智之效，而使用文言，當然不如使用白話更有效。但梁啟超還是使用了文言。這其中的原因很複雜。清末民初，發生了聲勢較大的「言文一致」運動，但是幾千年形成的古文的勢力更大，連一些提倡白話文的人，自己也不能經常使用白話。那時的文學家、翻譯家們，受的都是古文的薰陶和教育，用慣了古文。對他們來說，使用古文寫作或翻譯，比使用白話文要容易得多，所以當時許多人，是先用古文來寫，然後自己再「翻譯」成白話文。對使用白話文的困難，梁啟超有深刻的體會。他根據日本森田思軒的日文譯本翻譯凡爾納的《十五小豪傑》的時候，本來想用白話文來譯，結果還是譯成了文言。在《十五小豪傑・譯後語》中，他交代說：「本書原擬依《水滸》、《紅樓》等書體裁，純用俗話。但翻譯之時，甚為困難。參用文言，勞半功倍。計前數回文體，每點鐘僅能譯千字，此次則譯二千五百字。譯者貪省時日，只得文俗並用，明知體例不符，俟全書殺青時，再改定耳。但因此亦可見語言文字分離，為中國文學最不便之一端，而文界革命非易言也。」梁啟超是嫌白話用起來不順手，而當年的魯迅用文言文翻譯，則是嫌白話文太冗繁。魯迅根據日文譯本翻譯凡爾納的《月界旅行》時說過：「初擬譯以俗語，稍逸讀者之思索。然純用俗語，復嫌冗繁，因參用文言，以省篇頁。」（《月界旅行》〈辨言〉）

五四以前，用文言翻譯日本文學，還有另外一層原因，那就是當時日本文學界，「言文一致」運動雖然在明治十年前後就有人提倡，但一直到了十多年以後的一八八七年，才出現了第一部用「言文一致」的文體寫的作品——二葉亭四迷的《浮雲》。從那以後「言文一致」才逐漸普及。五四以前，中國翻譯的日本文學文本或通過日文轉譯的西方文學文本，或是「漢文體」，或是「和文體」，或是「雅文體」，或是「和漢混淆體」，總之，大都不是「言文一致」的現代日本白話文體。這種情況對中國的日文翻譯使用文言，是有一定影響的。當時的西方各種語言，無論是英語，還是法語，本身就沒有「文言」和「白話」的糾葛。換言之，那些語種本身就是言文一致的「白話」。中文翻譯以文言譯西文，在文體的層面上就是對原作的不忠實；而中國以文言翻譯日本的文言，起碼在文體上是對等的。因此，在母語與日語的雙重箝制中，五四以前中國普遍使用文言、或者半文半白的文體來翻譯日本文學。用白話翻譯的，只是少數作品，如吳檮根據日文譯本轉譯的契訶夫的《黑衣教士》等俄國作品。而只有到了五四以後，白話文才完全取得了權威地位，普遍地用白話文來翻譯才成為現實。

五四以前，在翻譯方法上，忠實的翻譯還很少見，普遍使用譯述、演述、改譯等方法，存在著「豪傑譯」或者「亂譯」的問題。這種翻譯方法，不僅存在於文學翻譯中，也存在於學術著作等所有領域的翻譯中。如嚴復著名的譯著《天演論》，所用的就是「達旨」（譯述）的方法。他在〈《天演論》譯例言〉中說：「譯文取明深義，故詞句之閒，時有所顛倒附益，不斤斤於字比句次，而意義則不倍本文。題目達旨，不云筆譯，即便發揮，實非正法。什法師有云：學我者病。來者方多，幸勿以是書為口實也。」嚴復後來的譯著，如《原富》、《群學肄言》等，據說逐漸接近他提出的「信、達、雅」的目標，但是，用桐城派古文來譯西方的言文本來一致的原作，又如何能夠真正做到「信」呢？

在日本文學翻譯，或根據日文譯本轉譯的其他語種的文學作品中，這種不忠實的翻譯，甚至亂譯的現象普遍存在。清末民初中國所譯日本的政治小說，使用的是「豪傑譯」的方法。其實，在政治小說之外的翻譯以及根據日文轉譯的外國文學譯文中，情況也是如此。中國近代最早翻譯的第一批歐洲國家文學作品，大都是通過日文轉譯的。在這批轉譯的作品中，或多或少存在著「豪傑譯」現象。如戢翼翚根據高木治助的譯本轉譯的普希金的《俄國情史》（今譯《上帝的女兒》），不但大量刪節，而且改變了原文的人稱；包天笑根據日文譯本轉譯的義大利作家亞米契斯的《愛的教育》，其實是翻譯加自己的創作，連書名都按自己兒子的名字「馨兒」而改譯為《馨兒就學記》。魯迅根據日文譯本翻譯的幾部政治小說、科學小說，如〈斯巴達之魂〉、《地底旅行》等使用的也是譯述的方法，正如他自己後來所說：「雖說譯，其實乃是改作。」他在一九三四年寫的《集外集》〈序言〉中反省似地說：「……那時我初學日文，文法並未了然，就急於看書，看書並不很懂，就急於翻譯，所以那內容也就可疑的很。而且文章又那麼古怪，尤其是那一篇〈斯巴達之魂〉，現在看起來，自己也不免耳朵發熱。但這是當時的風氣……」一九三四年五月十五日在致楊霽雲的一封信中又說：「青年時自作聰明，不肯直譯，回想起來真是悔之已晚。」

總之，在五四以前的日本文學翻譯，乃至所有語種的文學翻譯中，在翻譯方法上，大體存在三種情況。第一，在翻譯「漢文體」的日文原作時，採用孫伏園所說的「勾乙」方法「只將各種詞類的序調換一下，用筆一勾就成，稱為勾乙式。」（孫伏園〈五四翻譯筆談〉，《翻譯通報》1951 年第 5 期）這種情況在近代早期的日本政治小說的翻譯中多見；第二，譯文採用深奧難懂的文言，而且也不尊重原文，隨意增刪；第三，採用直譯方法，對原文不作損益，但卻使用文言來譯，在文體上有悖原文；第四，譯文使用了白話或淺近的文言，但卻不是忠實的翻譯。一句話，譯文既用通俗易懂的白話文，翻譯時又忠實於原文的翻譯作品，是罕見的。

三　周氏兄弟對日本文學翻譯的現代轉型所做的貢獻及其影響

在中國近代翻譯文學史上，對翻譯方法上的這些問題最早做出反思和反撥的，是魯迅、周作人兄弟兩人。周氏兄弟在一九〇九年合作翻譯出版了《域外小說集》兩冊，選譯了歐美各國十六篇短篇小說。《域外小說集》採用了「直譯」的翻譯方法，是對當時流行的亂譯風氣的反撥，開了五四以後新的譯風之先河。但在當時，那樣的「直譯」卻難以被讀者認同和接受，出版的書只賣出二十來本，計畫中的第三冊也只好擱淺。而且，受當時時代風氣的制約，譯文所使用的仍然是文言文。

這種情形在五四前後得到了根本的轉變。「既用通俗易懂的白話文，又忠實於原文的翻譯作品」出現了，那就是周氏兄弟的翻譯。

周氏兄弟在五四前後，就對文學翻譯的方法問題發表了很有意義的意見。一九一八年四月周作人在北京大學的一次題為〈日本近三十年小說之發達〉的演講中，提出了文學翻譯的指導思想問題。他認為──

> 以前我們之所以翻譯別國作品，便因為它有我的長處，因為他像我的緣故。所以司各特小說之可譯者可讀者，就因為他像史、漢的緣故；正與將赫胥黎《天演論》比周秦諸子，同一道理。大家都存著這樣一個心思，所以凡事都改革不完成，不肯去學別人，只顧別人來像我。即使勉強去學，也仍是打定主意，以「中學為體，西學為用」。學了一點，便古今中外，扯

> 作一團，來作他傳奇主義的聊齋自然主義的《子不語》，這是不肯模仿不會模仿的必然的結果了。
>
> 我們想要救這弊病，須得擺脫歷史的因襲思想，真心的先去摹仿別人。隨後自能從模仿中，蛻化出獨特的文學來，日本就是個榜樣。照上文所說，中國現時小說情形，彷彿明治十七、八年的樣子；所以目下切要辦法，也便是提倡翻譯及研究外國著作。

這個意見非常重要。他實際上是提出了此前中國翻譯文學的本質上的問題及其根源：為什麼沒有出現真正尊重原文的翻譯。這也是為以後提出「直譯」設置了一個理論前提。同年十一月，周作人在答張壽朋的信（原載《新青年》第 5 卷第 6 號）中說：「我以為此後譯本，仍當雜入原文，要使中國文中有容得別國文字的度量，不必多造怪字。又當竭力保存原作的『風氣習慣，語言條理』；最後是逐字譯，不得已也應逐句譯，寧可『中不像中，西不像西』，不必改頭換面。」到了一九二〇年，周作人在他的譯文集《點滴》的序中，明確說明他的翻譯使用的是「直譯的文體」；一九二四年，魯迅在所譯廚川白村《苦悶的象徵》的〈引言〉中聲明：「文句大概是直譯的，也極願意一併保存原文的口吻。」一九二五年，魯迅在所譯廚川白村《出了象牙之塔》的〈後記〉中又說：「文句仍然是直譯，和我歷來所取的方法一樣；也竭力想保存原書的口吻，大抵連語句的前後次序也不甚顛倒。」一九二五年，周作人《陀螺》〈序〉中，進一步說明「直譯」的含義：

> 我的翻譯向來採用直譯法，所以譯文實在很不漂亮——雖然我自由抒寫的散文本來也就不漂亮。我現在還是相信直譯法。因為我覺得沒有更好的方法。但是直譯也有條件，便是必須達

> 意，盡漢語的能力所及的範圍內，保存原文的風格，表現原語的意義，換一句話就是信與達。近來似乎不免有人誤會了直譯的意思，以為只要一字一字地將原文換成漢語，就是直譯，譬如英文的 Lying on his back 一句，不譯作「仰臥著」，而譯作「臥著在他的背上」，那便是欲求信反不詞了。據我的意見「仰臥著」是直譯，也可以說是意譯；將它略去不譯，或譯作「坦腹高臥」，以至「臥北窗下自以為羲皇上人」是「胡譯」；「臥在他背上」，這一派乃是死譯了。

周氏兄弟提出的「直譯」，具有重要的理論價值。它在理論與方法上，解決了近代文學翻譯中存在的不尊重原作胡譯亂譯的問題，解決了用古文翻譯外文所造成的將外國文學強行「歸化」，從而失去的「模仿」價值的問題。值得注意的是，周氏兄弟的這些理論的提出主要是以日文的翻譯實踐為基礎的，因此對日本文學的翻譯具有更大的指導意義。而且，他們在五四時期翻譯並發表的日本小說、劇作和理論著作，都體現了這些理論主張，對日本文學翻譯具有很好的示範作用。其中最有代表性的是魯迅在一九二〇年發表的譯作《一個青年的夢》，還有周氏兄弟在一九二〇年前後翻譯並陸續發表的一系列日本現代作家的短篇小說。這些小說在一九二三年以《現代日本小說集》的書名結集出版。作為中國翻譯出版的第一部現代日本小說的選集，它對中國的日本文學翻譯史是一個開創性的貢獻。《一個青年的夢》和《現代日本小說集》的出現，標誌著日本文學翻譯方法的轉變，也象徵著中國的日本文學翻譯的現代轉型的完成和嶄新的時代的到來。

長期以來，周作人、魯迅提出的「直譯」法，作為在日本文學翻譯中被絕大多數譯者普遍遵守的一種翻譯方法，產生了深遠的影響。與歐美文學翻譯比較而言，日本文學翻譯中的「直譯」更有其合理性和可行性。日語中有大量漢字詞彙，特別是日本近代翻譯家和學者們用漢字譯出的西語詞彙，對於豐富現代漢語的詞彙，具有很大的借鑒和引進的必要性。魯迅曾經感歎過漢語詞彙的貧乏，說許多事物，漢語中都沒有相應的名稱。隨著現代文明的輸入，大量新事物的出現，漢語中的原有詞彙顯得不夠用了，表示新事物的詞彙，又不能無限制地採用「譯猶不譯」的音譯方法來解決。而近現代日語中的新詞彙，在這方面是足資借鑒的。清末民初以梁啟超為代表的第一代日本文學翻譯家們，在翻譯中引進日本新詞，甚至引進日文的句法，作了開創性的努力。到了二、三〇年代，仍然需要做這樣的努力。在此時期的日本文學譯文中，我們隨處都可以讀到在當時、甚至在今天都感到有些陌生的日文詞，和日文式的句法。現以夏丏尊譯《國木田獨步集》（開明書店，1927年）的譯文為例。

一、來信感謝地拜讀了。（頁 61）

二、村中的人們都這樣自慢地批評她。（頁 104）

三、平氣地把煙吸著。（頁 117）

例一，把「感謝」作為拜讀的修飾詞，在日文中常見。譯者在這裡是把日文的句法直譯過來了；例二中的「自慢」是日文詞，意為「自以為是」、「自滿」、「自誇」等，例三中的「平氣」也是個日文詞，意為「不在乎」、「無動於衷」、「若無其事」、「平靜」、「冷靜」。這裡舉的這三個例句，無論是句法還是詞彙，都是至今沒有被現代漢語所接納的。的確，我們在今天來讀二、三〇年代的日本文學的譯文，不免會產生某些「生澀」、「不純正」、「不流暢」、「不漂亮」之類的閱讀感受。但是，當時翻譯家們的良苦用心，卻包含在其中。在二、三〇年代的日本文學譯文中，我們很難看到現在所要求的那種流暢、優美的文字，翻譯家們不是不能把漢語說得更漂亮一點，而是寧願譯得生硬、拗口一些，也要把日文中可以借鑒的東西直接移譯到漢語中來。上面舉的至今沒有被現代漢語所接納的三個例句，毋寧說是少數，更多的是在當時看來譯得彆扭，而現在看來卻已經符合現代漢語表述習慣。許多直接從日文中迻譯過來的日文詞，當初曾遭到保守人士的譏笑，如「動員」、「取締」、「經濟」等，而現在，這些詞早已經成為現代漢語詞彙中十分重要的組成部分了。翻譯家們從日語中引進了上千個詞彙，如「積極」、「消極」、「衛生」、「義務」、「具體」、「抽象」、「革命」、「幹部」、「哲學」、「美學」、「目的」、「自由」、「封建」、「理論」、「漫畫」、「雜誌」、「劇場」、「關係」、「集中」、「經驗」、「會談」、「消化」、「動力」、「作用」、「克服」、「必要」、「申請」、「作風」等，已經是現代漢語中不可缺少的了。這就是日本文學翻譯的「直譯」為豐富我們的語言文字所做的特殊的貢獻。

什麼人、憑什麼進入《中國翻譯詞典》？

——《中國翻譯詞典》指疵[1]

《中國翻譯詞典》是湖北教育出版社一九九七年推出的大型工具書，凡兩百四十多萬字，收錄詞條三千七百餘條，定價一百八十元。內容涵蓋翻譯理論、翻譯技巧、翻譯術語、翻譯家、翻譯史話、譯事知識、翻譯與文化交流、翻譯論著、翻譯社團、學校及出版機構、百家論翻譯等各個方面，書後還附有〈中國翻譯大事記〉、〈外國翻譯大事記〉、〈中國當代翻譯論文索引〉等七種附錄。某種程度上可以說，這是中國翻譯及翻譯研究的集大成，甚至可以說是中國翻譯的百科全書式的著作。出版幾年來自然得到了翻譯圈內的不少肯定和讚揚。如翻譯家李文俊先生曾發表一篇文章，題為〈讀詞典的樂趣〉(1998)，說自己很喜歡「讀」這部詞典，讀出了樂趣，「有些難以釋手」；同年，南京大學的許鈞教授也至少發表了兩篇書評，對《中國翻譯詞典》給予高度肯定。我近一年來由於撰寫〈翻譯文學導論〉的需要，須常常查閱和參考這部詞典，的確也從中得到了不少「樂趣」和教益，但同時也讀出了不少困惑和遺憾。由於以往翻譯界對這部詞典都是一片讚揚，現在我只說這部詞典的幾點美中不足，或者就算是吹毛求疵吧。

《中國翻譯詞典》有一大半的篇幅、一大半的詞條是以人名、人

1　本文原載《臨沂師範學院學報》(臨沂)，2004年第2期。

物來確立的。作為大型的翻譯詞典，對翻譯家的收錄標準既應該嚴格把握，在此前提下又不能有重大的遺漏。而《中國翻譯詞典》中的許多問題也正出現在人名的確定、篩選上。什麼人才算「翻譯家」，他憑什麼進入《中國翻譯詞典》？問題的焦點就在這裡。

在翻譯家詞條的收錄上，《中國翻譯詞典》似乎對中國對外翻譯出版公司一九八八年出版的《中國翻譯家辭典》有過分的依賴，許多詞條簡直是抄寫和照搬。那本《中國翻譯家辭典》對翻譯家的收錄標準、範圍的釐定是較為嚴謹和全面的，但在現當代翻譯家的確定上，也有一些明顯的遺漏和不足。以日本文學翻譯家為例，二〇至三〇年代的崔萬秋（1904-？）是很有影響力的翻譯家，曾翻譯過夏目漱石的《草枕》和武者小路實篤的戲劇等重要作品；五〇年代到六〇年代活躍於譯壇的蕭蕭（又名鮑秀蘭，1918-1986），譯作甚豐，主要譯有野間宏的長篇小說《真空地帶》、德永直的長篇小說《靜靜的群山》、《宮本百合子選集・第一卷》和《壺井榮小說集》等。這兩位都是我在《二十世紀中國的日本翻譯文學史》（北師大出版社，2001年）中所重點評介的翻譯家。但遺憾的是他們在《中國翻譯家辭典》中找不到，在《中國翻譯詞典》中也找不到。對於有些已作古的翻譯家如此，而對當代能活躍著的翻譯家，不該有的遺漏就更多了。從一九八八年《中國翻譯家辭典》問世到一九九七年《中國翻譯詞典》出版發行，十年過去了，那些本來就不愧「翻譯家」之名而未被收入《中國翻譯家辭典》的老翻譯家有了更多的譯作，更有一些中年譯者成果卓然，成為有影響的翻譯家，這些理應在二十世紀末問世的《中國翻譯詞典》中有所反映。但遺憾的是，在這方面，《中國翻譯詞典》似乎並沒有與時俱進，未能在《中國翻譯家辭典》的基礎上有多少更新和補充。在當代翻譯家的釐定上，仍像《中國翻譯家辭典》一樣過多地侷限於「中國譯協」現有會員內部，缺乏第一手新材料，因而遺漏了不少不該遺漏的重要翻譯家。像五〇年代就成名的多語種老翻譯家、上海社會科學院潘慶舲研究員，印度印地語文學翻譯家、北京大學東語系劉安武教授，阿拉伯文學翻譯家、《一千零一夜》「善本全譯」八卷本的譯者、對外經貿大學的李唯中教授、英國散文翻譯家、河南大學劉炳善教授，還有英美文學專家、翻譯家許汝祉教授、陶潔教授，匈牙利文學專家、翻譯家興萬生研究員等等。即使用什麼樣的嚴格標準來衡量，都不能把像這樣突出的專家們排除在翻譯家之外；而現年六十歲左右的一流的中年專家遺漏的就更多，如法國文學翻譯家郭宏安、施康強，英美詩歌翻譯家辜正坤，俄國文學翻譯家和研究家張鐵夫，還有吳勞、高慧勤、王永年、沈志明、瞿世鏡、馮漢津、蔣學模……等等。對於譯學理論家，《中國翻譯詞典》重視很不夠，許多重要的人物沒有收錄，如出版了數種翻譯研究專著的香港中文大學翻譯系的王宏志、孔慧怡教授，在翻譯文學理論上卓有建樹的上海外大的謝天振教授，影響很大、填補空白的《中國譯學理論書稿》（1991）一書的作者陳福康教授等。在人物詞條釋義方面，《中國翻譯詞典》在介紹翻譯家的譯作成果時，大都不標明出版或發表年分，而十幾年前的《中國翻譯家辭典》中大部分詞條卻能做到了這一點。不標明譯作或有關著譯的年分就不能給讀者以歷史感。

《中國翻譯詞典》一方面對重要的、名副其實的翻譯家多有遺漏，另一方面有些人名的收錄卻失於檢考。如第六百九十二頁收了詞典編家「王同億」一條。王同億先生似乎沒有什麼譯作，是多種辭典的主編。從詞條的內容表述上看，把他列為一條，就是因為他主編了許多的辭典。但近十幾年來文化學術界對王同億所編一系列詞典的剽竊、胡編亂造進行了猛烈批評乃至法律追究，這幾乎是盡人皆知的事，《詞典》若認為他作為翻譯家應該收錄，那也應該對上述事實有所反應，否則對人物的評價就有以偏概全之弊。

除了上述人名收錄上的問題外，《中國翻譯詞典》還有一些值得商榷的問題，如收錄了不少有爭議的、屬於某人個人看法的詞條，甚至是缺乏科學性、有著明顯理論缺陷和時代侷限的詞條，如「現實主義翻譯方法」、「現實主義和浪漫主義相結合的翻譯方法」之類；有的詞條釋義不周全。如「《翻譯通報》」條，只講該刊的創刊時間，卻不講停刊時間。另外，既然收錄了五〇年代前期的《翻譯通報》，又收錄了一九八六年至今的《中國翻譯》，為什麼不把一九七九至一九八五年的《翻譯通訊》也列為詞條？另外還有些詞條之間存在明顯的錯誤。如第九百五十一頁「《中國翻譯》雜誌」一條稱：「該刊創辦於一九八〇年」，但實際應為「一九七九年」；又第九百五十二頁「中國翻譯工作者協會」條，又稱「《中國翻譯》雜誌……自一九八三年出版以來……」，又是同樣錯誤。等等。

現在，《中國翻譯詞典》出版已經有五、六年了，已經不再是新書，如今再來評說它，似乎已經沒有了「時效」。不過《中國翻譯詞典》不同於一般的書，它不是文化速食，應該更加能夠經得住時間的考驗，可是它離詞典所要求的科學性、準確性和一定條件下的全面性，似乎還有一定的距離。尤其是對「什麼人、憑什麼進入《中國翻譯詞典》？」這一問題，還需要進一步認真地調查研究，多方徵求意見。而要很好地解決這個問題，就需要在翻譯研究中加強翻譯史（包括翻譯現狀）及翻譯家的研究。《中國翻譯詞典》在這方面的不足是翻譯家的研究相對滯後的必然表現。希望今後翻譯界重視這方面的研究，也希望編者和出版者在適當的時候吸收有關的研究成果，條件成熟時對《中國翻譯詞典》加以修訂，以使其成為一部經得起推敲的、精雕細刻的、實至名歸的中國翻譯的小百科。

理論文本與詩性文本之間

——日本古典文論的文本間性與翻譯方法[1]

作為東方文論之重要組成部分的日本古典文論，在文本表述上的最大特點，是理論文本與詩性文本的雜糅，這就決定了它的翻譯既是學術理論翻譯，又是與文學翻譯。換言之，它既有學術理論著作翻譯的性質，也有文學作品翻譯的特點。

日本文論文本上的這種「間性」特徵，不但表現為和歌、俳句等「不可譯」文學樣式的大量存在，而且還表現為理論問題的感性表達，使得日本古典文論的翻譯不是通常意義上的學術理論著作的翻譯，而是學術翻譯與文學翻譯的結合。更不用說日語的古文與現代文差異甚大，使用古語寫成的古代文論艱澀深奧，而過渡時期的近代文論所使用的，大多是文白混雜的文體，翻譯難度都很大。

翻譯難度大，願意翻譯的人自然就少了。在中國的一百多年日本文學翻譯史上，雖然已經有了洋洋兩千多種作品譯本，但日本古典文論方面的書，譯過來的很少。二十世紀三〇年代前後，中國曾掀起一股日本近現代文論的翻譯的小小的高潮，但主要集中於左翼文論及「新興文學理論」的譯介。至於日本古典文論，在筆者的《日本古典文論選譯》出版之前，所有譯文（包括選題重複者）只有約二十萬字。

翻譯的少了，就難以使讀者對日本古典文論有足夠的重視和認識。喜歡讀日本文學的讀者，看重的是日本文學的「物哀」、「幽玄」的審美色調，於是去讀日本物語、和歌俳句和現代小說；而喜歡讀理

1　本文原載《中國社會科學報》（北京），2012年12月14日。

論的人，則認為真正的理論還要在西方文論中尋找。於是，日本古典文論就被忽略了。

實際上，日本古典文論的文本資料相當豐富，在世界各民族的文學理論中獨樹一幟，理論上很有特色。我們的詩學研究、文學理論研究要真正具有世界性，要突破「中西中心」論，要走向比較詩學，就要將日本古典文論翻譯出來，納入視野。

從求知、欣賞和審美的角度看，我們不僅要了解日本作家創作了什麼，還要了解日本文論家如何解釋他們的創作。如果對日本文論知之甚少，甚至一無所知，對日本文學作品的閱讀很可能只流於感覺、感受的淺層，理解的深度就有所侷限。將理論文本與創作文本相互參讀，是深入理解日本傳統文學乃至日本人精神世界的必要與有效的途徑。

鑒於這樣的認識，筆者用了將近四年的時間，完成了《日本古典文論選譯》。其分為《古代卷》、《近代卷》（近代文論即明治年代的文論已經古典化了），共兩卷四冊，收八十九位文論家的文論著述一百七十篇，共計一百六十萬字，絕大多數篇目為首譯。其中，《古代卷》分為「和歌論」、「連歌論」、「俳諧論」、「能樂論」和「物語論」五種文論形態；《近代卷》以思潮流派為依據，劃分為「詩歌戲劇革新改良」、「政治小說與啟蒙功利主義文論」、「寫實主義文論」、「浪漫主義文論」、「自然主義文論」、「餘裕論・私小說與心境小說論」共六種文論形態。

在翻譯過程中，筆者體會到，日本古典文論的詩性文本與理論文本的間性特徵，要求有與之相適應的翻譯策略和翻譯方法。

首先，日本古典文論作為理論文本，在翻譯中應該以信實為第一，不能過度提倡詩性文本中的那種「再創作」，不能過分鼓勵所謂「創造性叛逆」，因為「創造性叛逆」往往會成為「破壞性叛逆」，對原作和讀者都是不負責任的。同時，作為理論文本，日本古典文論有其獨特的思維邏輯和語言邏輯，既包括形式邏輯，也包括文氣、情感等內在的邏輯。因此，忠實的翻譯並不意味著拘泥字句，而是要上下勾連，把它的邏輯與文氣傳達出來。

另一方面，日本古典文論又有詩性的特徵，在語言運用方面，總體上依賴「以心傳心」，因而其表達往往過於詩性和曖昧。這就需要在翻譯過程中，對本來過於簡單的原文加以適當的闡釋，因為翻譯本身就是一種闡釋。而要有效地加以闡釋，最有效的途徑，是用現代漢語，而不是用古漢語，來翻譯日本的古語或半文半白的文體。古漢語本質上是一種詩性的語言，而不是一種科學精確的語言。假如使用古漢語翻譯，就可能會使原譯文含混不清，讓人感到一頭霧水，如嚴復所說「譯猶不譯」。在中國現當代翻譯史上，兩千多年前的古希臘文獻是用現代漢語翻譯的；兩三千年前的印度大史詩，也是用現代漢語翻譯的。何況一千年乃至幾百年前的日本文論，完全應該用現代漢語來翻譯。這是一種「徹底的」翻譯，因為它不僅克服日語與漢語之間的界限，而且超越了古代與現代之間的界限。

日本古典文論不僅總體上具有詩性的文體特徵，而且夾雜大量的和歌、連歌、俳句等詩歌作品例句，這些日本獨特的文學樣式幾乎是「不可譯」的。怎樣把和歌、俳句的形式特徵在漢譯中大體保存下來，又怎樣將日本獨特文體的藝術韻味傳達出來，雖然二十世紀八〇年代以來中國的日本文學翻譯界進行了長時間的討論，也有種種有特色的嘗試，但迄今為止，仍未取得共識。筆者認為，不能像以前的許多譯文那樣使之完全「歸化」，將那些日本和歌、俳句譯成中國古詩體。而是要儘量保持原文的獨特形體，儘管這樣做不符合一般中國讀者對「詩」的閱讀期待。翻譯尤其是詩歌翻譯，要得其「神似」，必先得其「形似」，而形似殊為不易。就和歌、俳句的翻譯而言，應保留原作的「五七」調，保留其不對稱的詩型，進而保留其「幽玄」、「物哀」與「寂」的基本審美趣味和總體風格。這是筆者在日本文論及日本古典和歌、俳句漢譯中的追求。當然，這種翻譯方法是否恰當，尚待時間和讀者的檢驗。

「翻」、「譯」的思想

——中國古代「翻譯」概念的建構[1]

關於「翻譯」這個概念的理解，楊義在五卷本《二十世紀中國翻譯文學史》總序中的一段話，似乎較有代表性和概括性，不妨引述如下：

> 有必要對「翻譯」一詞做一番語言和語義的分析。《說文解字》〈言部〉曰：「譯，傳四夷之語者。」所謂傳，就像傳車驛馬一樣把某種語言當作使者傳送。這是譯的本來之義，如《禮記》〈王制〉所說：「五方之民，言語不通，嗜欲不通。達其志，通其欲，東方曰寄，南方曰象，西方曰狄鞮，北方曰譯。」孔穎達疏曰：「通傳北方語官，謂之曰譯者。譯，陳也，謂陳說外內之言。」這四方譯官的異名，蘊含著對翻譯之事的不同側面的理解，或者理解為傳達、傳播（「寄」），或者理解為傳達中的相似性（「象」），或者理解為傳達後意義相知通曉（鄭玄注：「鞮之言知也」）。這些用語把翻譯看作一個傳播過程，牽涉到對信息源的忠實程度，以及傳播後的明曉程度。同時還注意到由於「譯」字聲「睪」，從而導致的引申和假借之義，一者為「釋」，如《潛夫論》〈考績〉所云「聖人為天口，賢者為聖譯」；另者為「擇」，如清人朱駿聲《說文通訓定聲》〈豫部〉所示「譯，假借為擇」。這就為翻譯在文化傳播

1　本文原載《中國社會科學》（北京），2016年第2期。

> 之外，引申出了文化闡釋和文化選擇的意義。這多重的語義對於我們理解翻譯文學的本質，以及它如何滲入我們的精神文化譜系，都至關重要。[2]

這段文字強調了「翻譯」的傳達、傳播，乃至選擇等含義，但只是解釋了「譯」字，而沒有解釋「翻」字。難道在「翻譯」二字中，「翻」字無關緊要嗎？解釋了「譯」字就等於解釋了「翻」字嗎？「翻」字的含義是什麼？「翻」與「譯」有什麼區別？二者之間究竟是什麼關係？「翻譯」作為一個概念在漫長的中國翻譯史上是怎樣形成的？

要回答這些問題，還需要走進中國傳統的翻譯史，對相關文獻進行研考辨析。

一 「傳」「譯」與「傳譯」

在中國傳統譯論史上，最早用來描述和概括跨語言交流與傳達活動的詞，是「譯」與「傳」。目前所見最早討論佛典翻譯問題的文章、東漢時代譯經家支謙（西元三世紀）的〈法句經序〉有這樣一段話：

> 又諸佛興，皆在天竺，天竺言語，與漢異音，云其書為天書，語為天語。名物不同，傳實不易。唯昔藍調、安侯世高、都尉、弗調，譯胡為漢，審得其體，斯以為繼。後之傳者，雖不能密，猶尚貴其實，粗得大趣。……將炎雖善天竺語，未備曉漢，其所傳言，或得胡語，或以義出音，近於質直。僕初嫌其

2 楊義：〈《二十世紀中國翻譯文學史》總序‧文學翻譯與百年中國精神譜系〉，楊義主編：《二十世紀中國翻譯文學史》（天津市：百花文藝出版社，2009年），近代卷卷首，頁3。

> 詞不雅，維祇難曰：「佛言『依其意不用飾，取其法不以嚴』。其傳經者，當令易曉，勿失厥義，是則為善。」座中咸曰：「……今傳胡義，實宜逕達。」是以自竭，受譯人口，因循本旨，不加文飾，譯所不解，則闕不傳。故有脫失，多不出者。[3]

這篇〈法句經序〉討論的是佛經翻譯中文與質的關係問題。但在這裡，我們從語義考古的角度，更關注的是其中兩個重要概念——「傳」與「譯」。很明顯，支謙是將「傳」與「譯」這兩個詞作為同義詞使用的。支謙用了「傳言」、「傳經」、「傳事」、「傳胡義」這樣的片語，重在表示「傳達」之意。在使用「譯」字的時候，則有「譯胡為漢」、「譯所不解」、「譯人」等詞組，也基本上可以與「傳」字互換。「傳」是「傳達」之意，但傳達的手段是「譯」，而「譯」的目的是為了「傳」。如果連「譯」都譯不出來的（「譯所不解」），就空起來不「傳」（「則闕不傳」）。

在〈鞞婆沙序〉中，著名高僧、翻譯理論家道安（312-385）寫道：

> 趙郎謂譯人曰：「……文質是時，幸勿易之，經之巧質，有自來矣。唯傳事不盡，乃譯人之咎耳。」終咸稱善。斯真實言也。遂案本而傳，不令有損言游字，時改倒句，餘盡實錄也。[4]

這裡很清楚地表明，負責「譯」或「傳」的人是「譯人」。在當時佛經的「譯場」上，「譯人」一般是熟悉胡語或梵語的人，多為西域人或印度人，因漢語不是他們的母語，一般並不精通，只能粗敘大

3　支謙：〈法句經序〉，釋僧祐撰，蘇晉仁、蕭鍊子點校：《出三藏記集》（北京市：中華書局，1995年），頁273。著重號為引用者所加，下同。

4　道安：〈鞞婆沙序〉，許明編著：《中國佛教經論序跋記集》（上海市：上海辭書出版社，2002年），卷1，頁39。

義，所以趙郎（趙政）叮囑「譯人」，在「文」與「質」的問題上，一定要尊重原文，乃至在具體字句上，都要盡可能「案本而傳」，原文是什麼樣，就譯出什麼樣，否則就是「譯人」的錯了。而「譯人」之「譯」只起口頭傳達的作用，而不能直接落實於書面。道安的〈道行般若經序〉有「譯人口傳」[5]一句，可見「譯」的重要方法途徑則是「口傳」,「口傳」也就是口譯。

「口傳」或口譯，作為古代佛經譯場的最初環節，是譯人的粗陳大概，胡漢之間或梵漢之間不能進行具體深入的詮釋轉換。在「譯」的過程中，更有些詞語在漢語中是找不到對應詞語的，那就需要「轉音」。對此，道安在談到早期佛典《道行品》譯文時寫道：

> 桓靈之世，朔佛賫詣京師，譯為漢文。因本順旨，轉音如已，敬順聖言，了不加飾也。[6]

道安認為，早期竺朔佛帶著經卷到中國來，把佛經「譯」為漢文，譯者為了遵從原本，順從原意（「因本順旨」），好多地方只是「轉音」罷了。值得注意的是，道安在這裡用了「轉音」這個詞。「轉音」就是拿漢語的發音將梵音加以置換，也就是後來所說的「音譯」。[7]

由上可見，所謂「譯」或「傳」是由「譯人」來承當的，「譯」有兩個基本特點：一個是「口傳」即口譯，一個是「轉音」即音譯。

然而，只是依靠這樣的「譯人口傳」，依靠「轉音」的方法，就

5 道安：〈道行般若經序〉，許明編著：《中國佛教經論序跋記集》（上海市：上海辭書出版社，2002年），卷1，頁24。

6 道安：〈道行般若經序〉，許明編著：《中國佛教經論序跋記集》（上海市：上海辭書出版社，2002年），卷1，頁24。

7 「音譯」這個詞後來常被使用，如《出三藏記集》卷十四有「轉解秦言，音譯流利」一句，詳見釋僧祐撰：《出三藏記集》（北京市：中華書局，1995年），頁534。

能保證忠實原文嗎？就能得到完整可靠的經文嗎？道安認為不能，他接著寫道：

> 然經既抄撮，合成章指，音殊俗異，譯人口傳，自非三達，胡能一一得本緣故乎？由是《道行》頗有首尾隱者。[8]

在道安看來，本來這樣的「譯」就是「抄撮」（節譯），章節結構都被合併改變了（「合成章指」），梵語和漢語的發音及兩國的文化習俗都不同，加上「譯人口傳」也不能保證「三達」，就無法一字一句地忠實傳達，也就是不能做到「得本」。在這裡，道安提出了「得本」這個概念。「得本」有時又稱「順本」、「順言」。道安從以前譯經的教訓中明確意識到，僅僅「轉音」，貌似「順本」，實際上不能真正「得本」，因此在譯經中不能總是「順」，因為「順」只是平行性的貼近。鑒於兩國的語言文化並不對應，平行貼近往往並不可靠。於是，道安又在〈摩訶鉢羅若波羅蜜經抄序〉中，相對於「得本」，又提出了「失本」的概念：

> 譯胡為秦，有五失本也：一者胡語盡倒，而使從秦，一失本也。二者胡經尚質，秦人好文，傳可眾心，非文不合，斯二失本也。三者胡經委悉，至於歎詠，叮嚀反覆，或三或四，不嫌其煩。而今裁斥，三失本也。四者胡有義說，正似亂辭，尋說向語，文無以異。或千五百，刈而不存，四失本也。五者事已全成，將更傍及，反騰前辭，已乃後說。而悉除此，五失本也。[9]

8　道安：〈道行般若經序〉，許明編著：《中國佛教經論序跋記集》（上海市：上海辭書出版社，2002年），卷1，頁24。

9　道安：〈摩訶鉢羅若波羅蜜經抄序〉，許明編著：《中國佛教經論序跋記集》（上海市：上海辭書出版社，2002年），卷1，頁43。

看來,「譯胡為秦」中的所謂「失本」,就是不「順」原本,就是改變原來的「譯」、「傳」或「傳譯」的平行貼近的方法。換言之,「失本」的方法就是與「因本順旨」、「敬順聖言」的「順」相反,實際上就是「胡語盡倒」的「倒」,也就是「翻」的意識與概念的前身。這樣的譯經,由於實際上無法真正與原文一一相對應,所以叫作「失本」(又作「失經」)。「失本」是不得已而為之,但有時又是必須的。道安認為在五種情況下可以、而且應該「失本」,就是「五失本」。其中涉及到了句序的顛倒、文與質的轉換、繁與簡(全譯與摘譯),省去重複的東西,略去繁冗的部分。這些都屬於「失本」。

道安之所以稱為「失本」,很顯然是認為「譯胡為秦」的這種「譯」法是迫不得已的。一個佛教徒立意傳教,結果不能「得本」,還不得不「失本」,顯然並非初衷。所以既不能大力提倡,也不能迴避,迫不得已的情況下只好「失本」了。也正是在這裡,道安已經意識到了翻譯中的「得本」與「失本」的悖論,意識到了傳譯的不容易(他同時還提出了「三不易」說)。他強調:正是因為如此,「譯胡為秦」的時候不可不慎,因為一般人不懂得外語,只好借傳譯讓人們大體上加以了解和理解,傳譯是有侷限的,那我們又怎能去抱怨那些譯匠呢?但有人抱怨那也擋不住。[10]看來,道安是從尊重原作(本)、以原本為中心的角度,來看待「失本」的。但同時他也意識到了「失本」的必然。道安顯然不提倡「失本」,但也認為「失本」在所難免。對此,後人的認識稍有參差。如道安的弟子釋僧叡(約371-438)在〈大品經序〉中談到自己「執筆之際,三惟亡師『五失』及『三不易』之誨,則憂懼交懷,惕焉若厲,雖復履薄臨深,未足喻

---

10 道安:〈摩訶鉢羅若波羅蜜經抄序〉:「涉茲五失,經三不易,譯胡為秦,詎可不慎乎!正當以不聞異言,傳令知會通耳,何復嫌大匠之得失乎?是乃未所敢知也。」參見許明編著:《中國佛教經論序跋記集》(上海市:上海辭書出版社,2002年),卷1,頁43。撰引用時句讀標點有改動。

也」。[11]他是極力避免「失本」的。而道安的另一個佚名弟子在〈僧伽羅剎集經後記〉中說：在譯經的時候，「既方俗不同，許其五失胡本。出此以外，毫不可差」。[12]可見他把道安的「五失本」看作是可以允許的。

道安「失本」的理論，是意識到了由於語言文化的差異，以「譯人」為主導、以「口傳」、「轉音」為特點的平面的、平行性的「譯」是有很多侷限性的。釋僧叡在《思益經序》中，說自己跟隨鳩摩羅什譯經，「詳聽什公傳譯其名，翻覆輾轉，意似未盡」，為了譯出準確的譯名，需要「翻覆輾轉」。這裡已經點出了「翻」的行為特點，就不僅僅是通常的「譯」了。到了南朝齊梁時代的高僧釋僧祐（445-518）則較早地拈出了「翻轉」兩字。他在〈出三藏記集序〉中這樣寫道：

> 原夫經出西域，運流東方，提挈萬里，翻轉胡漢。國音各殊，故文有同異；前後重來，故題有新舊。[13]

這裡的「翻轉胡漢」的「翻轉」，可以作地理層面上的解釋，就是胡漢兩地之間輾轉；也可以做譯文轉換層面上的理解，即傳譯中的「翻轉」。在這裡我們更注意這個層面上的意義。也就是說，「翻轉」一詞，重在「翻」字，實際上是與此前平面移動的「傳」、「譯傳」、「傳譯」有所不同的立體化的感悟與理解，意識到了在「譯」之外還有一種「翻轉」的活動。因此，僧佑特別強調，譯經的目的在於讓讀者理

11 釋僧叡：〈大品經序〉，許明編著：《中國佛教經論序跋記集》（上海市：上海辭書出版社，2002年），卷1，頁63。

12 佚名：〈僧伽羅剎集經後記〉，釋僧祐撰：《出三藏記集》（北京市：中華書局，1995年），頁375。

13 釋僧祐：〈出三藏記集序〉，釋僧祐撰：《出三藏記集》（北京市：中華書局，1995年），頁2。

解，不能拘泥於原文，關鍵是要把「義」傳達出來。他在〈胡漢譯經文字音義同異記〉中，將梵漢文字起源上的同異問題作了比較，強調指出：

> 是以宣領梵文，寄在明譯。譯者釋也，交釋兩國，言謬則理乖矣。[14]

「譯者釋也，交釋兩國」，這是對「譯」的更深入的理解與界定。以前對「譯」的理解主要在「傳」、「口傳」、更多地依靠轉音的辦法，而現在他則提出「譯者釋也」，強調「譯」當中也要包含解釋、詮釋，並認為只有「釋」才能明確領會梵文（「宣領梵文」），只有「釋」，才能確保「明譯」（「寄在明譯」）。這就指出了在「譯」當中也需要「翻」或「翻轉」。

二 「翻」、「譯」之辨與「翻譯」概念的提出

到了梁代的釋慧皎（497-554），則在「翻轉」的基礎上，進一步明確提出了「翻譯」的概念。[15]他在《高僧傳》卷三之卷末的《論》中寫道：

> 爰至安清、支讖、康會、竺護等，並異世一時，繼踵弘贊。然

---

14 釋僧祐：〈胡漢譯經文字音義同異記〉，釋僧祐撰：《出三藏記集》（北京市：中華書局，1995年），頁13。

15 最早使用「翻譯」一詞的並非慧皎，之前有人偶或用之。今可查到者是上引道安佚名弟子在〈僧伽羅剎集經後記〉中的一句話：「佛圖羅剎翻譯，秦言未精」（釋僧祐撰：《出三藏記集》〔北京市：中華書局，1995年〕，頁374）。《僧伽羅剎集經》完成於前秦建元二十年（西元384年），但該《後記》寫作在後，確切年分難考，應早於慧皎。

> 夷夏不同，音韻殊隔，自非精括詁訓，領會良難。屬有支讖、聶承遠、竺佛念、釋寶雲、竺淑蘭、無羅叉等，並妙善梵漢之音，故能盡翻譯之致。[16]

慧皎從譯經發展史的角度看問題，認為梵漢語言差異太大，早期的翻譯不是太準確，到了支讖等，因為精通梵漢語言，所以「能盡翻譯之致」。慧皎是較早大量使用「翻譯」這個概念的人。《高僧傳》中多處可見「翻譯」一詞，如卷三佛馱什的傳中，有「先沙門法顯，於師子國得《彌沙塞律》梵本，未及翻譯，而法顯遷化」；浮馱跋摩的傳中有「聞跋摩游心此論，請為翻譯」[17] 等等。在《高僧傳》卷三之卷末的《論》中，慧皎同時使用了「傳譯」、「譯」、「翻」等詞彙，而且將「譯」與「翻」用作同義，如「其佛賢比丘，江東所譯《華嚴》大部，曇無讖河西所翻《涅槃》妙教」[18]等，對「翻」、「譯」沒有做出明確界說，更沒有把「翻譯」作為一個概念加以界定，但他畢竟反覆使用了「翻譯」這個詞，表明他的感悟和認識在此前的「傳」、「譯」、「傳譯」等的基礎上前進了一步，似乎多少也意識到了「譯」中也須有「翻」，「翻」是一種與「譯」有所不同的轉換活動。

與慧皎幾乎同時，北魏的釋曇寧（生卒年不詳）在〈深密解脫經序〉中，也兩次使用了「翻譯」一詞。他認為，《深密解脫經》「論其旨也，則真相不二；語其教也，則湛然理一」，而「理」是需要加以「詮」（解釋）的，否則就不能把原文的深刻含義呈現出來：

---

16 釋慧皎著，朱恒夫、王學鈞、趙益注譯：《高僧傳》（西安市：陝西人民出版社，2010年），頁189-190。

17 釋慧皎著，朱恒夫、王學鈞、趙益注譯：《高僧傳》（西安市：陝西人民出版社，2010年），頁143-144。

18 釋慧皎著，朱恒夫、王學鈞、趙益注譯：《高僧傳》（西安市：陝西人民出版社，2010年），頁190。

> 自非詮於理教，何以顯茲深致？但東西音殊，理憑翻譯，非翻非譯，文義斯壅。[19]

梵語與漢語的語音很不一樣，若只是語音的問題便可以用音譯來解決，但是其中的「理」就要依靠「翻譯」來進行「詮」（詮釋、解釋）了。倘若「非翻非譯」，那麼文義就堵塞不通。在這裡，「非翻非譯」一句有兩點需要我們注意，一是曇寧把「翻」與「譯」作為兩種不同的行為加以區分，二是就佛家之「理」的詮釋而言，「翻」是最重要的。也就是說，曇寧所說的「翻」是一種詮釋教理的行為和手段。

稍後的釋慧愷（515-568）對「翻」的認識又有推進。他在〈攝大乘論序〉中也反覆使用了「翻譯」一詞。其中寫道：

> 有三藏法師，是優禪尼國婆羅門種，姓婆羅墮，名拘羅那他。此土翻譯稱曰親依。[20]

名叫「拘羅那他」的法師，名字的意思是「親依」。把梵語中的讀音用「拘羅那他」四個漢字來表示，就是此前的翻譯理論家們一直所說的「傳」、「譯」、「傳譯」、「口傳」，亦即音譯；而把「拘羅那他」轉換為「親依」，那就不再是音譯，而是屬於詮釋，也就是我們現在所謂的「意譯」的範疇了。從平行性替換的「音譯」，到字義的轉換對應，其間是有「翻轉」動作的，也就是說，先是立體地「翻」了一圈，然後又扣上了原文。可見，釋慧愷在這裡所使用的「翻譯」兩字實際上是偏正結構，意思是「翻之譯」，亦即「譯」中有了「翻」。這

---

19 釋曇寧：〈深密解脫經序〉，許明編著：《中國佛教經論序跋記集》（上海市：上海辭書出版社，2002年）卷1，頁150。

20 釋慧愷：〈攝大乘論序〉，許明編著：《中國佛教經論序跋記集》（上海市：上海辭書出版社，2002年），中冊，卷1，頁169。

種偏正結構的「翻譯」，與上述慧皎的「翻與譯」即並列結構的「翻譯」，成為此後「翻譯」一詞的兩種理解方式。

釋慧愷在這篇序文中，對作為「翻之譯」的功能也有了朦朧的認識。他在講述自己跟隨拘羅那他（親依）法師如何做「筆受」、協作譯經的時候，這樣寫道：

> 法師既妙解聲論，善識方言，詞有隱而必彰，義無微而不暢，席間函丈，終朝靡息。愷謹筆受，隨出隨書，一章一句，備盡研核。釋義若竟，方乃著文。然翻譯之事殊難，不可存於華綺，若一字參差，則理趣胡越，乃可令質而得義，不可使文而失旨。故今所翻，文質相半。[21]

他說，在筆受時，當覺得拘羅那他法師把意思解釋完了的時候（「釋義若竟」），他再寫成漢文（「方乃著文」）。但是「翻譯」的事畢竟太難了，文字不能弄得太華麗（「不可存於華綺」），若一個字詞對不上，那麼中文與外文的意思就乖離了（「理趣胡越」），因此他認為譯文寧可質樸（「質」）而符合原意，不可因為文飾過多而失去原意（「乃可令質而得義，不可使文而失旨」）。由於有了這樣的原則，所以他說：「故今所翻，文質相半。」值得注意的是，釋慧愷在這裡說的是「今所翻」，而不是「譯」。顯然，他是將「翻」和「譯」區分開來的。他特別小心謹慎所注意的事情，是在「翻」的過程中不要因為過分追求文字之美（「文」）而妨礙了原文的「義」與「旨」的表達。因為這時候的「翻」，不再是早期譯經中的那種簡單地拘泥於原文的質直的譯傳，而是明確意識到了「翻」要做大幅度的「翻轉」，須要對原文旨意做透澈的理解之後，再用漢文表達出來。這樣的轉換，不

21 釋慧愷：〈攝大乘論序〉，許明編著：《中國佛教經論序跋記集》（上海市：上海辭書出版社，2002年），中冊，卷1，頁169-170。

是平行的迻譯，而是立體的「翻轉」。只有在這個過程中，譯文的「文」與「質」的關係問題才又一次成為很大的問題。誠然，釋慧愷以前的翻譯理論也把「文」與「質」的關係作為一個重要問題反覆地討論過，但是此前的討論主要的問題點，在於不要太「質」。釋慧愷之前的道安就曾說過：「譯為漢文，因本順旨，轉音如已，敬順聖言，了不加飾也。」(〈道行經序〉)「了不加飾」的「譯」，就是缺乏「文」，而過分求「質」。道安在《合放光光贊略解序》中，談到當時的《放光》、《光贊》等譯本的時候，說這些譯本「言准天竺，事不加飾。悉則悉矣，而詞質勝文也」。[22]在「言准天竺，事不加飾」的情況下，雖對原文沒有刪減（「悉則悉矣」)，但卻導致了「質勝文」。可見，「譯」與「翻」，跟「質」與「文」，實際上是一個問題的兩個方面；或者說，兩者是緊密聯繫在一起的。而現在釋慧愷所討論的重點，是不要過度的「文」。為什麼呢？因為「翻」是對原文「翻轉」式的置換，翻轉的過程，是原語翻着跟頭向著譯入語扣入、落實的過程，譯入語的強勢就勢必會凸顯出來，從而導致了「文」。「文」過頭了，就會妨礙原文的旨意的表達。使用「譯」的方法往往會傾向於「質」，所以要注意適度地求「文」；而使用「翻」的方法則往往會傾向於「文」，所以要注意不能太「文」。正是在這樣的情況下，釋慧愷強調：「乃可令質而得義，不可使文而失旨。故今所翻，文質相半」。

「翻譯」概念的出現，表明最晚到了隋代，對於翻譯活動的認識，已經超越了此前的「傳」、「譯」或「譯傳」的層面，而更注意大幅度立體轉換的「翻」。於是相比於以前的「譯經」，而更多地使用「翻經」這樣的說法。如隋代佚名作者在〈緣生經並論序〉中，有「翻經法師」、「翻經沙門」的稱謂，還記載了以「翻經館」為名的機

22 道安：〈合放光光贊略解序〉，釋僧祐撰：《出三藏記集》（北京市：中華書局，1995年），頁266。

構。[23]隋代行矩（生卒年不詳）在〈藥師如來本願功德經序〉中，談到了《藥師如來本願功德經》這個譯本為何需要「重譯」的問題。他認為以前的譯本儘管也很流行，但「梵宋不融、文辭雜糅，致令轉讀之輩，多生疑惑」。[24]這是因為「翻譯」之「翻」的程度不夠、不夠到位所致。於是他和幾位「翻經沙門」在翻譯的時候——

> 深鑒前非，方懲後失。故一言出口，三覆乃書，傳度幽旨，差無大過。其年十二月八日，翻勘方了，乃為一卷。所願此經深義人人共解，彼佛名號處處遍聞。[25]

行矩他們的作法是「三覆乃書」，也就是說，當第一個人（譯主）先口譯出來之後，筆受的人反覆斟酌，要翻覆三次之後，再下筆寫下來。所謂「傳度」，就是不僅是「傳譯」之「傳」，而且是經過了「三覆」之後的「度」，即忖度或闡釋，所以行矩把這樣的活動過程稱之為「翻勘」。所謂「翻勘」，就是「翻」過來還要校訂、核對，以便使譯文與原文相吻合。可見他對「翻」的認識已經相當到位了。

同樣的意思，唐代僧人釋智昇在《開元釋教錄第七》中，從當時的翻譯分工與翻譯過程的角度，講述了「譯」與「翻」的區分——

> 爾時耶舍先已終亡，乃敕掘多專主翻譯，移法席就大興寺。更招婆羅門沙門達摩笈多，並敕高天奴、高和仁兄弟等，同傳梵

23 佚名：〈緣生經並論序〉，嚴可均輯：《全上古三代秦漢三國六朝文》（北京市：中華書局，1958年，影印版），第4冊，頁4235-4236。

24 行矩：〈藥師如來本願功德經序〉，許明編著：《中國佛教經論序跋記集》（上海市：上海辭書出版社，2002年），卷1，頁213。

25 行矩：〈藥師如來本願功德經序〉，許明編著：《中國佛教經論序跋記集》（上海市：上海辭書出版社，2002年），卷1，頁213。

> 語。又增置十大德沙門僧休、法粲、法經、慧藏、洪尊、慧遠、法纂、僧暉、明穆、曇遷等，監掌翻事，銓定宗旨。沙門明穆、彥琮、重對梵本、再審覆勘，整理文義。[26]

這裡很清楚地講述了唐代譯場的譯經過程與「翻」與「譯」的工作分工。來自印度的婆羅門沙門等懂梵語的人做的工作是「傳」(因為多人一起「傳」故曰「同傳」)，也就是「譯」，先把原文的大體意思平行地迻譯過來；而接下來「銓定宗旨」的是把原文的宗旨意義加以確定和表達的那些人，他們所做的是「翻事」。

三　「翻」、「不翻」、「不可翻」及「翻譯度」

在提出了「翻」不同於「譯」的特殊功能之後，到了隋唐時代，翻譯家們意識到了「翻」的可能與不能，即「翻」的條件與限度的問題，於是提出了「翻」與「不翻」論。其中，隋代灌頂（生卒年不詳）在《大般涅槃經玄義・卷上》中，對這個問題做了深入細緻的分析。

灌頂認為，要解釋佛經的玄義，須在五個層面上進行。「一、釋名，二、釋體，三、釋宗，四、釋用，五、釋教。」而在「釋名」這個層面上，又分「翻、通、無、假、絕」五種情況。單就「翻」而言，又分為四種基本看法或觀點，即：一是「無翻」(「不翻」)，二是「有翻」，三是「亦有亦無翻」(「亦可翻亦不可翻」)，四是「非有非無翻」(「非可翻非不可翻」)。灌頂列舉了各家不同的觀點與主張。其中，關於「不可翻」：

26 智昇：《開元釋教錄第七》，蘇淵雷、高振農編：《佛藏要籍選刊》(二)(上海市：上海古籍出版社，1994年)，頁616。

> 廣州大亮云：一名含眾名，譯家所以不翻。……二云：名字是色聲之法，不可一名累書眾名，一義疊說眾議，所以不可翻也。三云：名是義上之名，義是義下之義，名既是一，義豈可多？但一名而多訓，例如此間息字，或訓子息，或訓長息，或訓止住之息，或訓暫時消息，或訓報示消息，若據一失諸，故不可翻。四云：一名多義，如先陀婆一名四實，關涉處多，不可翻也。五云：祇先陀婆一語，隨時各用，智臣善解，契會王心。涅槃亦爾。初出言涅槃，涅槃即生也。將逝言涅槃，涅槃即滅也。但詞無密語翻彼密義，故言無翻也。[27]

這裡列出五種詞語「不可翻」的情況，包括一詞有多個同義詞、以「色聲」表意、言下之意與言上之意、一詞多義、特殊的「密語」等，都是「不可翻」的。

與「不可翻」相對，也有人持「有翻」（「可翻」）的主張。灌頂引述梁武的意見，認為是可翻的，「若不可翻，此土便應隔化」，並列舉了十家「可翻」的例子，如竺道生將「涅槃」翻為「滅」，莊嚴大斌翻為「寂滅」，白馬愛翻為「秘藏」，長干影翻為「安樂」，定林柔翻為「無累解脫」，太昌宗翻為「解脫」，梁武翻為「不生」，《肇論》亦翻為「滅度」，會稽基翻為「無為」等。[28]可見，「翻」及其「可翻」、「不可翻」的問題，已經成為此時期佛經翻譯中的核心問題之一。

上述的「不可翻」的討論，與後來唐代玄奘的「五不翻」是有繼承關係的。玄奘的「五不翻」論保存在宋代法雲的《翻譯名義集》卷首周敦義撰寫的序文中：

---

27 灌頂：《大般涅槃經玄義．卷上》，石峻、樓宇烈、方立天、許抗生、樂壽明編：《中國佛教思想資料選編》，（北京市：中華書局，2014年），第2冊，頁196-197。

28 灌頂：《大般涅槃經玄義．卷上》，《中國佛教思想資料選編》（北京市：中華書局，2014年），第2冊，頁197-199。

> 唐玄奘法師論五種不翻：一、秘密故，如「陀羅尼」；二、含多義故，如薄伽梵具六義；三、此無故，如閻浮樹，中夏實無此木；四、順古故，如阿耨菩提，非不可翻，而摩騰以來常存梵音；五、生善故，如般若尊重，智慧輕淺。[29]

周敦義所援引的玄奘的這段話，即「五種不翻」的主張，後世歷代的佛經研究者和現當代翻譯研究者反覆加以引用，學界都已經很熟悉了。

在此需要強調的是，無論是對灌頂所援引的大亮的五種「不可翻」論，還是對梁武的「可翻」論，抑或是對玄奘的「五不翻」，迄今為止的引用者們似乎都沒有把「翻」與「譯」作為兩個不同範疇加以理解，也沒有注意到這裡的「不可翻」不同於「不可譯」，「不翻」也不同於「不譯」。大亮、玄奘例舉的「不翻」的例子，其實都「譯」過了，亦即已經加以音譯了，但卻不可以「翻」。也就是說，所謂「不翻」並非「不譯」，雖然當時也有人（如道宣）偶爾不經意地將「不翻」表述為「不譯」（見下引道宣「凡不譯之流，其例如是」），是因為他沒有在概念上做嚴格的區分的緣故。「不翻」不是「不譯」，實際上是「譯」了，但那只是音譯，而不是將梵文原文用漢語加以翻轉式的、解釋性的「翻」。因為一旦加以一定幅度的翻轉，再落實到原文上，就會帶上更多的中國語言文化的印記，就過多地使原文歸化於譯文了。

關於這一點，與玄奘同時代的佛經翻譯家道宣（596-667年）在《廣弘明集》〈卷第十三〉中，也提到了為什麼「不翻」的問題：

> 外論曰：夫華夷語韻不同，然佛經稱「釋迦牟尼」者，此是胡語。此土翻譯，乃曰「能儒」。能儒之明，位卑周孔，故沒其

---

29 周敦義：〈翻譯名義序〉，《四部叢刊初編子部．翻譯名義集》，頁2。句讀標點為引者另加。

> 能儒之劣名，而存釋迦之戎號。所言「阿耨多羅三藐三菩提」者，漢言「阿無」也。「耨多羅」，上也。「三藐三」，正遍知也。菩提，道也。此土先有無上正真之道，老莊之教，胡法無以為異，故不翻譯。又「菩薩摩訶薩」者，漢言「大善心眾生」。此名下劣，非為上士。掩其鄙稱，亦莫有翻。[30]

看來，「不翻」，歸根到柢是文化的差異過大，不能以此文化來「翻」彼文化。具體而言，就是不能用漢語固有詞語來轉換梵語。關於這一點，唐代的其他翻譯家也多次有所談及。唐代僧人釋道世在《法苑珠林卷七》〈會名部〉中，以梵文的「捺落迦」（那落迦）譯為漢語的「地獄」為例談到了這個問題。梵語中的「捺落迦」指的是「總攝人處苦盡」，有的在地上，有的在地下，有的居於虛空，但漢語中並沒有與之對應的固有詞語，譯為「地獄」會使譯文讀者聯想到地下牢獄，固然可以音譯為「那落迦」，但實際上卻是「不可翻」的。

關於翻譯的「翻」，一直到了十世紀的北宋時代的贊寧（919-1001）才在《宋高僧傳》〈譯經篇〉〈論〉中，做了明確的概括：

> 懿乎東漢，始譯《四十二章經》，復加之為翻也。翻也者，如翻錦綺，背面俱花，但其花有左右不同耳。由是翻譯二名行焉。[31]

就是說，東漢開始「譯」《四十二章經》的時候，不只是「譯」，還要再加上「翻」。接著是對「翻」字的解釋。所謂「復加之」，就是在

30 道宣：《廣弘明集》〈卷第十三〉，蘇淵雷、高振農編：《佛藏要籍選刊》（三）（上海市：上海古籍出版社1994年），頁940。此處引用時另加標點。

31 贊寧撰，范祥雍點校：《宋高僧傳》（上）（北京市：中華書局，1987年），頁52。

「譯」的方法之外，再加上「翻」，也就是詮釋、解釋。[32]這裡的「翻」是與「譯」相對而言的。贊寧在《唐京兆大薦福寺義淨傳系論》中對「譯」的解釋是：「譯之言易也。謂以所有易所無也。」[33]「譯」就是拿自己跟別人交換有無，是一個平面交換的動作，而「翻」就不同了，是在譯的基礎上「復加之」。這一層意思，在《舊唐書》〈姚崇宋璟傳〉中說得也很清楚：「今之佛經，羅什所譯，姚興執本與什對翻。」[34]說的是姚興拿著鳩摩羅什「譯」的本子，再在鳩摩羅什的基礎上「對翻」。也就是說，姚興對鳩摩羅什的「所譯」做了翻轉性的詮釋，「對翻」，就是「翻」了以後還得與原文「對」上。到了南宋時期，法雲（1088-1158）在《翻譯名義集》〈卷第一〉中說：「夫翻譯者，謂翻梵天之語轉成漢地之言。」[35]則可以看作是從概念界定的角度對「翻譯」做出的定義。

贊寧在上引文章中對「翻」做了一個比喻：「翻也者，如翻錦綺，背面俱花，但其花有左右不同耳。」也就是說「譯」本來是一個平面的移動，而「翻」是一個將正面翻為背面的立體的「翻轉」後的結果。按照這個比喻，翻轉的幅度正好是一正一反，理想狀態的「翻」，如翻錦綺，看起來表面與背面完全重合在一起；又如照鏡子的人與鏡子裡照出來的人，看似完全相同與重合，實則前後相對，左右不同，這樣的「翻」是完滿的理想狀態。在這樣的狀態裡，譯文與原文應是既相反相成、又若合符契的關係。

---

32 對這句話的理解，現有的解釋各有參差。如：把「復加之為翻也」理解為「在『譯』的前面加上『翻』，變成『翻譯』一詞」。見朱志瑜、朱曉農著：《中國佛籍譯論選輯評注》（北京市：清華大學出版社，2006年），頁129注3。實際上，《四十二章經》是最早譯出的佛經，那時「翻」未出現，「翻譯」一詞更沒有出現。

33 贊寧：〈唐京兆大薦福寺義淨系論〉，《宋高僧傳》（上）（北京市：中華書局，1987年），頁3。

34 《舊唐書》〈姚崇宋璟列傳〉，《二十五史（百納本）》（杭州市：浙江古籍出版社，1998年影印本）第4冊，頁204。

35 法雲：《翻譯名義集》（上海市：上海書店，1989年），頁1。此處引用時另加標點。

但是另一方面，「翻」既然是「翻轉」，就是有「度」的，可以稱為「翻譯度」或簡稱「翻度」。既有充分吻合的「翻譯度」，也有不充分但大體吻合的「翻譯度」，還有「翻譯度」把握不好、過猶不及的情況。後唐釋景霄在《四分律抄簡正記》中，提出了「正翻」與「義翻」兩種「翻」法，我們也可以看作是對「翻譯度」的一種說明：

> 就翻譯中復有二種：一正翻，二義翻。若東西兩土俱有，促呼喚不同，即將此言用翻彼語梵。如梵語芬荼利迦，此云白蓮花，又如梵語斫摳，此翻為眼等，皆號正翻也。若有一物，西土即有，此土全無。然有一類之物，微似彼物，即將此者用譯彼語，如梵云尼拘律陀樹，此樹西土其形絕大，能蔭五百乘車，其子如有油麻四分之一。此間雖無其樹，然柳樹稍積似，故以翻之。又如三衣翻臥具等並是。[36]

這裡的「正翻」，就是百分之百地吻合原文的翻譯，而「義翻」則是一多半重合，一少半不合。僧叡在〈中論序〉說：「文或左右，未盡善矣。」所謂「左右」，即是翻譯度過猶不及，齟齬未合。六世紀時的釋慧愷在稱讚俱羅那他法師的翻譯時，這樣寫道：

> 今既改變梵音，詞理難卒符會。故於一句之中，循環辯釋，翻覆鄭重，乃得相應。[37]

這裡所說的梵語與漢語的「符會」、「相應」，指的都是「翻譯度」的恰當與吻合。宋贊寧在《宋高僧傳》的〈譯經篇〉附論中，也談到了

36 藏經書院：《卍續藏經》（臺北市：新文豐出版公司，1983年），第68冊，頁153。

37 釋慧愷：〈阿毗達摩俱舍釋論序〉，《中國佛教經論序跋記集》（上海市：上海辭書出版社，2002年），卷1，頁171-172。

佛經翻譯如何一步步成熟，開始時是梵客華僧在一起，「聽言揣意、方圓共鑿、金石難和」；進入第二階段是「十得八九，時有差違」；而到了第三階段，特別是玄奘等人的翻譯，則如同「水中之乳」，「印印皆同，聲聲不別，斯謂之大備矣」。[38]這也就是歐洲現代詮釋學翻譯理論中所說的譯者與原文作者之間的「視閾的融合」，但中國古代翻譯家在這方面的認識要比歐洲人早得多。

以上運用詞義考論的方法，從翻譯方法論的角度，對中國傳統譯論中的「譯」、「翻」及「翻譯」這一概念及「翻」與「譯」的關係做了考察與辨析，發現「譯」與「翻」指的是不同語言之間轉換交流的兩種方法。「譯」又稱作「傳」或「傳譯」，是平移式的逕直的溝通交流。從中國翻譯發展演變史上看，《禮記》〈王記〉中對「寄」、「象」、「狄」、「譯」的解釋，只是對東漢以前中國的譯傳活動的概括，指的都是與周邊少數民族之間的語言交際。由於相互間語言的隔閡顯然沒有梵語與漢語那樣巨大，因此不太需要幅度很大的「翻轉」或「翻」，一言以蔽之都屬於「譯」，人們對翻譯的認識用「譯」即可概括。隨著梵漢翻譯實踐的豐富與理論思考的深入，譯學家們開始意識到在「傳」、「譯」或「譯傳」之外，還有一種空間立體的大幅度「翻轉」式的解釋性的交流與置換活動，並名之曰「翻」。換言之，「翻」是因為兩種語言之間存在巨大阻隔而無法平移傳達，不能總是採取音譯等「不翻」而譯的方法，而是需要做大幅度立體的「翻轉」，需要立足於自身的語言文化，對原文做創造性的解釋，實施翻轉、反轉式的置換與吻合。「翻」若翻轉，在這一點上倒是日本人的體會與表達似乎更為細膩些，日語中「翻訳」（翻譯）又寫作「反訳」（反譯），似乎體悟到了「譯」也需要「翻」，而且與原文是「反」的關係。「翻」者如翻錦綺，亦如將手掌翻（反）過來一樣。同時，

38 贊寧：《宋高僧傳》（上）（北京市：中華書局，1987年），頁52-53。

「翻」又涉及到能不能「翻」的問題，由此提出了「不翻／不可翻」的命題，而「不可翻」並非「不可譯」，「不可翻」者則「可譯」；還涉及到「翻」的程度（翻譯度）問題，由此提出了「正翻」和「義翻」兩種「翻」法，而且跟譯文的「文」與「質」的關係問題密切相關。要之，中國古代翻譯家及翻譯理論家對「翻」的發現，對「翻」與「譯」兩者相反相成、相輔相成的辯證關係的認識，最終導致了「翻譯」這個相當科學、又相當藝術的概念的產生，並寄寓了豐富深刻的譯學思想。

作為中國傳統翻譯理論基礎概念的「翻」有一個較長的形成演變過程。關於「翻」字，許慎《說文解字》的解釋是：「翻，飛也」[39]，是一個普通動詞。隨著魏晉南北朝時期佛教及聲明學的傳入，為漢語引入了「反切」這種注音方法，而「反切」的「反」字，亦作「翻」。顧炎武在《音學五書》中認為：「反切之名，自南北朝以上皆謂之『反』。孫愐《唐韻》謂之切，蓋當時諱『反』字。……代『反』以『翻』。……是則『反』也、『翻』也、『切』也、『紐』也，一也。」[40]可知「切」、「反」、「翻」乃至「紐」是同義字，這樣一來，「翻」便成為一個音韻學的概念。到了隋唐時代，一些佛經翻譯家及翻譯理論家明確使用「翻」字來表示兩種語言之間的轉換，表明「翻」又轉化成為一個翻譯學的概念。

但是，長期以來，學界對「翻譯」一詞特別是對「翻」的訓釋往往只侷限在漢語音韻學的範疇，而未能從翻譯學、翻譯方法論的角度加以理解和辨析。上述顧炎武所說的「翻」僅僅是作為漢語音韻學意義上的「翻」，而不是作為翻譯學意義上的「翻」。前者是漢字的注音方法，後者是兩種不同語言的轉換釋義的方法；前者是從語音拼讀上

39 許慎撰，徐鉉校訂：《說文解字》（北京市：中華書局，1963年），頁165。

40 顧炎武著，劉永翔校點：《顧炎武全集．音學五書》（一）（上海市：上海古籍出版社，2012年），頁73。

說的，後者是從「翻譯」上說的。也有學者意識到了音韻學上的「翻」與翻譯學之「翻」的關聯，但是卻將音韻學上「翻」的釋義直接擴大到了翻譯學方面。例如王鳳陽先生著《古辭辨》一書在解釋「譯」和「翻」這一對同義詞的時候，對「翻」做了這樣的解釋：「『翻』表翻譯起於佛經，時代當在六朝之後，《翻譯名義集・一》『夫翻譯者，謂翻梵天之語轉成漢地之言，音雖似別，義則大同。宋僧傳云：如翻錦繡，背面俱華，但左右不同耳』。謂『翻』從『如翻錦繡』得名，恐是附會。梵語系音素制的拼音文字，漢字則是聲韻俱全的音節表義文字。用漢字表梵文的聲與韻要採用去尾掐頭法去顛倒相拼，這在當時叫作『翻』或『反』；中國注音中的反切法，正是從譯佛經傳來的。推而廣之，譯音法也擴大到了譯文、譯經上了，這樣一來，『翻』就與『譯』同義了。如：《唐書》〈姚崇宋璟列傳〉『今之佛經，羅什所譯，姚興與之對翻』……。」[41]這段話雖然正確指出了音韻學上的「翻」與譯經上的「翻」的密切關係，卻直接把音韻學上的「翻」（反）「擴大到了譯文、譯經上了」，「翻」就被理解為「翻」音了，並且認為古人對「翻」字「如翻錦繡」的解釋是「附會」的。實際上「如翻錦繡」的「翻」並非「附會」之言，而是對翻譯活動中立體「翻轉」、「反轉」活動的形象恰切的形容與概括。而且，中國傳統翻譯與譯論中的「音譯」都是因為某些詞語「不可翻」才加以音譯的。換言之，中國傳統譯論中的「翻」就是不加音譯，而使用本土語言做解釋性的翻轉置換。另一方面，由於《古辭辨》逕直把音韻學上的「翻」的概念延伸到翻譯學範疇，得出了「『翻』就與『譯』同義了」的結論，便不再追究兩者之間的同中之異，接下去自然而然地把《唐書》〈姚崇傳〉「今之佛經，羅什所譯，姚興與之對翻」一句中的「譯」與「對翻」看成了一回事。實際上，姚興的「對翻」就是

41 王鳳陽：《古辭辨（增訂本）》（北京市：中華書局，2011年），頁412-413。

「翻」，是在鳩摩羅什「譯」的基礎上進一步做翻轉性的詮釋，體現了古代佛經翻譯的不同的分工與程序。

誠然，「翻」與「譯」屬於同義詞，但簡單地認定它們屬於「同義」還不夠，還需要同中辨異。關於古漢語同義詞的求同辨異問題，王寧教授主編《古代漢語》中指出：「同義詞是有同有異的……古書或古注裡運用同義的時候，有時取它們相同的一面，這時，兩個詞的意義就完全一致了，叫作『通』，或叫『渾言』，在求『通』或用『渾言』時，摒除了同義詞各自的特點，只取它們籠統相同的一面。但另一些時候，則又取它們相異的一面，突出它們彼此特點的不同。這叫『異』，又叫『析言』……所以，求義同和辨義差，是認識同義詞不可分割的兩方面的工作。」[42]同樣的，對「翻」與「譯」也要做這兩方面的工作。實際上，從訓詁學的「渾言」與「析言」角度看，也可以見出「譯」與「翻」是有明顯區別的。中國古代譯學理論中把「譯」字又稱為「傳」、「傳譯」，表明「譯」通「傳」。《說文解字》：「傳，遽也。从人，專聲。」[43]朱駿聲《說文通訓定聲》：「以車曰傳，亦曰馹；以馬曰遽，亦曰驛。」[44]看來，「傳」是以車為載體的交流交通活動，與以馬為載體的「遽」同義。「傳」既然是以車為工具和載體，就有一個「轉」的問題。「傳」與「轉」通，《廣韻》：「傳，轉也。」[45]但這個「轉」既然指車而言，那就是車輪轉動之「轉」，是一種平移的活動，而不是「翻飛」的「翻」。關於「翻」，《說文解字》：「翻，飛也。從羽，番聲，或從飛。」[46]可見「翻」是要靠翅膀飛的，就是在離開平面，在空間做立體翻轉飛躍的活動。換言之，

---

42 王寧主編：《古代漢語》（北京市：高等教育出版社，2012年），頁144-145。

43 許慎撰，徐鉉校訂：《說文解字》（北京市：中華書局，1963年），頁165。

44 朱駿聲編著：《說文通訓定聲》（北京市：中華書局，1984年影印版），頁765。

45 周祖謨校：《廣韻校本》上冊（北京市：中華書局，2011年），頁145。

46 許慎撰，徐鉉校訂：《說文解字》（北京市：中華書局，1963年），頁75

「翻」字本身具有立體翻飛的意味，並以此有別於平面移動的「傳」或「轉」。可見，「傳」、「傳譯」或「譯」，與「翻」完全屬於不同的動作形態。從翻譯方法論的角度看，它們所表示的也是兩種不同的翻譯方法。

四　「可譯／不可譯」與「可翻／不可翻」

在西方古今譯論中關於「翻譯」概念的論述，較之中國傳統譯論要簡單、粗糙得多。劉軍平著《西方翻譯理論通史》第一章第一節〈翻譯的定義、分類〉，列出了二十七條定義，其中有六條是中國《周禮義疏》及傅雷、錢鍾書等現代翻譯家的定義，其餘全都是西方人的定義，最為具體的是《韋氏新世界詞典》中的定義。[47]但總體看來，這些定義、義項基本上都屬於中國的「翻譯」中的「譯」的部分，對翻譯的「翻」字強調不足，對「翻」與「譯」作為兩種相輔相成的翻譯方法或途徑則完全缺乏認識。這裡面的原因很複雜，基本的原因可能是因為歐洲各國之間的翻譯活動多在同一語系、至少在拼音文字的範圍內進行，因而更多的是平行移動的「譯」，其中的解釋或釋義也是在「譯」的範疇內進行的。不像中國古代翻譯這樣，一開始就有梵漢翻譯這樣的方塊字與拼音文字之間的巨大飛躍與翻轉，故對翻譯的「翻」認識不足。相比之下，中國「翻譯」概念及所包含的中國人對「翻譯」活動的認識，要比西方人全面得多、深刻得多。

現在，我們對中國古代關於「譯」與「翻」的思想加以辨析闡發，具有重要的理論價值，並可以解決中外翻譯理論史上長期聚訟紛紜、莫衷一是的關於「可譯／不可譯」的論爭。

47 參見劉軍平著：《西方翻譯理論通史》（武漢市：武漢大學出版社，2009年），頁18-21。

「可譯」與「不可譯」被稱為翻譯理論中的一個「古老的悖論」，反映了翻譯家和翻譯理論家對翻譯活動可能性與侷限性的體察與認識。西方自古羅馬時代，中國自魏晉時代就已觸及，進入二十世紀後這仍是中國文學翻譯論爭中的重要論題之一。現當代中國翻譯理論界關於「可譯／不可譯」的爭論受西方「翻譯」概念的語義控制，未能從中國傳統譯論「翻」、「譯」及「翻譯」概念中尋求啟示，未把「翻」與「譯」兩種不同的翻譯方式加以區分，故而導致「可譯派」與「不可譯派」各執一端。

中外現代翻譯史上的「不可譯」論，主要體現在文學翻譯領域，尤其是詩歌翻譯中。說文學特別是詩歌「不可譯」，概括起來主要是指四個方面的不可譯：一是原文的「音聲」的「不可譯」，在譯文中聲音節奏韻律不得不丟掉；二是原作的文體、詩型不可譯，就是鳩摩羅什所說的「改梵為秦，失其藻蔚，雖得大意，殊隔文體。有似嚼飯與人，非徒失味，乃令嘔穢也」[48]；三是原文的特殊語言修辭，包括成語、諺語、格言、慣用語、俗語、俚語、歇後語、俏皮話、方言等都不可譯；四是原文的風格、韻味不可譯。「不可譯」論包含著兩個前提。第一個前提是「原作中心論」，認為原作是中心與依據，譯詩的理想目的是要把原詩的音聲、文體、修辭、風格等都傳達出來，但實際上這是不可能的；第二個前提是「譯」，也就是中國傳統翻譯理論中的傳達、傳譯意義上的「譯」，是平行移動意義上的「譯」，而不是翻轉的「翻」。在這個邏輯前提下，「不可譯」論者的「不可譯」是完全成立的，它道出了「譯」的基本特點，特別是「譯」的侷限與不可能。但另一方面，他們卻忽視了翻譯活動不僅有「譯」，還有「翻」。當碰到「不可譯」的情況後，翻譯家不會束手無策，因為除了「譯」，還有「翻」。不能「譯」者，就必須「翻」。

48 釋僧祐：《鳩摩羅什傳》，釋僧祐撰：《出三藏記集》（北京市：中華書局，1995年）卷第十四，頁534。

「不可譯」論之外，也有「可譯」論者。例如，早在一九二三年，成仿吾就結合自己的翻譯實踐，認為詩歌是可譯的。他在〈論譯詩〉一文中說：如果具備了四個條件，譯詩就是可能的。「第一條件的『是詩』，要看譯者的天分；第二的情緒，要看他的感受力與表現力；第三的內容，要看他的悟性與表現力；第四的詩形，要看他的手腕」。[49]看來，他把「不可譯」論以原作者為中心的基本立足點完全轉換為以「譯者」為中心，發揮譯者的主體創造性。這就不能僅僅「譯」或「傳譯」，還要有「翻」。這一點成仿吾是意識到了，可是他在概念上仍然使用的是「譯」字，用的仍然是「譯者」、「譯詩」這樣的詞。這個「譯」字中當然包含著「翻」，但是「譯」這個字，卻在冥冥之中左右著對翻譯活動的認知與定義，「可譯論」與「不可譯」的爭論，關鍵還是在對「譯」的理解上。「不可譯」論者持狹義的理解，「可譯」論者持廣義的理解，於是「名不正則言不順」，在「譯」的歧義中，「可譯／不可譯」的爭論便難以達成統一。

金岳霖在《知識論》中的〈語言〉一章中以其哲學家的深刻思考，談到了「可譯／不可譯」的問題。他把翻譯分為「譯意」和「譯味」兩類，認為「譯意」相對是比較容易的事情，從知識論的角度，注重「譯意」就可以了，但「譯味」就困難和麻煩得多了。恰恰詩（文學）的翻譯不僅要「譯意」，更要「譯味」，在這個問題上，金岳霖基本上是個「不可譯」論者，認為「詩差不多是不能翻譯的，詩中所重，即完全不在味，也一大部分在味」。[50]在這裡，金岳霖明確意識到「翻譯」的侷限性，特別是在文學翻譯中所必須的「譯味」方面，「差不多不能翻譯」。在這個角度上看，金岳霖「差不多」就是個「不可譯」論者。但他與其他「不可譯論者」的不同，就在於他意識

49 成仿吾：〈論譯詩〉，羅新璋、陳應年編：《翻譯論集》（修訂本）（北京市：商務印書館，2009年），頁457。

50 金岳霖：《知識論》（北京市：商務印書館，2011年），頁850。

到了文學翻譯中的「譯味」，「不只是翻譯而已」，還需要「創作」。他所謂的「翻譯」，站在我們現在的「翻」與「譯」加以區分的立場看，僅僅指的是「譯」罷了。而他所說的翻譯中的「創作」，本來就是「翻」字中應有之意。金岳霖認為，詩歌不可「譯」，但要經譯者的「重行創作」，也就是今天我們常說的「再創作」，從而「不拘於原來的形式，而創作出新的表示方式」，這豈不就是我們所說的「翻譯」之「翻」嗎？金岳霖在他的翻譯論中，實際上已經明確意識到了「翻」與「譯」的不同。例如，在談到「譯意」問題的時候說：「或者我們根本不能譯，或者要譯時非大繞其圈子不可。」[51]所謂「繞圈子」，豈不就是中國古代翻譯理論中的所謂「翻轉」的意思嗎？

看來，金岳霖意識到了詩歌是不能「譯」的，但認為詩歌實際上是可以「翻」的。只可惜他沒有在「翻」與「譯」相區別的前提下，來理解「譯」，因而也沒有在概念上明確「翻」字。他意識到了「重行創作」、「繞圈子」這一「翻」的根本屬性，實際上已經走到「翻」字的跟前，但他對「翻」本身卻視而未見。他的「詩差不多不能譯」的「不可譯」論，建立在對「翻譯」這一概念的狹隘的理解上面，即把「翻譯」的「翻」字當作了「譯」的同義陪襯，而無視了「翻」的相對獨立的意義。總之，在對「翻譯」這一概念的這一狹隘理解上，金岳霖是個「不可譯」論者，但他實際上意識到了「不可譯」者可以「翻」，所以他又是一個「可翻」論者。「不可譯」不等於「不可翻」，「不可譯」者可以「翻」——金岳霖沒有明確說出這話，但實際上意思已經到了。這就是他與其他「不可譯」論者的區別，也是他的高明之處。

到了晚近，也有極少數文章觸及了「不可譯者可以翻」這一道理。如張成柱在〈不可譯性的存在與轉化〉一文中認為：語言文字本

51 金岳霖：《知識論》（北京市：商務印書館，2011年），頁846。

身的規律與特徵所構成的不可譯性是不多的，或者說是比較容易克服的，而真正的不可譯性大都隱藏在語言形式的內涵之中。而涉及到社會、思想和意識方面的不可譯性較難處理，少數的情況的確構成了死點，即絕對的不可譯性，其餘的大都屬於相對的不可譯性。為此，他還進一步提出了將不可譯加以轉化、「變不可譯為可譯」的四種方法。[52]張成柱所說的「不可譯性的轉化」、「變不可譯為可譯」及其方法，歸根到柢，可以概括為一個「翻」字，都屬於「翻」的範疇。只是，從嚴格概念語義的角度來說，「變不可譯為可譯」實際上就是「變不可譯為可翻」。正是因為「不可譯」才需要「翻」。就是這一層窗戶紙，但我們需要給它戳破。

在「可譯／不可譯」論者之外，還有試圖將兩者的對立論爭加以調和的主張，例如辜正坤從「多元化翻譯標準論」出發，提出了詩歌的「可譯性」、「半可譯性」和「不可譯」性三種情況。[53]這就把此前的「可譯／不可譯」的二元對立的問題，變成了一個「三元」互立的問題。以「半可譯性」這個提法，使得一個非此即彼的問題，變成彼此之間的問題。從描述翻譯的「可譯／不可譯」的實際情況而言，這個「三元互立」似乎比「二元對立」更能消解矛盾對立。然而這實際上沒有真正回答「可譯／不可譯」的問題，而是把這個問題轉換成了「可譯／半可譯／不可譯」的問題，其基本思路與邏輯，仍然是侷限在「譯」這個範疇之內的，是在「翻」的概念缺席的情況下進行的。

若從「翻」的角度看問題，關於原文的「音聲」問題，早在玄奘的「五種不翻」的主張中就已涉及。由於音聲特有的神秘性，或者一個詞語的音聲中包含多種意思，這些「音聲」是不能「翻」的，即不能翻轉為漢語加以解釋的，只能用漢字把它的發音譯出來，即音譯。

52 詳見張成柱：〈不可譯性的存在與轉化〉，《中國翻譯》1988年第3期。

53 詳見辜正坤：《中西詩鑒賞與翻譯》（長沙市：湖南人民出版社，1998年），頁244-245。

也就是說，這樣的「音聲」問題，不是「不可譯」，而是必須「譯」出來，但卻「不可翻」，即不可以通過翻轉，做解釋性的翻譯。當然，玄奘是就文本中某些具體詞語而言的，若就外國詩歌的翻譯而言，那通常是作為完整語篇的翻譯，不是玄奘所說的個別詞語問題，在音聲的層面上也不能不「翻」，於是，便在「翻」的過程中丟掉了原來的音聲韻律。因為丟掉了作為詩歌之根本的音聲，便覺得詩歌是「不可譯」的。問題是，在這個層面上說，詩歌確實是不可「譯」的，但既然「譯」了，那實際上做的是「翻」的工作；換言之，詩歌不可「譯」，但明知「不可譯」而「譯」的時候，就是由「譯」到「翻」了。於是，詩歌「不可譯」，這說法本身是完全成立的，但須知「翻譯」在「譯」之外，理應還有一個「翻」字在，詩歌雖「不可譯」，但它是「可翻」的。

如此，在「翻」與「譯」這種互為依存的、相反相成的關聯中，「可譯／不可譯」的問題自然就迎刃而解了。原來「可譯／不可譯」之爭，是建立在「譯」字的執著之上的、是建立在「翻」的缺位之上的，有的論者朦朧意識到了「翻」的必要，甚至眼看就觸及到「翻」了，卻沒有拈出「翻」這個概念，便使得爭論最終沒有跳出「譯」的圈套，而「可譯／半可譯／不可譯」的說法，最終仍然沒有跳出「譯」的思路。

由以上分析可見，一直以來，翻譯理論界關於「可譯／不可譯」的論爭，根本上伴隨著對「翻」與「譯」這兩個不同概念的混淆，基本建立在「翻譯」之「翻」這一概念的缺席基礎上。同時，對「翻」的認識程度，「可譯」論者與「不可譯」論者雙方又有所不同。「不可譯」論者的意識中幾乎沒有「翻」的意識的存在，或者從根本上就否定類似「翻」的行為；而「可譯」論者，或多或少地意識到了「翻」的存在，在具體的描述中也朦朦朧朧地勾畫出了「翻」的輪廓，但卻沒有訴諸於「翻」的概念；或者說，已經走到了「翻」的跟前，但是缺乏概念上的理解與確認。於是，「可譯／不可譯」的論爭就斷斷續續持續了百年。殊不知這個問題早已經在中國古代翻譯理論中得到闡發和基本解決，但到了現代翻譯尤其是文學翻譯、詩歌翻譯的條件中，中國古代翻譯理論的有關闡釋卻被人忽略了、遺忘了。結果還是「可譯」論者一代代地重申「可譯」論，而「不可譯」論者也一代代重申著「不可譯」論，沒有結論、沒有共識。而近年出現的試圖調和兩者的「半可譯」論，也只是在兩者中間加上了一個臺階，未能從根本上說明問題。實際上，「可譯／不可譯」的爭論只有與「可翻／不可翻」論結合在一起，才能從根本上解決問題。所謂解決問題，並非意味著這樣的爭論今後不會再有了。但有了「翻」的概念，有了「可翻／不可翻」的概念，更準確地說，有了完整辯證的「翻譯」的概念，而不是以「譯」代「翻」的片面的認識，則「可譯／不可譯」的爭論就不會再各執一端，而是會隨著爭論加深對翻譯、文學翻譯、特別是詩歌翻譯的特點與規律的認識，認識到詩歌「不可譯」但「可翻」。認識到詩歌的翻譯作為翻譯中最複雜的種類，當然不能靠平行移動式的「譯」即「迻譯」來解決，而是需要有更加複雜的「翻轉」活動。這種「翻」伴隨著翻譯幅度的控制與把握，在精確中有藝術的模糊性，在藝術的模糊性中更能體現和發揮譯者的再創作、再創造。文學翻譯史上幾乎所有成功的、或者有可取之處的詩歌翻譯，都是在克服了「不可譯」的情況下，如此這般地「翻」出來的。從這個意義上說，在現代翻譯的語境下，中國古代的「譯」與「翻」的思想及「譯」、「翻」之辨，仍具有不滅的生命力和重要的理論價值，不僅可以為我們重構中國特色的翻譯學、翻譯理論提供出發點，而且也可以將「可譯／不可譯」這一持續千年的聚訟紛紜的爭論畫上句號。

中國古代譯學五對範疇、四種條式及其系譜構造[1]

中國古代翻譯學是從九百年間佛經翻譯的實踐中逐漸形成的，大多從漢譯佛經的序、跋、記，以及「高僧傳」等文體樣式中表現出來，而且所具有的獨特的概念範疇與命題，都與具體的翻譯文本的論述密切相關，基本上屬於「譯文學」即「譯文」之學的範疇。但是一直以來，譯學界對中國古代翻譯範疇及其系譜構造問題研究的很少。楊自儉教授在十幾年前曾說過：譯學範疇的研究很重要，但現在的問題「一是對傳統譯學範疇自身特點的研究很少；二是對傳統譯學範疇體系也無從進行理性的鑒定。就是錢鍾書和羅新璋的研究在上述問題上也沒有什麼突破」。[2]近年來相關研究雖然陸續發表，然而大都受到流行的「文化翻譯」觀念及「譯介學」模式的影響，習慣於站在文化、哲學、美學及文論的立場上，從「誠」、「信」等儒學範疇或「神韻」、「意境」等美學範疇切入翻譯研究。例如有一部專門研究《中國傳統譯論範疇及其體系》的專著，用了二十多萬字篇幅，迂迴曲折、翻山涉水地加以引證論述，最終認定「『道、誠、有無、意象』可確立為傳統譯論本體論範疇」。[3]似這樣以中國傳統哲學、美學或文論的

1 本文原載《安徽大學學報》（合肥），2016年第3期。

2 楊自儉：〈中國傳統譯論的現代轉化問題〉，《中國傳統譯論經典詮釋》（武漢市：湖北教育出版社，2003年），序言，頁6。

3 張思潔：《中國傳統譯論範疇及其體系》（上海市：上海譯文出版社，2006年），頁120。

範疇代替譯學的範疇，結果勢必會把翻譯學從屬了哲學、美學或文論，反而掩蔽了中國傳統譯學的特色乃至譯學本身，給人的印象是中國古代譯學沒有自身特有的範疇，實際上也就沒有「譯學」或「譯論」（翻譯理論）可言。其實這不是對「中國傳統譯論範疇與體系」的「研究」，而是對「傳統譯論範疇」的消解，是對「傳統譯論體系」的抹殺與解構。

實際上，通過對譯學文獻的細緻研讀與發掘，就會發現中國古代譯學既有自己特有的範疇，也形成了自己特有的理論體系。關於翻譯本體論，有兩個元範疇「譯」與「翻」以及合璧詞「翻譯」。[4]「翻譯」又分「翻譯文本」與「翻譯行為」兩個方面，關於翻譯文本至少有五對範疇──「胡本／梵本」、「全本／抄本」、「異本／合本」、「舊譯／新譯」，還有一組對譯本加以價值判斷的範疇「得本／失本」（或稱「案本／乖本」）；關於翻譯行為，則主要通過分條加以列示的「條式」加以表現，主要有四種條式──「五失本、三不易」、「十條、八備」、「五不翻」和「六例」。把中國古代譯學範疇從大量譯學文獻中提煉出來，並將其組織化、譜系化，是中國古代譯學研究的不可缺少的基礎性工作，而此前這方面的研究還很欠缺，本文將對此做出嘗試與探索。

一　五對範疇

（一）胡本／梵本

要說明「胡本」與「梵本」，須先說明它們與「經」、與「本」這兩個概念的關係。作為佛教及古代譯學的「經」，是梵文「修多羅」

4 參見拙文〈「翻」、「譯」的思想──中國古代「翻譯」概念的建構〉，《中國社會科學》2016年第2期。

的意譯，狹義上是指佛教三藏「經律論」之一，即佛教諸經，主要指佛陀所說並由其弟子結集的文本形式。而在佛經翻譯的語境中，「經」的概念要寬泛得多，不僅指「經律論」之「經」，也泛指三藏。佛經翻譯的常用術語是「出經」。「出」就是誦出、譯出，「經」指的是一切佛教經籍。如東晉釋道安在〈摩訶鉢羅若波羅蜜經抄序〉中，說「阿難出經，去佛未久」。[5]「出經」指的是阿難陀誦出經文；而「前人出經、支讖、世高，審得胡本」，是說在以前的「出經」中，支讖、安世高的翻譯對原本弄得非常清楚明白；又在〈鞞婆沙序〉中，有「昔來出經者，多嫌胡言方質。而改適今俗」。[6]東晉僧人支愍度在《合首楞嚴經記》中也有「凡所出經，類多深玄」[7]，「出經」指的是譯出佛經。

所謂「本」則是「經」的物態化、具體化、書本化。「本」就是文本，在更多情況下指的是「原本」即「原文」。而原本或原文具體所指的就是「胡本」或「梵本」。「胡本／梵本」這兩個概念的分別有一個較長的過程。在支謙、道安時代，「胡本」又稱「胡經」，泛指一切佛經原本，包括印度的「梵本」和西域諸國的「胡本」。

三國時代譯經家支謙在〈法句經序〉中說：「……又諸佛興，皆在天竺。天竺言語與漢異音，云其書為天書，語為天語，名物不同，傳實不易。唯昔藍調、安侯世高、都尉、弗調，譯胡為漢，審得其體。」[8]在這裡，前面說的「天竺言語」即梵語，後頭接著說「譯胡

5 道安：〈摩訶鉢羅若波羅蜜經抄序〉，僧祐撰，蘇晉仁、蕭煉子點校：《出三藏記集》（北京市：中華書局，1995年），卷8，頁290。

6 道安：〈鞞婆沙序〉，僧祐：《出三藏記集》（北京市：中華書局，1995年），卷10，頁382。

7 支愍度：《合首楞嚴經記》，僧祐：《出三藏記集》（北京市：中華書局，1995年），卷7，頁270。

8 支謙：〈法句經〉，僧祐：《出三藏記集》（北京市：中華書局，1995年），卷7，頁273。

為漢」，此「胡」當然指的是「梵」。道安的〈比丘大戒序〉中有「譯胡為秦」一句，在〈摩訶鉢羅若波羅蜜經抄序〉中有「譯胡為秦」，「胡」指「胡語」、「胡經」；〈鞞婆沙序〉中有「傳胡為秦」等句，指的都是原本。道安〈阿毗曇序〉有「胡本十五千七十二首盧，秦語十九萬五千二百五十言」[9]之句，將「胡本」與「秦言」對舉。

東晉佚名作者在〈首楞嚴經後記〉中，說支施崙在翻譯時「手執胡本」。[10]支施崙是月支人，他手執的本子很可能就是真正的「胡本」。東晉高僧釋慧遠在〈三法度經序〉中，說到《三法度經》的翻譯時，說僧伽提婆「自執胡經，轉為晉言」[11]，僧伽提婆是罽賓（中亞古國）人，他手裡拿的「胡本」是梵語的本子還是西域胡語的本子，語焉未詳。

有時顯然把「梵本」說成是「胡本」。如後秦時期跟隨鳩摩羅什譯經的僧叡在〈大品經序〉談到鳩摩羅什翻譯時「手執胡本，口宣秦言，兩釋異音，交辯文旨」[12]；慧皎《高僧傳》卷二記載「鳩摩羅什，此云童壽，天竺人也」，從小出家學習佛經，所以他手執的「胡本」必是「梵本」無疑。所謂「胡本」也包括了天竺的原本和來自西域的原本，「胡本」、「梵本」並不仔細區分。在許多情況下，僧祐是把「梵」包含在「胡」之中，例如在〈胡漢譯經文字音義同異記〉一文中，他顯示了豐富的語言學知識，把當時世界的語言文字分為「梵」文、「佉樓」（印度閃米特語系文字）和倉頡造的漢文字三種，並從翻譯的角度，對梵漢的音義做了比較，認為兩者存在巨大差異，

---

9 道安：〈阿毗曇序〉，僧祐：《出三藏記集》（北京市：中華書局，1995年），頁377。

10 佚名：〈首楞嚴經後記〉，僧祐：《出三藏記集》（北京市：中華書局，1995年），頁271。

11 慧遠：〈三法度經序〉，僧祐：《出三藏記集》（北京市：中華書局，1995年），頁380。

12 僧叡：〈大品經序〉，僧祐：《出三藏記集》（北京市：中華書局，1995年），卷8，頁292。

從而強調「宣領梵文，寄在明譯。譯者釋也，交釋兩國」。[13]這裡說的是「梵文」與「漢文」之間的「宣領」（翻譯領會），是中印兩國之間的「交釋」。但是在這篇文章的最後，他說「言本是一，而胡、漢分音，義本不二，則質文殊體」，前面的「梵」、「漢」又變成了「胡、漢」。可見在僧叡那裡，「梵」是「胡」的一種，梵語、梵本是包含在胡語、胡本當中的。

當然，也有把梵本稱為「梵本」者。支愍度在〈合維摩詰經序〉中談到《維摩詰經》時，有「斯經梵本，出自維耶離」一句。維耶離又作吠舍離、毗舍離，是古印度十六個大國之一，出自那裡的《維摩詰經》自然不是「胡本」，所以在此支愍度用「梵本」稱之。同樣，南朝劉宋時代的釋法雲（道慈）在〈勝鬘經序〉記載「有天竺沙門名功德賢，素業敦尚，貫綜大乘，遠載梵本，來遊上京」[14]，其中明確將天竺人功德賢帶來的佛經本子稱為「梵本」。但起碼在魏晉南北朝時期，像這樣明確地區分「梵本」的情況並不多見。

在佛經翻譯文獻中「胡本」與「梵本」不太區分，是當時「胡與漢」、「東與西」或「中與外」二分法的地理觀念造成的，也是因為當時佛經的「主譯」大多是印度人或西域人，而中方的「筆受」、「度語」等協助翻譯的人員並不直接地接觸原文，這就造成了「原文」或「原本」意識的薄弱。而對翻譯活動加以記載與評論的，基本上是像道安、僧叡、僧祐那樣的不太懂原文、但又組織和主持譯事、對翻譯問題較為了解的高僧們。

對上述道安等人將「梵本」與「胡本」合為一談的問題，隋代的彥琮在〈辯正論〉一文中予以了批評，他寫道：

---

13 僧祐：〈胡漢譯經文字音義同異記〉，僧祐：《出三藏記集》（北京市：中華書局，1995年），卷1，頁13。

14 法雲（道慈）：〈勝鬘經序〉，僧祐：《出三藏記集》（北京市：中華書局，1995年），卷9，頁349。

> 舊喚彼方，摠名胡國，安雖遠識，未變常語。胡本雜戎之胤，梵唯真聖之苗，根既懸殊，理無相濫。不善諳悉，多致雷同，見有胡貌，即云梵種，實是梵人，漫雲胡族，莫分真偽，良可哀哉！語梵雖訛，比胡猶別，改為梵學，知非胡者？[15]

彥琮認為，以前是用「胡」來總稱所有的外國，道安雖然具有遠見卓識，但在這一點上仍然沒有改變以前的「胡」的套話；彥琮認為「胡本」是夾雜著「戎」（西戎）的一些成分的，而只有「梵」才是正宗的「真聖之苗」。彥琮強調區分「胡」與「梵」，強調「梵本」與「胡本」兩種原本之間的區別，是原文意識強化的表現。更重要的是要在「胡本」和「梵本」兩者之中，強調「梵本」的正統性與權威性。更進一步，是在「梵本」與譯本兩者之中，強調「梵本」的正統和譯本的侷限。他甚至認為，如果學習了梵語，翻譯就不必要了——

> 俗有可反之致，忽然已反；梵有可學之理，何因不學？又且發蒙草創，服膺章簡，同鸚鵡之言，仿邯鄲之步，經營一字，為力至多，歷覽數年，其道方博，乃能包括今古，網羅天地，業似山丘，志類淵海。彼之梵法，大聖規摩，略得章本，通知體式，研若有功，解便無滯。匹於此域，固不為難，難尚須求，況其易也！或以內執人我，外慚咨問，枉令祕術，曠隔神州，靜言思之，愍而流涕。向使法蘭歸漢，僧會適吳，士行、佛念之儔，智嚴、寶雲之末，才去俗衣，尋教梵字，亦霑僧數，先披叶典，則應五天正語，充布閻浮，三轉妙音，普流震旦，人人共解，省翻譯之勞，代代咸明，除疑網之失。[16]

15　彥琮：〈辯正論〉，僧祐撰，郭紹林點校：《續高僧傳》（北京市：中華書局，2014年），卷2，頁54。

16　彥琮：〈辯正論〉，道宣：《續高僧傳》（北京市：中華書局，2014年），卷2，頁54-55。

從貶低「胡本」到推崇「梵本」，從推崇梵本到主張學習梵語，從認為譯本只是鸚鵡學舌、邯鄲學步，到認為那些會梵語的譯者與其翻譯不如教授梵語，以使得「五天正語（梵語）充布閻浮，三轉妙音，普流震旦，人人共解，省翻譯之勞」，這是典型的「原文中心主義」或「原典至上主義」。當然，彥琮並不是無條件地否定翻譯，而是在「原本」與「譯本」的價值判斷中，充分認識到了譯本的侷限性，意識到就原文而言，翻譯只是仿造品。同時，也因為中國地廣人多，佛經翻譯的譯本不同，徒然造成理解上的歧義，所以不如直接讀梵本，「直餐梵響，何待譯言」[17]？在譯經鼎盛的隋唐時代，彥琮的話不啻逆耳之言，發聾振聵。當然，這裡只是表達了他崇尚梵文原本的心情，其意圖並不是主張以學梵文取代翻譯。否則，他就不會寫作〈辯正論〉來專「正」翻譯之道了。

（二）抄本／全本

「抄本」和「全本」是佛經翻譯的兩種文本形式。其中，在古代譯論文獻中，「抄本」常常寫作「抄撮」、「抄經」，「全本」又寫作「委本」。

道安〈道行經序〉在談到早期佛典《道行品》的譯文時寫道——

> 佛泥曰後，外國高士抄九十章為《道行品》。桓靈之世，朔佛齎詣京師，譯為漢文。因本順旨，轉音如已，敬順聖言，了不加飾也。然經既抄撮，合成章指，音殊俗異，譯人口傳，自非三達，胡能一一得本緣故乎？由是《道行》頗有首尾隱者。古賢論之，往往有滯，仕行恥此，尋求其本，到於闐乃得。送詣倉垣，出為《放光品》。斥重省刪，務會婉便，若其悉文，將

---

17 彥琮：〈辯正論〉，道宣：《續高僧傳》（北京市：中華書局，2014年），卷2，頁57。

> 過三倍。善出無生，論空特巧。傳譯如是，難為繼矣。二家所出，足令大智煥而闡幽。支讖全本，其亦應然。何者？抄經刪削，所害必多，委本從聖，乃佛之至誠也。[18]

這裡講的是不同文本、不同譯本之間、「抄撮」即抄譯本、或節譯本與全譯本（「全本」）的複雜關係。一是全本與節譯本的關係，《道行品》先有「外國高士」所「抄」或「抄撮」的抄本（節選本），竺朔佛據此譯出；接著朱仕行尋得原本，並根據原本翻譯了「斥重省刪」的抄本，最後是支讖的「全本」（全譯本）。道安肯定了前兩個抄譯本的特點和價值，認為它對讀者是有益的。但是，從譯本形態上看，同樣是節譯本，竺朔佛和朱仕行的本子是不同的，因為竺朔佛譯本所依據的本來就不是原本而是抄本。抄本內容本來就不全（「頗有首尾隱者」），故而不可能保證處處都忠實原文（「得本」），因此在讀者閱讀理解的過程中「往往有滯」。由於這樣的原因，朱仕行便去尋求原本並且重新進行節譯為《放光品》。雖然《放光品》僅僅抄譯了原文的三分之一，但在道安看來它在闡述佛教的「無生」和「空」論方面頗得要領，所以高度讚賞曰「傳譯如此，難為繼矣」！但是，無論如何，以上兩種畢竟都是節譯本。支讖本來也可節譯的，但他沒有節譯，「何者？抄經刪削，所害必多」，而只有「委本」才能做得到「從聖」。道安在這裡所論及的不同文本之間的關係，是翻譯學中的重要問題之一。早期翻譯往往因為條件所限，對譯者及讀者的要求都不高，節譯本多。一定程度的刪繁就簡的節譯是應該存在的，而在抄譯中，所據文本是否是原作，也影響到了不同抄譯本的價值。在中國佛經翻譯史上，抄譯本往往是過渡時期的產物，後來便會出現全譯本。

---

18 道安：〈道行般若經序〉，釋僧祐撰：《出三藏記集》（北京市：中華書局，1995年），卷7，頁263-264。

但是，嚴格地說，由於中外文體的差異，並非所有的譯本都需要「一一得本」的全譯本，不能「一一得本」的「失本」也是允許的。

關於抄譯本，釋慧遠在《大智論抄序》中，談到童壽（鳩摩羅什）譯的《大智度論》，說他「以此論深廣，難卒精究，因方言易省，故約本以為百卷。計其所遺，殆過參倍。」未譯出的部分是原文的三倍，換言之，一百卷的「約本」也只是百卷原文的四分之一。但是慧遠說，即便如此「文藻之士猶以為煩」。他認為，假如不加以抄譯，就會「咸累於博，罕既其實。譬大羹不和，雖味非珍；神珠內映，雖寶非用」。[19]因此對於這樣的「約本」的必要性及其價值，慧遠是予以充分肯定的，認為原文篇幅太龐大，就好像大餐雖有滋味，但味道雜而不和，又彷彿珍珠藏在裡面不得見，也沒有什麼用處，從而肯定了抄譯的獨特價值。

僧祐在《抄經錄》中專門講了「抄經」及其抄譯本的問題。他說：「抄經者，蓋撮舉義要也。昔安世高抄出修行，為《大道地經》。良以廣譯為難，故省文略說。及支謙出經，亦有字抄。此並約寫梵文，並隔斷成經也。而後人弗思，肆意抄撮。或棋散眾品，或苽剖正文。既使聖言離本，復令學者逐末。」[20]認為「抄經」是古代佛經文本中的常見現象，同時指出佛經的全譯（廣義）很難，可以抄譯，但只有像安世高、支謙那樣的翻譯大家，所抄譯的經典才可靠可行。而後人以為抄經容易，便肆意抄撮，結果既毀壞了經典，也有害於讀者。也就是說，正是因為抄譯比「廣譯」容易些，所以「抄譯」不能輕易為之。

19 慧遠：〈大智論抄序〉，釋僧祐《出三藏記集》（北京市：中華書局，1995年），卷10，頁391。

20 僧祐：〈抄經錄〉，《全上古三代秦漢三國六朝文》之四（北京市：中華書局，1958年影印版），頁3379。

(三)異本/合本

所謂「異本」指的是同一個原本的不同譯本，作為古代翻譯理論術語，多有使用。如支愍度在《合首楞嚴經記》中，有「今不見復有異本也」。支愍度在〈合維摩詰經序〉對異本的定義是：「同本、人殊、出異。」[21]也就是說，同一個本子、不同的人翻譯、譯出了不同的譯文，就形成了異本。關於同一原本形成不同譯本的原因，僧祐也在《新集條解異出經錄》中做了分析，他說：「異出經者，謂胡本同而漢文異也。梵書復隱，宣譯多變，出經之士，才趣各殊。辭有質文，意或詳略，故令本一末二，新舊參差。若國言訛轉，則音字楚夏；譯辭格礙，則事義胡越。豈西傳之踳駁，乃東寫之乖謬耳。是以《泥洹》、《楞嚴》重出至七，《般若》之經，別本乃八。傍其眾典，往往如茲。」[22]他所說的異本是作為譯本的異本，是由不同時代、不同譯者、不同翻譯質量以及傳播過程中的變異而形成的不同的本子。

所謂「合本」，有時又稱「合部」，就是把兩種以上的譯本加以互相校勘，取長補短，合為一本。在古代佛經中有若干合本，一般首字帶「合」者，都表示它是「合本」。例如《合首楞嚴經》、〈合維摩詰經序〉、《合部金光明經》等。關於合本與異本的價值、特點及其相互關係的論述，以支愍度為最集中。他在《合首楞嚴經》中說，《首楞嚴經》中的原本有五種，包括支讖譯本、支謙(支越)譯本、支謙改定支讖本、法護譯本、叔蘭譯本。支謙譯本散佚不見，支愍度就「以越(支謙)改定本為母、護(法護)所出為子，蘭(叔蘭)所一者繫之，其所無者輒以其位記而別之」。也就是以支謙改定本為主，以法護譯本為次，以叔蘭譯本做參考，合成一本，即成「合本」。關於各

---

21 支愍度：〈合維摩詰經序〉，僧祐：《出三藏記集》(北京市：中華書局，1995年)，卷8，頁310。

22 僧祐：〈新集條解異出經錄〉，僧祐：《出三藏記集》(北京市：中華書局，1995年)，卷2，頁65。

種「異本」的價值，支愍度認為它們有助於讀者的相互參照以助於理解，「求之語義，互相發明」。[23]他又在〈合維摩詰經序〉中談到了《維摩詰經》的三種譯本，即支恭明、法護、叔蘭這三人的三種異本的特點：

> 此三賢者，並博綜稽古，研機極玄，殊方異音，兼通開解。先後譯傳，別為三經，同本、人殊、出異。或詞句出入，先後不同；或有無離合，多少各異；或方言訓詁，字乖趣同；或其文胡越，其趣亦乖；或文義混雜，在疑似之間。若此之比，其塗非一。[24]

這裡對異本之「異」的概括相當全面精當，涉及了詞句的順序、有無、離合，用字的「義」與「趣」的異同出入，還有文義似同非同等等情形。關於合本的價值與作用，支愍度也做了清晰的判斷與闡述，他在〈合維摩詰經序〉中認為：「若其偏執一經，則失兼通之功；廣披其三，則文嫌難究。余是以合兩令相符……若能參考校異，極數通變，則萬流同歸，百慮一致。庶可以闢大通於末路，闔同異於均致。」[25]是主張合本的兼收並蓄、取長補短的功能。

「異本／合本」，作為古代漢譯佛經中文本形態的一對概念，具有重要的理論價值。在某一原本已經有了若干種特點不同的譯本的情況下，實際上後來的譯者已經很難出新了。在佛經翻譯中便出現了像《合首楞嚴經》、〈合維摩詰經序〉那樣的博採眾長的「合本」，然而

---

23 支愍度：〈合首楞嚴經記〉，僧祐：《出三藏記集》（北京市：中華書局，1995年），卷7，頁270。

24 支愍度：〈合維摩詰經序〉，僧祐：《出三藏記集》（北京市：中華書局，1995年），卷8，頁310。

25 支愍度：〈合維摩詰經序〉，僧祐：《出三藏記集》（北京市：中華書局，1995年），卷8，頁310-311。

由於種種原因，合成譯本這種形式及其「合本」的概念，在後世的翻譯理論中幾乎消失了。後世的許多所謂「複譯」其實包含了「合本」的成分，但籠而統之地稱為「複譯」，便無法顯示它與此前譯本的繼承關係。而現代翻譯術語中作為「複譯」之意的「重譯」，則更有「重新翻譯」的意思，給人的印象是譯者撇開前譯而另起爐灶，這實際上既不可能、也不可取。說「不可能」，就是譯者明明知道以前有譯本了，卻還要翻譯，肯定是出於某種考量，而在翻譯中又要做到不看那些譯本、不參考那些譯本或不受那些譯本的影響，那是不可能的；說「不可取」，就是作為一個「複譯本」或「重譯本」的譯者，卻不對此前的譯本加以研讀，從而取其精華去其糟粕，以便超越之，那是極其不可取的。不僅在翻譯技藝上失去了學習前賢的機會，也剝奪了讓讀者含英咀華的可能。在這種情況下，古代譯學中的「異本／合本」的概念在今天仍有繼承運用的價值。有些本子，例如近百年來出現的成千上萬、各種各樣的《一千零一夜》(《天方夜譚》)，有許多並非原創，也不是翻譯出來的，而是由各種異本「攢」出來的，因而既不能視其為「創作」，也不能叫它「複譯」，而中性的、客觀的叫法，就是「合本」。

(四) 舊譯／新譯

「舊譯／新譯」是中國古代譯學中文本形態的一對範疇，其中「舊譯」又稱為「前譯」,「新譯」又稱「後譯」、「新翻」。就中國古代佛經翻譯而言，受宗教文化、政治歷史等等方面因素的制約與影響，不同時期的翻譯呈現出較為鮮明的時代特徵。而「舊譯／新譯」的譯本形態論，不僅概括了不同時代譯本的時間形態，而且已經觸及了「譯本老化」這一重要的理論問題。

影響譯本老化的最直接的因素是翻譯家的雙語水平。舊譯與新譯的差異，很大程度上是由不同時期、不同譯者的梵語水平的差異所決定的。中國古代翻譯積累甚為豐厚，但最大的尷尬是雙語譯才的缺乏，據說在近千年的中國佛經翻譯史上，能夠精通雙語的本土與外籍譯者，最多也就十人左右。像鳩摩羅什那樣的能夠「手執胡本，口宣秦言，兩釋異音，交辯文旨」的人實在太少了。本土譯者如玄奘者，也不啻鳳毛麟角。對此，僧叡在〈毗摩羅詰提經義疏序〉中，從佛教「名義」翻譯處理的角度談了這個問題。他認為此前的譯經主要失誤在於對佛經的一些基本概念的翻譯出了偏差，而到了鳩摩羅什的翻譯，這個問題才有了很大改觀。他的體會是：「既蒙鳩摩羅什法師正玄文，擿幽旨，始悟前譯之傷本，謬文之乖趣耳。」他接下來舉了幾個例子，如「前譯」就「不來相」譯為「辱來」，將「不見相」譯為「相見」，將「未緣法」譯為「始神」，將「緣合法」譯為「止心」之類。僧叡認為像這樣的「名」與「義」不合的情況，達到了「無品不用，無章不爾」的程度。[26]僧叡又在〈小品經序〉中談到了《小品經》的翻經緣起，說後秦太子「深悟《大品》，深知譯者之失」，所以請鳩摩羅什複譯。僧叡斷言：「考之舊譯，真若荒田之稼，芸過其半，未詎多也。」[27]認為舊譯的一多半直如荒田雜草，這話未必算是過言，這也是對舊譯的一種判斷。

在翻譯高峰期的唐代，以前的翻譯都成為「舊譯」或「前譯」了。作為唐代譯場霸主的玄奘，對待舊譯，是否定，是棄之不准使用，為此就要加以「新譯」，如參與玄奘譯場工作的許敬宗在〈瑜伽師地論新譯序〉中記載了該經「新譯」的情況。道宣《續高僧傳》第二十七卷法沖的傳記中也有記載雲：「三藏玄奘不許講舊所翻經，沖曰：『君依舊經出家，若不許弘舊經者，君可還俗，更依新翻經出

26 參見僧叡：〈毗摩羅詰提經義疏序〉，僧祐：《出三藏記集》（北京市：中華書局，1995年），卷8，頁311。

27 僧叡：〈小品經序〉，僧祐：《出三藏記集》（北京市：中華書局，1995年），卷8，頁298。

家，方許君此意。』奘聞遂止。」[28]可見玄奘是不許當時的僧人使用舊譯佛經的，這種做法也得到了像法沖這樣的僧人的抵制。對舊譯的不滿意乃至否定，當然是玄奘對舊譯加以重譯的根本動機。以玄奘登峰造極的梵典翻譯水平，對舊譯的不滿和否定是可以想像的。但舊譯也畢竟已經發揮了其歷史作用，這一點恐怕是誰也不能完全否定的。

關於「舊譯」與「新譯」的歷史變遷，彥琮在〈辯正論〉中做了回顧評價，他認為「佛教初流，方音尠會，以斯譯彼，仍恐難明」；對於漢魏時代，他評價：「漢縱守本，猶敢遙議。魏雖在昔，終欲懸討。」肯定了當時佛經譯者的探求精神。但其譯本「或繁或簡，理容未適；時野時華，例頗不定」，在簡繁、文質的問題上沒有定例定規。到了晉、宋時代，雖然也不是沒有四、五個高德譯出了八、九部大經，但總體來說，「晉、宋尚於談說，爭壞其淳；秦、梁重於文才，尤縱其質」，認為晉宋秦梁時代，由於崇尚清談和重文輕質的風氣而影響到了翻譯，把佛經給糟蹋了。而「自茲以後，迭相祖述，舊典成法，且可憲章，展轉同見，因循共寫，莫問是非，誰窮始末。『僧鬘』惟對面之物，乃作『華鬘』；『安禪』本合掌之名，例為『禪定』。如斯等類，固亦眾矣。」[29]從而導致了一系列誤譯。唐代的翻譯史家道宣在《續高僧傳》卷四附「論」中，回顧了自漢魏，經晉宋齊梁陳隋至唐「九代」的翻譯歷史，高度評價了漢魏時代的翻譯，認為「漢魏守本，本固去華，晉宋傳揚，時開義舉，文質恢恢，諷味餘逸」，但是「厥斯以降，輕靡一期，騰實未開，講悟蓋寡，得在福流，時在訛競」。這種看法與彥琮同出一轍。而到了唐代，「翻轉梵本，多信譯人，事語易明，義求罕見，厝情獨斷，惟任筆功，縱有覆疏，還遵舊緒。」[30]認為「唐代後譯，不屑古人，執本陳勘，頻開前

28 道宣：《續高僧傳》（北京市：中華書局，2014年），卷27，頁1080。
29 彥琮：〈辯正論〉，僧祐：《續高僧傳》（北京市：中華書局，2014年），卷2，頁55。
30 道宣：《續高僧傳》（北京市：中華書局，2014年），卷4，頁138-139。

失。」對於以玄奘為中心的新譯（「後譯」）給予了高度評價。

（五）「得本／失本」（「案本／乖本」）

在以上所述的「胡本／梵本」、「全本／抄本」、「異本／合本」、「舊譯／新譯」的四對文本形態的範疇之外，還有一對譯本做綜合性價值判斷的概念，就是「得本／失本」（或稱「案本／乖本）」。

「失本」，顧名思義就是通過增刪修飾所造成的對原文文本的失實或損傷。道安在〈摩訶鉢羅若波羅蜜經抄序〉中對此最早做了系統論述，他認為「譯胡為秦」的時候，有五種情況下造成「失本」：「一者胡語盡倒，而使從秦，一失本也。二者胡經尚質，秦人好文，傳可眾心，非文不合，斯二失本也。三者胡經委悉，至於歎詠，叮嚀反覆，或三或四，不嫌其煩。而今裁斥，三失本也。四者胡有義說，正似亂辭，尋說向語，文無以異。或千五百，刈而不存，四失本也。五者事已全成，將更傍及，反騰前辭，已乃後說。而悉除此，五失本也。」[31]這裡講的仍然是譯本與原本之間的關係。「失本」的「本」是原文原本，有所「失」者是譯本。

道安所說的「一失本」，是翻譯中的梵漢語法句序上的必要的改變調整。只要是「譯胡為秦」，就必須如此。三失本、四失本、五失本，實際上說的差不多是一回事，那就是漢文翻譯中對原文的刪繁就簡的問題。刪的多了，就是抄譯、節譯的問題。

「二失本」指的是在文字風格上「文」與「質」的關係。這一條最為重要，歷來討論最多，人們的理解也各有不同。對道安所謂「胡經尚質，秦人好文」的看法，有人認為未必正確，因為「胡經」有胡經之「文」，秦人有秦人之「文」，對母語與外語的「文」與「質」的

---

31 道安：〈摩訶鉢羅若波羅蜜經抄序〉，僧祐：《出三藏記集》（北京市：中華書局，1995年），卷8，頁290。

感受與判斷會有不同，精通熟悉梵漢雙語的來自印度的佛經翻譯家鳩摩羅什認為：「天竺國俗，甚重文藻。其宮商體韻，以入弦為善。」[32]是說印度人更好「文」，這似乎與道安的「胡經尚質，秦人好文」的說法正好相反。但釋道安在這裡所說的胡經之「質」，並不是指孤立地判斷印度或西域人的文章質樸無文，似乎更多的是指佛經未被改動修飾時的原本的樣子，而譯者為了符合讀者的口味而特地加以文飾，就是「文」的了。但無論如何，幾乎所有的古代譯論家都認為，譯文中「文」與「質」的失調是造成「失本」或「乖本」的因素。正如僧叡所說，在翻譯時「文過質則傷豔，質甚則患野，野豔為弊，同失經體」，所以他提出「質文允正」[33]以避免「失本」。南朝僧人釋慧愷也強調：「翻譯之事殊難，不可存於華綺。若一字參差，則理趨胡越。乃可令質而得義，不可使文而失旨。故今所翻，文質相半。」[34]「文質相半」就是「文」與「質」的調和統一，才能避免「理趨胡越」的「失本」。慧遠在〈大智論抄序〉中說：「聖人依方設訓，文質殊體，若以文應質，則疑者眾；以質應文，則悅者寡。是以化行天竺，辭樸而意微，言近而旨遠。意微則隱昧無象，旨遠則幽緒莫尋。……遠於是簡繁理穢，以詳其中，令質文有體，義無所越。」[35]他認為「文」與「質」是由原典所決定的，適應了不同讀者的需要。不能在翻譯中「以文應質」，也不能「以質應文」，而應追求「質文有體，義無所越」，主張文質調和，試圖從理論上解決「文／質」的悖論。

---

32 僧祐：〈鳩摩羅什傳〉，僧祐：《出三藏記集》（北京市：中華書局，1995年），卷14，頁534。

33 僧叡：〈胡漢譯經文字音義同異記〉，僧祐：《出三藏記集》（北京市：中華書局，1995年），卷1，頁15。

34 釋慧愷：〈攝大乘論序〉，《全上古三代秦漢三國六朝文》之四（北京市：中華書局，1958年影印版），頁3502。

35 釋慧遠：〈大智論抄序〉，僧祐：《出三藏記集》（北京市：中華書局，1995年），卷10，頁391。

但是「文」與「質」的調和只是一種理想狀態，從「得本／失本」的角度看，「質」更能「得本」，而「文」則更容易導致「失本」。東晉佚名作者在《首楞嚴經後記》中讚揚《首楞嚴經》的翻譯「辭旨如本，不加文飾」，認為「質」才是根本的，「飾近俗，質近道。文質兼，唯聖有之耳」[36]；慧遠在〈三法度經序〉中也指出：「自昔漢興，逮及有晉，道俗名賢，並參懷聖典，其中弘通佛教者，傳譯甚眾。或文過其義，或理勝其辭，以此考彼，殆兼先典。」在這裡他用了「文」與「理」這對概念，與「文」、「質」概念基本相同，只是更傾向於從佛教的「義理」角度去看待「質」。在他看來，東漢以來的譯經無一例外都存在「文過其義」或「理勝其辭」的問題，所以他以僧伽提婆翻譯的《三法度經》為例，強調其譯文「雖音不曲盡，而文不害意，依實去華，務存其本」。[37]指出了「文」與「意」，「華」與「實」的關係。但總體上還是應該以「意」為中心，「文」、「華」的存在均不能妨害「意」與「實」。所以本質上看，慧遠也並不是「文」與「質」的「折中派」或梁啟超所說的「調和論調」，到底還是重於「實」的。同樣的，彥琮也聲稱：「寧貴樸而近理，不用巧而背源」。[38]看來，以忠實於原文為本、以「質」為本，這是中國傳統譯學的一個特色，與歐洲古羅馬及近代人文主義翻譯思潮的主流譯論有明顯有別。

道安在〈鞞婆沙序〉中轉述了和他一起譯經的同事趙正的話，並提出了「案本」的概念，認為尊重原文固有的「文」與「質」，是「案本」的保證：「趙郎謂譯人曰：『……文質是時，幸勿易之，經之巧質，有自來矣。唯傳事不盡，乃譯人之咎耳。』終咸稱善。斯真實

36 佚名：〈首楞嚴經後記〉，僧祐：《出三藏記集》（北京市：中華書局，1995年），卷7，頁271。引用時標點有變動。

37 釋慧遠：〈三法度經序〉，僧祐：《出三藏記集》（北京市：中華書局，1995年），卷10，頁380。

38 彥琮：〈辯正論〉，道宣：《續高僧傳》（北京市：中華書局，2014年），卷4，頁56。

言也。遂案本而傳，不令有損言遊字，時改倒句，餘盡實錄也。」[39]在〈合放光光贊略解序〉一文中，道安又提出了「得本」的概念，可以看作是「案本」的同義詞、「失本」的對義詞。

關於「失本／得本」的問題，在翻譯實踐中的理解與運用有所不同。當年道安的弟子僧睿說，自己在跟隨鳩摩羅什譯經時，「執筆之際，三惟亡師『五失』、『三不易』之誨，則憂懼交懷，惕焉若厲，雖復履薄臨深，未足喻也」[40]；而道安的另一名佚名弟子在〈僧伽羅剎集經後記〉中則認為：「既方俗不同，許其五失胡本，除此之外，毫不可差。」[41]

道安的「五失本」，是指五種特定情形下狹義的「失本」。都屬於梵漢文法、文體上的差異及其變通問題，是為了適合漢文讀者的需要而採取的有意識的、或者迫不得已的翻譯策略與方法，並不屬於誤譯。但是在翻譯中，除了道安所說的五種「失本」的情況外，還有更多、更嚴重的「失本」的情況。這個「本」，落實到具體字句的翻譯方面，就是「名／實」或「名／義」的關係；用今天的話來說，就是術語或關鍵字的翻譯，亦即「譯名」與其原文中的含義要相符，否則就會造成「失本」。這是翻譯中的最重要的節點，對宗教哲學類翻譯而言尤為重要，故而古代譯論家對此也多有論述。

僧叡在〈大品經序〉中說：「……而經來茲土，乃以秦言譯之，典謨乖於殊制，名實喪於不謹。致使求之彌至，而失之彌遠。」[42]在

---

39 道安：〈鞞婆沙序〉，僧祐：《出三藏記集》（北京市：中華書局，1995年），卷10，頁382。

40 釋僧叡：〈大品經序〉，僧祐：《出三藏記集》（北京市：中華書局，1995年），卷8，頁292。

41 佚名：〈僧伽羅剎集經後記〉，僧祐：《出三藏記集》（北京市：中華書局，1995年），卷8，頁375。

42 僧叡：〈大品經序〉，僧祐：《出三藏記集》（北京市：中華書局，1995年），卷8，頁292。

他看來，中印兩國文化制度不同，再加上翻譯中的不謹慎，便會造成「名」與「義」或「名」與「實」之間的乖離，即所謂「名與義乖」的現象。僧叡談到了鳩摩羅什如何譯出《大智釋論》，並以此對前人譯出的《大智經》(即《般若經》譯本）加以「正義」——

> 其事數之名與舊不同者，皆是法師以義正之也。如「陰入持」等，名與義乖，故隨義改之。「陰」為「眾」，「入」為「處」，「持」為「性」，「解脫」為「背舍」，「除入」為「勝處」，「意止」為「念處」，「意斷」為「正勤」，「覺意」為「菩薩」，「直行」為「聖道」。諸如此比，改之甚眾。胡音失者，正之以天竺；秦言謬者，定之以字義。不可變者，即而書之。是以異名斌然，胡音殆半。斯實匠者之公謹，筆受之重慎也。幸冀遵本崇實之賢，推而體之，不以文樸見咎，煩異見情也。[43]

僧叡跟隨鳩摩羅什譯經，對「名／義」、「名／實」問題尤為重視和敏感，反覆論及並提出了「尊實崇本」的主張。僧叡發現，即便翻譯巨匠鳩摩羅什，在名與義吻合的問題上也有可商榷之處。例如關於《思益經》的譯名，僧叡說《思益經》在梵語中的「正音名」是「毗絁沙真諦」，是「梵天殊特妙義菩薩」之號。但是，「詳聽什公傳譯其名，翻覆輾轉，意似未盡。良由未被秦言，名實之變故也。察其語意，會其名旨，當時『持意』，非『思義』也……舊名『持心』，最得其實。」[44]出現這樣「名／實」相乖的問題，關鍵原因還在於譯者對漢語（「秦言」）掌握得不太到家，於是造成了「名實之變」。

43 僧叡：〈大品經序〉，僧祐：《出三藏記集》（北京市：中華書局，1995年），卷8，頁293。

44 僧叡：〈思益經序〉，僧祐：《出三藏記集》（北京市：中華書局，1995年），卷8，頁308。

僧叡在〈毗摩羅詰提經義疏序〉[45]一文中，又從「名／義」的翻譯轉換的角度，提出了「傷本」、「乖本」的問題。他說自從跟隨鳩摩羅什譯經，對佛經的深奧含義更有所體會，「始悟前譯之傷本，謬文之乖趣耳」。例如以前把「不來相」翻譯成「辱來」，把「不見相」翻譯成「相見」，把「未緣法」翻譯為「始神」，把「緣合法」翻譯成「止心」等等之類。像這種關鍵詞錯譯的情況到處可見，達到了「無品不有，無章不爾」的程度，這就造成了「傷本」。他還提出，使用以儒釋佛、以道釋佛的「格義」方法去翻佛經，弄得過分了也會「乖本」，即所謂「格義迂而乖本」。這在當時的般若各家各宗中都普遍存在，而他自己所屬的性空宗還算是「最得其實」的。

二　四種條式

上述五對範疇主要是關於譯文或譯本的，屬於「譯文」之學，即譯文評論、譯文鑒賞、譯文研究的範疇，是靜態的；而以下所說的「四種條式」則主要是針對翻譯家的翻譯行為的，是動態的「翻譯學」的作業系統或規範體系。

「式」者，法式、體式也，標準、規範也，分條列示的關於翻譯的注意事項、標準或規範，作為中國古代譯學的一種重要的理論表述方式，常常用「式」字標舉，例如已散佚不傳的明則的《翻經法式論》、靈裕的《譯經體式》[46]等，都使用「式」字。道宣《高僧傳》卷二彥琮傳全文附錄了彥琮的翻譯專論〈辯正論〉，說彥琮「著〈辯正

45 僧叡：〈毗摩羅詰提經義疏序〉，僧祐：《出三藏記集》（北京市：中華書局，1995年），卷8，頁311。

46 湯用彤《隋唐佛教史綱》有云：「彥琮〈辯正論〉之外，尚有明則之《翻譯法式論》，靈裕之《譯經體式》，劉憑之《內外旁通比較數法》等，亦與譯事有關。」見《隋唐佛教史綱》（武漢市：武漢大學出版社，2008年），頁75。

論〉，以垂翻譯之式」。[47]翻譯的「條式」作為給從事翻譯的人列示諸項法式、體式、資格和條件，並不具有剛性約束的意義，而是條式的列示者自身經驗的條理化的總結，為的是讓自己更自覺更明確，使他人一目了然、易記易行。

中國翻譯理論中「條式」這種表達方式的開創者是上述道安的「五失本、三不易」。[48]道安之後是彥琮。其〈辯正論〉作為中國第一篇關於翻譯問題的專論，其宗旨是辯物正名，故曰「辯正」，內容涉及辯胡漢、梵漢之別，辯翻譯與原典之別，辯舊譯與新翻之別，辯翻譯之侷限等。其中，「垂翻譯之式」具體指的是他所提出的「十條」、「八備」。

關於「十條」，彥琮寫道：

> 安之所述，大啟玄門，其間曲細，猶或未盡，更憑正文，助光遺跡，粗開要例，則有十條：字聲一，句韻二，問答三，名義四，經論五，歌頌六，咒功七，品題八，專業九，異本十。各疏其相，廣文如論。[49]

所謂「安之所啟」顯然是指〈辯正論〉開篇提到的道安的「五失本、三不易」，這裡所說的「十條」，學者歷來認為此段表達簡略模糊，到底是轉述道安的話，還是彥琮自己的首倡，似難以斷言。但是，仔細讀來，意思還是較為清楚的。彥琮說「安之所述，大啟玄門」，是說自己轉述的是道安「所述」，但又覺得道安「其間曲細，猶或未盡」，在細部、細節上言猶未盡，所以他「更憑正文，助光遺跡」，即要依據道安的「正文」，來幫助道安，使其「所述」發揚光大，使其觀點

47 彥琮：〈辯正論〉，道宣：《續高僧傳》（北京市：中華書局，2014年），卷2，頁53。

48 對道安的「五失本、三不易」，另文專論。

49 彥琮：〈辯正論〉，道宣：《續高僧傳》（北京市：中華書局，2014年），卷2，頁55。

彰顯不湮，亦即「助光遺跡」之意。道安「五失本、三不易」雖開翻譯「條式」的先例，但確實只是就「失本」做一般的概括提示，因而還需要進一步細化。這樣看來，「十條」就是彥琮對道安「五失本、三不易」的具體化。故而彥琮在此基礎上提出的「十條」所講述的全都是屬於翻譯中的字詞、聲韻、名義、體裁樣式、文本等具體問題的處理。但在我們今人看來，彥琮的這「十條」跟道安的「五失本、三不易」一樣，「猶或未盡」或更有甚之，在翻譯中「十條」該如何解釋和處理，彥琮只是列出名目，便沒了下文。不過在當時的語境下，相信對於從事翻譯的人而言，也許是不言而喻的。

彥琮更進一步認為，翻譯非常不容易，「凡聖殊倫，東西隔域，難之又難」，譯者必須具備包括道德修養、知識修養、語言能力及翻譯水平在內的八項條件才行，於是又提出了「八備」：

> 誠心愛法，志願益人，不憚久時，其備一也。將踐覺場，先牢戒足，不染譏惡，其備二也。筌曉三藏，義貫兩乘，不苦闇滯，其備三也。旁涉墳史，工綴典詞，不過魯拙，其備四也。襟抱平恕，器量虛融，不好專執，其備五也。耽於道術，澹於名利，不欲高衒，其備六也。要識梵言，乃閑正譯，不墜彼學，其備七也。薄閱《蒼》、《雅》，粗諳篆隸，不昧此文，其備八也。八者備矣，方是得人。[50]

彥琮的「八備」說其靈感來源顯然也是道安的「五失本」。他用諸項條列的方式，對翻譯中的問題、規律、規範、注意事項等加以總結。但從內容上看，道安「五失本」講的是翻譯本身應注意的問題，「八備」講的是譯者從事翻譯所應具備的八項條件，包括宗教修養、人格

50 彥琮：〈辯正論〉，道宣：《續高僧傳》（北京市：中華書局，2014年），卷2，頁56。

修養、知識文化修養等；道安講的主要是翻譯的技術與藝術問題，彥琮講的主要是從事翻譯者的主體資格問題，兩者互為補充。當然，彥琮講翻譯主體資格的目的和宗旨，還是為了使譯者「閑正譯」，即熟悉並掌握「正譯」的方法。「正譯」也是他「辨正」之「正」的核心，就是提倡漢人譯者要好好學習梵文，能看懂原典，才能堪當「正譯」。

彥琮的「十條」、「八備」，承續道安的「五失本、三不易」，在概念範疇之外開啟了中國譯學理論中的「條式」這一表述方式。彥琮之後，到了唐代，玄奘提出了「五不翻」[51]，進一步強化了「翻」的概念，講了翻譯中可「譯」而「不可翻」的五種情況，其中心思想就是對佛典中各種特殊詞語、概念，最好「不翻」，即不加以解釋性的翻轉，而是採取「譯」（平行的迻譯，主要是音譯）的方法，「不翻」的就「譯」，「不可翻」就可以「譯」，目的是為了「存梵音」，更加忠實原文、盡可能貼近原文。對「五不翻」的理解與詮釋，必須在「翻」與「譯」區別的前提下才能有效進行，而對中國古代譯論兩個元範疇「譯」與「翻」加以辨析考論，有助於對「五不翻」這一條式的深入理解。[52]

又到了宋代，贊寧又提出了「六例」。關於「條式」的表達方式，贊寧有著自覺的歷史繼承意識。他寫道：

---

51 玄奘的「五不翻」論保存在宋代法雲的《翻譯名義集》卷首周敦義撰寫的序文中：曰：「一、秘密故，如陀羅尼；二、含多義故，如薄伽梵具六義；三、此無故，如閻淨樹，中夏實無此木；四、順古故，如阿耨菩提，非不可翻，而摩騰以來常存梵音；五、生善故，如般若尊重，智慧輕淺。」另據隋代灌頂《大般涅槃經玄義》記載，在此之前，廣州的一位名叫大亮的人曾提出了五種「不翻」，與玄奘的「五不翻」大體相同，可以看作玄奘「五不翻」的早期版本。

52 參見拙文〈「翻」、「譯」的思想——中國古代「翻譯」概念的建構〉，《中國社會科學》2016年第2期。

> 逖觀道安也，論五失三不易，彥琮也籍其八備，明則也撰翻經儀式[53]，玄奘也立五不翻，此皆類左式之諸凡，同史家之變例。今立新意，成六例焉。謂譯字譯音為一例，胡音梵言為一例，重譯直譯為一例，粗言細語為一例，華言雅俗為一例，直言密語為一例也。[54]

這裡贊寧直接把包括他自己的「六例」在內的諸種條式，與春秋左傳中的「諸凡」、史家的「變例」看作同類，把自己與道安的「五失本、三不易」、彥琮的「八備」、明則的「翻經儀式」，視為一脈相承。贊寧的「六例」與前人的「條式」相比確實有「新意」，即其實踐性、可操作性更強，適用性也更強，皆是翻譯中最常遇到的字詞翻譯的處理（如譯字譯音）問題、常見概念的混淆與辨別（如「胡」與「梵」、「胡音」與「梵言」）問題，「重譯」（即轉譯）與「直譯」（從原文直接譯）的問題。最後三條則是佛經語言中的粗細、雅俗、神秘字詞與俗詞的關係及翻譯處理。這些問題十分具體細緻，同時又十分常見，對於翻譯家而言具有普遍性，對於讀者對譯文的鑒賞評論而言也具有參考價值。

至此，道安的「五失本、三不易」、彥琮的「十條」及「八備」、玄奘的「五不翻」、贊寧的「六例」，形成了中國古代翻譯理論中的四種「條式」。比起概念範疇來，「條式」在表達方式上自成一體，是一個由多種概念範疇形成的一個的系統，例如道安的「五失本」中包含了胡與秦、文與質、簡與繁等諸種概念；「三不易」則強調譯者的「三種勿輕易而為」之事，即勿輕易以古釋今，勿輕易以淺代深，勿

53 明則及其所撰「翻經儀式」，即《翻經法式論》現已不存，明則是何人，亦失考。

54 贊寧撰，范祥雍點校：《宋高僧傳》（北京市：中華書局，1987年），卷3，頁53。

輕易臆度原典，是對譯者的「三戒」。[55]彥琮的「八備」除了提出「正譯」這一概念之外，每一條都是一種主張、一種判斷或一種命題。玄奘的「五不翻」、贊寧的「六例」亦復如是。「條式」這樣的表述方式對後來的翻譯理論產生了相當影響，眾所周知的近代嚴復提出的「譯事三難：信、達、雅」[56]說，分開來看講的是「信、達、雅」三個概念，而合起來看就是一種「條式」，在表達上與古代譯論之「條式」是一脈相承的。

三　古代譯論的範疇、條式的系譜構造及其評價

綜上，中國古代以佛經翻譯為中心的翻譯，在長達九百年的歷史過程中，譯出了上億字規模的作品，積累了包括各種譯本的序、跋、記，譯經家的傳記評論以及翻譯專論等在內的豐富的譯學文獻，形成了自己的實踐傳統與理論傳統。它從「譯」與「翻」之辨及「翻譯」概念的建構為出發點，逐漸創立了一系列概念範疇，提出了多條翻譯行為指南和譯本評價的準據。對此，我們可以歸納為「五對範疇、四種條式」，並繪成「中國古代譯學範疇與條式系譜構造圖」，具體如下：

55 此前人們將「三不易」之「不易」理解為「不容易」，實際上「不易」之「易」應做「輕易」、「輕率」解，「三不易」即「三勿輕易」。參見拙文：《「不易」並非不容易——道安「五失本、三不易」的誤釋及其辨正》。

56 嚴復：〈《天演論》譯例言〉，羅新璋、陳應年編：《翻譯論集（修訂版）》（北京市：商務印書館，2009年），頁202。

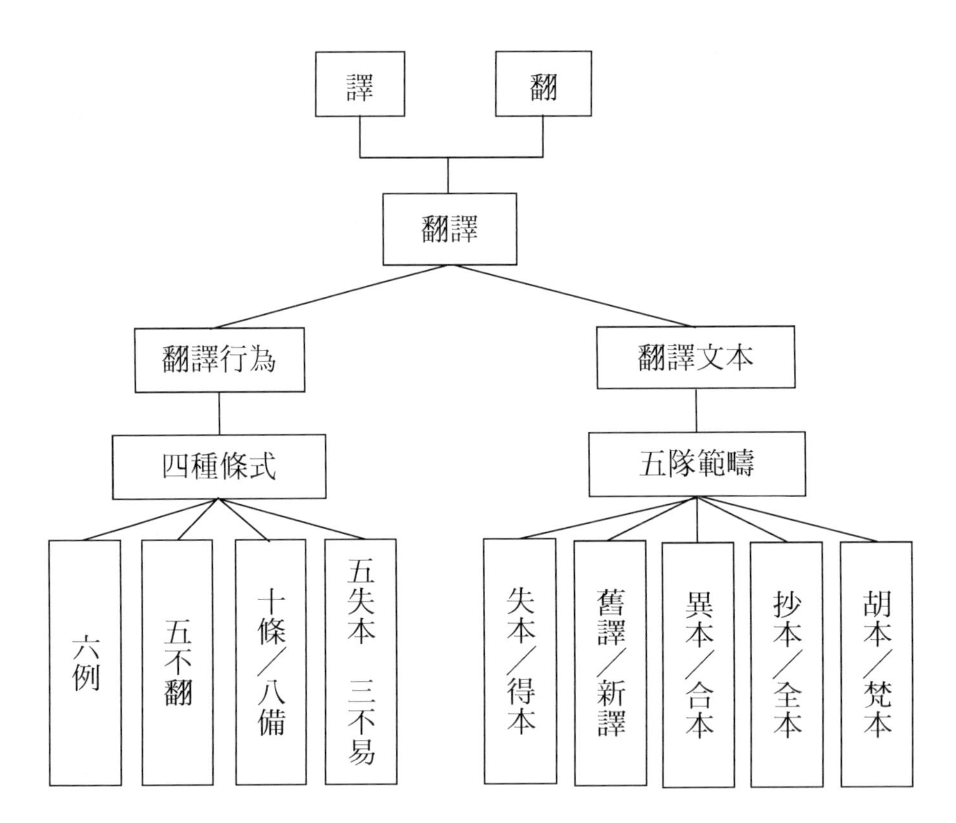

由上圖可以看出，中國古代譯學根本上就是關於「翻譯」的本體論，是以「五對範疇」與「四種條式」為基礎和支點的。五對範疇各自形成了「胡本／梵本」、「全本／抄本」、「異本／合本」、「舊譯／新譯」這樣的相反相成、相對而立的「對蹠」性構造；而四種條式則以條分歷數的方法，令人印象鮮明、明白易曉。它既是關於翻譯文本（譯本、譯文）的識別與評價的理論，又是關於翻譯行為的經驗論、實踐論與操作論，把靜態的譯本形態論與動態的翻譯行為論兩方面結合起來，既為翻譯實踐做指南，也為翻譯評論與翻譯研究做軌範，從而形成了中國特色的翻譯理論體系。

需要強調的是，由於梵漢之間的翻譯是跨文化、跨語系的翻譯，在文化跨越、語際轉換上的複雜程度是古代歐洲的翻譯所不能比擬的。另一方面，佛經翻譯雖為宗教哲學翻譯，但因佛典極具文學性，有些經典本身就是文學作品，這就使得佛經漢譯兼具了學術著作翻譯與文學作品翻譯的雙重屬性；換言之，它既是「佛典翻譯」也是「佛典文學翻譯」。同樣的，基於佛經翻譯的中國古代譯論也由此具有了學術翻譯理論與文學翻譯理論的雙重性格。因此，中國古代以佛經翻譯為中心的翻譯，在實踐上具有全面性與綜合性，在理論上也具有普遍和恆久的價值，於世界譯學史上堪稱獨步。

但是，在現有的譯學史及譯學理論研究中，認為「傳統譯論」──包括古代、現代譯論──已經形成了自己的體系，這似乎是沒有疑義的了。但是這個體系是什麼呢？譯學研究家羅新璋先生在〈我國自成體系的翻譯理論〉一文中認為：

> 我國的譯論，原作為古典文論和傳統美學的一股支流，慢慢由合而分，逐漸游離獨立，正在形成一門新興的學科──翻譯學。而事實上，一千多年來，經過無數知名的和不知名的翻譯家、理論家的努力，已經形成我國獨具特色的翻譯理論體系。……案本─求信─神似─化境，這四個概念，既是各自獨立，又是相互聯繫，漸次發展，構成一個整體的；而這個整體，當為我國翻譯理論體系裡的重要組成部分。[57]

羅先生雖然沒有說「案本─求信─神似─化境」就是「我國自成體系的翻譯理論」本身，而是「我國翻譯理論體系裡的重要組成部分」，但他沒有說還有別的體系，因此可以理解為它起碼是目前所能總結的「翻譯理論體系」。顯然，這個判斷是有依據的，但是他從中

57 羅新璋：〈我國自成體系的翻譯理論〉，羅新璋編：《翻譯論集》（北京市：商務印書館，1984年），頁19。

國古代譯學所汲取的概念實際上只有一個「案本」。至於「求信」二字（「信」不等於「求信」），則似乎不見於中國古代譯論原典，至於「神似」和「化境」則直接取自現代的傅雷和錢鍾書。正如以上「中國古代譯學範疇與條式系譜構造圖」所示，中國古代譯學不僅僅有現代學術意義上的概念範疇，而且還有由範疇、判斷、命題構成的「條式」，這是中國古代譯學的顯著特色之所在。況且，就範疇概念而言，也絕不僅僅是「案本」一個。以「案本」這一個概念來代表中國古代譯學的一系列概念範疇，是很不全面的。單就「案本」而言，中國古代譯論所涉及到的問題絕不僅僅是翻譯如何忠實原文（「案本」或「得本」）這樣一個單純或者說簡單的問題，而是「得本」與「失本」的關係論、矛盾論與對立統一論的問題。「案本—求信」僅僅是對翻譯的忠實性的要求，而「得本／失本」則不僅揭示了翻譯行為過程的矛盾運動，同時也為譯本的評價提供了一個維度。換言之，若只抓住「案本」之類的孤立概念，而不是從「案本／失本」這樣的「對蹠」性、對立統一性上去理解中國古代譯論範疇的構造特點，就無法充分認識中國古代文論的豐富內涵。

看來，如何看待以佛經翻譯為中心的「古代譯論」在「中國傳統譯論」中的位置，如何看待「古代譯論」的成就與貢獻，古代譯論本身有沒有形成自己的概念範疇及理論體系，對這些問題，都需要再審和反思。實際上，對中國古代譯論，迄今為止人們似乎並沒有做出充分估量和充分評價。仍以羅新璋先生〈我國自成體系的翻譯理論〉一文為例，其中有這樣一段論述：

> 漢末以來的一千七百年間，翻譯理論的發展以其自身顯現的歷史階段而言，當可分為三大時期。漢唐以來，主要在佛經翻譯方面，譯經大師有各自的主張，直譯派、意譯派、融合派也有不少論述，各種觀點在當時已見大端，譯論裡也見有信達雅等

> 字，但總的來說，是「開而弗達」，沒有形成一種能籠罩當世的觀點。[58]

這篇文章寫於一九八二年，作為羅新璋編選、商務印書館一九八四年出版的《翻譯論集》的序言而冠於卷首，二〇〇九年仍作為《翻譯論集》修訂版的序言冠於卷首，可見作者的這種看法在二十多年中沒有改變。他所說的不僅僅是漢唐九百年間的譯論，而是「漢末以來一千七百年間」的譯論，在這麼長的歷史時期及其相關文獻中，只見出「直譯、意譯」與「信達雅」，又斷言在翻譯理論上是「開而弗達」。這種看法也大體代表了譯學研究界流行的看法。翻閱近三十年來出版的各種《中國翻譯史》、《中國譯學史》之類的著作和論文，對中國古代翻譯理論大體都普遍存在著估價不足的問題。最大的問題是沒有真正以虔敬的態度走進古代譯論，設身處地地去發掘古人的譯論範疇、捕捉古人關注的焦點、體會古人的表達方式，而是站在近現代翻譯論的立場上去看古代譯論，用現代範疇去規制古代譯論。

例如，首先是「信達雅」論。近代嚴復提出了「譯事三難，信達雅」，現代錢鍾書強調了「信達雅」的傳統淵源與價值，於是當代學人便順著「信達雅」三字去看古代譯論，瞪大眼睛去尋找「信達雅」，論述「信達雅」的文章與書籍連篇累牘，層出不窮。實際上，徵諸古代譯論文獻，就會發現「信達雅」三字並不是古代譯論原有的概念，而是後人的一種發揮與概括。

其次是「直譯／意譯」論，由於受到來自近代日本翻譯理論的影響，梁啟超在《翻譯文學與佛典》中斷言：「翻譯文體之問題，則直

58 羅新璋：〈我國自成體系的翻譯理論〉，羅新璋編：《翻譯論集》（北京市：商務印書館，1984年），頁14。

譯意譯之得失，實為焦點。」[59]五四時期翻譯理論的核心概念是「直譯／意譯」，且發生了「直譯／意譯」利害得失的論爭，這些都使得許多學者熱衷於在傳統譯論中尋找「直譯／意譯」。而實際上，「直譯」一詞在中國古代譯論中很罕見，在上文引用的贊寧〈宋高僧傳譯經篇〉附「論」中，可見「直譯」一詞，但意思卻是「直接」從梵文原文翻譯而不是經由胡文本轉譯，這與現代的「直譯」一詞的含義大相逕庭；至於「意譯」一詞，根本就不見於古代譯論文獻，它是近代以後從日本輸入的「新名詞」，因而從現代譯學概念「直譯／意譯」出發去看待古代譯論，則必然會偏離鵠的。上引羅新璋文章所說的古代譯論中的「直譯派、意譯派、融合派」等概念，也都不是古人的範疇而是現代人的概念。

第三是「文／質」論。如上所說，「文／質」是中國古代譯論中的重要概念，「文／質」問題是中國古代譯論的核心問題之一，這是顯而易見、不能否認的，在許多情況下大體相同於「雅／俗」論。但是，無論是「文／質」還是「雅／俗」，都不是中國譯學的特有理論範疇，而是中國古典文論與美學的範疇。中國古代譯論在借用這對範疇並論述翻譯的語言風格的時候，是把它從屬於「得本／失本」這對範疇的，是「得本／失本」的次級概念。或者說，「文／質／」關乎「得本／失本」，是在「得本／失本」的語境下被闡述的。在中國古代文論中，總體上是推崇「文／質」的和諧統一，而在翻譯論的「得本／失本」的語境下，始終都是為了「得本」而偏向於「質」。這與古代文論的價值標準判然有別。

可見，在中國古代譯學的研究中，我們若不擺脫「信達雅」、「直譯與意譯」、「文與質」或「雅與俗」那幾個概念的束縛，若不去發掘和提煉古代譯論特有的範疇，對古代譯論特有的常用範疇就會忽略，

59 梁啟超：《翻譯文學與佛典》，《梁啟超全集》（北京市：北京出版社，1999年），冊7，頁3797。

甚至視而不見；對古代譯學理論的特殊性、體系性更是無從得見。對此我們需要加以反思和矯正。本文對古代譯學中的五對範疇、四種條式加以論證與確認，對以此為支點而形成的獨特的體系構造加以勾畫，希望有助於我們正確認識中國古代文論的成就與價值，並做出充分的評價。

中國翻譯思想的歷史積澱與近年來翻譯思想的諸種形態[1]

一　翻譯研究、譯學理論和翻譯思想

「翻譯思想」即「翻譯的思想」，是研究和思考翻譯問題而產生的有創意的觀點主張或理論建構。「翻譯思想史」屬於翻譯史的專題史研究，研究的對象主要不是翻譯家及其譯作，而是翻譯學者、翻譯理論家及其思想。最近二十多年來，在這方面出現了一系列專門著作。代表性的有陳福康著《中國譯學理論史稿》（1992）、王秉欽著《二十世紀中國翻譯思想史》（初版 2004，第二版 2009）、許鈞、穆雷主編《中國翻譯研究（1949-2009）》（2009）等。還有廖七一的《中國近代翻譯思想的演進》、鄭意長的《近代翻譯思想的演進》兩本斷代史。他們分別使用了「翻譯研究」、「譯學理論」、「翻譯思想」這三個詞。但對這三個概念未做明確的區分和界定。例如《二十世紀中國翻譯思想史》最早使用了「翻譯思想史」這一概念，為這類著作的寫作開了一個好頭，但從內容和寫法上來看，該書所理解的「翻譯思想」，與「譯學理論」這個概念大致相同，因而寫法上也與陳福康的《中國譯學理論史稿》大同小異。當然，那本書本來是作為教材使用的，這樣的寫法也無可厚非。

實際上，「翻譯研究」、「譯學理論」、「翻譯思想」應該屬於不同

1　本文原載《廣東社會科學》（廣州），2015年第5期。

的三個概念。三者互有關聯，也互有區分。「翻譯研究」主要是指翻譯理論、翻譯實踐、翻譯史等方面的研究，「譯學理論」側重的是翻譯理論與翻譯批評，「翻譯思想」則是關於翻譯的思想，是從翻譯研究、翻譯理論與批評中產出來的思想成果。因為這三個概念的含義不盡相同，因而以某一概念為關鍵詞的翻譯史，其寫法及範圍也應該有所不同。其中，「翻譯研究」範圍最寬，它包括了關於翻譯的一切學術研究、學科教學、學科建設、學術活動、翻譯經驗總結和理論主張等。第二個概念「譯學理論」或「翻譯理論」，則主要研究屬於「理論」形態的東西，包括翻譯理論與翻譯批評，陳福康稱之為「譯學理論」，其範圍在「翻譯研究」的基礎上有所收縮。第三個概念是「翻譯思想」，顧名思義是研究「翻譯的思想」之歷史的，範圍論旨應該更進一步收緊，主要關注有「思想」建樹的翻譯研究與翻譯理論。對於《譯學理論史》或《翻譯研究史》的寫作而言，只要相關的著述存在著，你就不能忽視或無視，否則就是不尊重歷史的存在。對於寫得不好的文章和著作，可以做否定的、負面的評價，但不能略而不提。然而，寫《翻譯思想史》就不同了，對真正有思想史價值的，就要多說多寫，對於缺乏思想史價值的人物與著作，可以少說或不說。

總之，我們應該對「翻譯思想史」這個範疇加以明確界定，與「翻譯研究史」、「譯學理論史」等相關概念加以區分，否則，我們的翻譯史研究就難以真正範疇化和類型化。只有界定相對清晰的研究範疇、確立相對獨立的研究類型，才能進一步細化、深化中國翻譯史的研究。區分了這三個概念，我們就會明白，為什麼在翻譯研究史、譯學理論史之外，還需要再寫「翻譯思想史」。此前，陳福康、王秉欽等先生都做了很好的工作。可以說，就「譯學理論史」的角度和選題而言，要寫一部在文獻資料上超越陳福康的《中國譯學理論史稿》，是很困難的。要在現有的基礎上有所前進，就要把立足點由「譯學理論史」轉到「翻譯思想史」上來。要在已有的譯學理論史研究的基礎上，更強化「思想」的質量。要從「翻譯的思想」或「思想史」的角度，對已有的相關材料加以重新審視、篩選、概括和提煉，把真正屬於「思想」層面的東西抓出來，加以闡發。

什麼是「思想」？眾所周知，思想是一種創新性的思維和表達。思想當然不是放縱想像、胡思亂想，因為思想要從知識與學問中產生。它要依附於知識、學問和學科。所以我們的翻譯學學科、研究翻譯的學問，理應是產生思想的土壤與溫床。同時，思維和表達的基本材料是語言，因而大凡新思想，就一定要有新的概念、新的範疇、新的命題乃至新的體系和範式。作為「翻譯的思想」而言，新概念、新範疇、新命題，是翻譯思想的顯著表徵或主要標誌。換言之，如果一部理論性的著作，沒有提出相應的經得住推敲的新概念、新範疇，或新命題，那它有沒有思想建樹，就頗有疑問了。

「翻譯思想」往往包含在「翻譯研究」中，也包含在「譯學」或「翻譯理論」中；不見得所有的「翻譯研究」和「譯學理論」中都有「思想」的建樹；嚴格地說，稱得上是「思想」的東西，既要有嚴謹的邏輯、有理論的深度，又要有理論想像力和鮮活的生命體驗，應該具有思考與表達的獨特性、創新性、啟發性與耐用性。有思想的，一定會有學問的基礎；但是有學問的，不一定有思想。因此，「翻譯思想」需要從「翻譯研究」和「譯學理論」中加以提煉。另一方面，雖然我們的思想創新離不開古今中外的遺產，但是，完全跟著西方的翻譯話題走的，那主要屬於西方翻譯思想的延伸與影響的範疇，不是嚴格意義上的中國人的翻譯思想；完全固守傳統翻譯思想的，是保守古人的思想，而不是現代人的翻譯思想。

思想既不能以作者的知名度而論，也不能以文章的長短、書籍的厚薄、讀者的多少而論。就翻譯界而言，影響最大的是學生不得不使用、出版社也最願出版的教材。但是在當代中國，除非少數個人專著型的教材外，一般教材很難有「思想」。有的書發行量較大，再版次數多，但這與思想價值大小也沒有直接的對應關係。有一些沒有思想含量的書影響面較廣，相反，一些有思想的著作與文章，卻相對寂寞。因為真正的思想，大多是獨闢蹊徑、先行一步、孤獨寂寞的。而且起初往往被一些人當作異端邪說，冷漠待之、不屑一顧，甚至加以攻訐。因為它關注的東西是一般人想不到、或不關注的；它的表述方式，也是一般人所不習慣的。西方思想史上的大家，大都是不被同時代人所認可的；東方的孔子、釋迦牟尼，也都是死後兩三百年才被人體會到價值之所在、而逐漸被人重視的。因此，翻譯思想史，特別是當代的翻譯思想史，也不能只以傳播遠近與影響大小作為考量、掂量的主要依據。

二　「翻譯思想」與「翻譯思想史」

以上述的「思想」為標準，《中國翻譯思想史》對翻譯史上的學術研究與理論遺產的輕重權衡就有了一個標準。作為一種相對獨立的翻譯史類型，《中國翻譯思想史》與「翻譯研究史」、「譯學理論史」都有不同。也就有了自己特有的立場、視角、選材範圍、價值判斷標準。「翻譯思想史」既然屬於「思想史」的範疇，就要從思想史的角度研究「翻譯研究」與「翻譯理論」，就要看看哪些翻譯研究的成果包含著「思想」，哪些譯學理論具有思想的價值，要看看他們為中國思想史貢獻了什麼。

按照翻譯思想史的這個原則來考量的話，許多文字是可以排除在《翻譯思想史》之外的。例如，一些作者不了解翻譯研究的歷史現狀，仍寫文章重複別人的話題，結果就地打轉，了無新意；許多文章熱衷於討論、爭論沒有學術價值的、不言而喻的問題，浪費了好多紙張與精力；許多人一窩蜂似地跟隨西方翻譯學界，寫了大量選題重複的書籍和文章，以至關於女權主義與翻譯、後殖民主義與翻譯、結構主義與翻譯之類的評介性文章，連篇累牘，不絕如縷。更有許多作者把介紹外來的東西當作學術本身，習慣於生搬套用，喪失了獨立思考的能力，更喪失了思想能力。一些人的文章與著作，說得很正確、很有理，頭頭是道，客觀公正，但那些話要嘛是正確的廢話，要嘛是對此前正確的、有用的話的複述或祖述，沒有提出屬於自己真正的思想。有的學者，寫出了一部大著，全書卻連一個像樣的新概念、新範疇都沒有提出來，更何況有什麼新命題、新思想！個別帶著「翻譯美學」、「比較美學」、「藝術哲學」的字樣的翻譯理論著作，貌似高深，實則淺陋，細讀之下，常常令人大失所望。更有甚者，故弄玄虛，雲山霧罩，不免使讀者產生受愚弄的感覺。有的學者甚至出版了十多卷本的「翻譯論著全集」，可惜這些書大多繁瑣而又混亂，因為作者缺乏理論想像力，缺乏翻譯實踐的鮮活生動的體驗，於是文字死板，了無生氣，其著作的字數、卷數與思想含量之間嚴重不對稱。當然，這只是從思想史的價值而言，我們也要承認那些書在學科建設、教學乃至指導翻譯實踐方面，都有它的用處，這是不用多說的。

翻閱現在已經出版的中國譯學史或各種翻譯史，就會有一個強烈的感受，會感到真正含有「思想」的譯學研究和翻譯理論並不多。相比之下，在當代中國，史學理論研究、文化研究、文藝理論、美學研究、比較文學研究等學科，思想的生產比較活躍，但翻譯研究領域，卻相對要少。這個印象的形成，有兩個方面的原因，一個是客觀實際方面的原因，就是有思想史價值的東西本來就不會太多。就翻譯界而言，本來翻譯研究連接中外，視野開闊，應該是思維最為活躍、思想生產力最強的領域，但是長期以來，中國的翻譯研究與翻譯理論著眼於實用，強調對翻譯實踐的指導價值，而不把這個領域看作是思想的平臺，於是造成一種局面，就是「翻譯的研究」很多，「翻譯的理論」也不少，「翻譯的思想」卻不多。相對而言，「翻譯的研究」產生知識，「翻譯的理論」總結和提煉知識，努力使之由「知識」上升到

「學識」,「翻譯的思想」卻必須在這個基礎上產生思想。中國的學術，在超越常識、生產知識、提煉學識方面，是做得不錯的。但是，由於種種不必多說的複雜原因，在「思想」的生產上，卻相對貧弱。這一點不僅是翻譯界，在其他領域也是如此，例如筆者曾撰文指出：在中國的「東方學」界,「知識東方學」很繁榮,「思想東方學」卻較為貧弱，而在歐美和日本乃至韓國,「東方學」卻是思想最活躍的領域之一。中國的翻譯界是不是也如此，何以如此，這是值得我們思考的問題。

說「翻譯界」思想產出的相對貧弱，並不是說我們的翻譯研究、翻譯理論中沒有思想。現在的問題是，已有的翻譯史研究著作，常常將知識與思想、理論與思想混為一談了，甚至將「權威」與思想、「權力」與思想混為一談了，造成了翻譯史研究在選題與論述上的偏頗。一些近現代翻譯家或翻譯理論家，因為他在其他方面的名聲大、造詣高、地位高，所以他關於翻譯的論述就備受重視。在當今大學行政化、學術官場化的大背景下，因為一些教授所擁有的行政權利資源多，掌握學術評比、評選的權柄，成了所謂「學霸」，所以他的有關著述就被一些人高看一眼，以紫奪朱，自覺不自覺地做了過高估價。

實際上，一些重要的翻譯思想，既在人們所熟知的名家名作中，也在人們所不太注意的一些作者的文章中。所謂「不太注意」，就是一些研究者圈子意識太強，他們顧不上關注、甚至不屑於關注圈子以外的研究成果。須知當今學術思想常常是在跨學科、交叉學科的板塊之間產生的，學術體制的圈內圈外，都需要加以注意。

就當代中國翻譯思想而言，並非我們的翻譯思想絕對貧乏，而是我們發現得還不夠、闡發得更不夠。中國翻譯研究的礦床很大，沙子石頭多，貴金屬也多。本著去粗取精、去偽存真、科學評價、恰當定位的寫史原則，在這些數量眾多的文章著作中去發現真正的思想建樹，也是可以做到的。現在我們提倡「中國翻譯思想史」的寫作，就是要從思想史的層面，對中國譯學建設、翻譯研究、理論建構的成果，在已有的基礎上再加甄別、再做提煉、再做取捨，再去發現。把真正有思想價值的東西呈現出來，凸顯出來，弘揚出去，讓廣大讀者和後輩學子加以思考和判斷。說到「再加甄別、再做提煉、再做取捨」，就是說，也許在已有的相關著述中反覆提到的人物或著述，在新的《中國翻譯思想史》中就不用多說了，而是把重點放在「思想」價值的發現與闡發上面。不能滿足於介紹和評述，要與所研究的翻譯思想家的思想有交流、有撞擊，以便相互發明；要能夠對翻譯思想家的思想，加以分析、綜合、提煉和闡發，進而做出思想史上的價值判斷。

三　中國翻譯思想史的三個時期的歷史積澱

縱向地看，兩千年間中國的翻譯思想史的歷史積澱，可以分為三個時期。第一是古代，是從道安到玄奘，即從西元四世紀到七世紀的四百多年間的佛經翻譯時期；第二個時期是現代即從嚴復到錢鍾書，亦即從十九世紀末至二十世紀八〇年代的近一百年間；第三個時期是從一九九〇年代至今的二十多年間。

具體而言，在古代，翻譯思想主要表現在六個方面，一是關於「翻」、「譯」與古代「翻譯」概念的產生與翻譯思想的起源問題；二是佛經翻譯家關於「直譯」、「重譯」等翻譯方法的概念與思想；三是佛經翻譯中的「信」的思想；四是佛經翻譯的名與實、文與質的關係論；五是佛經翻譯中的「格義」與闡釋學方法；六是道安的「失本」、玄奘的「不翻」與「不可翻」思想。這六個方面是古代中國翻譯思想的精華，這是翻譯思想的原創期，雖然只侷限在佛典翻譯領域，卻涉及到了翻譯原理、翻譯方法、翻譯文化論、比較文學與比較文化論等各個方面；雖然只是隻言片語，卻是開天闢地、空谷足音、微言大義，需要在現有的基礎上做進一步闡發。

第二個時期，即從嚴復到錢鍾書的近一百年間，是被研究得最為充分、最為深入的時期。例如，陳福康的《中國譯學理論史稿》，在這方面做了開拓性的研究，該書對這一時期的論述占了總篇幅的百分之八十。王秉欽的《二十世紀中國翻譯思想史》，這段時期的論述也占了百分之八十以上。雖然書名中有「二十世紀」的字樣，但對二十世紀八〇年代後的翻譯思想最為充盈的時期，卻以約十分之一的篇幅做了簡單化的處理。作者在序言中所概括的「中國翻譯思想發展史的十大學說」，其中除了有一個是古代的「文質論」之外，其他九個「學說」都高度集中在這段時間。實際上，這段時期的有一些「學說」，如林語堂、朱光潛、茅盾、焦菊隱的理論觀點，從思想史的角度看，還嫌簡單，創意也不大，實難稱之為「學說」或思想。從真正的「翻譯思想史」的角度看，這一時期可以稱得上是「思想」的，大致有四個方面，一是嚴復的「信達雅」論及後人的闡發。但是與其說「信達雅」是一種思想形態或具有思想的價值，不如說他的翻譯理論方面具有承前啟後的價值，並形成了以規範論與標準論為中心的中國傳統翻譯理論的主流形態，可以稱之為「泛方法論」形態。第二是魯迅等人提出「逐字譯」、「直譯」、「寧信而不順」等主張，表達了借助翻譯，來改良漢語乃至實現中國語言的現代化的意圖。魯迅關於翻譯批評是「剜爛蘋果」的論述，意在矯正胡譯、建立現代規範的翻譯與翻譯批評；魯迅關於複譯與「轉譯」的主張，也是他的「拿來主義」文化思想的組成部分。三是郭沫若等人起初以「處女、媒婆」論貶低翻譯、後又將翻譯抬升到與「創作」相等的位置，提出了「好的翻譯等於創作，甚至還可能超過創作」的命題論斷，標誌著翻譯家對翻譯的高度自信，這種自信是此前的翻譯家所沒有的，是翻譯藝術進入成熟狀態的自然反映，也代表了那時人們對翻譯文學獨立價值的普遍認同。四是「形神」之辨與傅雷的「神似」、錢鍾書的「化境」論及其後人的闡發。「神似」、「化境」是詩學的、描述性的審美價值判斷，卻也是翻譯理論援引中國傳統文論與詩學概念的最後的表達。在以上一百年間的翻譯思想的四個方面中，魯迅的主張、郭沫若的思想主張，在當時都是以貌似極端的、偏頗的方式提出來的，現在看來卻有更大的思想價值。

總體來看，從嚴復到錢鍾書這一百年的翻譯理論，所討論的問題都集中在譯者「如何譯」的層面，是翻譯規範論、翻譯技術論、翻譯方法論的放大，其理論話語的關鍵詞，可以「信達雅」三言以蔽之。所有的議論和理論，實際上都圍繞著這三個字展開。直譯／意譯論、歸化／異化論，風格忠實論不必說，「再創作」論、「神似」、「化境」說雖然引申到了翻譯美學層面，但仍屬於「信達雅」說的綜合化與展開深化。這一時期翻譯理論的基本特點，除了魯迅、瞿秋白等少數的翻譯思想具有現代思想文化的關心與建構的意圖之外，可以說基本上就是「就翻譯論翻譯」，即屬於泛方法論。有關翻譯的話語無法和其他的話語相碰撞，這是翻譯的思想產出較少的主要原因。此時期的翻譯思想的單調，與此時期豐富的翻譯實踐是不太相稱的。這也表明，思想往往是落後於實踐的。翻譯的思想需要後人從大量的翻譯史料中慢慢發現和提煉。

第三個時期，就是最近二十多年。這裡以一九九〇年代以後作為開端。而現有的各種專門史一般都習慣於把改革開放後的一九七〇年代末或一九八〇年代初作為斷代的年限。其實，對翻譯思想史而言，整個一九八〇年代，與此前的九十多年沒有本質的改變，從一九九〇年代中期以後才真正開始了新的時代，因為翻譯研究由傳統的語言學轉型為新的文化學研究、文學研究，理論思考的角度改變了，思想建構的方式也改變了。一九九〇年代至今雖然只有短短的二十多年，卻是翻譯思想最為活躍、產出最大、建樹最多的時期。而這一段時期，恰恰是翻譯史研究的「燈下暗」時期。對這段時期的翻譯理論與翻譯思想的梳理、評述與研究嚴重不足。陳福康著《中國譯學理論史稿》只寫到一九八〇年代為止，該書雖然多次再版，最近一次再版（2011年）改題為《中國譯學史》仍然沒有往下延伸和增補。作者在「後記二」中說：「拙書只寫到一九八〇年代止，曾有朋友希望我將此後的三十年也補寫一下。老實說，這也並不那麼難寫，但還是需要花費大量的時間精力的。」說「需要花費大量的時間精力」是實情實話，但是說「並不那麼難寫」，卻未必然也。至於說不寫最後三十年，是考慮「也省得寫到我不想提到的人的高論了」[2]云云，就更不應該成為理由了。實際上，從「史」的角度敘述當代學術，看起來容易，做起來很難；或者即便感覺做起來容易，實則很難做好。王秉欽等著《二十世紀中國翻譯思想史》是二十世紀的「中國翻譯思想」的斷代史，作者在「再版自序」中說：「我越來越感到，原來的研究項目框架已不能完全涵蓋好容納思想史所研究的全部範圍。」[3]其中最重要的問題是，二十世紀中國翻譯思想史的重頭戲在最後二十年，而該書恰恰對最後二十年做了簡化處理。對此，正如謝天振教授所指出的，該書對最後二十年的「輕輕幾筆帶過」，使得全書內容顯得「頭重腳輕」。[4]這大概是因為距離太近，再加上非學術因素會影響學術判斷，有好多東西不容易看清楚。再加上文獻數量空前龐大，也更加令人如入寶山，一時眼花繚亂，難得要領。正因為如此，今後要撰寫《中國翻譯思想史》，就需要對研究最為薄弱的最近二十多年加以重點處理和特別關注，努力解決學術史寫作中出現的「燈下暗」的現象，要用與這一時期的翻譯思想的豐富建樹相稱的篇幅和字數，來謀篇布局。

---

2 陳福康：《中國譯學史》（上海市：上海外語教育出版社，2011年），頁433-434。

3 王秉欽：《二十世紀中國翻譯思想史》（天津市：南開大學出版社，2009年，第2版），頁3。

4 謝天振：《海上譯譚》（上海市：復旦大學出版社，2013年），頁89。

四　近二十多年來中國翻譯思想的諸種形態

中國翻譯思想史上的第三個時期，即最近二十多年來，中國翻譯思想的建構或建樹，主要表現在幾個方面：

第一是許淵沖先生的以「譯者與原文競賽」為核心的「新世紀新譯論」。許淵沖是天才的翻譯家，他的翻譯思想是從心底裡自然地嘩嘩地流淌出來的，不是搬來的、借來的、擠出來、炮製出來的，屬於真正的「渾金璞玉」。他的思想打破了傳統的規範論、忠實論的束縛，他的表達方式也打破了中國學界常見的那種故作深沉、故作謙遜、故作沉著的慣態，以其特有的執著與率真，顯示了一位翻譯家旺盛的思想能力。他從翻譯藝術的體驗中創制了一整套屬於自己的概念和範疇，提出了「三美論」、「三似論」、「三化論」、「三之論」，都在強調譯作本身的獨立的、創造性的價值，是前期「好的翻譯等於創作」論的深化和理論化，形成了獨具特色的「翻譯創作派」或簡稱「譯作派」，儘管其闡述具有感性的、不周延的、不完滿的地方，卻具有可觀的思想含量，值得後人加以打磨和闡發。

第二是謝天振先生的「譯介學」建構論。謝天振最早將比較文化、比較文學與翻譯學相嫁接，較早在「媒介學」的基礎上提出了「譯介學」這一重要的分支學科概念，並反覆不斷地通過文章、著作、論文集、教材等形式，加以論述，影響很大，使得傳統的基於語言學基礎上的翻譯研究，上升為文化傳播史、影響史與接受史的研究，上升為比較文化與比較文學的研究，推動了近二十年來翻譯研究由傳統語言學層面的研究，向比較文學、比較文化研究的轉型，為翻譯學開闢了新路。使「譯介學」形成了一種新的研究模式，也是近年來頗有聲勢和影響的學術思想流派。

第三是王秉欽等先生的「文化翻譯學」建構論，他在一九九五年出版的《文化翻譯學》一書，最早明確提出了「文化翻譯學」的學科範疇，建立了文化翻譯學的理論體系，將語言文化中的翻譯問題與翻譯中的語言文化問題統一起來，將外國翻譯界的文化翻譯理論與中國傳統翻譯實踐與翻譯理論結合起來，推動了中國翻譯研究與文化研究的對接，後來在眾多的研究者的呼應與努力下，事實上已經形成了「文化翻譯」的研究模式，或研究流派，這種模式相當程度地打破了此前一百年翻譯研究的語言學單一向度，也為翻譯思想的生產創造了更多的可能與空間。

第四是辜正坤先生的中西詩鑒賞與翻譯體系模式論。他從豐富的翻譯實踐入手，總結出了一整套中西詩歌鑒賞與翻譯的理論體系、理論模式，包括詩歌鑒賞的「五象美論」、十個角度、五個標準、五個功能論，把詩意的靈動性與概念範疇的科學嚴謹性很好地結合起來，將中國傳統哲學美學文論與西方作品相互浸泡與融匯，使其翻譯論由技進乎道，也就有了思想的質量。他提出的「玄翻譯學」作為「翻譯理論的理論」，也是從哲學層面探討和研究翻譯理論問題、翻譯文化問題的方法論。雖然還有待於進一步論證和充實，但使翻譯問題思想化的動機，是非常有意義的、值得讚賞的。

第五是翻譯造詞（翻譯語）研究及「歷史語義學」方法論。馮天瑜、沈國威等一批學者，在新舊世紀交替時，提出了「歷史文化語義學」或「文化語義學」等概念和主張，以「翻譯語」的研究為基本單位和切入點，從語義的歷史演變的角度，解釋了中外語言文化、翻譯文化之間的深層聯繫。馮天瑜的《新語探源》及相關學者所發表的一系列相關成果，往往能在哲學、美學、文論、翻譯學等各方面，加大研究深度，闡發、生發出思想史的價值。

第六，是「翻譯文學」概念的定義及其翻譯文學中國文學屬性論。把「翻譯文學」作為一種介於「本土文學」、「外國文學」之間的獨特的文學類型，並把它視作中國文學的組成部分或特殊組成部分，是一個具有思想史意義的事件。它的理論論爭的結果，不僅為翻譯文學定性與定位，而且，顛覆、更新了人們對翻譯文學與文學翻譯的認識，改變了人們對「中國文學」、「外國文學」的傳統認知，「翻譯文學」融入「中國文學」，使翻譯家和譯作進入了中國文學研究的視野，也帶來了中國語言文學學科課程內容的變革。在這個問題上，施蟄存、賈植芳、方平、特別是謝天振等先生，都做出了重要貢獻。

第七，是翻譯史及翻譯文學史體系建構論與方法論。這是一種新的歷史書寫方式，馬祖毅先生最早寫出了綜合性的中國翻譯簡史，譚載喜最早寫出了《西方翻譯簡史》，陳玉剛、劉獻彪等先生最早寫出了中國翻譯文學史，王克非在《翻譯文化史論》中較早提出了「翻譯文化史」的概念，王向遠寫出了最早的一部國別文學（日本文學）翻譯史、最早的東方區域文學翻譯史及中國文學翻譯論爭史，提出並闡明了翻譯文學史的六大要素等方法論。季壓西、陳偉民的長達一百五十萬字的三卷本《語言障礙與晚清現代化進程》，從「語言障礙」這一概念切入近代翻譯文化史，等等。更多的是那些關於翻譯史的個案研究與專題研究，在產生了大量系統豐富的新知識的同時，這些作者都提出了或在著作中體現了自己的翻譯史寫作的思想方法，都是值得翻譯思想史加以總結、闡發和提煉的。

進入新世紀後，中國翻譯研究中「文化翻譯」、「譯介學」形態，在繁榮發展了二十多年後，也出現了選題重複、理論想像力貧弱、創新點缺乏、對某些觀點與主張闡釋過度、走向偏頗等現象和問題。鑒於這種情況，筆者提出了「譯文學」這一概念及新的研究範式。「譯文學」的建構前提，是把當代中國的翻譯研究劃分為「翻譯學」、「譯介學」、「譯文學」三種不同的研究模式，認為一般的「翻譯學」是語言學中心論、忠實中心論、「直譯／意譯」二元的方法論；「譯介學」是媒介中心論、文化中心論、「創造性叛逆」論、「異化／歸化」二元的翻譯方法論和譯本評價論；而「譯文學」作為「譯文之學」，即以研究譯文為中心的學問，則是「譯本中心論」、「文學中心論」、「譯本批評中心論」、「創造性叛逆」與「破壞性叛逆」兩種叛逆論，「迻譯／釋譯／創譯」三位一體的翻譯方法論與譯本評價論。並主張以「迻譯／釋譯／創譯」的三元論來取代傳統的「直譯／意譯」二元論；以「歸化／洋化／融化」的正反合論，來取代「歸化／異化」的二元對立的文化風格與翻譯策略論。還提出了「翻譯度」、「譯文老化」等概念，提出把「翻譯語」的研究作為「譯文學」研究的最小單元。「譯文學」的研究模式與批評模式，可以與「譯介學」互為補充，也是超傳統翻譯學，開拓並深化今後的中國翻譯研究的一大模式與方向。從「譯文學」產生的思想，是從翻譯研究的核心與本體——譯文——產生出來的，因此，它是嚴格意義上的「翻譯的思想」，而不是「文化研究的思想」、「比較文化的思想」或「比較文學的思想」。

綜觀最近二、三十年的「翻譯的思想」，其最大特點是具有超學科、跨文化的生產特徵。與前兩個階段的最大不同，表現在五個方面。

第一，是在表達方式上，超越了以翻譯家為主體的翻譯經驗談、感想與隨筆的表達形式，而主要使用學術論文，學術論著的方式加以系統的闡述。

第二，「翻譯」已經成為研究的對象，翻譯已經在體制上被學科化。參與翻譯學科建構的，大都是翻譯家、理論家與學者三位一體的專業人士。

第三，在論題和話題上，由上一個時期的「如何譯」，而轉向了「譯得如何」、「何以如此譯」這兩個基本問題。「譯得如何」是做語言學與文藝美學的審美判斷，「何以譯」、「何以如此譯」則是做歷史文化學的全面觀照，是做文學史、學術史、思想史的價值判斷。

第四，在翻譯學科化的同時，也出現了超學科研究的傾向，翻譯問題已經不再是「翻譯」圈子內的話題，而成為中國文學、外國文學、中國學術文化、文藝理論、美學等領域的共同話題。

第五，由於不同的思想主張與學術範式的形成，事實上已經出現了翻譯思想中的不同思想流派的傾向和萌芽，也為今後的進一步發展預示了廣闊的前景。從思想史的角度看，只有不同流派的自然形成與流派之間的相互切磋與論爭，才能促使思想火花的綻放，有利於思想成果的形成。

與其他國家比較起來看，我們在翻譯思想的產出方面有得天獨厚的條件，可謂天時、地利、人和。所謂「天時」，是說中國古代翻譯的千年歷史，近代翻譯的百年歷史，現在到了最終加以整理、清算、鑒別、闡發和提煉的時期；所謂「地利」，是說我們中國具有跨越中印、中西文字，即跨越漢語的象形表意文字與印歐語系的拼音文字兩大文字系統的最悠久、最豐厚的翻譯歷史，是西方各國、東方的印度等國所難以比擬的，要論翻譯思想的產出的條件，則捨中國而無他國；所謂「人和」，是指我們中國近年來已經形成了或許是世界上人數最多的從事翻譯、翻譯研究與翻譯教學的隊伍，而且許多是翻譯家與理論家兼於一身，學科意識極強，最近這些年的翻譯研究學術成果的產出量，估計也應該是世界第一了。在這種情況下，我們有條件發揮中國思想者的主體性的自覺，強化思想生產與思想創新的意識，超越傳統的語言學層面的翻譯論，而尋求跨學科的綜合視角，從而促使翻譯思想的不斷生產。在這個過程中，希望《中國翻譯思想史論》這樣的著作，能起到加油添柴的作用。

翻譯學・譯介學・譯文學

——三種研究模式與「譯文學」研究的立場方法[1]

一　「翻譯學」、「譯介學」、「譯文學」三種研究模式的異同

當代中國的翻譯研究，由研究者的不同的立場、方法，形成了「翻譯學」、「譯介學」、「譯文學」三種不同的研究模式，也不妨看作是翻譯研究的三派。

第一種研究模式是「翻譯學」，是以跨語言的轉換為中心的綜合性翻譯研究，包括翻譯實踐研究、翻譯理論研究、翻譯史研究，翻譯原理研究等。但這一派在國內外歷史悠久，積累較為豐厚，有傳統的翻譯學，也有對傳統的翻譯學加以批判繼承的當代翻譯學。傳統的翻譯學基本上是以原文、原作者為中心、以語言學特別是語言規範為依託，以翻譯如何忠實於原作為基本問題。而當代翻譯學則逐漸走向以譯者為中心，強調翻譯家的主體性，並從「語言翻譯」的立場走向「文化翻譯」的立場，重視翻譯在跨文化交流中的作用和價值。

第二種研究模式是「譯介學」，是謝天振先生在《譯介學》一書及相關文章中提出並論證的一個概念。他指出：「譯介學不同於一般意義上的翻譯研究……最初是從比較文學中媒介學的角度出發，目前則越來越多地從比較文化的角度出發，對翻譯（尤其是文學翻譯）和

1　本文原載《安徽大學學報》(合肥)，2014年第4期。

翻譯文學進行的研究。」[2]可見，「譯介學」雖然基本上脫胎于當代西方翻譯學，但也形成了自己的研究話語和理論建構。它超越了語言學立場，從「比較文化」的立場出發，側重翻譯在跨文化交流中的獨特功能和作用，特別重視文化差異對翻譯的影響，強調「創造性叛逆」的重要價值，研究翻譯中文化意象的失落與歪曲、文化理解的偏誤，以及文化交融的功能。

第三種研究模式是「譯文學」。照字面，對「譯文學」可以有三個側面的理解。一是「翻譯文學」的縮略，相對於一般翻譯學的寬泛的翻譯研究，而限定為「翻譯文學」的研究；二是相對於「譯介學」而言，表明它由「譯介學」媒介的立場而轉向了「譯文」，即翻譯文本，亦即由「譯介學」對媒介性的研究，轉置於「譯文」本身的研究；三是「譯文之學」的意思，指研究「譯文」的學問。「譯文學」雖然一詞三義，但顧名思義，無論怎樣加以理解，它的含義都是清晰的，無外乎以上三個側面。三個側面的含義構成了「譯文學」這個概念的完整內涵。

從上世紀末，筆者就有意識地堅持「翻譯文學」的研究立場，曾把一本相關專著取名為《二十世紀中國的日本翻譯文學史》(2001)。這個書名在當時看來有點繞口。筆者在該書「後記」中也做了說明，當時就是一定要把「翻譯文學」這個概念用在書名中。(若干年後，當「翻譯文學」這個概念普遍為人所接受的時候，該書新版更名為《日本文學漢譯史》。)筆者所著《翻譯文學導論》(2004)一書，又將「翻譯文學」作為關鍵詞，把研究對象明確界定為「翻譯文學」而不是「文學翻譯」，試圖構築翻譯文學的理論體系，認為「翻譯文學」是介乎於「本土文學」、「外國文學」之間的獨特的文學類型或文本形態。[3] 把「翻譯文學」視為一種文學類型，就意味著兩點：一是

2 謝天振：《譯介學（增訂本）》(北京市：北京大學出版社，2013年)，頁1。

3 王向遠：《翻譯文學導論》(北京市：北京師範大學出版社，2004年)，頁1-5。

要將研究落實在「文本」上，二是要落實在「文學」文本的特性即文學性的研究上。

「翻譯學」、「譯介學」、「譯文學」這三種研究模式之間，既有繼承，也有疏離。「譯介學」是從「翻譯學」及比較文化中衍生出來的，「譯文學」又是從「譯介學」及比較文學中衍生出來的。「譯文學」特別得益於「譯介學」所界定、所常用的「翻譯文學」、「文學翻譯」這一對概念，並把它們作為關鍵的概念範疇。尤其共鳴於「譯介學」所提出的「譯作是文學作品的一種存在形式」、「翻譯文學是中國文學的組成部分」等重要命題。但與此同時，「譯文學」和「譯介學」也是有區別的，這主要表現在兩個方面。第一，「譯介學」主要立足於「比較文化」的立場，而「譯文學」則主要立足於「比較文學」的立場。比較文化立場上的「譯介學」側重的是翻譯的媒介性，把翻譯作為跨文化的行為和現象加以理解。不管語言學層面上是對錯如何，美醜如何，只要是翻譯對原語文化做了有意無意的變形、扭曲、改造、叛逆，那麼它作為文化交流碰撞的產物，就都是值得注意的、值得肯定的，值得分析研究的，這樣，翻譯在跨文化交流中所起的作用，就成為「譯介學」價值判斷的基本標準。與此相應，「譯介學」的關鍵詞是「創造性叛逆」、「文化意象失落」、「文化意象歪曲」、「文化誤解」等。

與「譯介學」不同，「譯文學」主要把翻譯文學看作是一種跨文化的文學類型來看待。它重點是要對「翻譯文學」做文本分析。既然是文本分析，就一定首先要落實到語言的層面，因此，「譯文學」又在這個方面繼承了傳統翻譯學的語言學方法。但「譯文學」既像一般翻譯學那樣只做語言學上的對與錯的評價，同時也做文學文本的審美價值的優劣判斷，也就是把語言學上的「忠實」論與文學上的「審美論」結合起來。「譯文學」在譯本批評的時候，由於持語言學與美學的雙重立場，它就能不像「譯介學」那樣只站在文化交流的立場上無條件地肯定文學翻譯中的「叛逆」行為，不把所有的叛逆都視為「創造性叛逆」，而是在「創造性叛逆」的基礎上，提出了一個相對的概念──「破壞性叛逆」，以此對「叛逆」做出了「創造性」和「破壞性」兩方面的評價，認為「叛逆」有「創造性的叛逆」，也有「破壞性的叛逆」，並主張對「叛逆」採取審慎的態度。

在涉及翻譯史研究的時候，「譯文學」與「譯介學」既有一致性，也有差異性。「譯介學」首先提出了一系列富有啟發性的主張，特別是很好地論證了「文學翻譯史」與「翻譯文學史」的區別，認為不僅要有記述翻譯家的翻譯活動及翻譯事件的「文學翻譯史」，更要有以文學性為本位的「翻譯文學史」。謝天振先生在《譯介學》中明確提出：「翻譯文學史實際上就是一部文學交流史、文學影響史、文學接受史」。[4]顯然，這樣的主張與「譯介學」的「比較文化」的基本立場相通的。「譯介學」提出要把翻譯文學寫成「文學交流史、文學影響史、文學接受史」，就是強調翻譯文學在跨文化交流、文學交流中的作用。這樣寫出來的「翻譯文學史」，比那些只是記述翻譯家及翻譯史實的「文學翻譯史」，無疑是一個很大的飛躍和提升。但另一方面，「譯介學」所提倡的「翻譯文學史」，由於受到了「文學交流、文學接受與影響」的「比較文化」立場及「創造性叛逆」價值觀的制約，而相對地忽略了譯本、譯本分析或譯本批評。或者，在從事譯本批評的時候，只關注與「創造性叛逆」相關的現象，而無意對翻譯文本做更全面細緻的批評。而這一點卻正是「譯文學」立場上的「翻譯文學史研究」的最為關注的。筆者在〈翻譯文學史的理論與方法〉一文中曾提出，在「翻譯家」、「譯本」、「讀者」這三個要素中，「最重要的還是譯本，因為翻譯家的翻譯活動的最終成果還是譯本，所以歸根到柢，核心的要素還是譯本……翻譯文學史還是應以譯本為中心來

4 謝天振：《譯介學（增訂版）》（北京市：北京大學出版社，2013年），頁208。

寫。」認為翻譯文學史應該解決與回答的主要問題有四個：「一、為什麼要譯？二、譯的是什麼？三、譯得怎麼樣？四、譯本有何反響？」[5] 這些實際上都是圍繞「譯本」提出並展開的。在〈應該有專業化、專門化的翻譯文學史〉一文中，筆者曾強調：「翻譯文學史作為『文學史』，與一般歷史著作的不同，正在於它必須以文本分析作為基礎。換言之，沒有文本分析的文學史不是真正的文學史；沒有譯本分析的翻譯文學史，也不是真正的翻譯文學史。」[6]

還需要說明的是，「譯文學」所指的翻譯文學的文本，應該包括兩個方面，一是小說、詩歌、劇本等「虛構性文本」。二是文學理論與文學研究的文本，即「非虛構性文本」。我們當然可以把「非虛構文本」看作學術理論著作，但它卻是以「文學」、以「美」為研究對象的純學術理論著作，它比其他方面的學術著作，更超越、更純粹，也更具有「純文字」性。因此，在「譯文學」的研究模式中，不僅要關注小說詩歌等虛構性文本，也要關注文論、美學，特別是古典文論與古典美學等非虛構著作的翻譯文本。相應地，「譯文學」研究者，在積累翻譯實踐經驗的時候，最好既有虛構性作品的翻譯經驗，也有非虛構作品的翻譯經驗。這樣，也可以有效地矯正翻譯理論上、學術價值觀上的偏頗。例如，受虛構文本翻譯經驗的制約，往往會更多地強調翻譯的叛逆、創造性的一面；受學術理論文本的翻譯經驗的制約，便更多強調翻譯的忠實性、科學性的一面。實際上，對「譯文學」這種研究模式而言，「非虛構文本」在嚴謹性、思辨性、純理論性，與虛構文本的想像性、詩性、審美性，兩者是可以相輔相成的。

總之，「翻譯學」、「譯介學」、「譯文學」三者的關係，雖然都是以翻譯為研究對象，但三者也有所明顯的不同。「翻譯學」是「語言

5 王向遠：〈翻譯文學史的理論與方法〉，《中國比較文學》2000年第4期。

6 王向遠：〈應該有專業化、專門化的翻譯文學史〉，《社會科學報》（上海），2013年10月17日。

中心論」、「忠實中心論」;「譯介學」是「媒介中心論」、「文化中心論」和「創造性叛逆」論;而「譯文學」則是「文學中心論」、「譯本中心論」和「譯本批評中心論」。

二　「譯文學」模式對譯本自性的強調

一直以來,許多人認為譯本只是原文的替代品,認為讀譯本是那些不能讀原文的那些讀者迫不得已的選擇。不少翻譯理論工作者,一方面聲稱重視翻譯,一方面卻在理論上對翻譯的文化屬性缺乏深刻認識,僅僅把翻譯看成是一種譯介現象,看成是一種媒介、中介、一種交流與傳達的方式方法。甚至有不少人在文章中說:若今後大家的外語能力都提高了,自己能看書外文書了,翻譯自然就消亡了。這種論調是中國古代的「舌人」論和現代「媒婆」論的翻版,是對翻譯文學性質的嚴重誤解。這樣的認識,僅僅是從文學翻譯的最初動機及外部作用上著眼的,而沒有看到「譯本」也是「譯作」,是一種特殊的相對獨立文學作品,具有獨立的閱讀價值和審美價值。

「譯文學」的研究模式堅持以譯本為本位、以譯本為中心的立場,對譯本的自性或本體價值,做出了論證和確認。筆者在《翻譯文學導論》一書中,反覆強調「翻譯文學」作為一種文本形態的獨立價值,認為「翻譯文學」與「本土文學」、「外國文學」是並列的關係,三者是無法相互替代的,並在「譯介學」提出的「翻譯文學是中國文學的一個組成部分」這一論斷的基礎上進一步修正,提出了「翻譯文學是中國文學的一個特殊組成部分」的論斷。[7] 從閱讀經驗與閱讀史的角度看,譯本或譯文的閱讀也是讀者所不可替代的選擇。一般讀書人,勢必會與譯本打交道。假定一個人近期讀了十種書,其中可能就

7　王向遠:《翻譯文學導論》(北京市:北京師範大學出版社,2004年),頁15。

會有三、五種是譯本。在某些時期，譯本的閱讀比重可能會更大些。一般讀者要獲取新知識，要開闊視野，必然要讀譯本。那麼，會外語的讀者，甚至精通外語的讀者，要不要讀譯本呢？例如，一個人，他英語很好，是直接讀莎士比亞的原作呢，還是讀朱生豪、卞之琳或梁實秋的莎士比亞譯本呢？我認為，一個聰明的讀者，在已經有了較好的、或很好的譯本的情況下，他不會完全無視譯本的存在，而直接去讀原文。

通常，一個外國文學研究者，哪怕是外文水平有多麼高，他讀原文的時候對原文的理解，其準確性超過翻譯家譯作的，恐怕極為少見。因為翻譯家是站在翻譯的立場上，一字一句仔細推敲琢磨的。而一般讀者的閱讀，是要有一定的「流速」的；換言之，閱讀本身要有一定的速度，正如說話要有一定的語速一樣。假如閱讀的時候老是卡殼，那就好比說話的時候的老是「語塞」或者「無語」，那就「不像話」了。老是卡殼的閱讀，要嘛跳過去、要嘛放棄，要嘛想當然地亂猜。這樣的閱讀在外文閱讀中，相信許多讀者多少都有體會。

但是，翻譯家不能這樣隨意，他必須克服一切障礙，也不必講究「語速」，直到滿意地翻譯出來才肯甘休。換言之，讀者是為自己閱讀，翻譯家是主要是為了讀者而翻譯，他是有責任的、有擔當的，所以他必然比一般讀者來得認真、來得仔細。因此，一般地說，負責任的翻譯家的譯本，要比一般讀者的閱讀更為可靠。因此，筆者在課堂上也經常提醒學生們：千萬不要以為自己的外語水平不錯，就太相信自己的閱讀理解能力，如果已經出版了譯本，那就一定找來譯本參考。最好是先讀原文，再來讀譯本。這樣，就可以把翻譯家的譯本為標杆，來檢驗自己的閱讀理解。當你發現你的水平不如翻譯家的譯本，那就好好地向翻譯家的譯本學習；當你發現你的水平超過了譯本，那你就可以毫不客氣地考慮重新翻譯（複譯）。翻譯也就在這樣的過程中不斷進步的。

譯本還有與原文對讀的功用。對讀可以使讀者在譯本與原作之間互參互照、相得益彰。廣東一所外語大學的一位教授在給研究生開日本古代文論的課，方法就是讓同學們把日文古代文論的原著，與《日本古典文論選譯》加以對讀；無獨有偶，福建一所師範大學的比較文學學科，有教授在講日本古代美學與文論的時候，也讓研究生以《審美日本系列》中譯出的《日本物哀》等書與原文對照。這種學習方法是切實可行的，譯文與原文對讀，是學生學習翻譯、學習文學理論原典的最佳途徑之一。當然，在這種情況下，譯本是一種參照的標杆，它可以供「學習模仿」用，同時也供「學習研究」用，可以供「批判地接受」用，最終是供「批判地超越」用。譯本存在的價值、用處正在這裡。

譯本對與學習者的用處是這樣，那麼譯本對研究者而言，也是原文所無替代的。

據筆者所知，在許多情況下，相當一部分研究者是根據譯本而不是根據原作來研究的。之所以根據譯本來研究，是因為歷史與語言上的原因，原作的閱讀已經變得很困難。例如，日本的《源氏物語》，連日本的許多研究者都是通過現代語譯本閱讀和研究的，只有在涉及語言學問題時，有些研究者才拿原作來對照。同樣的，中國的《源氏物語》研究者，大多是通過中譯本來研究的，到涉及原文語言問題的時候便參考原文。這種情況不只是存在於日本古典文學研究中，也廣泛存在於日本當代文學研究中。例如，已通過答辯或已經出版的有關夏目漱石、川端康成、三島由紀夫、村上春樹的博士論文，許多作者引用原作時大都使用譯本，在書後的參考書目中大都列出譯本。幾年前筆者去西安的一所大學主持博士論文答辯，那是一篇用中文寫成的研究川端康成的博士論文，答辯者坦言自己閱讀的主要是川端康成的中文譯作，必要的時候、相關的段落再參讀原文。那位作者坦然承認這一點，是很誠實的態度。川端的文字是很不容易懂的，如果他只讀川端康成的原文，而無視譯文，無論他日文水平多高，他畢竟還不到專業翻譯家的水平，沒有投入翻譯家那樣的工夫，那我們就有理由懷疑他理解得是否準確到位，甚而懷疑學術論文本身的質量了。

主要以譯本為依據，來做外國文學的研究，這種做法在一些「語言原教旨主義」[8]看來自然是不可以的。當然，如果要在「語言學」的層面上做研究，必須啃原文，涉及到語言問題上，必須核對原文，但如果是在一般「意義」的層面上加以研究，則可靠的譯文是可靠的。實際上，這也是外國文學研究、乃至外國哲學、美學研究中的通常做法。例如研究馬克思，根據的是中文版的《馬克思恩格斯選集》，研究黑格爾、康德，依據的也是中文版譯本。只要不涉及具體的語言學上的問題，根據譯本來研究是可行的、可靠的。眾所周知，美國學者本尼迪克特在《菊與刀》中對日本文化的研究，主要使用的是譯成英文的日本材料；英國學者湯因比在《歷史研究》中對中國文明的論述與研究，主要使用英文材料；美國學者費正清是著名的中國問題研究家，但他也大量使用譯成英文的材料。研究工作成敗的關鍵，是透澈地理解原意，「原意」並不等同於「原文」，理解原意也不在於直接讀原文還是主要參照譯文。當然，所選擇的譯本本身的質量一定要高，要依據名家名譯才行。「譯文學」研究的價值觀，就是確認譯本的自性。可靠的、優秀的譯本，對譯入國的讀者來說，其價值雖然不是完全等同於原作，但也相當於原作。正如漢譯《新舊約全書》和漢譯佛經，對中國的信眾與讀者來說就相當於原文經典，是一個道理。

---

8 對「語言原教旨主義」的批評，請參見王向遠〈從「外國文學史」到「中國翻譯文學史」〉，原載《中國比較文學》2005年第2期。

三　「譯文學」譯本批評的基本用語：迻譯、釋譯、創譯

「譯文學」既然以譯本為中心，那麼，譯本是怎麼形成的，譯本與原作的轉換生成關係，也就成為研究的重點。換言之，「譯文學」研究這一模式，決定了它要立足於譯本批評。而要在譯本批評上有所創新，就不能套用西方翻譯學的思路和模式，也不能只在中國傳統譯學中尋尋覓覓、修修補補。還要對翻譯文學的歷史經驗加以總結概括，超越迄今為止翻譯學中所一直慣用的「直譯」與「意譯」的文本批評概念，而對文本批評概念加以更新。

長期以來，對於「直譯」、「意譯」，翻譯界無論在翻譯實踐上，還是翻譯理論，都有不同的理解，造成了歧義叢生，以致混亂不堪。這是因為「直譯」與「意譯」這一對概念本身在語義和邏輯關係上就有問題。「直譯」這個漢語詞，原本作為佛教翻譯中的一個詞，是「直接譯」的意思，即直接從原文翻譯，而不是從其他文本轉譯。這個詞傳到日本後，逐漸被賦予「逐字譯」和「逐句譯」的意思，並有了「意譯」這個反義詞。實際上，「直譯」的直接目的還是為了把「意」譯出來，而且是更好地譯出來，在這個意義上，「直譯」也就是「意譯」。因而「直譯」和「意譯」並不是矛盾的、對立的概念。對「意譯」的理解，通常是不拘泥於字句，而把原文的大體意思譯出來。但這裡頭的問題就複雜了：為什麼「直譯」就不能把「意」譯出來，而非要「曲譯」不可呢？是原文詞不達意呢，還是譯語中本來就找不到對應的譯詞呢？是譯者故意不想直譯呢，還是即便直譯出來，譯文讀者也看不懂呢？譯者所要進行的「意譯」，實際上究竟是譯出了原「意」，還是歪曲了原「意」、掩蔽了原「意」、削減或增殖了原「意」呢？這一切，都不是「意譯」這個詞、或者「直譯」與「意譯」這對概念所能概括和說明的。因此，「直譯」與「意譯」這對概

念是歷史的產物，有歷史功績和必然性，也有歷史的侷限性。今後的翻譯文學譯本批評若繼續使用「直譯」、「意譯」這對概念，是很難有創新、有突破的，因此有必要對文本批評的概念加以更新。

筆者在對已有的翻譯文本加以琢磨研究的過程中，在對自身的文學翻譯實踐加以總結的基礎上，提煉、概括了翻譯文學的文本生成的三種基本方法，一是「迻譯」，二是「釋譯」，三是「創譯」。

首先，所謂「迻譯」，亦可作「移譯」，是一種平行移動式的翻譯。一般詞典上將「迻譯」解釋為「翻譯」，但這樣解釋實際上忽略了「迻譯」與「翻譯」在「翻譯幅度」（翻譯度）上的差別。迻譯，即詞語的平移式的傳譯。「迻」是平移，所以它其實只是「迻譯」（替換傳達），而不是「翻」（翻轉、轉換）。「迻譯」是一個歷史範疇，最早的迻譯是音譯，而所有「意譯」最初都是解釋性的翻譯（即「釋譯」，詳後）。但當解釋性的翻譯一旦固定下來，一旦被讀者所接受理解，那麼後來的譯者就可以照例譯出，也就是「迻譯」。這樣看來，可以「迻譯」的東西，是隨著翻譯的發展、時間的推移而逐漸增多的。在語言學及詞典編纂高度發達的今天，各種雙語的詞語、句法都有了約定俗成的對應解釋，因此，在當今的翻譯活動中，「迻譯」就是按照通常的雙語詞典上的解釋加以翻譯的方法，因而它也是最簡便的、最直接的方法。「迻譯」所遵循的是語言科學的基本規律，符合翻譯理論史上的「科學派」翻譯論的基本理念。由於是「科學的」，所以「迻譯」可以使用機器來進行。現在盛行的電子語音翻譯，實際上就是機器翻譯，也屬於「迻譯」的範疇。其基本特點是科學化、機械化、規律化。一般自然科學著作，還有一些全球性較強的國際法學之類的著作，主要適合採用「迻譯」的方法。而在文學翻譯中，「迻譯」方法的也是大量、經常使用的。一般的規範性較強的語句，都可以使用「迻譯」法。一般情況下，在「迻譯」中，譯者的「再創作性」難以發揮，也無須發揮。沒有多少「創造性叛逆」的餘地與空間，而只有「忠實性的轉換」。但即便如此，「迻譯」仍是一切翻譯活動的主要方法，也是文學翻譯的主要方法。翻譯理論中的「忠實」論、「案本」、「求信」論、「翻譯是科學」論等，都是建立在「迻譯」方法之上的。另外，在已經有了「釋譯」的情況下，或可以加以「釋譯」的情況下，卻故意「迻譯」，則反映出譯者試圖深度地、原汁原味地引進外來概念、範疇或外來文化的動機。例如，不把日文的「大系」釋譯為「叢書」，而是逕直「迻譯」為「大系」。一九三〇年代的鄭振鐸等主編的《中國新文學大系》，就直接使用「大系」做叢書名稱，從而與中國固有的「叢書」、「叢刊」等概念有了微妙的區分，透露出了現代出版策劃的思路與設計。

第二，是「釋譯」。「釋譯」就是解釋性的翻譯。根本上說，一切翻譯本身都是一種解釋，但這裡所說的「釋譯」是與上述的「迻譯」相對而言。凡是不能用通常的詞語直接加以迻譯的，譯者一定會加以解釋。解釋的方法，使用本民族固有的詞語來解釋原文中的那個特定詞語，或者用本民族語言的某一個詞、詞組、短語，來解釋原文中的某個詞。這樣看來，「釋譯」也是一個歷史的方法論範疇。「釋譯」不僅是一種方法，也是一種翻譯策略。從翻譯文學史上看，「釋譯」的方法就是用自身的文化、固有的詞語來解釋原文詞語。例如，譯成「麥克風」是迻譯，而譯成「擴音器」就是「釋譯」；譯成「涅槃」是迻譯，譯成「圓寂」、「寂滅」是「釋譯」。豐子愷譯《源氏物語》將原文中的「物哀」一詞，在不同語境下，分別譯為「憐愛」、「哀怨」、「感慨」、「悲哀之情」、「饒有風趣」等，一九八〇至一九九〇年代的一些學者則將「物哀」分別譯為「感物興歎」、「感悟興情」、「愍物宗情」等，這些都屬於「釋譯」。而直接將「物哀」譯為「物哀」，就是「迻譯」。「釋譯」具有將外來語言文學、外來文本加以一定程度的「歸化」的傾向，「迻譯」則有引進外來語言文化並接受「異化」的傾向。「迻譯」保留了一定的文化阻隔，「釋譯」則會消除更多的文化阻隔。所以，一般而言，轉譯本比直接譯本，使用了更多的「釋譯」，也就更為流暢可讀，例如從英文轉譯的《一千零一夜》中文譯本，較之直接從阿拉伯文翻譯的《一千零一夜》更為明白曉暢。這是因為在轉譯的過程中，語言文化的阻隔被進一步減少的緣故。「釋譯」多見於早期的翻譯史或翻譯文學史，因為那個時候讀者對外來文化不夠了解，若迻譯過多，會讓讀者不知所云，所以權且需要「釋譯」。但即便在當代翻譯中，「釋譯」的方法仍然被廣泛使用。例如，翻譯史上眾所周知的關於「Milky Way」的譯例，趙景深譯成「牛奶路」，是「迻譯」，後來譯成「銀河」則是「釋譯」，因為這一翻譯加入了我們的文化解釋；這樣的「釋譯」一旦固定，後來的翻譯者照此翻譯，就成了「迻譯」。可見，「釋譯」和「迻譯」一樣，必須從翻譯史及翻譯文學史上加以認識理解。在「譯文學」研究模式中，譯者為什麼釋譯，怎樣釋譯，就成為一個重要的研究課題。

第三，是「創譯」，就是「創造性的翻譯」。關於「創譯」，有的學者已經有所提及。例如臺灣學者鍾玲在《美國詩與中國夢》一書第二章〈中國詩歌譯文之經典化〉中，將美國的中國古典詩歌翻譯，特別是龐德、韋理、賓納、雷克羅斯等人的翻譯中普遍存在的背離原文的翻譯方法，稱為「創意英譯」[9]，認為「創意英譯」的目的就是譯者用優美的英文把自己對中國古典詩歌的主觀感受呈現出來。在現代日本翻譯界，「創譯」（創訳）這個漢字詞也有人明確使用。在中外翻譯史上，「創譯」是普遍存在的翻譯方法，也是在文學翻譯中，遇到阻隔度相當大的文體樣式（特別是詩歌）時不得不採用的翻譯方法。凡是從事詩歌翻譯，特別是古典詩歌的翻譯的翻譯家，都會對「創譯」有深切的體會，並提出了相應的理論主張，例如當代翻譯家許淵

9　鍾玲：《美國詩與中國夢——美國現代詩裡的中國文化模式》（桂林市：廣西師範大學出版社，2003年），頁34。

沖提出的詩歌翻譯「三美論」和「與原文競賽論」，實際上就是以「創譯」為基本翻譯方法的。英譯波斯古典詩集《魯拜集》無法保留波斯詩歌的文體樣貌，所以使用「創譯」；中國翻譯家翻譯日本的和歌俳句，因極難呈現原文的格律與修辭，所以也必須使用「創譯」方法。「創譯」實際上是在翻譯基礎上的一定程度的創作行為，當使用「迻譯」會讓譯入語讀者不知所云的時候，當使用「釋譯」也解釋不清的時候，只有使用入乎其內、超乎其外的「創譯」方法。除了文體樣式的大面積的、整體性的、總體性的「創譯」之外，凡是使用了前人沒有使用過的譯法，使用了出乎意料、而又出神入化的譯詞、譯句，都可以視為「創譯」。例如，日本古典文論及「色道」美學中的「あきらめ」（諦め）一詞，按詞典的釋義加以迻譯，就是「斷念、死心、絕望」的意思，而從日本色道美學的特殊語境加以「創譯」，則可以譯為「諦觀」，就是一種在斷念、絕望之後，看得開、想得通的達觀態度；又如，日文古語中的「をかし」一詞，迻譯，則可譯為「可笑」，但作為日本古典文論與美學的一個重要概念，「可笑」難以在漢譯語境中實現概念化，而譯為「諧趣」，則屬「創譯」。而只有這樣的「創譯」，才在美學範疇的高層次上與原文相契合。「創譯」是一種「翻譯度」最大的翻譯方法，如果說是「迻譯」是雙語間的平行移動，「創譯」則是翻轉了三百六十度，「釋譯」的翻譯度則介於「迻譯」與「創譯」之間。「創譯」正如創造性的行為一樣，常常是一次性的、個人性、不可重複的。因此，研究者應該注意在翻譯文本的批評中發現「創譯」、確認「創譯」，並給與高度評價。但與此同時，還要注意「創譯」的兩面性，從「譯文」與「原文」的關係而言，有的「創譯」對原作造成了損害，是破壞性的；有的「創譯」是青出藍而勝於藍，對原作有所提升、美化，是創造性的。在這裡，「譯文學」研究要提出「創造性叛逆」與「破壞性叛逆」兩方面的價值判斷。

「迻譯」、「釋譯」、「創譯」是翻譯文學文本生成的三種方法，同時也是「譯文學」研究模式中譯本批評的基本用語。作為譯本批評的基本用語，要求研究者在對譯本進行批評時，首先要細化到字詞的層面，指出該譯本在有關重要詞語的翻譯方面，採取的是哪種翻譯方法，為什麼要採取這樣的翻譯方法，其語言背景、文化機制、美學動機是什麼。這樣的甄別和研究對於翻譯文學史上的著名譯作而言，是極為重要的基礎性的研究。在研究各個不同歷史階段的重要翻譯文學文本的時候，例如研究中國翻譯文學史上的林紓、梁啟超、魯迅、周作人、傅雷、朱生豪等人，對其生平思想、時代背景、文化動機、譯作影響等「譯介學」層面上的研究，經過了幾十年的努力，目前許多基本問題已經說清了，有不少是說透了，更有一些是翻來覆去不得不陳詞濫調了。但對這些翻譯家的具體的譯本，做細緻的文本分析或文本批評的，還極為薄弱，還遠遠沒有展開，沒有深入下去。因為這需要研究者不能僅僅滿足於大而化之的、泛泛而論的敘述議論，而要做扎扎實實的細緻的比較語言學、比較譯學、比較文學層面上的文本批評。

細緻的文本批評，最終要細緻到以「翻譯語」為單位。可以說，「譯文學」文本中最小的基本單位就是「翻譯語」。所謂「翻譯語」，原本是日本現代譯學中常用的概念，它不同於漢語語境中通常所說的「譯詞」。「譯詞」主要是就原文與譯文之間的對應用詞的使用而言的，「翻譯語」則是通過翻譯而形成的語彙或詞彙。「翻譯語」也不是以音譯為主要特徵的「外來語」，而是經過了「釋譯」、「創譯」而形成的本民族語言中新創制、新形成的詞語。「翻譯語」可以指涉一般語言學意義上的「詞」，也可以指涉文論的、美學的乃至文化的概念和範疇。以某個「翻譯語」為中心，展開「譯文學」的文本分析與文本研究，是卓有成效、大有可為的研究途徑。例如，現代漢語中的常用詞語「戀愛」、「愛情」，就是古漢語中所沒有的、通過翻譯而得來的「翻譯語」，這個「翻譯語」在中國近現代翻譯作品中，最初是哪些譯作最先或較早翻譯過來的？翻譯家的譯作和同時期作家的創作對這兩個「翻譯語」如何理解、如何使用，又如何引發了近現代中國人男女關係觀念的轉型與更新，隱含著什麼社會學的、心理學的、美學的信息？這些都是值得探討的問題。一個重要的詞及其形成演變的歷史常常就是一部文化史，一個個小小的「翻譯語」，能夠牽出若干重大的文學與文化課題，因此譯本批評中的「翻譯語」的研究，可以克服以語言學為中心的傳統翻譯學中「詞彙學」、「語法學」的束縛，而真正進入比較文學的、跨學科（超文學）研究的層面；同時，也可以避免在比較文化層面上對譯本的粗枝大葉的瀏覽概觀。才能以小見大，見微知著，使「譯文學」研究與語言研究、文化研究緊密結合起來，把譯本的文學性、審美性研究與譯本的非文學性、非審美屬性的研究結合起來，把比較文學研究與比較語義學的研究結合起來。

總之，「譯文學」這一研究模式相對獨立於一般翻譯學，脫胎於譯介學，同時又別有天地。「譯文學」所提煉的「迻譯」、「釋譯」、「創譯」這三個譯本生成的方法概念及譯本批評的基本用語，分別對應於三個研究方面：語言分析、文化分析、美學分析。「迻譯」主要著眼於「語言的忠實」，講究語言上的規則性的對應，它可以在具體的字句上操作，在這一點上與一般的翻譯學有著密切聯繫；「釋譯」主要著眼於「文化的忠實」，將原文納入譯入國文化語境中加以解釋和評價，也就是對譯文做文化分析與文化研究，指出譯本中歸化、異化和「融化」[10]的文化取向，在這一點上它繼承了譯介學的觀念與方法；「創譯」則超越字句層面，主要著眼於「藝術的忠實」，發現譯文的「神似」和「化境」，辨析「創造性叛逆」與「破壞性叛逆」，並對譯文做出總體的美學分析與審美評價，在這一點上它又超越了一般翻

10 「融化」是筆者在《翻譯文學導論》（北京市：北京師範大學出版社，2004年）中初步提出的一個概念，作為翻譯界常用的「異化」、「歸化」正與反概念之後的「合」的概念。

譯學的語言學立場和譯介學的文化媒介視角。「譯文學」就是這樣以「翻譯語」為最小單位，把這三個不同側面的分析、評價有機結合起來，由此對中國翻譯文學史上的重要譯本、對譯成外文的中國文學名著譯本加以細緻分析和深入研究，具有廣闊的運作空間和無限的發展前景。

「譯文學」的概念與體系

——諸概念的關聯與理論體系的構建[1]

無論是在中國還是在歐美，「翻譯學」學科體系建構的瓶頸，就是學術概念的提煉嚴重不足，學科範疇嚴重缺乏，不得不更多地借用傳統的語言學、文學乃至文化理論的概念。這實際上是來自西方的正統翻譯學及其思想創造力衰微的一種表徵。中國現代翻譯研究理論的基本概念有「信達雅」、「神似／化境」等，有來自外國「直譯／意譯」、「等值／等效」、「忠實／叛逆」等；當代「譯介學」的基本概念有「創造性叛逆」等，大多借助於外來概念或古人的概念，屬於當代中國學者獨創的概念極為缺乏，而且概念範疇的數量太少，不足以建立一個獨立的理論系統。我們應該努力另闢新徑，改變這種狀況，因而有必要提出「譯文學」的學科構想。「譯文學」的理論體系能否形成，作為一個新學科能否成立，最關鍵的是能否提煉出屬於自己的獨特的學術概念，能否把這些概念用作「譯文學」的學術範疇並闡明諸範疇之間的邏輯關係，為此，首先要將諸範疇提出來並予以界定，再簡要勾勒出諸種範疇之間的邏輯關係，最後要簡要說明「譯文學」與其他相關學科之間的關係，由此形成「譯文學」的理論體系結構示意圖，並以此統領整個「譯文學」的闡述與建構。

1　本文原載《北京師範大學學報》（北京），2015年第6期。

一　「譯文學」關於譯文生成的概念

「譯文學」作為以「譯文」為本體的學科，作為「譯文之學」[2]，必須首先從理論上闡明譯文生成的內在矛盾運動，揭示譯文生成的方法、途徑和過程，這就需要創制關於譯文生成的一整套概念。為此，就需要從最原初的一個概念——「翻譯」——的辨析入手。

（一）「譯」與「翻」

「翻譯」作為從原語到目的語內在轉換運動的概括，不僅是一個學科的名稱，也是關於譯文生成的最基本的概念。「譯文學」需要對「翻譯」這個概念加以反顧、再審視和再認識。在這個問題上，就需要打破西方翻譯學「翻譯」定義的束縛禁錮。拉丁語的「trans latus」及來自拉丁語的英語「translate」一詞，原義都是「擺渡」、「運載」的意思，指的是從此處到彼處的平行的運動和輸送，這是對於在西語系統內進行語言轉換的狀態過程的描述與概括。在這裡實際上並沒有翻山越嶺的「翻」，只有一種平行移動的「譯」或「迻譯」的運動。當我們把它們翻譯成「翻譯」的時候，實際上已經加入了中國人對「翻譯」的獨特理解。

考察中國古代翻譯史，可以看出中國傳統的「翻譯」概念，實際上是由「譯」與「翻」兩個概念合併而成的，是對「譯」與「翻」兩種語言轉換方式及譯文生成方式的概括。漢語的「翻譯」概念，在中國翻譯發展史上有一個漫長的逐漸的形成過程。東漢之前，由於漢民族與周邊「夷狄戎蠻」之間語言的隔閡，沒有後來的梵語與漢語那樣差別巨大，因此在轉換過程中，不太需要幅度很大的「翻」。在這種

2　王向遠：〈翻譯學・譯介學・譯文學——三種研究模式與「譯文學」的立場方法〉，《安徽大學學報》2014年第4期。

情況下，人們對翻譯的認識用一個「譯」字即可概括。東漢以後，梵漢翻譯的實踐，使翻譯家們開始意識到在「傳」、「譯」或「譯傳」中，還有一種空間立體的大幅度「翻轉」式的解釋性的交流與置換活動，並名之曰「翻」，並由此產生了「翻譯」這一概念。進而模模糊糊地認識到，雖然「譯」中有「翻」，但「翻」與「譯」是兩種不同的手段與活動，兩者相反相成、互為補充。如果說「翻」是站在原作對面的一種模仿，那麼「譯」就是站在原作旁邊的一種傳達。而且「翻」與「譯」的問題跟「文」與「質」的問題也密切相關，用「譯」的方法產生的譯文往往是「質」的，即質樸的；用「翻」的方法形成的譯文往往是「文」的，即有文采的。又認識到有些東西是「不可翻」的，例如玄奘提出了「五不翻」的主張，是因為原文有的詞的發音具有神秘、神聖性，或者一詞多義，或者漢語裡原本就沒有對應的詞等等，這些「不可翻」的情況只使用「譯」的方法。這樣，我們就可以在中國傳統的「翻譯」這一概念中，發現古人對跨語言、跨文化交流的途徑、方法與功能的思考。「翻」若翻轉，在這一點上，倒是日本人的體會與表達似乎更為細膩些，日語中「翻譯」（翻訳）又寫作「反訳」（反譯），似乎體悟到了「譯」需要「翻」，而與原文是「反」的關係。翻譯正如將手掌翻（反）過來一樣。這在世界翻譯理論史上，恐怕也是最早的發現。總之，中國古代翻譯家及翻譯理論家對「翻」的發現，對「翻」與「譯」兩者辯證關係的認識，最終導致了「翻譯」這個相當科學、又相當藝術的概念的產生，並寄寓了豐富深刻的譯學思想。但是，一直以來，翻譯研究界對傳統譯論中「翻」的理解一直遠遠未能到位，也沒有專文對此加以討論，制約了人們對「翻譯」這一概念深入理解。

「譯」與「翻」二字，也是譯文生成的基礎概念或母概念，其他概念都是從「譯」、「翻」中衍生出來的。

（二）「可譯／不可譯」與「可翻／不可翻」

「譯」與「翻」的區別，具有重要的理論價值。其中最有重要的價值之一，就是可以以此來觀照並解決中外翻譯理論史上長期聚訟紛紜、莫衷一是的關於「可譯／不可譯」的論爭。

翻譯史上的「可譯／不可譯」的討論與爭論，反映了翻譯家和翻譯理論家對翻譯活動的可能性與侷限性的體察與認識。中外現代翻譯史上的「不可譯」論，主要體現在文學翻譯領域，尤其是詩歌翻譯中。說詩歌「不可譯」，一是詩歌「音聲」的不可譯，二是文體、詩型不可譯，三是特殊語言修辭不可譯，四是風格不可譯，五是文學之「味」不可譯。但是，「不可譯」論者對「譯」的理解是狹義的。他們只關注了文學（詩歌）的外部形式，因為無論是音聲、文體、詩形，還是風格，都主要是呈現在外部的東西。要把這些東西通過「譯」的方法，平行迻譯到另外一種語言中，當然是不可能的。所以主張「不可譯」。但他們卻沒有意識到，翻譯活動的途徑其實不僅僅是「譯」，還有「翻」。然而在「不可譯」論者的意識中，幾乎沒有「翻」的意識的存在，或者從根本上就否定類似「翻」的行為；而「可譯」論者，或多或少地意識到了「翻」的存在，在具體的描述中也朦朦朧朧地勾畫出了「翻」的輪廓，但卻沒有訴諸於「翻」的概念。或者說，已經走到了「翻」的跟前，但是缺乏概念上的理解與確認。於是，「可譯／不可譯」的論爭，就斷斷續續持續了百年。殊不知這個問題早已經在中國古代翻譯理論中得到闡發和基本解決，但到了現代翻譯、尤其是文學翻譯中，由於受西方翻譯理論的支配影響，中國古代翻譯理論的有關闡釋卻被人忽略了、遺忘了。結果還是「可譯」論者一而再、再而三地重申「可譯」論，而「不可譯」論者也一而再、再而三地重申著「不可譯」論，沒有結論，也沒有共識。實際上，在「譯文學」的理論建構中，「不可譯」與「不可翻」相反相成，唯其「不可譯」，所以才「可翻」；唯其「不可翻」，所以才「可譯」。這樣一來，關於「可譯／不可譯」的無休止的爭論即可平息，而譯文生成的方法也就有了左右逢源、非此即彼的選擇。「可譯」的就譯，在通常情況下不必「翻」；「不可譯」的就不要硬譯，勢必要「翻」。「翻」與「譯」的結合和配合，使得翻譯擁有了更大、更多的可能性、可行性。

（三）「迻譯／釋譯／創譯」

如果說，上述的「翻」與「譯」、「可譯／不可譯」和「可翻不可翻」是譯文生成的基本方法，那麼「迻譯／釋譯／創譯」則是譯文生成的具體方法。

關於翻譯的具體操作方法，學界一直使用的是「直譯／意譯」這對概念。其中「直譯」一詞是中國古代翻譯的概念，指的是直接從梵文翻譯而不經胡文（西語文字）轉移，是「直接譯」的意思，與「轉譯」相對。近代日本人把「直譯」的意思改變了、改造了，再配上「意譯」一詞，以此來翻譯西方的相關概念，形成了「直譯／意譯」這對漢字概念，並傳入中國，一直流行至今。但是這兩個二元對立的概念，看似涇渭分明，實則一直界定混亂、具體操作方法不明，在中外翻譯理論史上長期以來聚訟紛紜、糾纏不清，其中有許多問題令人困惑。例如，「直譯」和「意譯」是對立的嗎？「直譯」和「硬譯」、「死譯」有什麼區別？要把「意」譯出來，就不能「直譯」嗎？「意譯」與「曲譯」、「歪譯」乃至「胡譯」有什麼區別？「直譯」的目的難道不是把「意」（意思）譯出來嗎？「直譯」能否譯出「意」來？「直譯」若不能譯出「意」來，豈不讓是讀者不知所云，即嚴復所說的「譯猶不譯」嗎？由於這對概念造成了理論與實踐上的諸多混亂和困惑，當代一些翻譯理論家強烈主張摒棄之，但卻一直沒有找到其他詞取而代之。

為此，「譯文學」並提出了譯文生成的三個基本概念，一是「迻譯」，二是「釋譯」，三是「創譯」。主張拋棄「直譯／意譯」這個二元對立的的概念，並用「迻譯／釋譯／創譯」三位一體的概念取代之。

所謂「迻譯」，亦可作「移譯」，是一種平行移動式的翻譯。「迻譯」是一個歷史範疇。在中國翻譯史上，「迻譯」大都被表述為「譯」、「傳譯」、「譯傳」，是與大幅度翻轉性、解釋性的「翻」相對而言的，指的是將原文字句意義向譯文遷移、移動的動作。「迻」是平移，它只是「譯」（替換傳達）而不是「翻」（翻轉、轉換）。「迻譯」與傳統方法概念「直譯」也有不同。「迻譯」強調的是自然的平行移動，「直譯」則有時是自然平移，有時則是勉為其難地硬闖和直行；而「迻譯」中不存在「直譯」中的「硬譯」、「死譯」，因為一旦「迻譯」不能，便會自然採取下一步的「釋譯」方法。

「釋譯」是解釋性翻譯，在具體操作中，有「格義」、「增義」和「以句釋詞」三種具體方法。廣義的格義就是拿漢語的固有概念，來比附、格量、解釋外來詞彙概念。如佛經翻譯用中國固有的儒家道家的詞彙，來釋譯有關佛教詞彙。「增義」是利用漢字漢詞來釋譯原語的時候，使得漢語本來的詞語的含義有了拓展和延伸。例如，用「色」和「相」來釋譯梵語相關詞彙的時候，便使「色」、「相」的含義有了增殖。「以句釋詞」在沒有對應的譯詞的情況下，用一句話釋譯一個詞，例如，把日本的「物哀」譯為「感悟興歎」等。

「創譯」是創造性或創作性的翻譯，分為詞語的「創譯」和作品篇章的「創譯」兩個方面。前者創造新詞，後者通過「文學翻譯」創作「翻譯文學」。「創譯」所創制出來的譯詞，會被襲用、模仿，也為後人的「迻譯」提供了條件。在文學翻譯中，「創譯」則是在翻譯家自主選擇「迻譯」、又能恰當「釋譯」的基礎上，所形成的帶有創作性質的譯品，也就是「譯作」，是「翻譯」與「創作」的完美融合。

「迻譯／釋譯／創譯」三種方法的運用各有其難。相比而言，

「迻譯」難在是否選擇之，「釋譯」難在如何解釋之，「創譯」難在能否令原詞、原句、原作脫胎換骨、轉世再生。可見，從「迻譯」、「釋譯」到「創譯」，構成了由淺入深、由「譯」到「翻」、由簡單的平行運動到複雜的翻轉運動、由原文的接納、傳達，到創造性轉換的方法作業系統。

二　「譯文學」關於譯文評價與譯文研究的概念

在「譯文學」的建構中，上述的「譯文生成」的概念，概括的是譯文的產生環節，而面對既成的譯文，「譯文學」還要做出評價，進而加以研究。這就需要相應的關於譯文評價與研究的一整套概念。沒有這方面的概念，就如同一杆秤沒有刻度、沒有秤星一樣，我們就不擁有譯文評價的原話語、就失去了譯文評價的依據與標準，就不明確譯文研究的角度、層面或切入口。為此，譯文學確立了如下三組概念。

（一）「歸化／洋化／融化」

「譯文學」從譯文研究、譯文評價的立場出發，需要對當代流行的「歸化／異化」這對概念加以檢討和反思。

在中國現代翻譯理論中，「歸化／洋化」這對概念是對譯者翻譯策略與譯文的文化風格的一種概括。一九九〇年代中後期西方「文化翻譯」派的主張傳入中國後，「洋化」或「西化」便被一些人置換為「異化」一詞，表述為「歸化／異化」。但「異化」作為哲學概念指的是從自身分裂出異己力量，以此取代翻譯上的「洋化」很容易混義串味，因此，我們有必要應該準確地標記為「歸化／洋化」。從中國翻譯理論史上看，「歸化／洋化」的論爭經歷了從「歸化／洋化」走向兩者調和的過程；從中國翻譯文學史上看，譯文、譯作也經歷了從林紓時代的「歸化」到魯迅時代的「洋化」，再到朱生豪、傅雷時代將「歸化／洋化」加以有機調和的過程。兩者的調和可以用「融化」一詞加以概括，由此可形成「歸化／洋化／融化」三位一體的正反合的概念，用以矯正「歸化／異化」這對概念的二元對立、非此即彼的偏頗，並以「融化」這一概念對譯文的文化風格取向與走向加以描述與概括。翻譯中的「融化」是一個無止境的過程，是翻譯文學值得提倡的文化取向。

（二）「正譯／誤譯／缺陷翻譯」

「正譯」一詞，意即「正確之翻譯」。這個詞是北朝末年至隋朝初期的僧人彥琮在《辯證論》一文中提出來的。在古代佛經翻譯理論及概念體系中，與「正譯」相對的、相當於「誤譯」的概念，有「不達」、「乖本」、「失本」、「失實」等。

在「譯文學」的譯文批評中，試圖建立一個概念系統，以加強譯文對錯判斷的客觀性和準確性，假如像以前那樣，僅僅使用「誤譯」或「錯譯」，那麼這個詞在沒有相應概念的對應、牽制的情況下，就很難成為一個概念，而只是一個缺乏規定性的普通判斷詞。同時，「譯文學」也沒有簡單地使用「正譯／誤譯」二元對立的概念，而是採用了「正譯／誤譯／缺陷翻譯」三位一體的概念。因為，在實際上的譯文批評中，並非除了「誤譯」就是「正譯」，或者除了「正譯」就是「誤譯」。在「正譯」與「誤譯」之間，還有雖不完美、雖不完善，還說得過去、但又存在缺陷的翻譯。這樣的翻譯實際上比「誤譯」要多得多，而且，若不是徹頭徹尾的誤譯，那實際上就屬於「缺陷翻譯」，若不是完美無缺的翻譯，那可能就是有缺陷的「缺陷翻譯」。人無完人，金無足赤，翻譯也很少有完美無缺的翻譯。因此，譯文批評不僅僅是要褒揚「正譯」、指出「誤譯」，而更重要的，是要對有可取之處、對未臻完美的譯文加以指陳和分析。這樣一來，「缺陷翻譯」作為一個批評概念，就顯得特別必要、特別重要了。

「缺陷翻譯」一詞，中國翻譯批評與翻譯理論界，迄今為止一直未見使用，更沒有成為一個批評概念。「譯文學」所使用的「缺陷翻譯」，是介乎於「正譯、誤譯」之間的一個概念，是指既沒有達到「正譯」，也沒有完全「誤譯」的中間狀態，換言之，「正譯／缺陷翻譯／誤譯」是三個並列的批評概念。

有了「缺陷翻譯」這個概念的介入，我們在譯文批評實踐中，就會打破「正譯」與「誤譯」的二元論，而在「正譯」、「誤譯」的中間地帶，發現譯文的各種各樣的、大大小小、多多少少的缺陷，分析缺陷形成的原因，而達到彌補缺陷、不斷優化翻譯的目的。

（三）「創造性叛逆／破壞性叛逆」

從「譯文學」的立場來看，「譯介學」所推崇和提倡的「創造性叛逆」這個判斷應該是有限定條件的，它只是對作為文本的「翻譯文學」的一種判斷用語，而不能適用於作為翻譯行為或翻譯過程的「文學翻譯」。具體而言，「叛逆」只是對「翻譯文學」實際狀態的一種描述，因為「翻譯文學」是不可能百分百地再現原文的，總有對原文的有意無意的背離、丟棄和改變。在翻譯研究中，尤其是在比較文學的翻譯研究中，應該正視「創造性叛逆」現象，並對「創造性叛逆」在跨文化傳播與跨文化理解方面所起的積極作用給予應有的評價。否則，便會導致對「翻譯文學」價值的貶損。而「文學翻譯」作為一種語言轉換行為，若只講「叛逆」而不講「忠實」，那麼翻譯將喪失其規定性，成為一項極不嚴肅、隨意為之的行為。

而且，就「叛逆」而言，也不只是「創造性叛逆」，而是有著「創造性」與「破壞性」的兩個方面。換言之，既有「創造性叛逆」，也有「破壞性叛逆」。由此，「破壞性叛逆」這個詞就不得不誕生出來，以此作為「創造性叛逆」的對義詞，並以此來解釋「叛逆」

的消極面或負面。只有看到「破壞性叛逆」，才能正確認識「創造性叛逆」。

在「破壞性叛逆」中，「誤譯」是最常見的。然而一些論者卻明確地將「誤譯」列入了「創造性叛逆」的範疇，忽視了「誤譯」的「破壞性」。實際上，誤譯，無論是自覺的誤譯還是不自覺的誤譯，無論是有意識的誤譯還是無意識的誤譯，對原作而言，都構成了損傷、扭曲、變形，屬「破壞性的叛逆」。誠然，正如「叛逆派」的一些論者所言，誤譯，特別有意識的誤譯，有時候會造成出乎意外的創造性的效果，其接受美學上的效果也是正面的。但是，這種情況多是偶然的，是很有限度的。事實上，誤譯在大多數情況下，是由譯者的水平不足、用心不夠造成的，因而大多數情況下「破壞性叛逆」屬於翻譯中的硬傷，譯者是引以為恥的。因此不能以此來無條件地肯定誤譯。不能把出於無知、疏忽等翻譯水平與翻譯態度上引發的誤譯，都稱之為「創造性叛逆」。

三　「譯文學」理論體系的形成

上述譯文生成的三組概念、譯文評價與譯文研究的三組概念，都涉及到一個如何準確理解、如何恰當運用這些概念方法的問題。歸結起來，就是「翻譯度」的問題。所謂「翻譯度」，就是兩種不同語言之間的傳達、轉換過程中的程度或幅度。它首先表現為譯文生成方面的「度」，具體包括「譯」與「翻」的度、「可譯不可譯／可翻不可翻」的度、「迻譯／釋譯／創譯」的度，這些都是翻譯家需要掌握的「度」；同時也表現為譯文評價的度，是評論家、研究家在譯文評價、譯文研究中需要掌握的度，包括「歸化／洋化／融化」的程度、「正譯／誤譯／缺陷翻譯」在譯文中出現的頻度、「創造性叛逆」與「破壞性叛逆」的分辨度。

「譯文學」提出的「翻譯度」是上述的兩組、六對概念的衍生、延伸概念。例如，「翻譯度」作為譯文生成的「迻譯／釋譯／創譯」方法的延伸概念，是「迻譯／釋譯／創譯」制約概念。這可以從兩個層面上加以理解和把握。第一，「翻譯度」是「迻譯／釋譯／創譯」三種方法各有其「度」，其中，「迻譯」要到位、「釋譯」要合意、「創譯」要適度。「迻譯」若不到位，就是過猶不及；「釋譯」不合意，就是過度釋譯或釋譯不足；「創譯」若失度，就是過於叛離原文。第二，「翻譯度」是就「迻譯／釋譯／創譯」三者的關係而言的，也就是如何恰當選擇和使用這三種方法。在同一篇譯文中，平行移動式的「迻譯」的成分太多，就會造成「翻譯度」不夠；解釋性的「釋譯」過多，則往往會溢出原文；創造性「創譯」太多，則會叛離原文。而「釋譯」、「創譯」不足，則會造成譯文的生澀不熟、洋腔洋調太濃，令讀者皺眉搖頭。要言之，翻譯的失度，是造成譯文缺陷的主要原因，有時也是造成「誤譯」的重要原因。因此，對「翻譯度」的恰當把握是譯文成敗的關鍵。翻譯家的主體性、創造性，也主要表現在對「翻譯度」的把握上。翻譯之「度」不是死板的、被規定的刻度，而是供翻譯家靈活把握的「度」，是「從心所欲不逾矩」的藝術創造的「度」，是在限制、限定中得到自由創造的「度」。因此，「翻譯度」的問題也是翻譯中的藝術問題、美學問題。與此同時，批評家、研究家對翻譯家的這些「翻譯度」的準確拿捏與把握，也伴隨著譯文批評與譯文研究的整個過程。

綜上，「譯文學」作為翻譯研究新範式，確立了一系列基本的概念範疇，並在此基礎上，初步形成了自己的理論系統，圖示如下：

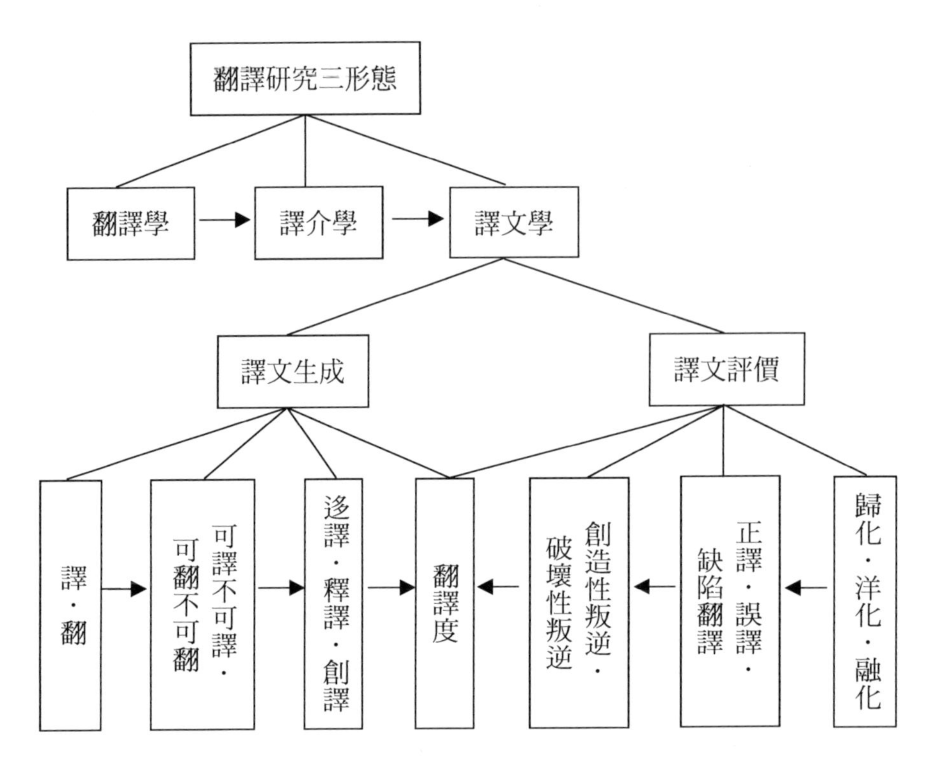

由上圖可以看出，作為翻譯研究的三種形態之一，「譯文學」是在對「翻譯學」和「譯介學」的繼承與超越的基礎上得以成立的，其重心在「譯文」。「譯文學」有「譯文生成」和「譯文評價」兩組概念群。

其中，在「譯文生成」的概念群中，「譯」與「翻」是基本概念，「可譯不可譯／可翻不可翻」是表示「譯／翻」的可能與不可能之限度的概念，「迻譯／釋譯／創譯」是在此基礎上可以具體操作的翻譯方法概念，「翻譯度」則是對「釋譯／創譯」中的「翻」的幅度、程度加以拿捏與把握的概念。從「譯／翻」到「可譯不可譯／可翻不可翻」，再到「迻譯／釋譯／創譯」，最後到「翻譯度」，顯示了譯文生成過程的逐漸展開與細化。

在「譯文評價」的概念群中，「歸化／洋化／融化」是對譯文翻譯策略與文化取向的判斷，也是對譯文總體文化風格的評價；「正譯／誤譯／缺陷翻譯」是譯文質量的評價概念，也是最基本的價值判斷；「創造性叛逆／破壞性叛逆」是專對譯文「叛逆」現象及其性質所做出的二分法的價值判斷。從作為翻譯行為之結果的譯文來看，所有的譯文都不可能是原文的對等再現，對原文多多少少都有所「叛逆」，而「叛逆」的效果與結果如何，是「創造性叛逆」還是「破壞性叛逆」，是譯文評價中必須做出的判斷。而在這些環節中，也有一個需要譯文評論家、研究家把握的「翻譯度」。

「譯文生成」與「譯文評價」兩組概念群，對已有的「翻譯學」、「譯介學」的概念範疇有所改造、有所豐富，解決了長期以來翻譯學及翻譯研究中只有「信達雅」、「直譯／意譯」等極少數概念，難以建構起翻譯學獨立自足的理論體系這一重大問題。兩組七對（個）概念連點成線、連線成面，構成了「譯文學」相對嚴整的理論體系。

「譯文學」理論體系的建構，使得傳統「翻譯學」以語言學上的「語言」現象，轉移到了文學上的「文本」現象；也使得「文化翻譯」學派的寬泛的「文化」現象，轉移並凝聚到「譯文」本身。也就是超越已經盛行了多年的「文化翻譯」的研究模式，從翻譯的周邊走向翻譯的核心，從外部文化觀照走向內部的譯文研究，也就是重返譯本。

需要強調的是，「譯文學」的重返譯文文本，並不是簡單地重返傳統的語言學的翻譯研究，「譯文學」需要吸收語言學派翻譯研究的從具體語言現象入手的微觀實證的方法與精神，但傳統的語言學派的翻譯研究重在具體的語言轉換的對錯、正誤分析，而常常缺乏總體的譯文的審美觀照。「譯文學」把語言分析作為一個切入口，同時重視譯文本身的審美價值，吸收文藝學派的文本批評與美學判斷的方法，但也不重蹈文藝學派忽略語言分析的舊路。「譯文學」也不是簡單地否定如今仍在盛行的「文化翻譯」、文化學派及「譯介學」的研究模式，不忽視對翻譯的「中介」、「媒介」性的研究，而是要在扎扎實實地對「譯文」本身進行研究與批評的基礎上，再旁及翻譯文化的各種問題，而不是在忽略乃至無視譯文的基礎上，進行大而無當的翻譯文化的描述性研究。

總之，「譯文學」接受傳統語言學派的翻譯研究的底蘊、接受文藝學派翻譯研究的美學立場，接受文化學派翻譯研究的宏闊的文化視野，接受「譯介學」關於翻譯是文化交流之媒介的觀念，但這一切，都要從譯文的分析研究出發，並牢牢地落實於譯文。在「譯文學」的研究範式看來，「譯文」是翻譯活動的目的旨歸，也是其最終的成果形式，「譯文」凝聚了翻譯研究的全部要素，「譯文」的研究，就是翻譯文學、翻譯文本的本體研究。因此在我十五年前在〈翻譯文學史的理論與方法〉一文中提出的翻譯研究的六大因素，即「時代環境—原作家—原作品—翻譯家—譯文（譯作）—讀者」[3]中，「譯文」是「譯文學」的中心，「譯文學」站在「譯文」的角度，可以前瞻四個要素，即「時代環境—原作家—原作品—翻譯家」，可以後顧後面的一個要素，即「讀者」。也就是說，其他五個要素，都是「譯文」這個要素的前後延伸。

四 「譯文學」與相關學科的關聯

以上「譯文學」的理論範疇及其關係是「譯文學」的本體論。除本體論之外，一個學科的建構，還必須確認該學科與其他相關學科之間的關聯或關係，就「譯文學」學科建構而言，所謂「與其他相關學科之間的關聯或關係」就是「譯文學關聯論」，就是要闡明「譯文學」與一般翻譯學、與譯介學、與比較文學、與外國文學等學科之間的關聯，特別是「譯文學」對這些學科所可能發揮的效用與功能。

首先，從翻譯學的角度來看，「譯文學」屬於「翻譯學」（一般翻

3 王向遠：〈翻譯文學史的理論與方法〉，《中國比較文學》2000年第4期。

譯學）的一種類型，可以說它是一種以觀照「譯文」為中心的「特殊翻譯學」。在現有的一般「翻譯學」的著述建構中，無論在中國還是外國都存在著將「翻譯學」混同於「翻譯理論」，或以「翻譯研究論」來代替「翻譯學」學科原理的傾向，並且都把總結翻譯規律並指導實踐作為翻譯學或翻譯理論的宗旨，而作為翻譯活動之最終結果的「譯文」因其脫出實踐過程之外，故而被撇開不論；現有的翻譯學類的著述幾乎都沒有對「譯文」做出論述，更沒有關於「譯文」的專章或專節。由於把「翻譯學」看作是理論——實踐體系而不是知識體系或思想體系的建構，也就未能提煉、創制出屬於翻譯學特有的若干基本概念與範疇，影響了翻譯研究的學科化、體系化和思想化。從這個角度而言，「譯文」是「翻譯學」或「一般翻譯學」的薄弱環節。要使「翻譯」從動態實踐活動轉為靜態的知識形態並加以觀照，就特別需要強化「譯文」在翻譯學建構中的地位，讓「譯文學」的概念範疇成為「翻譯學」概念範疇的一部分，並把「譯文學」的概念提煉方法與建構原理延伸到一般翻譯學中，以使翻譯學逐漸臻於完成、臻於完善。這是作為特殊翻譯學的「譯文學」對一般翻譯學應有的作用與貢獻。

第二，是「譯介學」與「譯文學」之間的關係。「譯介學」是近三十多年來中國學者創制的第一個比較文學理論概念，是中國比較文學的一個特色亮點。以「譯介學」的名義將翻譯學的一部分納入比較文學學科理論體系中，較之籠統地把「翻譯研究」或「譯者與翻譯」納入比較文學，顯然更符合學理，也更名正言順。但「譯介學」作為比較文學的一個分支學科，其價值功能是有限度的，「譯介學」的對象是「譯介」而不是「譯文」，它所關注的是翻譯的文化交流價值而不在乎譯文本身的優劣美醜。雖然譯介學也提出了「文學翻譯」與「翻譯文學」的概念上的區分，但它的重心卻主要是為了說明「創造性叛逆」的存在，而不是全面地、多角度多層面地觀照「翻譯文學」

或「譯文」。因此，「譯介學」的關鍵字是「介」字，它所能處理的實際上是「文學翻譯」而不是「翻譯文學」。作為「譯介學」的核心價值觀的「創造性叛逆」論，也只能適用於對「翻譯文學」特徵的描述（作為既成品的「翻譯文學」不可能是對原文的等值等效的轉換或替換），但卻不適用於作為行為過程的「文學翻譯」。因為一個翻譯家在「文學翻譯」的過程中若以「創造性叛逆」為追求，則必然有違翻譯的宗旨，而由「翻譯」走向譯述、翻改式的「創作」。「譯介學」的這些理論主張的特色與侷限正需要「譯文學」加以補正。「譯文學」在「創造性叛逆」之外，提出了「破壞性叛逆」的概念；「譯介學」是以「介」（翻譯作為媒介）為中心的翻譯文化的研究，「譯文學」則是以「文本」為中心的「翻譯文學」的研究。簡言之，本質上「譯介學」屬於文化研究，「譯文學」屬於文學研究。「譯介學」為「譯文學」提供文化視野，「譯文學」可以補足「譯介學」視角的偏失與不足，兩者可以相輔相成。

第三，是「譯文學」與比較文學之間的關係。文學翻譯問題是比較文學重要的學術研究領域，比較文學需要觀照文學翻譯與翻譯文學，翻譯學也要借鑒比較文學的跨文化的觀念與方法，因此我們不能像一些歐洲學者那樣把「比較文學」與「翻譯學」兩者對立起來，甚至認為「翻譯研究興盛」必然導致「比較文學衰亡」。要把翻譯學、翻譯研究與比較文學更緊密地聯通起來，有效的途徑就是要把「譯文學」納入比較文學學科體系中。但是，在一九九〇年代之後的中國比較文學學科理論建構中，只有「譯介學」而沒有「譯文學」。誠然，「譯介學」作為比較文學學科的一個重要組成部分，以獨立的章節加以論述是必要的。但是，「譯介學」不能取代「譯文學」，因為比較文學不能僅限於文學關係、文化關係的研究，不能只滿足於「跨」的邊際性、邊界性或邊境性，還要找到得以立足的特定文本，那就是「譯文」。因此需要把「譯文學」作為一種研究範式納入比較文學學科理論體系中，使之與「譯介學」並立。只有這樣，比較文學才能擁有「譯文」這種屬於自己的「比較的文學」，才有供自己處理和研究的獨特文本——譯文。只有落實於「譯文」，才能克服邊際性、中介性的關係研究所造成的比較文學的「比較文化」化傾向。在比較文學研究的資源逐漸減少，特別是有限的國際文學關係史研究資源逐漸減少的情況下，「譯文」可為今後的比較文學研究提供無窮無盡的研究文本資源，從而打消比較文學學科危機論和學科衰亡論。

第四，是「譯文學」與「外國文學研究」之間的關係。在中國，長期以來人們習慣於以「外國文學」這個概念覆蓋「翻譯文學」。例如中學課本上的外國文學譯文，明明是譯文，是翻譯文學，卻稱之為「外國文學」；大學中文系的以譯文為講述和閱讀對象的課程，明明是翻譯文學性質的課程，卻稱為「外國文學課」。在這種「泛外國文學」的語境中不可能產生「譯文學」的觀念與概念。另一方面，中國的外國文學學科、外國文學研究也是如此，研究者所依據的常常不是外文原作而是譯文，也沒有明確意識到只有對外文原作所進行的研究才是真正的「外國文學」研究。由於既脫離了原文，或不以原文為主，又沒有原文與譯文轉換的「譯文學」意識，故而在研究中不可能探究從語言到文學，從翻譯到譯文的內在機制，而只能採取社會學的、歷史文化學的或文藝學意義上的「作家作品論」的模式，習慣於在主題、題材、人物、敘事情節等層面上展開作品評論與作品分析，以主觀性、鑒賞性的「評論」，混同、取代、掩蔽了嚴格意義上的文學研究，導致了外國文學作家作品論的模式化、淺俗化弊病。在這種情況下，「譯文學」的介入有助於對這種傾向加以遏制與矯正。「譯文學」有助於促使研究者意識到譯文與原文的不同。只有具備「譯文」的概念，才能具備「原文」的意識，而只有面對原文，才是使外國文學研究成為真正的「外國文學」的研究。「譯文學」還有助於打破長期以來外國文學研究與外國語言學研究的脫節，引導研究者深入到文本的字詞層面，得以見出文學的內在腠理。

第五，是「譯文學」與中國翻譯文學史之間的關係。「翻譯文學史」是近三十年來文學史研究與撰寫的一種新類型，取得相當大的成績，迄今已有大大小小、厚厚薄薄的各種翻譯文學史（包括國別、區域、斷代、專題、通史等）不下幾十種。按理說，「翻譯文學史」首先應該是「文學史」，其次是「翻譯史」，最後才是「文化史」。「文化史」只是它的周邊的、背景的敘述。但是由於中國翻譯界沒有像西方翻譯學那樣經歷過語言學派翻譯學的長期浸潤與洗禮，近年來又受到了西方「文化翻譯」思潮的衝擊，特別是受「譯介學」理論模式的影響，把翻譯周邊的社會政治、輿論與傳播環境，把翻譯背後的歷史文化，作為觀照的重點和論述的中心，而普遍缺乏對譯文文本的觀照、批評與研究，存在著「譯文學」意識嚴重缺乏乃至「譯文不在場」的情況，從而把「翻譯文學史」寫成了敘述翻譯史外部史實的「文學翻譯史」，或寫成了強調翻譯文學之文化功用的大而化之的「翻譯文化史」，與理應建立在具體細緻的譯文批評基礎上的真正的「翻譯文學史」尚有相當的距離。在這種情況下，「譯文學」可以為翻譯文學史的撰寫提供以「譯文」為中心的新的翻譯文學史構架模式，使今後「翻譯文學史」的研究書寫改變「譯文不在場」的狀況，強化「譯文學」意識，把微觀的「譯文」分析與宏觀的文學史視域結合起來，從而才能寫出真正的翻譯文學史。[4]

綜上，通過對譯文生成與譯文評價的兩組六對概念的界定與簡要闡釋，提出並確立了「譯文學」的一整套理論概念和學科範疇，論述了諸概念範疇之間的邏輯關係，確立了「譯文學本體論」，又闡述了「譯文學」與一般翻譯學、與譯介學、與外國文學、與比較文學這些相關學科的相輔相成、共生共存的關係，明確了「譯文學」的學科定

4 王向遠：〈「譯文」的不在場的翻譯文學史——「譯文學」意識的缺失與中國翻譯文學史著作的缺憾〉，《文學評論》2015年第3期。

位與學術功能，確立了「譯文學的關聯論」。在此基礎上形成了「譯文學」的完整的理論體系建構。它可以表明，「譯文學」作為一個學科內容很豐富、研究對象很明確很聚焦、學科視域很開闊的學科，理論上、學理上可以成立，實踐上也已經有了一定的積累。今後，還需進一步強化「譯文學」的理論自覺，以具體的研究實踐不斷地加以充實，運用其學科理論對中國源遠流長、積澱豐厚的翻譯文學加以發掘、觀照、評說、加以研究和闡發，凸顯翻譯文學在中國文學中的重要位置，進一步發揮翻譯文學在溝通中外文化中的作用和價值，這也是「譯文學」學科理論建構的宗旨之所在。

以「迻譯／釋譯／創譯」取代「直譯／意譯」

——翻譯方法概念的更新與「譯文學」研究[1]

要使翻譯研究由近年來盛行的脫離譯文文本、游離翻譯本身的外部的「文化翻譯」的研究，走向吾人所提倡的立足於文本的「譯文學」，就不能是簡單地回歸於傳統語言學層面上的翻譯研究，而是要有所繼承、有所揚棄，在傳統語言學的翻譯研究的基礎上，吸收文化翻譯的營養，使「譯文學」研究既不脫離語言學，又不失文學研究特別是文本研究的特性。為此，就要確立「譯文學」所特有的新的概念群。要做到這一點，首先就需要對傳統的翻譯方法概念——「直譯／意譯」及以其為中心的長期論爭，略加辨析、清理和反思。

一　「直譯／意譯」方法論概念的缺陷

「直譯／意譯」是傳統翻譯學關於翻譯方法的一對基本概念。在中國古代佛典翻譯理論中，「直譯」是指不經過其他胡語、直接從梵文進行翻譯。但是，這個詞傳到日本後改變了含義，而成為逐字逐句翻譯、「逕直翻譯」的意思，並有了「意譯」這個反義詞。這個意義上的「直譯」和「意譯」隨著近代日本「新名詞」的大量傳入，而進入了現代漢語。較早使用這個詞的翻譯家是周桂笙。他在《譯書交通

1　本文原載《上海師範大學學報》（上海），2015年第5期。

工會試辦章程》〈序〉(1906)中用了「直譯」一詞，但對「直譯」持批評態度。整個二十世紀初，中國翻譯文學界圍繞「直譯／意譯」進行了持續不斷的論辯，並形成了四種主要的觀點主張，也可以看作是四派。一是提倡直譯的「直譯派」，二是反對直譯的「意譯派」，三是試圖將「直譯／意譯」加以調和的「調和派」，四是主張摒棄「直譯／意譯」這一提法的「取消派」。

其中，「直譯派」的代表人物是魯迅與周作人，他們為了反撥林紓式的不尊重原文的翻譯，而提倡「逐字譯」的、乃至「硬譯」的直譯。如魯迅在一九二五年在〈《出了象牙之塔》後記〉中寫道：「文句仍然是直譯，和我歷來所取的方法一樣。也竭力想保存原書的口吻，大抵連語句的前後次序也不甚顛倒。」[2]那時，除魯迅外，還有一些人對「直譯」做出了與魯迅相同或相近的主張與理解。有的論者在提倡直譯的同時，將直譯與意譯對立起來，並明確反對意譯。如傅斯年在〈譯書感言〉一文中說：「……直譯一種方法，是『存真』的必由之徑。一字一字的直譯，或是做不到的，因為中西語言太隔閡。——一句一句的直譯，卻是做得到的。因為句的次序，正是思想的次序，人的思想，卻不因國別而別。一句以內，最好是一字不漏……老實說話，直譯沒有分毫藏掖，意譯卻容易隨便伸縮，把難的地方混過……直譯便真，意譯便偽；直譯便是誠實的人，意譯便是虛詐的人。」[3]另有一種意見雖也贊成直譯，但對直譯內涵的理解卻與上述的不同，將其與「逐字譯」、「死譯」做了區分。如茅盾在〈「直譯」與「死譯」〉一文中，寫道：「直譯的意義若就淺處說，只是『不妄改原文的字句』；就深處說，『還求能保留原文的情調與風格』……近來頗多死譯的東西，讀者不察，以為是直譯的毛病，未免太冤枉了直譯。我相

2 魯迅：〈後記〉，《出了象牙之塔》，見《魯迅全集》（北京市：人民文學出版社，1991年），卷10，頁245。

3 傅斯年：〈譯書感言〉，原載《新潮》第1卷第3號（1919年）。

信直譯在理論上是根本不錯的，唯因譯者能力關係，原來要直譯，不意竟變作了死譯，也是常有的事。」[4]

反對直譯的「意譯」派以梁實秋、趙景深為代表。他們對魯迅的「硬譯」提出了批評，並在一九二〇年代後期至一九三〇年代初期，與魯迅展開了激烈的論戰。一九二九年九月，梁實秋寫了一篇題為〈論魯迅先生的「硬譯」〉的文章，批評了魯迅的翻譯「生硬」、「彆扭」、「極端難懂」、「近於死譯」。從一九三〇年代一直到二十世紀末，對「直譯」加以質疑和反對的人綿延不絕。例如一九五〇年代林以亮對魯迅的「寧信而不順」提法提出尖銳批評：「這種做法對翻譯者而言當然是省事，對讀者則是一種精神上的虐待。等到讀者發現某一種表現方式到底『不順』時，已經忍受了這種莫名其妙的語法不知有多久了。」[5]一九九〇年代，張經浩認為，「翻譯即意譯」，所謂「直譯」是沒有意義的。[6]

鑒於長期以來「直譯」、「意譯」各執一端，於是就有了將「直譯／意譯」加以調和的意見。早在一九二〇年，鄭振鐸就說過：「譯書自以能存真為第一要義。然若字字比而譯之，於中文為不可解，則亦不好。而過於意譯，隨意解釋原文，則略有誤會，大錯隨之，更為不對。最好的一面極力求不失原意，一面要譯文流暢。」[7]這不但把直譯與「字字比而譯之」的硬譯做了區別，又將意譯與「過於意譯」的曲譯、亂譯做了區別，這樣一來，直譯、意譯兩種方法就統一於「存真」這一「第一要義」中了。此外余上沅、朱君毅、鄒思潤等，也有大致相似的意見。艾偉在〈譯學問題商榷〉一文中，把這類意見稱為

4　茅盾：〈「直譯」與「死譯」〉，原載《小說月報》第13卷第8號（1922年）。

5　林以亮：〈翻譯的理論與實踐〉，載《翻譯研究論文集（1949-1983）》（北京市：外語教學與研究出版社，1984年），頁213。

6　張經浩：《譯論》（長沙市：湖南教育出版社，1996年），頁76-77。

7　鄭振鐸：〈我對於編譯叢書底幾個意見〉，原載《晨報》，1920年7月6日和《民國日報・學燈》，1920年7月8日。

「折中派」。到了二十世紀末，也一直有「直譯／意譯」調和的主張。如喬曾銳在《譯論——翻譯經驗與翻譯藝術的評論和探討》一書中說：「直譯和意譯都是必要的，兩者互有長短。直譯的長處是，力圖保留原作的形貌、內容和風格，『案本而傳，刻意求真』，短處是，無法完全解決兩種語言之間差異的矛盾，容易流於『以詰鞠為病』，不合乎譯文語言的全民規範，乃至有乖原作的含義和風格。意譯的長處是，譯文可以不拘泥於原作的形式，合乎譯文語言的全民規範，同時又能比較近似地傳譯出原作的內容的風格，短處是，容易流於片面求雅，以致失真，最後有可能形不似而神亦不似。」[8]他反覆強調了兩者結合的必要性。

主張摒棄「直譯／意譯」這一提法的「取消派」，以林語堂、朱光潛、水天同、黃雨石的看法為代表。林語堂在一九三三年發表的〈論翻譯〉一文中，認為翻譯中除了直譯、意譯之外，還有「死譯」和「胡譯」，所以如果只講直譯意譯，則「讀者心中必發起一種疑問，就是直譯將何以別於死譯，及意譯何以別於胡譯？於是我們不能不對此『意譯』、『直譯』兩個通用名詞生一種根本疑問，就是這兩個名詞是否適用，表示譯者應持的態度是否適當。」[9]林語堂主張取消「直譯」、「意譯」這兩個名詞，而改為使用「字譯」和「句譯」。提倡以句為主體的「句譯」，而反對以字為主體的「字譯」，以期矯正「直譯」、「意譯」概念的「流弊」。朱光潛在一九四四年寫的〈談翻譯〉一文中更明確地寫道：「依我看，直譯與意譯的分別根本不存在。忠實的翻譯必定要能儘量表達原文的意思。思想情感與語言是一致的，相隨而變的。一個意思只有一個精確的說法，換一個說法，意味就不完全相同。所以想儘量表達原文的意思，必須儘量保存原文的

8 喬曾銳：〈譯論——翻譯經驗與翻譯藝術的評論和探討〉（北京市：中華工商聯合出版社，2000年），頁262。

9 林語堂：〈論翻譯〉，載《語言學論叢》（1933年）。

語句組織。因此，直譯不能不是意譯，而意譯也不能不是直譯。不過同時我們也要顧到中西文字的習慣不同，在儘量保存原文的意蘊與風格之中，譯文應是讀得順口的中文。以相當的中國語文習慣代替西文語句的習慣，而能儘量表達原文的意蘊，這也無害於『直』。」[10]水天同在《培根論說文集》譯例中說：「夫『直譯』、『意譯』之爭盲人摸象之爭也。以中西文字相差如斯之巨而必欲完全『直譯』，此不待辨而知其不可能者也。」[11]黃雨石先生甚至明確提出：「必須徹底破除『直譯』、『意譯』說的謬論。」[12]

如上所述，長期以來，對於「直譯」、「意譯」，翻譯界無論在翻譯實踐上還是翻譯理論上都有不同的理解，以至眾說紛紜，歧義叢生。一百多年間，儘管翻譯界付出了很多精力，用了不少篇頁加以釐定、解釋、闡述，但仍然莫衷一是。當然，任何一個概念命題都不免會有爭議與論辯，這是很正常的。但我們似乎也不得不承認，「直譯／意譯」這個概念本身，從一開始提出來的時候，就是經驗性的、相對而言的，而且其在語義和邏輯關係上也有問題。細究起來，就不免令人心生疑問。

首先，是對「直譯」這個概念的質疑。從語義、語感上看，「直譯」就是「直接譯」、「逕直譯」，其反義詞（對義詞）應該是「間接譯」、「翻轉譯」。之所以需要「間接譯」或「翻轉譯」，是因為沒有「直路」或「直路」不通，所以需要迂迴曲折，甚至需要翻山越嶺。遇到「沒有直路」的情況，卻硬要闖過去，多數情況下是「此路不通」，實際上並沒有、也不可能走過去，這樣直譯就達不到目的，就不會成功。這也是「直譯」這個概念受到質疑和批評，被譏為「硬譯」、「死譯」的主要原因。

---

10 朱光潛：〈談翻譯〉，載《華聲》第1卷第4期（1944年）。

11 水天同：〈譯例〉，《培根論說文集》（北京市：商務印書館，1951年）。

12 黃雨石：《英漢文學翻譯探索》（西安市：陝西人民出版社，1988年），頁76。

其次，是對「意譯」的質疑。比起「直譯」來，「意譯」這個詞更加含混。按通常的解釋，「意譯」指的是不拘泥於原文字句形式的翻譯，但這也只有在語言形式與語義相割裂的層面上才能成立。而語言形式與語義實際上是不能割裂的。不尊重原文語言形式的翻譯，往往會損害原文的意義；不傳達出原文的「形」，就難以傳達出原文的「神」。一切翻譯，歸根到柢都要「意譯」或「譯意」。若為了最大限度地傳達出原文的意義，就不能不顧及原文的語言形式。若在與「直譯」相對立的意義上理解「意譯」，就會將「內容」與「形式」相割裂，落入「內容／形式」、乃至「形似／神似」二元對立的窠臼，就會為那些無視形式因素、犧牲語言形式的隨意胡譯、亂譯留下口實，從而導致誤譯的合法化。

再次，是對「直譯／意譯」作為一對概念的質疑。如上所說，無論直譯還是意譯，一切翻譯方法都是為了「譯意」。「直譯」是可以操作的具體方式方法，而「意譯」則是一切翻譯的最終目標。表示宗旨與目標的「意譯」與表示具體方法的「直譯」本來就不在一個層面上，也就無法形成一對概念。換言之，「直譯」的目的無疑還是為了把「意」譯出來，因而「直譯」也就是「意譯」或「譯意」，兩者並不構成矛盾對立。由此「直譯／意譯」也就難以形成相反相成的一對概念範疇。

看來，「直譯」與「意譯」這對概念是歷史的產物，它有其歷史功績和必然性，更有其歷史侷限性。今後的文學翻譯若繼續以「直譯／意譯」為方法，則必然遭遇困境；今後的譯文批評若繼續使用「直譯／意譯」，則在理論上很難有所創新、有所突破。翻譯理論家鄭海淩在〈「直譯」「意譯」之誤〉一文中，曾分析了「直譯／意譯」這對範疇本身的不當、迷誤乃至「危害」，同時又認為它「已經成為翻譯學裡的一對範疇……要改也難」。[13]然而，既然「直譯／意譯」已經失

---

13 鄭海淩：《譯理淺說》（鄭州市：文心出版社，2005年），頁237。

去了實踐上的指導性和理論上的合理性，那麼，即便改造它、改掉它是很困難的，也還是要改的。「譯文學」作為一種以譯本為中心的新的翻譯研究範式，必須超越「直譯／意譯」概念而加以更新。為此，「譯文學」提出了以譯文生成的三種基本方法來替換「直譯／意譯」，一是「迻譯」，二是「釋譯」，三是「創譯」。

二　作為平移式翻譯的「迻譯」

所謂「迻譯」，亦可作「移譯」，是一種平行移動式的翻譯。一般詞典（如《詞源》、《現代漢語詞典》）甚至《中國譯學大辭典》都將「迻譯」解釋為「翻譯」，這是很不到位的。實際上「翻譯」與「迻譯」，兩者之間不是平行關係，而是主從關係。「迻譯」是詞語的平移式的傳譯。「迻」是平移，所以它其實只是「迻譯」（替換傳達），而不是「翻」（翻轉、轉換）。換言之，「迻譯」只是「翻譯」中的一種具體的方法。這裡取「迻譯」而不取「直譯」的說法，是因為「迻譯」與上述傳統的方法概念「直譯」有所不同。「迻譯」強調的是自然的平行移動，「直譯」則有時是自然平移，有時則是勉為其難地硬闖和直行；而「迻譯」中不存在「直譯」中的「硬譯」、「死譯」，因為一旦「迻譯」不能，便會自然採取下一步的「釋譯」方法。

「迻譯」是一個歷史範疇，在中國翻譯史上，「迻譯」大都被表述為「譯」、「傳譯」、「譯傳」，是與大幅度翻轉性、解釋性的「翻」相對而言的，指的是將原文字句意義向譯文遷移、移動的動作。到了近代，較早（也許是最早）使用「迻譯」這個詞的是嚴復。他在〈天演論譯例言〉中說：「如若高標揭己，則失不佞懷鉛握槧辛苦迻譯之本心也。」嚴復在這裡之所以稱「迻譯」，顯然帶有一種謙遜的意思，是說自己作為譯者，不能太突出自我，喧賓奪主，而自己本來只不過是一手拿著筆、一手拿著原書（「懷鉛握槧」）、辛辛苦苦「迻譯」的人罷了。「迻譯」是一種平行移動式的傳達，給人的感覺是動作較為簡單，創造性的成分較弱，以示譯者不過是原作的一個忠實傳達者。值得注意的是，嚴復接下來寫道：「是編之譯，本以理學西書，翻轉不易，固取此書，日與同學諸子相課。」這裡用了「翻轉」一詞，也是古代佛經翻譯的常用語之一，這個「翻轉」與「迻譯」相比，就可以說是不容易的了（「翻轉不易」）。不妨認為，嚴復接連用了「迻譯」和「翻轉」這兩個詞，一則表示「迻譯」的從屬性和客觀性，一則表示「翻轉」的不容易，暗示「翻轉」中的主動性和創造性。

「迻譯」之不同於「傳譯」，首先是語感上的不同。「傳譯」的「傳」字，是對古代譯場中多人分工配合的流水線式相互合作的形象概括。而「迻譯」則主要建立在一人獨自翻譯的近代翻譯模式的基礎上。其次，當有了「翻譯」這個總括性的概念，還需要使用「迻譯」這個概念的時候，指的是「翻譯」中與「翻轉」相對而言的另一種方法，這樣一來，「迻譯」便是「翻譯」的一個次級概念或從屬的二級範疇，也就是表示翻譯方法的一個概念。

在中國近現代翻譯史上，以林紓為代表的第一批翻譯家一開始便採取了「以中化西」的策略，採用以我為主、譯述大意的方法，對原文多有改竄。在這種情況下，才有了魯迅對此加以矯正和反撥的「直譯」及「逐字譯」的主張。因此，魯迅「直譯」主張的主要動機是為了矯正此前的不尊重原文，為迎合傳統士大夫讀者的嗜好，而將原文加以歸化、加以篡改的「竄譯」。在這個意義上，魯迅所說的「直譯」就是忠實的翻譯，而他為達到忠實的目的所採用的方式是「逐字譯」，「大抵連語句的前後次序也不甚顛倒」[14]，也就是將外文的字句換成中文，平移過來。顯然，這只是中國傳統翻譯理論中所謂的

14 魯迅：〈後記〉，《出了象牙之塔》，見《魯迅全集》（北京市：人民文學出版社，1991年），卷10，頁245。

「譯」或「傳譯」，而不是加以翻轉、加以解釋的「翻」。應該稱為「迻譯」，即平行移動的翻譯。

「迻譯」作為翻譯方法，是最基本的、貌似也是最為省力省心的。因為它只是將原文平行地變換為譯文即可。但是，使用「迻譯」方法並非是為了方便省力，而是有意識的方法選擇。換言之，是否選擇「迻譯」，最能體現翻譯家的主體性。

對「迻譯」方法的選擇，又分三種情形。

第一種情形，由於本土缺乏某一事物，一時找不到對應的詞語來交換，也就是不能做到慧琳在《一切經音義》〈卷五〉中所說的「義翻」，於是就只用本土文字把外語的發音記錄下來，也就是「傳音不傳字」的音譯。這種情形在印度和歐美文學及文獻翻譯中大量存在。

第二種情形，翻譯家並非找不到比較合適的中文詞語來譯，卻是為了保持原文獨特的文化色彩，而故意予以「迻譯」，以便適當保留一些洋味或異域文化色彩，體現了引進外來語、豐富本國詞彙的動機和意圖。如中國古代佛經翻譯中「涅槃」不譯「寂滅」、「般若」不譯「智慧」、「菠蘿蜜」不譯「度彼岸」、「曼荼羅」不譯「壇場」或「聚集」等等之類。通過音譯方式迻譯過來的這類詞語也慢慢地被讀者接受和理解，這樣一來，本國語言中就有了大量新的詞彙品種。不過，若音譯太多，就會讓讀者不知所云，結果就是「譯猶不譯也」，因而，翻譯家對這樣音譯式的「迻譯」一般是有所節制的，同時也注意對已有的音譯詞加以規範。宋代僧人法雲（1088-1158）編纂了工具書《翻譯名義集》，共收音譯梵文二〇四〇餘條，標出出處、詞義、從而對這些迻譯（音譯）詞彙加以規範和確認。

第三種情形，是與上述「音譯」的方式不同的一種「字譯」，就是譯字而不譯音。這種情況在印歐語言漢譯中僅僅是個例，例如印度的「卍」字，就是直接把原文的字樣迻譯過來。字譯的情況主要表現日文文獻的翻譯中。因為日語詞大多是用漢字書寫的，把日本用漢字書寫的詞彙直接搬過來，最為便捷。這些詞彙大多數出於近代日本翻譯家利用漢字的獨特組合，來對西語加以解釋性的翻譯，如「哲學」、「美學」、「經濟」、「革命」、「主觀」、「客觀」、「取締」、「場合」、「立場」之類。現代漢語中常用的表示近代新事物、新思想的雙音詞（被稱為「新名詞」），大多是十九世紀末至二十世紀初的日文翻譯家們從日語詞彙中迻譯過來的。而到了當代，許多譯者在翻譯日文的時候，反倒不像前輩譯者那樣敢於「迻譯」和「字譯」了。例如，常常有人把日文中的「達人」翻譯為「能人」，實則不能充分達意。再如，谷崎潤一郎的《陰翳禮贊》兩個已出版的中文譯本，將「茶人」譯為「喜歡喝茶的人」、將「俳人」譯為「詩人」，實際上「茶人」、「俳人」都帶有日本文學與美學的特殊內涵，最好的翻譯方法是照原文字譯為「茶人」、「俳人」。從這個意義上，「迻譯」中的字譯就不是最為省力的權宜之計，而是一種需要見識與鑒別力的對翻譯方法的選擇。

更重要的，是許多獨特的術語、概念，一般不宜加以解釋性的釋譯，而是需要迻譯的。在這方面，譯者大多有所注意，所以並沒有將古希臘的「邏各斯」簡單地釋譯為「道」，也沒有簡單地將印度教中的「婆羅門」釋譯為「祭司」。但是，那些術語、概念或範疇，在原典原作中往往貌似普通詞語，翻譯者很容易將之與普通詞語相混淆，而不注意保留它的原形。特別是在翻譯日本文學文獻的時候，因對日本文化的特殊性認識不夠，所以該「迻譯」而未能「迻譯」，於是失掉了那個詞所帶有的範疇與概念的特性。例如，日本傳統美學與文論概念的「寂」、「物哀」等，作為概念都應該加以「迻譯」，而不能釋譯為「空寂」、「閑寂」或「哀愁」、「悲哀」之類。

無論是對印歐語言的音譯，還是對日語新名詞的「字譯」，「迻譯」方法的直接功能就是把「外來語」引進到本國語言系統中來。嚴格地說，「外來語」不是「翻」過來的，而是「迻譯」過來的。「迻譯」造就了獨具一格的外來語，豐富了本國語言。翻譯中的「迻譯」的方法，是製造外來語的主要途徑和方法。在兩千多年的中國翻譯史上，通過「迻譯」方法，我們從印度、歐洲、日本引進了大量外來語。這一點我們從劉正埮、高名凱等人編纂的《漢語外來語詞典》就可以看出來，該詞典收錄了1萬多個外來語，實際上還有許多詞未能確認和收錄。

以上所說的，是譯者直接從原文迻譯，或直接在譯文中使用迻譯的外來語。不僅如此，「迻譯」還表現為譯者對既有的譯詞或譯法順乎其然的沿用，就是直接「迻譯」或者「搬用」、「套用」既有的譯法。當翻譯家第一次將某個外來詞語加以翻譯之後，後來的譯者便仿而效之，加以採用。那麼這樣的仿效也屬於「迻譯」的範疇。只是他並非直接從原文加以「迻譯」，而是從既有的譯詞中加以「迻譯」。換言之，凡是將現成的譯詞直接搬過來加以使用的，也都屬於「迻譯」的範疇。例如，第一部漢譯佛經《四十二章經》首次將有關詞語解釋性翻譯為「世尊」、「色」、「思惟」、「離欲」、「愛欲」、「魔道」、「度」、「四諦」、「開悟」、「宿命」、「禪定」、「大千界」（大千世界）等等，後來的佛經翻譯都承襲了這些譯詞。對於《四十二章經》而言，這樣的翻譯是「釋譯」，對於後來的效法者，則屬於「迻譯」。最先的「釋譯」者和後來的「迻譯」者的關係，是創造者與確認者之間的關係。沒有後來譯者的確認，最先迻譯出來的詞語就會隨後湮滅、死亡。可見，「迻譯」猶如接力棒，第一棒之後，其他接棒者都是在「迻譯」。在某種意義上，翻譯活動就是翻譯家不斷創造著「釋譯」，而後來的翻譯家又不斷採用這些「釋譯」來加以「迻譯」。

正是不斷的、反覆的、承接式的「迻譯」，使最初的譯詞得以確認和確立。這樣，可供「迻譯」的詞語是隨著翻譯的發展、時間的推移而逐漸地、不斷地增加的。這些詞語的逐漸增多，必然導致雙語詞典的誕生。雙語詞典將這些詞語加以典範化，確定了約定俗成的對應解釋，也就為此後的翻譯提供了可供「迻譯」的詞語庫。後來的翻譯者有了這樣的詞典，就有可能更多地使用「迻譯」的方法。由於翻譯中可「迻譯」的比例越來越高，翻譯活動便可順乎其然、有典可依、有典可循了，翻譯就越來越呈現出客觀的、科學性的一面。在這種情況下，翻譯理論中的「科學派」便出現了，認為翻譯是有規律的，也是有規範的，翻譯學就是要揭示這些規律與規範，來指導翻譯實踐。於是，在理論上便產生了原作與譯作之間「等效」、「等值」的要求與主張。翻譯與科學的結合，產生了翻譯機器。翻譯可以使用機器來進行，這是當代翻譯事業發展的必然結果之一。近年來出現的機器翻譯、語音翻譯的軟體，就是明證。只有等到可供「迻譯」的詞語、句式達到相當比例之後，機器翻譯才成為可能。在這種意義上說，所謂「迻譯」，就是有對應規律可循的、約定俗成的、可以用機器來完成的那一類翻譯。一般日常生活中的程式化較強的跨語言交流、一般的自然科學著作，還有一些全球性較強的國際法學之類的著作，適合採用「迻譯」的方法，使用機器來翻譯也是基本可行的。即便在文學翻譯中，可以「迻譯」的詞彙句式也是越來越多，這就使得文學翻譯中的「再創作性」的餘地與空間，與以前相比相對減少了。但反過來說，「迻譯」雖是主要的，但畢竟不是萬能的，文學翻譯家的創造性的發揮，反而因難度增大而更有誘惑力，更有價值，也更加珍貴，從而也更值得提倡。

三　作為解釋性翻譯的「釋譯」

「翻譯就是解釋」，這是現代西方許多翻譯理論家、特別是詮釋學派理論家的共識。實際上，中國古代翻譯理論家早就有了明確的表述和認識。「釋譯」就是解釋性的翻譯。如果說，唐代賈公彥在《周禮義疏》中所說「譯即易，謂換易言語使相解也」，是對翻譯活動中的「迻譯」方法的概括，那麼，「譯者，釋也」則是對翻譯活動中的「釋譯」方法的概括。五世紀時的僧佑在〈胡漢譯經文字音義同異記〉中說：「譯者，釋也。交釋兩國，言謬則理乖矣。」[15]這裡強調了翻譯所具有的解釋性質。「交釋」，就是原文與譯文之間的相互運動與磨合，以便能夠避免「言謬而理乖」的結果。在這裡，實際上就是意識到了有許多詞語（「言」）是無法通過平行移動式的「迻譯」來解決的，也就是意識到了兩種語言的阻隔與差異。而消除這種阻隔與差異的方法，就是「釋」和「交釋」，也就是「釋譯」。凡不能「迻譯」的，就要「釋譯」；凡不可「釋譯」（即玄奘所說的「不可翻」）的，就加以「迻譯」。這就是古代中國翻譯理論、翻譯方法論中的辯證法。一般而論，能夠「迻譯」的是雙方都有的具象物名，而不能「迻譯」、需要「釋譯」的大都是抽象詞彙。因為抽象詞彙的翻譯極難做到與原語百分之百的對應，這就需要解釋，就需要「釋譯」。

還要說明的是，「釋譯」與傳統的「意譯」概念有聯繫，但也有區別。「意譯」強調的是把「意」譯出來，但沒有表明如何譯出來。而「釋譯」強調的是「釋」的途徑與方法，是對原文的解釋性翻譯，所以「意譯」與「釋譯」並不相同。實際上魯迅早就意識到了這個問題，他在《藝術論》〈小序〉中說：「倘有潛心研究者，解散原來的句法，並將術語改淺，意譯近於解釋，才好。」[16]所謂「意譯近於解釋」，說出了「解釋」性的翻譯即「釋譯」與「意譯」的不同。也就是說，不是通過保持原來句法結構的「直譯」來達到「意譯」，而是通過「解釋」來達到「意譯」。

「釋譯」在中國翻譯史上有悠久的傳統，也形成了特殊的翻譯方

---

15 僧佑：〈胡漢譯經文字音義同異記〉，見朱志瑜、朱曉農編著：《中國佛籍譯論選輯評注》（北京市：清華大學出版社，2006年），頁62。

16 魯迅：〈小序〉，《藝術論》，見《魯迅全集》（北京市：人民文學出版社，1991年），卷10，頁293。

法論概念。其中，在具體字詞翻譯方面，「釋譯」有兩種方法，一是「格義」法，二是「增義」法。

首先，關於「格義」，學術界的理解與定義有廣狹之分。狹義的「格義」指的是漢魏兩晉年間，佛經翻譯家援用中國道家玄學等固有的概念，來比附、格量、解釋佛教典籍中的有關概念。釋迦慧皎的《高僧傳》〈竺法雅傳〉中最早提到「格義」，說：竺法雅等人「以經中事數擬配外書，為生解之例，謂之格義。及至毗浮、曇相等，亦辯格義，以訓門徒。」是說竺法雅等拿「外書」（佛教之外的書，主要是老莊之書）來比附佛典中的「事數」即相關概念，以便容易理解。但從廣義上說，格義的方法不僅表現在對佛經的講解與理解中，也表現在佛經翻譯中。儘管佛經翻譯中並沒有人提出類似「格義」這樣的方法論概念，但事實上，佛典翻譯，尤其是早期（東漢時期）佛典翻譯中，用中國固有的老莊之學來翻譯佛教概念的，可以說隨處可見。如迦葉摩騰和竺法蘭翻譯的《四十二章經》，幾乎每章都使用了「道」這個概念，如經序中有「臣聞天竺，有得道者，好曰佛。」這裡的「得道」便是老莊哲學的概念，若不翻譯成「得道」，而翻譯成「有成佛者，號曰佛」，或者「有成菩提者，號曰佛」，當時的讀者則難以理解。此外譯文中還使用了「無為」（第一章）、「道法」（第三章）、「志與道合」（第十四章）、「無我」（第二十章）等之類的譯詞。可以說，翻譯中的「格義」方法，也就是吾人現在所說的「釋譯」方法。「釋譯」必然是以譯入語文化的概念，來比附、格量和解釋原語文化的概念。這是由文化差異所造成的必然結果和自然選擇。

中國傳統佛典翻譯中的這種「格義」的迻譯方法，常常表現為拿一個本土固有概念（字），與外來的概念合為一個概念，仍以《四十二章經》為例，如拿老莊的「道」與「果」（涅槃）相配，譯為「道果」；拿「道」字與「法」相配，譯為「道法」；拿「禪」字與「定」相配，譯為「禪定」等。這樣一來，就有了以中釋外、中外合璧的效果，也可以稱之為「合璧」翻譯。這種「合璧」的翻譯也是漢譯佛經中大量雙音詞產生的途徑之一。換言之，佛經翻譯流行開來之後，這些雙音詞進入了日常詞彙系統，使得本來以單音詞為主的古代漢語，湧現了大量雙音詞，在漢語發展演變史上具有重要意義。

這種「格義」式的「釋譯」方法，在明治時期日本人的西語翻譯中，發揮得更加淋漓盡致。當時的翻譯家們對西洋的一些新事物及新名詞，一時找不到完全對應的詞來翻，只好採用「格義」的「釋譯」方法，但往往在詞義上難以相應，詞義範圍大小、寬窄上也不太對稱。例如，用《易經》中的「湯武革命、順乎天而應乎人」表示改朝換代的「革命」一詞，來翻譯英語中的「Revolution」，實際上這樣的釋譯，未能將原文中的社會變革與社會進步的意思完全翻出來，卻在一定程度上強調了改朝換代的暴力行為，這是「以小釋大」，即以小詞釋譯大詞；以《論語》中的「文學，子由、子夏」的寬泛的「文學」一詞，來翻英語中特指虛構性語言藝術作品的「Literature」，是「以大釋小」，即以大詞釋譯小詞。有的用來「釋譯」的漢語固有詞，與所「釋譯」的原詞之間，形似而義乖，如用《史記》中「召公周公二相行政，號曰「共和」的「共和」來「釋譯」表示一種現代政治制度的「Republic」，兩者相去甚遠；以《尚書》、《三國志》等典籍中表示官為民做主的「民主」，來「釋譯」西方的表示人民自主的「Democracy」，更是南轅北轍。不過，這類的「格義」式的「釋譯」所翻出來的詞語，雖然有這樣過猶不及、齟齬難從的缺陷，但在反覆不斷地使用過程中，人們會不斷地朝著外語原詞原意加以理解和解釋，使之不斷地靠近了原意，故能得以定着和流傳。

「釋譯」的第二種具體方法是「增義」，就是利用漢語字詞，來釋譯原語的時候，增加、拓展、延伸了漢語原來所沒有的意義。如果說「格義」是從自身語言文化出發解釋原語，那麼「增義」則把原語的語義，灌注到譯語中，從而使譯語在原有含意的基礎上，進一步擴容、增殖。如佛經翻譯中的「色」、「相」、「觀」、「見」、「法」、「我」、「性」、「空」、「業」、「因」、「有」、「愛」、「想」、「受」、「識」、「行」、「果」、「覺」、「量」、「漏」、「律」、「藏」等，原本都是漢語中的普通的名詞、動詞，但用來釋譯梵語的相關概念後，就成為有著獨特內涵的宗教哲學概念；而且以此為詞根，對應原文的詞語結構，又可以製造出許多新的雙音詞或多音詞，例如從「相」衍生出了「法相」、「有相」、「無相」、「性相」、「相分」、「相即」、「相入」等，從「觀」中衍生了「止觀」、「現觀」、「觀照」等。這些增義的釋譯，對當時的讀者而言，因為會受到原來的漢語詞義的影響，閱讀理解會造成相當阻隔和困難，所以需要大量的經論著作加以解說。康僧會〈法鏡經序〉說：「然義壅而不通，因閑竭愚，為之注義。」[17]道安〈了本生死經序〉中說：「漢之季世，此經始降茲土，雅邃奧邈，少達旨歸者也。魏代之初，有高士河南支恭明為做注解，探玄暢滯，真可謂入室者矣。」[18]說的就是注經的情況。再如近代日本翻譯家用「愛」這個漢字來翻譯西語的「love」，賦予了古漢語「愛」字以現代新義。這些都是通過「增義」加以「釋譯」的例子。這樣的「增義」的「釋譯」方法，擴大了漢字詞的內涵和外延，開始時會讓人覺得不適應、不習慣，但隨著在不同語篇或語境下持續不斷地使用、注釋和闡釋，這些原本採用「釋譯」方法權且翻譯過來的與原文並非完全對應的詞彙，也在闡釋與理解中逐漸靠近了原文。這可以視為「釋譯」的一種延伸。

對於外來術語而言，「釋譯」中的「格義」、「增義」都是「以詞釋詞」，但有時候無論是格義、釋義，暫時都做不到「以詞釋詞」的

17 康僧會：〈法鏡經序〉，見許明編著：《中國佛教經論序跋記集》（上海市：上海辭書出版社，2002年），卷1，頁8。

18 康僧會：〈法鏡經序〉，見許明編著：《中國佛教經論序跋記集》（上海市：上海辭書出版社，2002年），卷1，頁8。

時候，就不得已「以句釋詞」。「以句釋詞」作為「釋譯」的另一種方法，也是很常見的。例如英國來華傳教士馬禮遜在十九世紀初編纂出版的《英華字典》，其中有大量用格義、增義方法製造的漢語新詞，例如「新聞」、「法律」、「水平」、「消化」、「交換」、「審判」、「單位」、「精神」等，但也有不少詞因找不到、或造不出對應的漢字詞，所以只好用漢語句子、或詞組來解釋英語詞。對日語的概念的釋譯也有同樣的情況，例如對於日本的「物哀」這一概念，豐子愷在《源氏物語》中用漢語詞組加以釋譯，譯為「悲哀之情」、「多哀愁」、「饒有風趣」等。

上述「格義」、「增義」、「以句釋詞」等三種「釋譯」方法，主要是表現在單字或單詞的「釋譯」上，在篇章的翻譯中，特別是有著特定文體樣式的文學作品的翻譯中，由於原文的文體形式無法在譯文中轉換和呈現，難以用迻譯的方法把形式與內容一併譯過來，於是只能解釋性地把意思翻譯出來，即「釋譯」。如日本的俳句是「五七五」的格律，有時為了不增加原文沒有的字詞，就丟掉「五七五」的格律，採用「釋譯」方法，只把意思翻譯出來。如周作人在五四時期翻譯的日本俳句，將松尾芭蕉的〈古池〉譯為：「古池呀，——青蛙跳入水裡的聲音」，將小林一茶〈麻雀〉譯為：「和我來遊戲吧，沒有母親的雀兒！」意思都解釋性地翻譯出來了，但原詩特有的五七五格律及文體形式卻丟掉了。一九二五年，周作人發表譯詩集《陀螺》時說：「這些幾乎全是詩，但我都譯成散文了。去年夏天發表幾篇希臘譯詩的時候，曾這樣說過：『詩是不可譯的，只有原本一首是詩，其他的任何譯文都是塾師講《唐詩》的解釋罷了。所以我這幾首《希臘詩選》的翻譯實在只是用散文達旨，但因為原本是詩，有時也就分行寫了：分了行未必便是詩，這是我所想第一聲明的。』」[19]他的意思

19 周作人：〈《陀螺》序〉，載羅編：《翻譯論集》（北京市：商務印書館，1984年），頁398-399。

是，無法把原作的特有的詩歌形式「譯」出來，就採取散文式的「解釋」，也就是「達旨」，而且，即便譯成唐詩的形式，那也是「解釋」及「釋譯」。總之，在周作人看來，詩歌只能「釋譯」。人民文學出版社二〇〇八年出版的金偉、吳彥翻譯的《萬葉集》全譯本，總體上採用的也是「釋譯」的方法，這就是「釋義而遺形」。其實不只是日本俳句、和歌翻譯是如此，幾乎在所有詩歌翻譯中，大都如此。五四時期中國所翻譯的西洋詩，大都丟掉了原詩的格律形式，成了真正的「自由詩」。當然，譯文中保留外國詩歌的格律形式是非常困難的，並不是因為絕對不可翻，譯者之所以採用「釋譯」的方法，是與當時的新詩運動即自由詩的提倡密切相關的。但是，即便晚近出版的譯詩也仍然有採用「釋譯」方法的，如印度大史詩《摩訶婆羅多》（中國社會科學出版社，2005年）的中文全譯本一律採用散文體，基本上屬於解釋性的翻譯。因為像《摩訶婆羅多》那樣的卷帙浩繁的史詩，在翻譯中確實難以保留原文特有的「輸洛迦」格律體式，譯者主要目的是把意思翻譯出來，把大史詩作為歷史文化文獻來看待，而不是為了讓讀者欣賞詩歌之美。從這個意義上說，「釋譯」當然是現實的可行的翻譯方法。

四　作為創造性翻譯的「創譯」

在本土語言中，沒有供「迻譯」的現成的詞，也難以用「格義」、「增義」手段加以「釋譯」的詞，那就要採用「創譯」的方法了。在文學翻譯中，出於種種主、客觀的原因，而用創作的方法、態度對待和實施翻譯，也是一種「創譯」。因此，「創譯」的方法，又表現在詞語翻譯中的「創譯」和作品篇章翻譯中的「創譯」這兩個方面。

在詞語，特別是在術語、概念的翻譯上，「創譯」的方法常常是必然的選擇。在這種情況下，「創譯」既是創造性的翻譯，也是翻譯中的創制。在中國傳統譯論中，「創譯」這個詞早就有了。較早的是明末時期的翻譯家李之藻在〈譯寰有詮序〉中談到翻譯體驗時說的一段話：

> 乃先就諸有形之類，摘取形天土水氣火所名五大有者而創譯焉。……然而精義妙道言下亦自可會，諸皆借我華言，翻出西義為止，不敢妄曾聞見，致失本真。[20]

對於近代西方的科學著作翻譯而言，如同此前的中國古代佛經翻譯一樣，大量的詞彙概念術語為漢語中所無，所以必須借助漢語中已有的基本詞彙，如「天土水氣火」之類，加以「創譯」。看來李之藻在「創譯」的方法問題上，有著明確、自覺的意識。

現代語言學家王力先生在《漢語詞彙史》中說：

> 現代漢語中的意譯詞語，大多數不是中國人自己創譯的，而是採用日本人的原譯。[21]

這裡所說的「創譯」，指的是詞語（術語、概念）翻譯過程中，利用漢字本有的形音義，來創造漢語中沒有的新詞，並對應原語的相關詞。其特點是其首創性、創造性，以及形音義皆備、既科學又藝術、若合符契的恰切性。因為具備這些特點，因而它具有很強的傳播性、接受性，得以很快進入漢語系統，並具有持久的生命力。以佛經翻譯中創譯的詞為例，「塔」是梵語中的「塔婆」（Stūpa）的縮略音譯，但翻譯家創造出「塔」這個漢字加以翻譯，音與義相得益彰。

---

20 李之藻：〈譯寰有詮序〉，見羅新璋編：《翻譯論集》（北京市：商務印書館，1984年），頁93。

21 王力：《王力文集》（濟南市：山東教育出版社，1990年），卷11，頁695。

「魔」，是梵語中「磨羅」（Mālo）的縮略音譯，初譯為「磨」，至南朝梁武帝創制出了「魔」字，形音義畢肖。近代嚴復在翻譯西學中創制的「烏托邦」（utopia）、「圖騰」（tuten）等，也是音義兼顧，讀者可顧名思義，過目難忘。明末的利瑪竇、李之藻合作創制翻譯的「地球」一詞，極為生動形象，不僅使漢語添了一個新詞，也極大地改變了中國傳統上「天圓地方」的宇宙觀。十九世紀末日本人把 club 譯為「俱樂部」三個漢字，把音與義完美地結合起來。這樣的創譯詞在中國翻譯史上相當豐富，包括近代日本人翻譯西學時創譯的、後來傳到中國的漢字詞，如「哲學」、「美學」、「經濟」、「比較」之類，舉不勝舉，至今仍常用的約有五百個左右。

除詞語之外，「創譯」還有另外的意思，就是特指文學翻譯、尤其是詩歌翻譯中的創作性質。當代臺灣學者鍾玲在《美國詩與中國夢》一書第二章〈中國詩歌譯文之經典化〉中，將美國的中國古典詩歌翻譯，特別是龐德、韋理、賓納、雷克羅斯等人的翻譯中普遍存在的背離原文、而又加上譯者再創造的翻譯方法，稱為「創意英譯」[22]，認為「創意英譯」的目的就是譯者用優美的英文把自己對中國古典詩歌的主觀感受呈現出來。所謂「創意英譯」，廣而言之可以稱為「創意翻譯」，也可以簡言之「創譯」。在現代日本翻譯界，五木寬之早就使用「創譯」（創訳）這個詞，是「創作翻譯」這個片語的縮略。此外，日本的中村保男也使用了「創造的翻譯」這樣的詞組，還使用了「超譯」[23]這個詞；但「超譯」更多的是指超越翻譯基本規則、不尊重原文，具有一定的破壞性的翻譯，在這一點上，「超譯」與富有創造性和建設性的「創譯」有所不同。早在二十世紀二〇年代，署名「西林」的作者曾寫文章讚賞趙元任翻譯的《阿麗斯漫游奇

22 鍾玲：《美國詩與中國夢——美國現代詩裡的中國文化模式》（桂林市：廣西師範大學出版社，2003年），頁34。

23 中村保男：《創造する翻訳》（東京：研究出版社，2001年），頁85-91。

境記》，認為譯文保持了原文的神韻，並說這是「神譯」法，認為「神譯」不同於直譯、意譯，「神譯比直譯意譯都難」；他認為還可以有一種比「神譯」更高明的手法，叫作「魂譯法」。[24]「神譯法」也好，「魂譯法」也罷，與後來傅雷的「神似」的主張都有相同相似之處，指的都是翻轉原文，使譯文更加傳神達意。實際上，無論是「神譯」、「魂譯法」還是「神似」，似乎都可以用「創譯」一詞統括之。從翻譯方法的角度看，強調「神譯」或「神似」，總使人感覺是在與「不譯形」或「形不似」相對而言，有著人為地將「形」與「神」對立起來的意思。而「創譯」應該追求形與神的統一、形似與神似的統一。「形似」未必就「神似」，但「形似」是「神似」的必要條件。假若連「形」都不似，「神似」何以寄託、何以呈現呢？正所謂「皮之不存，毛將焉附」是也！假若破壞了兩者的統一，顧此失彼，那對翻譯而言，就不是「創」，亦即「創造」之「創」；而是「創傷」之「創」了，屬於一種「破壞」的行徑了。在這一點上，吾人所說的「創譯」必須帶有創造性，同時要規避破壞性，故而「創譯」與「神譯」、「神似」或日本人所謂的「超譯」都有明確的區別。

從翻譯史上看，在中西文學互譯的早期階段，「創譯」以損害原文為代價，也是常見的現象。由於翻譯家的外文不好，對原文把握不准，或者加上詩無達詁的特性，尚未能找到合適的翻譯方法，因而不能忠實地翻譯原文。但翻譯家有著相當的創作能力，或他本身就是作家詩人，所以在翻譯中便以長補短，以創作的成分來填補對原文理解與傳達的不足與含糊之處，並以此發揮自己的創造想像力。上述鍾玲著作中提到的美國的龐德、韋理、賓納、雷克羅等人的中國古典詩歌翻譯就是如此，五四時期胡適等人翻譯的西方詩歌也是如此。但這樣的翻譯往往是以損傷、乃至破壞原作為代價的，伴隨著許多的誤譯、

24　西林：〈國粹裡面整理不出的東西〉，《現代評論》第1卷第16期。

錯譯，這是非成熟狀態的、不理想的「創譯」，甚至可以歸為「破壞性叛逆」的範疇。

文學翻譯中的「創譯」方法是成熟的、理想的狀態，是「創造性的翻譯」或「創作性翻譯」，這樣的「創譯」不是「創造性的叛逆」，而是翻譯中的創造。它不以誤譯、錯譯為條件，不以「破壞性叛逆」為代價。換言之，誤譯不等於「創譯」，「創譯」不能建立在誤譯的基礎上。因此「創譯」也絕不總是意味著「創造性叛逆」。此外，「創譯」也不是有些人提出的「改編」、「擬作」之類的「翻譯變體」。實際上，大量成功的翻譯實踐充分表明，最大程度地尊重原文與譯者在翻譯中的「創造」，這兩方面是完全可以兼顧的。隨著翻譯水平的進步，翻譯家的中外語言文學的理解與把握能力提高，這樣的「創譯」可以伴隨翻譯活動的始終，成為翻譯家自覺的藝術追求。因為優秀的翻譯家不僅追求忠實的傳譯，而且還要充分發揮譯語的特性，譯出文學之美。在中國現代翻譯史上就有不少這樣的「創譯」作品，它們不僅是優秀的「文學翻譯」，而且也是優秀的「翻譯文學」。如冰心翻譯的泰戈爾的《吉檀迦利》、錢稻孫翻譯的《萬葉集精選》中的某些和歌、金克木翻譯的印度古代詩人迦梨陀娑的抒情長詩《雲使》、戈寶權翻譯的高爾基散文詩《海燕》、查良錚翻譯的普希金長詩《葉普蓋尼・奧涅金》和《青銅騎士》、呂叔湘翻譯的《伊坦・弗洛美》、張谷若翻譯的哈代小說《德伯家的苔絲》等，兼有翻譯與創作兩方面的藝術價值，都是「創譯」的名篇。優秀的、膾炙人口的翻譯作品，不可能僅僅是原文意義、信息上的傳達，更是審美的再現，因此都具有「創譯」的成分。在這個意義上，我們稱之為「譯作」，即表示它既是「譯」，也是「作」。例如巴金的屠格涅夫翻譯、傅雷的巴爾扎克小說翻譯、豐子愷的《源氏物語》翻譯、錢春綺的歌德詩作翻譯，草嬰的托爾斯泰小說翻譯、林少華的村上春樹小說翻譯等，雖然都是鴻篇巨制，但都是最大程度地忠實於原文的，也都具有「創作」的價值，從創作方法角度看，它們都是「創譯」的。

從方法論的角度，在文學翻譯的立場上使用「創譯」一詞，具有重要的意義。它標誌著我們對文學翻譯的認識已經超越了此前的「創造性叛逆」的認識階段。此前主流翻譯理論界似乎一致認為，只要譯者有創造，那肯定就是「叛逆」。要叛逆，就要容許誤譯，甚至正面評價誤譯。殊不知「叛逆」不但不是「創造」或「創作」的前提和必然，而且往往有礙於翻譯中的創作和創造。過度的叛逆，連像樣的「翻譯」都談不上，還有什麼資格侈談「創譯」呢？吾人所說的「創譯」，歸根到柢還是「譯」，只是「創造的翻譯」或「創作的翻譯」而已。「創譯」歸根到柢是一種「翻譯」的方法，而不是「創作」的方法。這一點，在上文提到的優秀翻譯家及其譯作中已經有充分的體現。他們的方法是「創譯」，而不是「創造性叛逆」。當然，優秀的譯作中的「創造性叛逆」的成分也不是沒有，甚至誤譯也極難避免，但白璧微瑕，無傷大雅。因為「創譯」方法的宗旨，是在尊重原文基礎上的創造。

所謂尊重原文，就是起碼不破壞、不糟蹋原文，而是使原文在漢譯的轉換中仍然保持其美，有時候可能會比原文本身更美。一九八〇年代以來，許淵沖先生陸續提出並不斷闡釋他的「與原文競賽論」，主張詩歌翻譯要有「三美」，提出了「三美」論（意美、音美、形美），為此又提出了「三勢論」（避免譯文的劣勢、爭取譯文與原文的均勢、發揮譯文的優勢）、「三化」論（用「等化」爭取均勢、用「淺化」改變劣勢、用「深化」發揮優勢）、「三之」論（不僅讓讀者「知之」、還要使讀者「好之」、「樂之」）等主張。[25]許淵沖先生的「三美」、「三化」、「三之」論，實際上就是不滿足於僅僅傳達出原文來，

25 詳見許淵沖：《文學與翻譯》「前言」及書中各篇論文（北京市：北京大學出版社，2003年）。

而是要發揮漢語的優勢與譯者的優勢，與原文競賽。其邏輯思路是：既然文學翻譯無論如何都不可能百分之百地等於原文，那與其低於原文，不如高於原文，於是翻譯家便可以與原文競賽，在不誤解、不誤譯原文的前提下，在具體的字詞的選擇使用、搭配修辭方面，有意識地強化漢語的審美表現力。許淵沖的「三化」中的「深化法」，從翻譯方法的角度，簡而言之就是「創譯」的方法。

「創譯」是翻譯中最有創造性的行為，它在方法論上超越了傳統翻譯學「直譯／意譯」的矛盾，消除了「忠實」與「叛逆」的對立，擺脫了「形似」與「神似」的游移彷徨，將「翻譯」與「創作」完美統一起來，因此「創譯」方法也是文學翻譯臻於至境的方法，是一切有藝術追求的翻譯家都追求的。只有「創譯」才能將翻譯由傳達活動上升為創造活動。中國翻譯史上的「創譯」不但創制了大量新詞彙、新句法，豐富發展了中國的語言文化，也由此引入了新思維、新思想。正是「創譯」的作品，使得「文學翻譯」走向了「翻譯文學」，並使得翻譯文學成為中國文學的特殊的重要的組成部分。

總之，「迻譯／釋譯／創譯」是「譯文學」基本範疇，也是譯文生成的三種方法。它由「直譯／意譯」的非此即彼的、常常令人莫知所從的二元對立，走向了互補互通的三位一體。「迻譯」是最常用的翻譯方法，也是翻譯之為「譯」的規定性之所在。從「譯」與「翻」兩種行為相區分的角度說，「迻譯」屬於平行移動的「譯」，若翻譯中沒有「迻譯」，則翻譯不成其「譯」；而「釋譯」和「創譯」則都屬於翻轉式的「翻」。「釋譯」是在無法「迻譯」的情況下的解釋性的變通，在詞語的「釋譯」中，若首次找到了形神皆備的譯詞，則可成為「創譯」。這樣的「創譯」所創制出來的譯詞，會被襲用、模仿，也為後人的「迻譯」提供了條件。在文學翻譯中，「創譯」則是在翻譯家自主選擇「迻譯」、又能恰當「釋譯」的基礎上，所形成的帶有創作性質的譯品，也就是「譯作」，是「翻譯」與「創作」的完美融合。「迻譯」難在是否選擇之，「釋譯」難在如何解釋之，「創譯」難在能否令原詞、原句、原作脫胎換骨、轉世再生。可見，從「迻譯」、「釋譯」到「創譯」，構成了由淺入深、由「譯」到「翻」、由簡單的平行運動到複雜的翻轉運動、由原文的接納、傳達到創造性轉換的方法作業系統。

從「歸化／洋化」走向「融化」

——中國翻譯文學譯文風格的取向與走向[1]

「歸化／洋化」是翻譯研究的一對重要概念，也是中國現代翻譯理論中的固有概念。但是，這對概念在使用和流變過程中，也出現了一系列問題需要回答。例如，「歸化／洋化」中的「洋化」後來如何被置換為「異化」？為什麼不能置換為「異化」？一九四〇年代以後的翻譯文學中「歸化／洋化」的二元對立還存在嗎？為什麼要用「融化」一詞來概括「歸化／洋化」的調和？為什麼要把「歸化／洋化／融化」作為譯文風格取向與文化走向的判斷用語？等等。

一　「歸化」的語源及對「異化」一詞的質疑

在中國翻譯理論史上，「歸化」這一概念產生得很早。例如關於「歸化」，早在一九三五年，魯迅在一篇文章中就說：「動筆之前，就先得解決一個問題：竭力使它歸化，還是儘量保存洋氣呢？」[2]在這裡，魯迅是把「歸化」和「洋氣」作為一對範疇來使用的，而且是在「動筆之前」，「就先得解決的一個問題」。也就是說，「歸化／洋氣」的問題，不是翻譯過程中魯迅也常提到的「直譯／意譯」具體翻譯方法的問題，而是一個總體的譯文風格的定位、定性問題，最終表現在

1　本文原載《人文雜誌》（西安），2015年第10期，《中國社會科學報》2015年10月30日轉載。

2　魯迅：〈「題未定」草〉，見羅新璋編：《翻譯論集》（北京市：商務印書館，1984年），頁301。

譯文中，就是一個文化風格問題。在譯文研究與批評中，免不了對總體文化風格做出評價，那就會使用相關的概念。但在一九八〇年代之前，概念使用的方式有所不同，「歸化」一詞，大體穩定，少數場合，有人稱之為「中國化」，一九四〇年代，傅東華在《飄》的譯本序中，聲稱自己在翻譯中，連原文中的人名地名等「都把他們中國化了」[3]，使用的是「中國化」一詞。

與「歸化」相對的概念，如上所說，魯迅用的是「洋氣」。五四時期更多使用的是「歐化」和「西化」。例如傅斯年在〈怎樣做白話文〉中提出要創造一種「歐化的國語」。[4]翻譯理論界也有更多的人（如余光中等）使用「西化」一詞。一九八〇年代以後，隨著翻譯研究的興起，在翻譯的文化取向方面，出現了「西化翻譯」、「洋化翻譯」的說法，如葉子南在一九九一年發表的〈論西化翻譯〉（原載《中國翻譯》1991年第2期）、陸雲的〈論西化譯法與歸化譯法的運用〉（《西安外國語學院學報》2000年第2期）等文中，用的就是「西化」。屠岸在〈「歸化」與「洋化」的統一〉（《中華讀書報》1997年5月14日）一文中，用的是「洋化」。

一九八〇年代後，隨著德國哲學上的「異化」一詞的頻繁使用，「異化」一詞盛行，使得「歐化」、「西化」、「洋化」、「中國化」這些詞也被「異化」了。許多人大概以為「異化」這個詞有哲學味道，所以不用「西化」、「洋化」等，而改用「異化」這個詞。

現在看到的較早使用「異化」這個詞，而且是將「異化」與「歸化」連用的，是郭建中一九九八年發表的一篇文章〈翻譯中的文化因素——異化與歸化〉（《外國語》1998年第2期）。此後，使用「歸化／

3 傅東華：〈《飄》譯序〉，見羅新璋編：《翻譯論集》（北京市：商務印書館，1984年），頁442。

4 傅斯年：〈怎樣做白話文〉，《中國新文學大系．建設理論集》（上海市：良友圖書出版公司，1935年），頁223-224。

異化」這對概念的多了起來，如譚惠娟的〈從文化的差異與滲透看翻譯的異化與歸化〉(《中國翻譯》1998年第2期)、孟志剛的〈論翻譯中的「異化」和「歸化」的辯證統一〉(《西安外國語學院學報》1999年第4期）等。此後，不知不覺間，「異化」這個詞在翻譯界已經普遍被人使用了，並且使用「歸化／異化」這對概念，來對應翻譯當代西方翻譯研究者（如韋努蒂）的相關概念。這個意義上的「歸化／異化」概念，可以說是當代美國翻譯理論家韋努蒂首先使用的。[5]但如上所述，「歸化／洋化」這對概念卻是中國固有的，要比韋努蒂早得多，它也絕不是外國相關概念的譯詞。

而且，從語源語義上說，用「異化」一詞取代「洋化」、「西化」或「歐化」，實際上是很不恰切的。從「化」的詞素結構來看，「異化」這個漢字詞顯然屬於日語造詞法的產物。雖然它是否屬於從日本傳來的新名詞，尚待考證（劉正埮等編《漢語外來語詞典》不見該詞)。在日本，「異化」(「異化」) 這個詞的使用較早，在文藝學上，主要是對俄國形式主義文論家什克洛夫斯基形式主義文論概念的譯詞，是指在文藝創作中將日常司空見慣的熟悉的東西加以陌生化的處理，從而產生新穎的藝術效果。但日本人在這個意義上使用「異化」這個詞的時候，往往不單說「異化」，而是使用「異化效果」(異化效果）這個片語。顯然，這個意義上的「異化」與翻譯中的盡力保持「洋味」的翻譯策略之間沒有直接關係。因為翻譯中的「洋化」絕不是把本來熟悉的東西弄出陌生感來，而是外文原文本來就是陌生的，翻譯家加以保留，而保留到一定程度，便使譯文出現「洋化」現象。換言之，俄國形式主義詩學的「陌生化」或「異化效果」，是使熟悉的東西陌生化，而翻譯中的「洋化」策略，則是使本來不熟悉的、陌生的東西在譯文中加以保留。

5 朱安博：《歸化與異化：中國文學翻譯的百年流變》(北京市：科學出版社，2009年)，頁3。

漢語的「異化」作為一個哲學概念，是德文「Entfremdung」的譯詞，正如眾所周知的那樣，它指的是作為主體的人將自身的某些東西轉化為跟自己對立的、支配自己的東西，及人從自身分裂出自己的對立物，使之成為異己的存在。例如，費爾巴哈認為，人通過幻想把自己的本質「異化」為神，並對神頂禮膜拜；馬克思認為工人自己的勞動成果直接生產了與自己敵對的東西，工人為了提供勞動生產率而製造了機器，機器的使用卻最終驅逐工人使之失業，這就是「異化」勞動。而一些翻譯研究者所說的「異化」卻恰恰相反，是指在翻譯中，把外來的文本所包含的異域文化的風格氣質，盡可能多地加以保留，使譯文、譯本帶有更多的原文、原本的文化風格。不是從自身分裂出自己的對立物，而是盡力保留他者的文化。翻譯家儘量保持外國文本的洋味、追求洋化，是一種有意識的選擇策略，而絕不是不能自控的、自我分裂與自我敵對的「異化」。而我們所說的「洋化」的翻譯策略的宗旨是把外在的、外來的東西拉過來，為我消化吸收和使用，並不是使自身「異化」而泯滅自己的語言文化的主體性。因此，用「異化」這個詞來表示翻譯上的「洋化」的意思，是名不副實、詞不稱意的，很容易與哲學上的「異化」混義串味，徒增誤解和困惑，會在望文生義中造成對「洋化」翻譯策略的誤解。

因此筆者不取作為外來語的「異化」，認為至少在中國翻譯研究的語境中，應該使用中國固有的「洋化」一詞，並將「歸化／洋化」作為一對概念來使用。所謂「洋化」之洋，可指西洋、也可以指東洋。「洋化」就是指在譯文中盡可能保留原文的洋氣、洋味，使譯文盡可能多地承接原文的風格。

二　理論論爭：從「歸化／洋化」的對立走向調和

「歸化／洋化」這對概念的形成，有一個較為長期的過程。先是有「歐化」、「西化」，後來才有「歸化」一詞。

主張「歐化的國語」是有著鮮明的時代背景的。當現代漢語（白話文）剛剛開始取代古代漢語，擔當起書寫與文學用語的時候，不免有捉襟見肘的尷尬。於是五四時期新文化的建設者們，便提出了「歐化」的概念。例如傅斯年說：「現在我們使用白話文，第一件感覺苦痛的事情，就是我們的國語，異常質直，異常乾枯……我們使用的白話，仍然是渾身赤條條的，沒有美術的培養；所以覺著非常的乾枯，少得餘味，不適用於文學……可惜我們使用的白話，同我們使用的文言，犯了一樣的毛病，也是『其直如矢，其平如底』，組織上非常簡單。」[6]鑒於此，傅斯年開出的藥方是「歐化的國語」：「就是直用西洋文的款式，方法，詞法，句法，章法，詞枝（Figure of Speech），……一切修辭學上的方法，造成一種超於現在的國語，歐化的國語，因而成就一種歐化國語的文學。」胡適也認為：「只有歐化的白話文方才能夠應付新時代的需要。歐化的白話文就是充分吸收西洋語言的結構，使我們的文字能夠傳達複雜的思想，曲折的理論。」[7]鑒於同樣的理由，鄭振鐸也主張：「為求文學藝術的精進起見，我極贊成語體的歐化。」[8]沈雁冰也主張「創作家及翻譯家極該大膽把歐化文法使用」[9]。這裡提出的「歐化」的主張，都是就語言文化的取向而言的。但這些「歐化」的提法還不是一個鮮明的概念，而是一種文化傾向的泛指。魯迅則最早從翻譯的層面上提出了「竭力使它歸化，還是儘量保存洋氣」的問題，並傾向於「洋化」的選擇，

6 傅斯年：〈怎樣做白話文〉，載《中國新文學大系．建設理論集》（上海市：良友圖書出版公司，1935年），頁223-224。

7 胡適：〈「導言」〉，《中國新文學大系．建設理論集》（上海市：良友圖書出版公司，1935年），頁24。

8 鄭振鐸：〈語體文歐化之我見〉，原載《小說月報》第12卷第6號（1921年6月10日）。

9 沈雁冰：〈語體文歐化問題〉，原載《小說月報》第13卷第2號（1922年）。

遂使「歸化／洋氣」成為兩個對義詞，並成為當代翻譯理論中「歸化／洋化」概念的源頭。

一九四〇年代以後，現代漢語在吸收外來詞彙和語法的基礎上基本成熟，語言學家王力指出：「西洋語法和中國語法相離太遠的地方，也不是中國所能遷就的。歐化到了現在的地步，已完成了十分之九的路程；將來即使有人要使中國語法完全歐化，也是不可能的。」[10]在這種情況下，通過「歐化」來翻譯改造和豐富漢語白話文的歷史要求基本實現，人們不再強調翻譯在引進外來詞彙和語法中的作用，轉而強調翻譯文學必須使用純正的中文，而不應該是「翻譯腔」或「翻譯體」，以適合廣大讀者的閱讀要求。例如傅東華在一九四〇年代初翻譯出版的美國作家米切爾的長篇小說《飄》，就有意識地使譯文「中國化」。他在〈譯序〉中明確宣稱：「即如人名地名，我現在都把他們中國化了。」[11]所謂「中國化」當然就是「歸化」的追求。新中國成立後，在官方文學觀倡導「民族氣派」和「民族風格」的大背景下，語言上的歐化傾向受到批評與批判，翻譯中的歐化傾向也受到否定。《人民日報》一九五五年十月二十六日的社論明確指出：作家們和翻譯工作者重視或不重視語言規範化，影響所及是難以估計的，因此，「我們不能不對他們提出特別嚴格的要求」。[12]在這種情況下，「西化」、「歐化」或「洋化」的翻譯不再被提倡，甚至受到批評。不僅大陸，臺港地區也是同樣，翻譯家們撰文批判譯文中的「惡性西化」或「奴化」的翻譯。余光中、蔡思果從一九七〇年代起，就不斷撰文批評五四以來中國翻譯及創作中的語言的「惡性」西化、歐化傾向，認

10 王力：《中國現代語法》（北京市：商務印書館，1985年），頁335。

11 傅東華：〈《飄》譯序〉，載羅新璋編：《翻譯論集》（北京市：商務印書館，1984年），頁442。

12 人民日報社論：〈為促進漢字改革、推廣普通話、為實現漢語規範而努力〉，原載《人民日報》，1955年10月26日。

為那種翻譯不是翻譯，而是「奴譯」。余光中在〈哀中文之式微〉、〈論中文之西化〉、〈從西而不化到西而化之〉、〈白而不化的白話文〉等一系列文章中，痛斥中文的惡性西化現象。蔡思果在《翻譯新究》的自序中甚至說：「我最近才發現，我做的並不是翻譯研究，而是抵抗，抵抗英文的『侵略』。」[13]

進入一九八〇年代，在對外開放伊始、大力引進外來文化的大環境下，自一九四〇年代起就一直占上風的「歸化」翻譯傾向受到了質疑。一九八〇年代初，王育倫在〈從「削鼻剜眼」到「異國情調」〉一文中，再次強調了翻譯中「洋氣、洋風、洋味」的作用和意義，指出：「原文的異國情調，在譯文中必須儘量保持，這不僅僅表現在原作思想內容的傳達上，而且還表現在某些語言要素的移植上。一味的歸化，一味的替代，只會閉塞譯者的創造之路，是不足取法的；為了取悅讀者，追求文筆的優美而不惜犧牲那些一時看不慣的『洋氣、洋風、洋味』的『削鼻剜眼』的作法，更不是翻譯的正道。」[14]劉英凱在〈歸化——翻譯的歧路〉一文中，明確提出「歸化」是「翻譯的歧路」，認為「歸化」是以「中國傳統的華夏文化自我中心觀作為後盾」，「具有鮮明的保守色彩」。[15]葉子南在〈論西化翻譯〉一文中認為，「西化」的翻譯在日常交際時很容易妨礙交流，因此不受歡迎，但在文學翻譯中，則有其必要和價值。他指出：「越靠近永久性價值的文本，翻譯時越容易接受西化翻譯法。如在有價值的文學作品中，保留一定的西化表達方式，有利於反映原作的精神，介紹外國文化，使中國人能夠通過語言了解外部世界。這類文本不肩負某一具體的緊迫的交流使命，只是供人欣賞的文學（或文化）作品，讀者可在閱讀

---

13 蔡思果：《翻譯新究》（北京市：中國對外翻譯出版公司，2001年）。

14 王育倫：〈從「削鼻剜眼」到「異國情調」〉，原載《外語學刊》1982年第2期。

15 劉凱英：〈歸化——翻譯的歧路〉，原載《現代外語》1987年第2期。

中花些時間品味洋腔洋調。可以說，文學作品是我們引進外國文化的主要場地。」[16]

但是更多更有力的聲音，是主張「洋化」與「歸化」兩者之間的調和，如孫致禮在〈翻譯的異化與歸化〉一文中指出：「異化和歸化是兩個相輔相成的翻譯方法，任何人想在翻譯上取得成功，都應學會熟練地交錯使用這兩種方法。這絕不是喜好不喜好的問題，而是由翻譯的基本任務和基本要求決定的。譯文要充分傳達原作的原貌，就不能不走異化的途徑；而要像原作一樣通順，也不能完全捨棄歸化的譯法。」[17]屠岸在〈「歸化」和「洋化」的統一〉一文中強調：「既然是介紹外國作品，當然應使讀者了解它的原貌；既然是譯本，當然應使本國的讀者接受。魯迅說得好：『凡是翻譯，必須兼顧著兩個方面，一面當然力求其易解，一則保存著原作的丰姿。』也就是說，既要有點『洋化』，又要一定程度的『歸化』，兼顧著兩面，也就是『歸化』和『洋化』的統一。」[18]郭建中在〈翻譯中的文化因素：異化與歸化〉一文中預言：「隨著兩種文化接觸的日益頻繁，以源語文化為歸宿的原則將越來越有可能廣泛地被運用。最終可能占上風。但不管怎麼發展，『異化』和『歸化』將永遠同時並存，缺一就不成為翻譯。因此，我們認為，沒有必要再進行『歸化』和『優化』的優劣高下之爭，就像沒有必要再進行『直譯』和『意譯』之爭一樣。」[19]

現代中國翻譯理論史上的「歸化／洋化」的討論與爭論，經歷了「洋化（五四時期）→歸化（一九四〇至一九七〇年代）→洋化（一九八〇年代）→歸化與洋化統一調和（一九九〇年代後）」這三個「正—反—合」的發展階段。

---

16 葉子南：〈論西化翻譯〉，原載《中國翻譯》1991年第2期。

17 孫致禮：《翻譯：理論與實踐研究》（南京市：譯林出版社，1999年），頁31。

18 屠岸：〈「歸化」和「洋化」的統一〉，原載《中華讀書報》，1997年5月14日。

19 郭建中：〈翻譯中的文化因素：異化與歸化〉，原載《外國語》1998年第2期。

三　翻譯文學：在「歸化／洋化」的矛盾運動中走向「融化」

「歸化／洋化」的矛盾統一的過程，在翻譯理論上的討論與爭論是如此，在文學翻譯實踐上更是如此。

從關於「歸化／洋化」的討論與爭論可以看出，人們大都是從譯文的「語言」使用的角度來著眼的。翻譯本身就是跨語言的轉換，無論「歸化」還是「洋化」，大都是在語言的層面（包括詞彙與句法）上而言的。如上文已提到的劉英凱的〈歸化——翻譯的歧路〉一文，詳細指出並分析了「歸化」翻譯的五種表現。第一是「濫用四字格成語」，認為四字格成語是帶有漢語民族特色的語言形式，如果使用過多過濫，有時會給人以陳腐不堪的感覺。第二，是「濫用古雅詞語」，如在用舊體詩詞翻譯外國詩歌時尤其如此。第三是「濫用抽象法」，即把原文中的形象轉換為抽象，如把「潘朵拉的盒子」譯成「罪惡的淵藪」，把「猶大的親吻」譯成「險惡的用心」之類。第四是「濫用『替代法』」，就是用漢語中的固有語言表達法來替代外文中的意義相似、但表層形象迥異的表達方式，如把英文中的「無火不起煙」譯為「無風不起浪」之類；第五，是「無根據地予以形象化或典故化」，即用中文的典故來處理相同意義的譯文。劉文將這一類的「歸化」翻譯稱為「翻譯的歧路」，認為「歸化」是以「中國傳統的華夏文化自我中心觀作為後盾」，「具有鮮明的保守色彩」。[20]劉英凱所說的這些「歸化」，只是個別字句上的「以中釋洋」，不是從詞彙到句法、從單句到語篇的大面積的「歸化」翻譯，而只是屬於翻譯中個別地方的語言使用上的問題，是把本來應該平行移動地加以「迻譯」的字句，站在譯入語文化的立場上做了「釋譯」（解釋性翻譯）。正因為

20 劉英凱：〈歸化——翻譯的歧路〉，原載《現代外語》1987年第2期。

如此，他在批評「歸化」翻譯的時候，舉出的總體「歸化」的例子卻只是一九四〇年傅東華翻譯的《飄》，而其他的個別語句上「歸化」的例子，卻是從不同的譯作中找出來的，並不是從一部譯作中集中體現出來的。一九八七年寫的反對「歸化」翻譯的文章，卻只能舉出四十多年前的《飄》為代表性的例證，足可見在一九八〇年代的譯作中，難以找到真正意義上的「歸化」的翻譯，劉英凱自己的也承認：「《飄》的譯本是『歸化』的極端的例子，並不十分多見。」而「歸化」，更多地散見於在個別字句的翻譯上。

實際上，隨著現代漢語的定型和成熟，語言層面上的「洋化」現象自然就會減少。魯迅早就意識到了這一點，他曾預言：「一面儘量的輸入，一面儘量的消化、吸收，可用的傳下去了，渣滓就聽他剩落在過去裡。……但這情形也當然不是永遠的，其中的一部分，將從『不順』而成為『順』，有一部分，則因為到底『不順』而被淘汰，被踢開。」[21]這就是說，有些譯文在當時是「洋化」的，但到了後來就可能不是那麼「洋化」了，甚至變成「歸化」的了。事實上，歷時性地看，「歸化／洋化」的區分是相對的。讀者的閱讀視野在不斷擴大，接受能力也在不斷提高。原來的「洋化」成分逐漸地與目的語的語言相融合，「異化」只是相對的。近一個世紀的翻譯實踐也證明，「洋化」翻譯沒有像時人所擔心的那樣，使漢語「脫胎換骨」，或破壞漢語的「純潔性」，其根本原因在於漢語的內部規律制約了「洋化」的程度和範圍。「洋化」的翻譯在一定時期、一定程度地「破壞」了本土語言文學傳統，同時「洋化」的東西也隨著時光的推移一定程度地被「歸化」於本土文化，豐富了本土語言文學。

從語言使用的角度看，從晚清時代翻譯的「歸化」，到一九二〇年代前後翻譯的「歐化」，再到一九三〇年代後半期翻譯文學的中外

---

21 魯迅：〈關於和瞿秋白關於翻譯的通信〉，載羅新璋編：:《翻譯論集》（北京市：商務印書館，1984年），頁276-277。

語言文學的「融化」，是一個「否定之否定」的辯證發展的歷史過程。民國成立前後到一九三〇年代上半期，中國翻譯文學的文化價值取向由晚清的「歸化」轉變為「異化」，可以說是對晚清以林紓為代表的「竄譯」[22]的一種反撥。不少翻譯家追求那種字對句稱的逐字逐句翻譯，主張在翻譯中應注意盡可能保存原文的句法結構，以便引進外文詞彙來豐富漢語詞彙。但與此同時，這樣的「異化」翻譯也造成了「翻譯腔」，使譯文生澀不暢。這種情況到了一九三〇年代中後期開始有了明顯的變化，瞿秋白在和魯迅關於翻譯問題的討論中，提出一方面翻譯應該幫助「新的中國現代言語」的創造，另一方面也應該使用「真正的白話」，把「信」與「順」統一起來。經過二十多年的努力，到了一九三〇年代後期，「異化」的成分有的被現代漢語所吸收，有的則逐漸被排斥，現代漢語基本成熟，許多翻譯家的譯作「異化」色彩不再那麼刺眼。傅雷在一九四〇年代後期翻譯的《歐也尼．葛郎臺》和朱生豪翻譯的莎士比亞作品，則充分顯示了現代漢語在譯文中可以達到如何完美的境界，是中國翻譯文學爐火純青的「融化」的標誌。

一九八〇年代以來，在純理論層面上提倡「洋化」的人雖然有之，但在翻譯實踐上，聲稱自己的翻譯是「洋化」的仍然罕見。當然，譯者自己不一定要標稱自己譯作是「洋化」的，但是，研究者要找出一個「洋化」的典型譯本來，除了本來就不通的先鋒派實驗詩歌等特殊文體外，恐怕極為困難。一個熟練使用母語的人，知道翻譯的基本規則與常識的人，實踐上恐怕也很難做到真正的「洋化」。當然，可以在一些譯本中找到一些字句處理上的「洋化」現象，但從語言表達的角度看，總體上的「洋化」文本，在二十世紀下半期以後的

---

22 「竄譯」是筆者在《翻譯文學導論》中創制的一個概念，指的是對原作加以改竄的翻譯。

翻譯作品中，很難以尋覓了。至於一些生手的劣質翻譯，譯文不像中文，意思不合原文，那也絕不能說是「洋化」，而是不合格的劣質翻譯。因此，可以說，從語言使用的層面上說，中國文學翻譯總體上已經超越了「歸化／洋化」的對立，已經進一步走向了「融化」。

關於「融化」一詞，翻譯理論界早就有人用過。例如，一九一八年周作人就談到了「融化」，他說：「至於『融化』，大約是將它改作中國事情的意思，但改作之後便不是譯本。」[23]這裡的「融化」，指的是翻譯中的「改作」，就是比「歸化」還要歸化的擬作，並不是作為一個嚴格的概念加以使用的。但筆者所說的「融化」，是這個詞本來就有的含義，是兩種東西水乳交融的狀態。就翻譯文學而言，是超越「歸化／洋化」的對立，而走向中外合璧、中外交融，是中外語言文學與文學的高度的融合狀態。

而且，翻譯文學中的「融化」不僅僅指語言上的轉換與使用，除了最為基本的譯入語的選擇與使用之外，還應該包括文學體裁樣式、譯文總體風格的「融化」程度問題。換言之，中國現代翻譯文學的「歸化／異化／融化」問題，應該表現在三個層面：第一，語言字句的轉換層面；第二，文學形式、體裁的層面；第三，譯文的總體的文化風格。

如上所說，第一個層面上的「融化」已經很大程度地解決了、實現了。但第二個層面的「融化」卻是一個相當複雜、漫長的過程。尤其是在具有鮮明民族特色的文學體裁的翻譯轉換上，這仍然是一個難題。例如，關於日本的和歌、俳句的翻譯，從二十世紀二〇年代周作人開始，就開始了探討和翻譯實踐，中國的日本文學翻譯界在一九八〇年代曾有過一次較大規模的討論，主要還不是語言使用問題，而是

23 周作人：〈文學改良與孔教〉，見《周作人集外文》（上集）（海口市：海南國際新聞出版中心，1995年），頁284。

在翻譯中要不要保留、如何保留和歌俳句的五七調及特有詩型的問題，結果仍是見仁見智，莫衷一是。到現在為止，幾乎所有的外國詩歌漢譯，都在體裁、體式方面，尚未達到真正的「融化」。例如，錢稻孫翻譯的近松門左衛門的淨瑠璃劇本，盧前翻譯的印度迦梨陀娑的梵劇《沙恭達羅》劇本，採用的都是中國古典戲劇劇本的體式。楊烈翻譯的日本古典和歌總集《萬葉集》和《古今集》使用中國的古詩體式，完全丟掉了和歌體式；季羨林翻譯的印度史詩〈羅摩衍那〉，雖然使用了韻文，但民歌體、「順口溜」的譯文，與原文特有的「輸洛迦」體相去甚遠，季先生自己在譯者後記中也多次表達了不滿意和困惑。最近黃寶生等翻譯的卷帙浩繁的印度大史詩〈摩訶婆羅多〉，完全忽略原文的文體韻律，通篇採用的是散文敘事體。從文體、體裁上來看，這些翻譯整體上傾向於「歸化」，要嘛「歸化」為中國古詩、古劇，要嘛「歸化」為現代中國白話文體。要真正在文體上實現中外融化，是非常困難的，尚須不斷繼續探索。晚近出版的吳彥、金偉合譯的《萬葉集》，既不「洋化」地保留原作體式，也不講其「歸化」為中國文學的某種詩體，包括新詩體，而採取的是「解釋性翻譯」的方法，只將原作大意譯出，詩味丟掉了不少，這樣的翻譯算是「融化」的翻譯嗎？也難以一言斷之。總之，要在民族文學中的特殊文體的翻譯中實現「融化」，比單純的語言層面上實現融化，要困難得多了。當然，這樣的融化也並非無人做到，金克木先生翻譯的印度沙恭達羅的抒情長詩《雲使》，最大程度地保留了原文輸洛迦詩體的長句子所具有的纏綿、飄逸、娓娓道來的體式風格，雖然漢語中很少有二三十個字音的長句，但仍能使讀者讀出一種特殊的音律與美感，可謂詩歌翻譯中的「融化」的典範。

第三個層面的「融化」，指的是翻譯上的一種總體的文化取向，也作為翻譯文學整體文化風格的一種概括。通常認為，傅雷提出的「神似」、錢鍾書提出的「化境」的理想，是屬於「歸化」範疇的理想主張。實際上「神似」、「化境」的翻譯理想，也是一種「融化」的理想，體現了翻譯家相容中外、以中化外、以外化中的文化動機。它具有一種總體的模糊性，也不能具體運用於翻譯實踐的過程，更多的是運用於譯文的研究與譯文評價的用語，而且是一種印象性的評價用語。但是，無論「神似」還是「化境」，都是從中國傳統詩學與美學中借鑒來的詞彙，而不是從翻譯學中產生出來的特有概念。「融化」一詞作為從翻譯學中產生出來的概念，作為與「歸化／洋化」配套的三位一體的概念之一，在對譯文總體文化風格的概括與描述上，具有不可替代的價值。在翻譯的文化取向與文化價值判斷上，提倡「融化」，就是超越「歸化／洋化」的二元對立階段，既不能無節制地「洋化」，也不能夠一味地「歸化」，使翻譯永遠成為吸收外來詞語文化、補充我們自身語言文化的有效途徑，也使我們的語言文化在外來文化的衝擊下，仍能杜絕病態的「洋化」，保持文化本色。這樣的「融化」翻譯，才能給以高度評價。同時，有了「融化」，也就使得建立在二元對立基礎上的「歸化／洋化」的是是非非、高下優劣的爭論喪失了意義。在今後的譯文批評中，要主要發現和揭示中國的文學翻譯是如何在「歸化／洋化」的矛盾運動中，逐漸走向「融化」的。「融化」應該成為今後我們的譯文批評的價值導向。

總之，從中國翻譯理論史上看，「歸化／洋化」的論爭經歷了從「歸化／洋化」走向兩者調和的過程；從中國翻譯文學史上看，譯文、譯作也經歷了從林紓時代的「歸化」到魯迅時代的「洋化」，再到朱生豪、傅雷時代將「歸化」、「洋化」加以有機調和的過程。「歸化／洋化」的調和，可以用「融化」一詞加以概括，並可形成「洋化／歸化／融化」這個三位一體的正反合的概念，它既是對譯文總體翻譯策略與方法的一種概括，更是對譯文的文化風格取向與走向的描述與概括。翻譯中的「融化」是一個無止境的過程，「融化」更是翻譯文學發展值得提倡的文化取向。

正譯／缺陷翻譯／誤譯

——「譯文學」的譯文正誤判斷及缺陷評價的一組基本概念[1]

對於「譯文」，我們既要做語言學的正誤判斷，即譯文質量的評價；又要做文化學上的風格取向的判斷，即譯文的文化評價；還要做文藝學上的美醜判斷，即譯文的審美評價。這三個層面上的評價與判斷，構成了譯文判斷評價的完整系統。但是迄今為止，無論是在外國的翻譯研究與翻譯理論中，還是在中國的翻譯研究理論與翻譯研究中，對這三個層面上的判斷一直缺乏明確認識和清晰劃分。所以，長期以來，我們不得不把「信達雅」作為萬能概念，既拿「信達雅」作翻譯的標準，也拿它作翻譯批評特別是譯文質量評價的概念。然而，用「信達雅」能作譯文質量判斷用語嗎？這是一個值得探討的問題。

一　「信達雅」的譯文質量批評只是印象性批評

在中國現代翻譯史及翻譯理論史上，嚴復吸收中國古代佛經翻譯理論精華而提出的譯事三難——「信達雅」，一直被大部分人作為「翻譯的標準」來看待，至少是在理論層面上把它作為翻譯標準來看待。筆者在《翻譯文學導論》一書中，認為「『信達雅』是翻譯的原則標準，而不是具體標準。原則標準是具體標準的概括和抽象。」[2]

1　本文原載《東北亞外語研究》（大連），2015年第4期。

2　王向遠：《翻譯文學導論》（北京市：北京師範大學出版社，2004年），頁196。

說「信達雅」只是一個原則標準，是說它實際上並不是翻譯家所明確堅持、或聲稱堅持的標準。一直以來，似乎也沒有一個譯者——無論他多麼自信——宣稱他的譯文真正做到了「信達雅」的標準。嚴復當初說的只是「譯事三難：信達雅」，是說「信達雅」是翻譯中難以做到的事，而不是他自己以此為標準，更不是說他自己做到了這個標準，事實上他也沒有達到這個標準。而在整個二十世紀中國的翻譯理論史上，大部分理論家主張將「信達雅」作為翻譯標準，但卻始終沒有明確說清，這個標準是翻譯家自我標定的，還是讀者、出版者、或評論家從外部施加給翻譯家的。換言之，即是「信達雅」是屬於是自律，還是他律的問題。

實際上，作為翻譯標準，「信達雅」只有落實在翻譯家的翻譯行為過程中，成為翻譯家對自己的翻譯行為的要求的時候，這才能成為「翻譯的標準」。因為在翻譯過程中，「標準」畢竟是由翻譯家自己來把握的，而不是由他人來把握的。除非特殊情況，例如贊助人、出版商以「信達雅」三字對翻譯家提出翻譯標準的要求，正如經銷商對生產商提出產品質量標準的要求一樣。然而翻譯行為遠為複雜，即便外人提出某些標準要求，那也是原則性的，而且最終能否符合標準，也是很難說的，因而外人施加的標準實際上沒有多少意義。因為翻譯家在翻譯過程中，主要受他的翻譯水平的制約和藝術感覺的支配，不需要別人在一旁敲打「信達雅」的警鐘。

說到底，翻譯的標準，就是「翻」與「譯」，把該「翻」的東西翻轉、轉換出來，把該「譯」的東西傳遞、傳達出來，就算完成了翻譯的使命。至於最後的結果（出版的譯文）是否「信達雅」，那不是由翻譯家自己來判斷的。這並非翻譯家自己沒有自知之明，也並非翻譯家不能做自我判斷，而是翻譯家自己判斷不判斷幾乎沒有意義。譯文一旦公開發表，只能由讀者來判斷了。而讀者的判斷，恐怕是秦人說秦，漢人說漢，仁者見仁、智者見智。例如，嚴復當年的譯品，他自己很謙虛，只說自己的翻譯「達旨」而已，「實非正法」，只求意思「不倍本文」。但當時不少評論家卻給了他很高的評價。而又過了不到二十年，卻有了相反的評價，如傅斯年先生一九一九年在《新潮》第三期上發文認為：「嚴幾道先生譯的書中，《天演論》和《法意》最糟。假使赫胥黎和孟德斯鳩晚死幾年，學會了中文，看看他原書的譯文，肯定要在法庭起訴；不然，也要登報辯明。這都因為嚴先生不曾對作者負責任。」[3]這是連嚴復的「達旨」的「達」都給否定了。再如，林紓翻譯的那些小說，在當時讀文言文的讀者讀起來是「達」的，而今天的讀者，讀著用文言翻譯出來的現代外國小說，恐怕更多的會覺得不達不暢。當年魯迅、周作人說自己的翻譯是「直譯」，「寧信而不順」，沒有標稱「信達雅」。有些翻譯家即便事實上做到了「信達雅」，一般也很少聲稱自己做到了，因為那樣就不免有高自標置、王婆賣瓜之嫌。也常見一些翻譯家推崇「信達雅」，那也多是從翻譯評論的角度進行的。

可見，與其說「信達雅」是翻譯家標舉的翻譯標準，不如說是評論者、讀者的評論用語，似乎更為恰當。綜觀嚴復以來的中國翻譯批評史，「信達雅」事實上早已成為約定俗成的譯文批評用語了。也許有人不同意用「信達雅」三字經做翻譯的原則，但不會有人否認，「信達雅」已經成為譯文讀者下意識的譯文批評與價值判斷用語。當一個翻譯家的譯文發表之後，若讀者對譯文做出批評或評價，往往就會自覺不自覺地援用「信達雅」。事實上，在中國現代翻譯批評史上，「信達雅」更多的是被作為批評用語來使用的。換言之，「信達雅」一旦用在譯文批評中，就已經不再是「翻譯標準」的範疇，而是帶有明確判斷指向的「譯文批評」範疇了。但是，與此同時，我們還

---

3 傅斯年：〈譯書感言〉，見《傅斯年文選》（成都市：四川文藝出版社，2010年），頁151。

要意識到，「信達雅」作為譯文批評的一組概念，實際運用的時候，往往是印象式的、描述性的判斷，而不是一種可以量化的、精準的、具體的判斷。這是它的一個最基本的特點。也就是說，用「信達雅」做譯文批評，是譯文閱讀欣賞過程中最直觀的、感受性的判斷，而不是一種精確、科學的判斷。

倘若要拿「信達雅」來做精確的、科學的判斷，那會是怎樣的一種狀況呢？請看翻譯批評家袁錦翔先生的一個批評實例。他曾用「信達雅」作為批評用語，就林紓翻譯的《賊史》中一段譯文做了評價：

> 回過頭來看看《賊史》譯段。在筆者看來，此譯有失誤。「信」只能給七十五分（仍在翻譯合格線上）。至於「達」，因其通順暢達非同尋常，可給九十八分。此譯創造性地再現了原作的幽默感，甚至超過了原作。但還不是無限擴大的創作，「雅」也可評九十八分。三項總和是兩百七十一分，平均九十點三分，仍屬優等水平。[4]

這段話很有意思。作者把「信、達、雅」分成了三部分，而且給出了具體分數。這樣的操作方式是否可行又當別論，但它起碼說明了，「信達雅」實際上是一個很印象性的評價，也許正是因為這種印象評價太「印象」、缺乏精確性，對林紓的這段譯文，到底是「信」還是「不信」的，信到什麼程度，不信到什麼程度，只用一個「信」或「不信」無法做出評價。同樣的，「達」、「雅」也是如此。即便說「很達」、「很雅」，也只是一個印象性的、模糊性的評價，於是只好在「信達雅」之後，再加上很精確的分數加以表示。但是，即便在後頭加上了具體的、貌似精確的分數，實際上也仍然只是印象性的表

4 袁錦翔：《名家翻譯研究與賞析》（武漢市：湖北教育出版社，1990年），頁71。

達。雖然這個印象建立在對譯文的具體分析基礎上。實際上，一旦要對譯文做總體「信達雅」的評價的時候，仍免不了印象化的描述。因為「信達雅」不適用於對個別字句的評價。對個別字句只能做對與錯的語言學上的實證判斷，而至於「達」與「雅」，本身不能單指某一字句，一定要聯繫上下文，即聯繫語篇，乃至全文，才能下結論。

在「信達雅」三個方面，要判斷譯文「信」還是不信，是需要拿原文作依據的。而除非特殊需要，普通讀者不會一手拿著原文、一手拿著譯文加以對讀，而是首先從譯文的「達」還是「不達」，來感知「信」還是不信。魯迅那個「寧信而不順」的時代過去了，在翻譯藝術和翻譯技術已經相當成熟的今天，不達的譯文往往不合邏輯，會令讀者莫名其妙，於是讀者會由譯文的達不達，基本判斷它信不信。不達的譯文，很少是可信的。除非現代派詩歌等特殊文體，大部分原文是有邏輯的，是通達的，而譯文卻不達，那就有足夠理由懷疑譯者譯錯了。但這種懷疑仍然是印象式的。對於「雅」也是一樣，一般讀者從譯文感知「雅」，會有種種的不同。因為讀者對「雅」的理解有所不同，因而對「雅」的判斷更容易走向主觀的、印象式的判斷。

二　正譯／誤譯

歸根到柢，信不信、達不達、雅不雅，還得做語言學上的具體細緻的「正譯／誤譯／缺陷翻譯」的判斷之後，才能得以確認。於是，我們就不得不拈出「正譯／誤譯／缺陷翻譯」這一組概念。

如上所說，除了萬能的「信達雅」之外，關於譯文質量評價的特殊概念一直嚴重缺位。人們常說的「誤譯」或「錯譯」，因為沒有與之配對的相關概念，也沒有在概念的意義上加以限定和界定，故而只能作為一般描述性詞語加以使用。鑒於此，筆者在已有的「誤譯」一詞的基礎上，配製了「正譯／缺陷翻譯／誤譯」這組概念。其中，

「正譯」與「誤譯」是兩極，「缺陷翻譯」是介於「正譯—誤譯」之間既不完全錯誤、也不完美的狀態。

「正譯」一詞，意即「正確之翻譯」。這個詞可見於在北朝末年至隋朝初期的僧人彥琮的翻譯論文〈辯正論〉中。彥琮提出了翻譯必須具備的八項條件，其中第七條是「要識梵言，乃閑正譯，不墜彼學」。[5]意思是要懂得梵語，能夠熟練地（「閑」，嫻也，熟悉）正確翻譯（正譯），對印度佛教方面的學問不能懈怠。這裡使用了「正譯」一詞。但這個詞此前在翻譯理論中很不受重視，一直沒有把它作為一個概念來使用。這也許是因為在翻譯中，「正譯」是正常的，沒有問題的，所以是不需要多說的。因此「正譯」這個詞似乎也就不那麼重要了。實際上，從翻譯理論建設及譯文批評概念整備的角度看，必須有一套對立統一、陰陽互補的對峙的概念，這樣的概念才具有完整性和科學性。有「誤譯」或「錯譯」的概念，就必須有「正譯」的概念。而對於「正譯」，特別是「正譯」中具有典型性、示範性的佳譯、名譯、創譯，要採用譯文佳作賞析的方法，從文學修辭、文藝美學等不同角度，指出其中的優點、美點、亮點，探討、發掘佳譯、創譯形成的機制，以作翻譯之楷模。

在古代佛經翻譯理論及概念體系中，與「正譯」相對的、相當於「誤譯」的概念，有「不達」、「乖本」、「失本」、「失實」等。如，關於「不達」，道安的〈大十二門經序〉中有：「然世高出經，貴本不飾，天竺古文，文通尚質，倉促尋之，時有不達。」[6]關於「失旨」，道安的〈比丘大戒序〉有：「考前常行世戒，其謬多矣。或殊失旨，

5 彥琮：〈辯證論〉，見羅新璋、陳應年編：《翻譯論集》（北京市：商務印書館，2009年），頁63。

6 道安：〈大十二門經序〉，見《中國佛教經論序跋記集》（上海市：上海辭書出版社，2002年），卷1，頁34。

或粗舉義。」[7]關於「乖本」，道安的〈比丘大戒序〉有：「一言乖本，有逐無赦。」[8]關於「失本」，道安在〈摩訶鉢羅若波蘿蜜經抄序〉中，提出了翻譯理論史上著名的「五失本」之說，說的是五種情況下梵譯漢所出現的不能正確傳達原文的情況，也就是無法做到「得本」。[9]「得本」也就相當於「正譯」。道安的「失本」與現代的「誤譯」概念大體一致，但比「誤譯」的外延要小，是指明知「失本」而又迫不得已「失本」的情況。

在傳統的語言學層面上的翻譯理論中，「誤譯」是一種應該努力避免的負面情況。翻譯家一旦出現「誤譯」，被人指出「誤譯」，便會感到羞恥羞愧。但到了近年來的「文化翻譯」及「譯介學」的理論體系中，「誤譯」卻得到了正面的肯定與評價。這是由「譯介學」及「文化翻譯」的立場所決定的，他們不立足於「譯文」，不關心翻譯本身，而專注於譯文的文化效果，專注於譯文的閱讀流轉過程，立足於譯文的中介、媒介作用，著眼於翻譯在文化交流中產生的創造性誤解的獨特功能。從這個立場看，在翻譯文化史上，「誤譯」有時反而比「正譯」更有可觀之處，更有意思、也更有說頭。於是「誤譯」就被視為「創造性叛逆」的主要表現形式。

但是，「譯文學」立場與之不同，它首先關注的不是譯文的流通環節，而是翻譯活動本身、譯作的生產過程本身。因此，在譯文評價的時候，需要涉及「正譯／誤譯／缺陷翻譯」這一組批評概念，運用這組概念，判斷某譯文是否「正譯」，何處「誤譯」，何以出現「誤譯」，何處是「缺陷翻譯」，缺陷何在。若以物質產品的生產和流通作

7 道安：〈比丘大戒序〉，見《中國佛教經論序跋記集》（上海市：上海辭書出版社，2002年），卷1，頁40。

8 道安：〈比丘大戒序〉，見《中國佛教經論序跋記集》（上海市：上海辭書出版社，2002年），卷1，頁40。

9 道安：〈道行般若經序〉，見《中國佛教經論序跋記集》（上海市：上海辭書出版社，2002年），卷1，頁24。

比附，似乎可以說，「譯介學」及「文化翻譯」立場上的翻譯批評，大體相當於市場調研報告，說出那種產品如何被消費、消費者如何評價，關注的是市場的接受度，並以此來判斷譯文的價值。只要被接受，質量低劣的產品也可以給予正面的評價。與此不同，「譯文學」的譯文批評，則類似於產品的檢驗報告，它以產品的質量本身為中心，指出何種產品是優良的，何種產品是低劣的，何種產品是有缺陷的。這也並非不考慮市場的接受，而是意欲讓市場接受高質量的產品。

三　介於正譯與誤譯之間的「缺陷翻譯」

需要強調的是，在譯文質量評價的概念中，「正譯／誤譯」的二元對立概念還是不完善的，因此，筆者提出「正譯／缺陷翻譯／誤譯」三位一體的概念。在實際的譯文質量批評與評價中，我們會發現，譯文質量問題並非除了「誤譯」就是「正譯」，或者除了「正譯」就是「誤譯」。在「正譯」與「誤譯」之間，還有雖不完美、雖不完善，還說得過去，但又存在缺陷的翻譯。這樣的翻譯實際上比「誤譯」要多得多。而且，若不是徹頭徹尾的誤譯，那實際上就屬於「缺陷翻譯」；若不是完美無缺的翻譯，那就是有缺陷的「缺陷翻譯」。人無完人，金無足赤，翻譯也很少有完美無缺的翻譯。因此，譯文批評不僅僅是要褒揚「正譯」、指出「誤譯」，而更重要的，是要對有可取之處、但未臻完美的譯文加以指陳和分析。這樣一來，「缺陷翻譯」作為一個批評概念，就顯得特別必要、特別重要了。

「缺陷翻譯」一詞，中國翻譯批評與翻譯理論界，迄今為止一直未見使用，更沒有成為一個批評概念。在這方面，日本翻譯批評界可以給我們以啟發。在日本，「缺陷翻譯」（日文寫作「欠陥翻譯」）早就作為概念使用了。據當代日本翻譯批評家別宮貞德在《翻譯與批評》一書中介紹，日本的《翻譯的世界》雜誌從一九七八年以後的六年多的時間裡，一直開設〈缺陷翻譯時評〉欄目，刊載了一系列對「缺陷翻譯」加以分析指陳的評論文章。但是，另一方面，別宮貞德對「缺陷翻譯」的界定，卻也令我們不敢苟同。他認為，就日英對譯而言，「所謂缺陷翻譯，就是對英文的解釋有明顯錯誤的翻譯，日文的表達有明顯不自然、不可理解之處的翻譯。」[10]這實際上就把「缺陷翻譯」等同於「誤譯」了，所以筆者不敢苟同。但別宮貞德的「缺陷翻譯」定義的可取之處，就是它兼顧了原文理解與譯文表達兩個方面的缺陷。一面是在外文的翻譯理解上有明顯錯誤，這相當於我們所說的「誤譯」，而另一方面在日文的表達（即譯文）不自然、不可解，雖難說是「誤譯」，但也算是「缺陷」。這種情況，如果指的同一作品、同一段原文與譯文，那麼，外文理解不正確，譯文表達肯定也就不正確，這是一個問題的兩個方面；但如果指的不是同一作品、同一段原文與譯文，亦即譯文與原文是不同體的，那麼有時候原文理解錯了，譯文卻似乎很通暢可解；反過來說，原文理解對了，譯文卻不太流暢。無論是哪種情形，都是「缺陷翻譯」，未必兩種情形都同時出現，才算是「缺陷翻譯」。在別宮貞德的理解和界定中，「缺陷翻譯」是一個總括性的概念，包含著誤譯，也包含著一無可取的所謂「惡譯」。但是，我們所說的「缺陷翻譯」卻是介乎於「正譯」與「誤譯」之間的一個概念，是指既沒有達到「正譯」，也沒有完全「誤譯」的中間狀態，換言之，「正譯／缺陷翻譯／誤譯」是三個並列的批評概念。

已經有批評家意識到了，在翻譯質量評價中，往往不是簡單的「誤譯」的判斷問題，例如馬紅軍先生在《翻譯批評散論》一書「前言」中說：「本書並不涉及簡單的誤譯，除非它有助於說明某一問題。」[11]從他分析的上百個有爭議的典型譯例中，可以看出大都不是

10 別宮貞德：《翻訳と批評》（東京：東京講談社文庫，1985年），頁108。

11 馬紅軍：《翻譯批評散論》（北京市：中國翻譯出版公司，2000年），頁4。

「簡單的誤譯」，而是有著缺陷的「缺陷翻譯」。雖然作者沒有使用「缺陷翻譯」這個概念，但他已經意識到，指出翻譯中的「缺陷翻譯」，比起指出「簡單的錯譯」，相對要容易些；如果說對「誤譯」是要發現它哪裡有誤，如何失誤，那麼，對「缺陷翻譯」的判斷，就不僅是正誤的判斷，而且是審美的判斷，對「缺陷翻譯」的判斷，不僅有原文的標準，還要有不同的譯文之間的比照。需要在比較中對不同譯文的優劣得失進行細緻比較分析，並找出消除缺陷的譯案。因而可以說，「缺陷翻譯」批評是更精緻、更複雜的批評活動。

有了「缺陷翻譯」這個概念的介入，我們在譯文批評的實踐中，就會打破「正譯」與「誤譯」的二元論，而在「正譯」、「誤譯」的中間地帶，發現譯文的各種各樣的、大大小小、多多少少的缺陷，例如，既有原文理解上的缺陷，也有譯文傳達上的缺陷；既有不到位的翻譯，也有過度的翻譯。我們需要分析這些「缺陷翻譯」形成的原因，而達到彌補缺陷、不斷優化翻譯的目的。

總之，「正譯／缺陷翻譯／誤譯」，作為譯文質量評價與批評的基本概念，可以矯正一直以來「信達雅」的印象批評的侷限，可以改變一直以來譯文質量評價的概念長期缺位的局面。特別是「缺陷翻譯」這個概念的提出，可以打破「正譯／誤譯」的非此即彼的二元判斷，使譯文批評更加關注那些介於「正譯」和「誤譯」之間的複雜的「缺陷翻譯」現象，不僅關注語言學上的正誤評價，更關注文藝學的、美學層面上的判斷與評價，使翻譯研究特別是譯文批評趨於模糊的精確化，因而具有重要的理論價值。

「翻譯度」與缺陷翻譯及譯文老化
——以張我軍譯夏目漱石《文學論》為例[1]

現代著名作家、翻譯家、臺灣新文學的奠基人之一張我軍（1902-1955）翻譯的日本文豪夏目漱石的文學理論名著《文學論》，於一九三一年由神州國光社出版發行。這個譯本至今已經問世八十多年了，到了二〇一四年，北京的智慧財產權出版又將該譯本列為《民國文存》叢書再版發行，使一個陳舊的譯本得以再生。同時，對這個譯本加以品評的必要性也就有所增加了。此前，我曾在〈卓爾不群，歷久彌新：重讀、重釋、重譯夏目漱石的《文學論》〉一文中介紹我的《文學論》新譯本（上海譯文出版社即出）的時候，簡單地提到了對張我軍譯本的評價，說：「在中國，漱石的《文學論》的中文譯本由張我軍翻譯，一九三一年在上海出版，周作人寫序推薦。雖然現在看來該譯本錯譯、不準確翻譯甚多，但對《文學論》在中國的傳播是有貢獻的。」[2]今天我們對張我軍譯《文學論》譯文加以批評，不是以今人苛求古人，而是從個案解剖的角度，對翻譯史上的重要譯作中出現的翻譯度問題、缺陷翻譯及誤譯現象的形成問題加以分析，並以此為例對「譯文老化」現象的成因加以初步探究。

以下以智慧財產權出版社二〇一四年五月出版的《民國文存》叢書所收張我軍譯《文學論》再版本為據（因為這個再版本現在的一般

1 本文原載《日語學習與研究》（北京），2015年第6期。

2 王向遠：〈卓爾不群，歷久彌新：重讀、重釋、重譯夏目漱石的《文學論》〉，原載《南京師範大學文學院學報》2014年第1期。

讀者容易找到)，從中找出若干有代表性的段落，再以日本東京岩波書店昭和四十一年出版的《漱石全集》第九卷的原文為據加以對照，對相關譯文加以分析批評。

一　張我軍譯《文學論》的「翻譯度」問題

例一：

……元來吾人が文學を賞翫するとは其作者の表出法に対する同意を意味するものとす。然るに其表出法たるや上述の如く故意に又は無意識に多くの事実的分子を閑卻して文を行るものなれば、かくの如く一種の除去法の結果現はれたる文學的作品に対し吾人が生ずるFは、其実物に対して感ずる情緒と質に於て異なること無論の事なるべし。されば吾人が文學を読んで苟も之を賞翫する限りは、多くは作者に馬鹿にされ、少なくとも書を手にして面白しと感ずる間全く自己を其作者の掌中に委ねつつあるものなるべし。(《文學論》原書，頁171)

……原來我們的欣賞文學，即是同意於作者的表出法的。但其表出法，一如上述故意或無意識地開除許多實際的因數而行文，故對這樣的一種刪除法的結果出現的文學作品，我們所發生的 f，和對其實物所感的情緒，在質方面有異是不消說的吧。然則我們，讀到文學作品而若加以欣賞，即大多是為作者所愚；至少，在手上拿著書而覺得饒有興趣之間，便是完全把自己委之作者的掌握裡的了。(張我軍譯：《文學論》再版本，頁117)

這段譯文十分晦澀，對照原文嚴格分析起來，並沒有明顯的錯譯之處，之所以令人不知所云，是譯者的「翻譯度」不夠造成的。

所謂「翻譯度」，就是兩種不同語言之間的轉換、翻轉過程中的程度或幅度，「翻譯度」不夠，就是「平行移動」的翻譯（即「迻譯」）的成分過多了，而解釋性的翻譯（「釋譯」）、創造性的翻譯（「創譯」）有所不足，於是就會造成譯文意思表述上的不到位、不準確，讀之生澀費解。所謂「迻譯」，作為翻譯方法的概念，指的是不需要立體「翻轉」的平行移動式的傳譯，以前大多稱為「直譯」，但正如眾所周知的那樣，一直以來，「直譯」以及「直譯／意譯」這對概念產生了許多語義理解上的問題，故在此不稱「直譯」而稱「迻譯」。[3]迻譯較為便捷省力，如今使用機器即可完成。由於中日語言之間的深刻的因緣關係，以及日語中漢字詞的大量存在，為大量使用「迻譯」的方法提供了可能與便利。二十世紀初期以魯迅、周作人為代表的日文翻譯，不僅在實踐上大量使用迻譯方法，也在理論上特別提倡「直譯」、「逐字譯」，大體相當於我們現在所說的「迻譯」，當「迻譯」迻不動時，也不謀求「翻轉」，而是直接硬闖過去，強行「硬譯」，有時意思不通也在所不惜，就是寧可「死譯」。張我軍是周作人的弟子，對周作人的翻譯很是推崇，在翻譯方法上也明顯受到周氏兄弟的影響，翻譯度不夠的現象瀰漫於他所翻譯的夏目漱石《文學論》全書，常常達到「機械迻譯」即不加變通的簡單迻譯的程度。

例如，在上引「例一」中，張譯第一句「原來我們的欣賞文學，即是同意於作者的表出法的」，表達不免彆扭。若有了足夠的翻譯度，則應譯為「原來，所謂的文學欣賞，就是對作者的藝術表現予以認同。」接下來的幾句譯文，也同樣是因翻譯度不足，而顯得生澀和生硬。對此，筆者在《文學論》新譯本中，是這樣翻譯的：

3　參見王向遠：〈以「迻譯／釋譯／創譯」取代「直譯／意譯」──翻譯方法概念的更新與「譯文學」研究〉，載《上海師範大學學報》2015年第5期。

然而正如上文所說，作者在藝術表現中，有意無意地排除了許多事實的成分，面對這樣的經排斥法處理之後的文學作品時，我們所發生的，和面對實際事物所感受到的情緒，在質的方面的差異是不言而喻的。當我們讀到文學作品並加以欣賞時，實際上許多人是為作者所愚弄了；至少，把作品拿在手上而津津有味地閱讀，便是完全把自己的感情交給作者掌控了。

例二：

もし此種の配合を敢えてして而も出來得る限り不自然の感を和げんとせば人工的因果を読者に強ひざるを要す。人工的因果の観念を去らんとせば「故に」「従って」等凡て因果に関する接続詞を廃せざる可からず。単に字面に於て廃するのみならず、意義に於て廃せざる可からず。「故に」「従って」の観念が読者の脳裏に二対の連鎖となって起こらざるを力めざる可からず。雜然として之を陳列し其因果の如きに至つては毫も関知せざる如くせざる可からず。(《文學論》原書，頁322)

如果想做這種配合，而又想儘量地緩和不自然之感，便須不強讀者以人工的因果。欲除人工的因果觀念，便不可不廢棄「因此」「從而」等一切關於因果之接續詞。不但要在字面廢除，且不可不在意義上廢除。必須努力不使「因此」「從而」的觀念，在讀者腦裡生為二對的連鎖。必須雜然横陳之，至其因果之類，須像毫不關知似的。(張我軍譯:《文學論》再版本，頁235)

這段譯文的晦澀，也是由譯者的機械迻譯造成的，完全沒有翻譯度，有時簡直幾乎就等於「不譯」。例如第一句：「如果想做這種配合，而又想儘量地緩和不自然之感，便須不強讀者以人工的因果。」「不強讀者以人工的因果」，原文是「人工的因果を読者に強ひざるを要す」，其中的「強ひざる」是「不強行」、「不勉強」的意思，這句話應譯為「就一定要對讀者淡化人工的因果關係」；同樣的，「必須努力不使『因此』『從而』的觀念，在讀者腦裡生為二對的連鎖」這句譯文中的所謂「二對的連鎖」，原文是「二対の連鎖」，指的是兩者之間必然的因果關聯。可惜譯者只做平行迻譯，而不做釋譯，所以在漢語中便語義不清了。這句話的意思是：「必須努力不讓『因此』、『從而』的觀念在讀者頭腦中產生一種連鎖。」接下來的一句譯文──「必須雜然橫陳之，至其因果之類，須像毫不關知似的」，仍然令人不知所云。原文是「雑然として之を陳列し其因果の如きに至っては毫も関知せざる可からず」，應該譯為「必須紛然雜陳之，對其中的因果關係要顯得無意而為。」

例三：

知るべし吾人が外界に臨むに此態度を以てするは全く吾人の深重なる性癖に出づる事を。従って其範囲を窮め其由來を探ぐれば遂に一條の哲理に帰著せざるを得ず。たまたまこの傾向を文學の上に認めて、如上の議論を此傾向の上に建立したるは文學以外に応用しがたきが故にあらずして文學にも亦此趨勢の一端を認め得べしと云ふに過ぎず。卑見を以てすれば Comte が神に対する吾人観念の発展を敘せるも亦遂に同型の論法に落つ。彼れ思へらく自然界の法則明かならざる時吾人は吾人の意志を外部の活力に附著して其原因を窮め得たりとすと。意志とは自己の一部分にして、之を外界に附與すとは自己の一部分を投出するの義と異なるなし。ただ彼は神の観

> 念を打破せんとして同時に其觀念の自然なるを説明せんと試みたるが故に、云ふ所は単に意志の一面に過ぎず。然れども意志について云ひ得べき事は情に於ても云ひべく、情に於て云ひ得べき事は、幾分か知に於ても云ひ得べきは当然なり。世の修辞学を説くもの徒らに擬人法の目を設くるにとどまりて、その如何に深く吾人の心理的習癖に本づくを論ぜず。故に一言を附記す。(《文學論》原書，頁 267)

> 應該知道，我們所以以這種態度對付外界，完全是出自我們的深遠的性癖的。從而窮其範圍，明其由來，終不得不歸到一條哲理。而所以承認這種傾向於文學上，樹立上面似的議論於此傾向之上，這不是因為難以應用於文學以外；不過是說，文學上也可以承認這種趨勢的一端吧了。依我的卑見，孔德（Comte）之敘述對於神的人類觀念的發達，也終要歸到同型的論法。他以為自然界的法則不明白時，我們可以把我們的意志附於外部的活力，以窮究其原因。意志，是自己的一部分，將其附於外界，即無異把自己的一部分射出之意。單只是他為要打破神的觀念，又為說明其觀念之屬自然，故所說的只是觀念的一面。然而在意志方面可以說的，於情方面也可以說，於情可說的，于智方面也當然有幾分可以說。世之論修辭學的人，徒止於立擬人法之目，而不論其是怎樣地深基於我們的心理的性癖。所以在這裡附帶說了幾句。(張我軍譯：《文學論》再版本，頁 191)

這一段譯文表意含混不清，一方面是因為「翻譯度」不夠，另一方面則是由「過度翻譯」所致。

例如，原文的「深重の性癖に出づる事」，張譯為「出自我們深

遠的性癖的」，翻譯度顯然不夠，而充分加以翻譯，應該譯為「出自我們根深柢固的本性」。

張譯「樹立上面似的議論於此傾向之上」，原文是「如上の議論を此傾向の上に建立したるは……」這一句至少包含著三個缺陷。第一，把「如上」譯為「上面似的」，從翻譯度上看，是過度翻譯，日語的「如上」就是漢語的「如上」，迻譯即可；第二，張譯中的「樹立」一詞，是對原文「建立」的翻譯，「樹立……議論」這樣的動賓搭配，非常生硬，在現代漢語未充分定型的時期，屬於生澀的翻譯；在現代漢語定型後，這樣的翻譯便成為缺陷翻譯；第三，同樣的，「樹立上面似的議論於此傾向之上」整句也都存在著因翻譯度不足而造成的生硬感。應該譯為「要在文學中確認這種傾向……」為宜。

張譯「文學上也可以承認這種趨勢的一端吧了」，是對「文學にも亦此趋勢の一端を認め得べしと云ふに過ぎず」的迻譯，似應譯為「這種情況在文學作品中也是斑斑可見的」。

張譯「然而在意志方面可以說的，於情方面也可以說，於情可說的，於智方面也當然有幾分可以說」，對原文的意思沒有吃透，是一種照字面的迻譯，原文是：「然れども意志について云ひ得べき事は情に於ても云ひ得べく、情に於て云ひ得べき事は、幾分か知に於て云ひ得べきは当然なり。」似應譯為「而這一點既適用於意志，也適用於感情。有所知，便有所言，這是理所當然的。」

張譯「世之論修辭學的人，徒止於立擬人法之目，而不論其是怎樣地深基於我們的心理的性癖。所以在這裡附帶說了幾句」，同樣也是因為翻譯度不夠造成了語義上的不明確，應該譯為：「順便指出，世上講修辭學的人，只是在確立擬人法的名目，而對它如何植根於我們的根性，卻往往避而不提。」

對於這段話，筆者的《文學論》新譯本中是這樣譯的：

要知道，我們之所以對外界採取這種態度，完全是出自我們根深柢固的本性，從而窮其範圍、明其由來，最終不得不歸於同一理路。要在文學中確認這種傾向，並非是因為以上觀點難以應用於文學以外，而是說這種情況在文學作品中斑斑可見。依我的看法，孔德（Comte）所提出的有了神的觀念，人類的觀念才得以發達的看法，也屬於這種類型。他以為自然界的法則不夠明晰時，我們就把自己的意志投射於外部，以便探其原由。意志，是自我的一部分，將其投射於外界，就等於是把自己的一部分投射出去了。孔德本來是要打破神的觀念，但又說明這種觀念是自然產生的，因為他所說的只是意志的一個側面而已。而這一點既適用於意志，也適用於感情。有所知，便有所言，這是理所當然的。

例四：

然れども此茫漠たる一語をとつて之を心的狀態に翻訳すれば社会を組織する個人意識の一致と云ふも不可なきに似たり。個人意識が統一を（ある點に於て）受けて社会的意識の安固（Solidarity of Social Consciousness）を構成すと云ふの義なり。（《文學論》原書頁 452）

但是取此茫漠的一語，譯之而成心的狀態，似乎可以說是組織社會的個人意識之一致。意即個人意識被統一（在某一點），構成社會的意識之安固（Solidarity of Social Cousciousness）。（張我軍譯：《文學論》再版本頁 337）

張譯第一句「但是取此茫漠的一語，譯之而成心的狀態，似乎可以說是組織社會的個人意識之一致。」其中「茫漠的一語」，是原文

「茫漠たる一語」的機械迻譯；「組織社會的個人意識之一致」，對應的是原文「社会を組織する個人意識の一致と云ふも不可なきに似たり」。這樣的缺乏翻譯度的機械迻譯，只是把字詞羅列出來，卻沒有真正把意思翻出來。這句話的意思是：「但是這裡若只把這抽象的詞語，翻譯為一種心理狀態的話，那麼似乎可以說，在組成社會這一點上，每個人的意識都是一致的。意即個人意識被統一（在這一點上），從而形成了穩固的社會意識（Solidarity of Social Cousciousness）。」

例五：

是暗示の反覆によりて推移の容易を得たる傾向に逆ふ事なくして進行すればなり。此際に於ける豫期は記憶より來るが故に、此際に於ける暗示は新しき性質を帯びざるは明かなり。二章に挙げたる例を補足すれば十指を屈するに堪へず。人若し「蛙の面に」と云ふとき、「水」の一語はわが口を衝いて、人の未だ語り了らざるに舌端に上る。是記憶の吾人に強ふる豫期に外ならず。もし一字の「水」を変じて「雨」となすも過渡の接続は既に滑かならず。意義の異なるなきも暗示の新奇なるが為に然るのみ。……「犬もあるけば」と云ふとき必ず「棒にあたる」を豫期す。理を以て之を推すに棒にあたるの要果していづくにかある。板にあたるも可なり、石に躓くも可なり。鮪の頭にあたらば益可なり。然るにも関はらず犬もあるけば棒にあたらざる可からざるは記憶の吾人に強ふる豫期に外ならず。（《文學論》原書，頁447）

……蓋因能逆依暗示的反覆，而得推移之易的傾向而進行故也。這時候的預期，來自記憶，故此時的暗示，不帶新的性質，這是很明顯的。試補足第二章所舉之例，十指不足屈。若

> 人說「蛙的臉」,「水」的一語便衝我口而出，人未語盡而已上了我的舌端。這無非是記憶強制我們的預料。若將「水」一語改成「雨」，過渡的接續已就不滑溜了。意義雖無異，但因暗示新奇故如此。……人一說出「天有不測風雲」，我便一定預料「人有旦夕禍福」。以理推之，有旦夕禍福者，何必限於人？狗也可以有，貓也可以有，耗子更可以有。然而必定說人有旦夕禍福，這無非是記憶強制我們的預料。(張我軍譯：《文學論》再版本，頁 333-334)

張我軍譯這一段文字出現的一系列表意不清的問題，既有翻譯度不夠所造成的問題，也有過度翻譯所造成的問題。

第一句，「蓋因能逆依暗示的反復，而得推移之易的傾向而進行故也」，是譯者對原文的理解不到位，完全沒有將原意傳達出來，實際意思是：「這是依照反復的暗示，順水推舟，使推移更順利地進行。」

第二句：「試補足第二章所舉之例，十指不足屈。」原文的「十指を屈するに堪へず」，意思是伸出十個指頭也數不過來，言其多。張譯「十指不足屈」不達其意。

第三句，張譯「若人說『蛙的臉』,『水』的一語便衝我口而出，人未語盡而已上了我的舌端。這無非是記憶強制我們的預料」，其中最後一個分句中的「強制」，是原文「強ふる」的翻譯，但譯為「強制」則完全失去了原意，應該譯為「強化」，意思是「這無非是因為我們的記憶強化了我們的預期」。

第四句，張譯「若將『水』一語改成『雨』，過渡的接續已就不滑溜了」。這裡所謂「不滑溜」，是「滑かならず」的翻譯。「滑溜」一詞，在現代漢語中一般用於具象的場合，而非抽象的形容，故而用在此處在語感上很不諧調。還是把「不滑溜」譯為「不順暢」為好。

這句話的意思是：「若將『水』一語改成『雨』，那麼其間的過渡接續就不會那麼順暢了。」

第五句，張譯「人一說出『天有不測風雲』，我便一定預料『人有旦夕禍福』。以理推之，有旦夕禍福者，何必限於人？狗也可以有，貓也可以有，耗子更可以有。然而必定說人有旦夕禍福，這無非是記憶強制我們的預料」，這幾句話完全是過度「歸化」的譯法。與譯者常常使用的大量機械迻譯的方法相反，這裡卻完全拋開了原文，屬於對原文過度釋譯（過度的解釋性的翻譯）的叛逆行為。「過度翻譯」是「機械迻譯」的另一個極端，即罔顧原文，無節制地加以釋譯。原文的意思是：

> 人一說出「狗追上來了」，我便一定預料下句是「拿棍子擋住它」。照理說，為什麼一定要拿棍子來擋呢？拿木板不行嗎？拿石頭打不行嗎？甚至拿魚頭骨也可以。然而儘管如此，有狗追上來就要拿棍子來擋，這個記憶強化了我們的預期。

原文拿棍子打狗的比喻十分形象生動，而譯者置換的「天有不測風雲，人有旦夕禍福」，用意似乎在於拿中國讀者熟悉的格言警句加以解釋，但卻過分歸化，又非常抽象，離開原意甚遠了。這種過度歸化的翻譯，在張我軍譯本的其他地方也可以看到，例如，《文學論》原文頁414有「品川に至る電車」（意為「到品川的電車」）一句，張譯卻將日本地名「品川」置換為中國的地名「天津」，大概是因為考慮到中國讀者不知「品川」為何地吧。但夏目漱石為什麼要用中國地名「天津」來舉例呢？再說，當年的天津有電車嗎？這都不免令讀者困惑。

張我軍譯本中的這樣的「過度翻譯」，與缺乏翻譯度的「機械迻譯」並存，說明當時的譯者還缺乏明確的翻譯策略。換言之，以中國語言文化為中心的「歸化」翻譯策略，與以原作為中心的「洋化」翻譯策略，兩者出現在同一部作品的翻譯中，就造成了翻譯策略上的混亂。也從一個側面表明，在一九二〇年代後期，文論著作的漢譯還沒有形成一種成熟的翻譯策略與翻譯方法。

二　張譯《文學論》中的缺陷翻譯、誤譯、漏譯

「缺陷翻譯」是筆者提出的一個譯文評價概念，指的是介乎「正譯」與「誤譯」之間的有缺陷的翻譯。[4]張我軍譯《文學論》中的「缺陷翻譯」所占比重較大，茲舉幾個段落為例略加分析。

例六：

此章に於て論ぜんとする聯想法は主に滑稽の趣味となつて文学に現はるるものにして、其材料の範囲は前三者と毫も異なるところなきも、上述の如く二個の材料を聯結して両者の間に豫期し得べき共通性を道破したる時文学的価値を生ずるに非ず。意外の共通性により突飛なる綜合を生じたる時始めて其特性を発揚するものなりとす。されば前三章の諸聯想法は共通性を相互に結合する作用を以て其主眼とし、ここに説く聯想は多少の共通性を利用するの結果、之を通じて思ひも寄らぬ両者を首尾よく、繋ぎ合せたる手際を目的となすものなり。故に此種の聯想が往々其共通性の適否を深く究めずして、只其非共通性にのみ注意を與ふる事多きは自然の結果と云ふべきのみ。(《文學論》原書，頁290)

4　王向遠：〈正譯／缺陷翻譯／誤譯——譯文品質評價一組基本概念〉，《東北亞外語研究》2015年第4期。

> 本章所要論的，主為成為滑稽的趣味出現於文學的，其範圍與前三者毫無異趣；唯上述那樣聯結兩件材料，道破於兩者之間可得而豫料的共通性時，便生出文學的價值，而這一種則不然。這是依靠意外的共通，生出突兀的綜合時，始發揚其特性的。然則前三章的各種聯想法，是以互相結合共通性的作用為主眼，這裡所說的聯想，目的卻是在利用多少的共通性的結果，介乎此，將意想不到的兩者，掇合得完全的手段。所以這種聯想，往往不深究其共通性的適不適，多半只注意其非共通性，這只能說是自然的結果吧。（張我軍譯：《文學論》再版本，頁210）

這段譯文佶屈聱牙，表意含混。倘若從「誤譯」的角度來判斷，則很難說是「誤譯」，核對原文，它基本上是對原文的迻譯，但很顯然，它不能說是「正譯」，因為沒有準確地把原文的意思傳達出來，既不是徹頭徹尾的「誤譯」，也不是完全的「正譯」，乃屬於「缺陷翻譯」無疑。

造成「缺陷翻譯」的原因各有不同。其中，有的句子是由機械迻譯所造成的不合漢語表達習慣，如頭一句「本章所要論的，主為成為滑稽的趣味出現於文學的」，其中的「主為」，應該譯為「主要是……」；第二句，張譯「道破於兩者之間可得而豫料的共通性時」，似應譯為「將兩者之間預料中的共通性一語道破」；第三句，張譯「這是依靠意外的共通，生出突兀的綜合時，始發揚其特性的」，似應譯為「它是依靠兩者之間突兀的結合而產生出乎意外的共通性，從而形成了自己的特點」；第四句，張譯「這裡所說的聯想，目的卻是在利用多少的共通性的結果，介乎此，將意想不到的兩者，掇合得完全的手段」，似應譯為：「這裡所說的聯想，主要手段是利用多少存在的共通性，而將兩者緊密地聯繫起來」；第五句，張譯「所以這種聯想，往往不深究其共通性的適不適，多半只注意其非共通性，這只能說是自然的結果吧」，似應譯為：「因而這種聯想，往往不深究其間的共通性，主要注意其間的非共通性。這是順乎其然的結果。」

例七：

凡そ人の最も詩的なるは思索により、商量により結果を考定するの時にあらずして、真摯の情に任せて言動する咄嗟の際ならざるべからず。結婚を背景に控へたる見合、登用を目的とせる会談の如きは情を撓め真を偽るの點に於て詩的ムードを去る事遠きものなり。然れども詩的ムードは必ずしも詩的表現を含まず。所謂意識的工夫を経たるが故に天真を失って斧鑿の痕多しと非難するは、読者（即ち作家以外のもの）より客観視してしか思はるると云ふ迄にして、深く作家の心に溯りて主観的糺明を遂ぐべしとの意にあらず。例へば如何に自然に逆らうて用ゐたる言語動作と雖ども聞く人、見るものをして其偽りなきを疑ふの余地だに生ぜしめざれば彼等は其心裡に立ち入るの必要を認めざるが如く……（《文學論》原書，頁 319）

元來人之最屬「詩的」，不在依據思索，依據商量，考定結果之時，卻是在一任真摯之情言動的剎那之際。置結婚於背景的「相看」，以派差為目的的會談之類，在其壓情偽真一層，離開詩的 Mood 很遠。然而詩的 Mood，未必包含詩的表現。因為經過所謂意識的工夫，以致失掉天真而多斧鑿之痕——這樣的非難，不過是由讀者（即作者以外的人）客觀視之而云然，不是深究作者之心，而行主觀的糾明的意思。猶之乎無論是怎樣地違逆自然而用的語言動作，倘能使聽者，看者，認其無傲

而不生疑問，他們便沒有考勘其心裡的必要……。（張我軍譯：《文學論》再版本，頁232-233）

這段譯文是由機械迻譯、幾近誤譯或完全誤譯而綜合形成的缺陷翻譯。其中，第一句「元來人之最屬『詩的』，不在依據思索，依據商量，考定結果之時，卻是在一任真摯之情言動的剎那之際。」雖不免生硬，但讀者仔細揣摩，基本可以知曉大意。但第二句：「置結婚於背景的『相看』，以派差為目的的會談之類……」，便讓人莫名其妙了。原文是「結婚を背景に控へたる見合、登用を目的とせる会談の如き」，意思是「以結婚為背景的相親、以錄用為目的的面談之類」，譯者將「見合」譯為「相看」，大概是意識到這個詞不免生硬，所以給它加上了引號；至於將「登用」譯為「派差」，則基本上接近誤譯了。第四句：「猶之乎無論是怎樣地違逆自然而用的語言動作，倘能使聽者，看者，認其無傲而不生疑問，他們便沒有考勘其心裡的必要」。其中的「認其無傲而不生疑問」的「無傲」原文是「偽りなき」，即「無偽」，當屬誤譯或誤植。這句話的意思實際是：「這就好比作者描述的語言動作無論怎樣違拗自然，若能使聽者讀者對其真實性不產生懷疑，那就不必深入心理內部加以確認。」

例八：

「余の如き少年に取っては、是よりも幸福に、始めて人生の門戸を潜り入らん事、古今を通じて想像し得べからず。個人の性癖は固より一代の影響に関す。年代同じからざれば斯の如くに山を慕ひ、斯の如くに山中の人を愛する少年は生れんと欲するも生れ得べからず。……

「身は健にして情は烈、己れに満足して己れ以外の小児たるを冀はず、己れに足りて己れ以外の物を求めず、只人生を荘

> 重視するに足る程の悲酸なる経験を有して、生活の筋肉を弛解するが如くに甚しき苦楚を嘗めず、始めて余が眼に映じたる Alps を以て単に天地の美の現示とするのみならず、天地の美を包含せる大冊子の開巻一章となす底の科學と情緒とを有したる余は、斯の如くにして其夜 Schaffhau.sen の逍遙園を下れり。神聖なるべく、実利あるべき凡てのものに関して余の運命は此時よりして遂に動かすべからず。余が心情と信念とは、今日に至る迄、わが有する高潔なる衝動ある毎に、和楽利他の思想の念頭に萌す毎に、未だ嘗て此逍遙園と Geneva 湖と回憶せずんばあらず」と。(《文學論》原書，頁476)

這是原文引用英國作家拉斯金作品中的一段話。張我軍《文學論》譯本是這樣譯的：

> 在像我這樣的少年，最初欲更其幸福地攢入人生的門戶，這是亙古及今想像不到的。個人的性癖，不消說有關乎一代的影響。若年代不同，即使欲生這樣地仰慕山，這樣地愛好山中人的少年，也生不出來。……
> 身健而情烈，不望為自己以外的小孩，滿足於自己而不求自己以外之物。僅具有夠把人生視為莊重般悲酸的經驗，而未曾嘗過弛解生活的筋肉般激甚的苦楚；而不但把最初映入我眼中的阿爾卑斯山為天地之美的現示，並且具有為包含天地之美的大冊子的開卷一章的科學與情緒的我，這樣地於是夜下了沙夫豪嶒的逍遙園。關於應該是神聖，應該是有實利的一切，我的命運，從此時以後終於不能移動了。我的心情和信念，到今日為止，我所有的高潔的衝動每有一次，和樂利他的思想，第一次

> 萌於念頭，未肯不回憶一次這個逍遙園和日內瓦湖。（張我軍譯：《文學論》譯本，頁355）

原文中的這段話非常抒情，非常文藝。但譯者在處理這樣的唯美的文字時，似乎顯得更加力不從心。有的句子，是對原文沒有理解而機械迻譯，如「個人的性癖，不消說有關乎一代的影響」，原文是：「個人の性癖は固より一代の影響に関す」。意思是「個人的性情當然受時代的影響」。有的句子，意思雖表達出來了，但是作為美文所應該具有的語感、語流、節奏卻沒有很好地把握。例如：「若年代不同，即使欲生這樣地仰慕山，這樣地愛好山中人的少年，也生不出來。」較為理想的表達似應是：「若不是這樣的時代，像這樣的仰慕山巒，這樣地熱愛山中人的少年，也是不會出現的。」又如，從「身健而情烈」開始的張譯的第二段文字，則對原文的語義及感情邏輯沒有把握，所以整段譯文都出現了混亂，成為令讀者頭暈目眩的「缺陷翻譯」。

對於這一段，筆者的《文學論》譯本是這樣譯的：

> 對我這樣的少年來說，由此開始而幸福地踏入人生之門，這種情形是自古及今難以想像的。個人的性情當然受時代的影響。若不是這樣的時代，像這樣的仰慕山巒，這樣地熱愛山中人的少年，也是不會出現的。……
>
> 我希望做一個身體健康，感情熱烈，自我滿足的兒童，除此之外，別無他求；我只求自我充實，而不求身外之物。我只具有視人生為莊嚴的悲酸體驗，而未曾有筋肉鬆弛的痛苦空虛的經歷。不但把最初映入我眼中的阿爾卑斯山作為單純的天地之美的顯示，並且把科學探求與情感賦予了它，把它作為包含天地之美的鴻篇巨著的開篇第一章。就這樣，那天晚上，我從

Schaffhausen 的逍遙園中走下來。從那時開始，應該屬於神聖的、應該屬於實利性的一切東西，就不可動搖地決定了我的命運。到今天為止，每當我有高潔的衝動時，每當我萌發快樂利他的念頭時，我都必定會回憶這個逍遙園和 Geneva 湖。這就是我的心情和信念。

除了「翻譯度」把握不佳以及出現大量的缺陷翻譯之外，張我軍譯本還有一些誤譯，如張譯本頁九十七：「文學的 f 不能一概而言」一句，是將原文的肯定句誤譯為否定句了。原文是：「文學の一概に云へばとて」，意即「若要對文學的 f 一言以蔽之加以概括」，應該譯為：「第一應該考慮的，就是要對文學的 f 一言以蔽之加以概括，就要分成三種……」。再如，張譯在頁一九六把原文頁二七三的「嬋妍」譯為「嬋娟」；在頁二〇一，把原文「月並的俳諧」（意為「平凡無奇俳諧」）譯為「坊間的俳諧」等等，都是字詞上的誤譯，不一而足。此外，甚至還有整段的誤譯──

例九：

かの道德を以て生れ、道德を以て死し、造次顛沛にも道德を以て終始せざる可からざる道學者は論ずるの限りにあらず。道學者にあらずして、而もあらゆる文藝に道德的分子なかる可からずと主張する論者は文藝鑑賞の際に於て自己の心的狀態を遺失せるものと云はざる可からず。彼等は重大なる道德的分子の混入し來るべき作品に対してさへ暗々裡に此分子を忘却して、しかも恬然たりし過去幾多の経験を憶起する能はざるの徒なるべし。否彼等は〝Art for art〞派を攻擊するの以前よりして已れ既に其実行者たりし事を失念したる健忘者なるべし。之に反して今更〝Art for art〞說を物珍らし氣に

> 鼓吹するの徒は如何に此現象が上下数百年の文学を貫ぬいて堂々と存在せるかを知る能はざる盲目者流に過ぎず。(《文學論》原書，頁 177)

> 像那班生以道德死以道德，顛沛流離之時也非道德不能過日子的道學者，我們不必去論。不是道學者而主張一切文藝不得沒有道德要素的論者，不可不消說當賞鑒文藝時，失落了自己的心的狀態的人。他們是不能夠憶起過去許多經驗——對於應該混入重大的道德要素的作品，也不知不覺地忘掉這種要素，而且恬然無知——之徒。不，他們是忘掉了他們在攻擊純藝術派之前，自己已經是其實行者的健忘者。反之，此刻還天下奇事般鼓吹為藝術而藝術說的人，不過是不曉得這種現象，一貫前後幾百年的文學，公然存在的瞎子之流吧了。(張我軍譯：《文學論》再版本，頁 121)

這一段譯文對原文整體理解上出了問題，從根本上說是譯者沒有弄清原意，於是語義上、邏輯上都出現了混亂，導致了整段的誤譯。特別是張譯中加上了原文中並不存在的破折號，雙破折號中的「對於應該混入重大的道德要素的作品，也不知不覺地忘掉這種要素，而且恬然無知」這句話，將原文本來很流暢清晰的表述搞得含糊曖昧了。最後一句「公然存在的瞎子之流吧了」云云，更是完全不知所云。

對此，筆者的《文學論》新譯本是這樣翻譯的：

> 那種為道德而生、為道德而死，一舉一動都以道德貫穿的道學家又當別論。不是道學家，卻主張一切文藝都要有道德成分的人，在文學鑒賞中勢必會喪失自己的心理感受。他們是健忘者，對過去的許多經驗都回憶不起來了，忘掉了文學作品本來

> 就已經混入了許多重要的道德成分。不，毋寧說他們在攻擊純藝術派（Art for art）之前，自己就已經是道德的實行者了。相反的，另一些無知者，如今還自以為新鮮地鼓吹「為藝術而藝術」，是不知道這種現象已經赫然貫穿了幾百年的文學史。

誤譯之外，還有漏譯。在翻譯中，有些漏譯是有意的，有些漏譯可能是無意的。張我軍《文學論》譯本的漏譯不多，但漏掉的地方卻很重要。例如夏目漱石的《文學論》自序洋洋數千言，介紹了《文學論》寫作動機、寫作過程及作者的英國留學時的體驗與感想，對理解《文學論》全書乃至夏目漱石的早期思想與創作都是必不可少的，但不知為什麼張我軍譯本卻略而不譯。正文中的有關段落，也有漏譯的情況。例如原書頁二七一最後一段的三行，原文是：「知的材料は無論、超自然的材料すら他の蔽護によりて始めて活動する事斯の如し。而して其蔽護の任にあたる投出語法は既に述べたるが故に之を反覆せず、投出語法と併立して存在するべき投入語法を説くが此章の目的なりとす。」這段文字，張譯本漏掉了。再如，原書頁三〇九至三一〇漏譯，有這樣一段文字：

> 海士のかる藻に住蟲の我からと。音をこそなかめ世をばげ実に。何か恨みんもとよりも。因果のめぐる小の車の。やたけの人の罪科は。皆報いぞと云ひながら。我子ながらも余りげに。科もためしも浪の底に。沈め給ひし禦情なさ。申すにつけて便なけれども。お御前に参りて候ふなり。

張我軍譯本頁二二六將這一段文字漏譯了。原文是謠曲（能樂的唱詞），是典雅的古文，翻譯難度較大，因而似乎不是無意漏譯，而是有意漏譯。譯者在略過了這段古文之後，卻譯出了後面的這句話：

「俊寛が獨り鬼界が島に取り殘されて吾悲運を口說くあたりには」，譯文是「俊寬獨自被留在鬼界島，而說自己的悲運一條」，但接著卻又將後面引用的一段謠曲古文漏譯了。這段謠曲的原文是：「此程は三人一所に有りつるだに。さも怖ろしく。すさまじき。荒磯島にただひとり。離れて海士のすて草の浪のもくづのよるべもなくてあられんものか後ましや。歎くにかひも渚の衛。泣くばかりなる有樣かな云々。」對此，譯者應是有意漏譯，故連一個省略號也未加，也未加譯者注釋以說明此處略譯。讀者如果不核對原文，則難以發現漏譯。[5]

三　張譯《文學論》與譯文「老化」問題

從翻譯文學史上看，譯文的老化是需要相當時間的，而且一般說來至少要需要經過半個世紀左右，一個譯本才能出現明顯老化。現在看來，二十世紀上半期出版的一些譯文，無論小說詩歌等虛構性作品，還是學術理論著作等非虛構作品，都不同程度地顯示了譯文老化的跡象。張我軍譯《文學論》則是一個突出的例子。

張我軍在一九四〇年代寫的《日文中譯漫談．關於翻譯》中說：「當時我譯書的目的，並不是什麼文化介紹那種偉大堂皇的，實在說，只是為賣得若干稿費充餓而已！雖然原書倒也經過一番挑選，不

5　筆者《文學論》新譯本將這段被漏譯的文字補譯出來，如下：
……例如《藤戶》中表現主角因喪子而悲歎：「我就像蟲子寄生於海草，海草被漁夫割除，我何以憑靠！在世間隱姓埋名，實在寂寥。像車輪般因果流轉，兇猛者之罪孽，早晚要得果報。我的孩子啊他有何過錯！卻被沉入水底，真是太可憐了！欲訴無門啊，只好參見御前。」。《俊寬》中寫俊寬獨自被留在鬼界島，而訴說自己的悲慘遭遇：「此行程本來是三人一道，可怕啊、恐怖啊，簡直太無情！把我一人留在荒島，就像被漁民丟棄的海草，無依無靠，哭訴無著，如海灘上的孤鳥，只有哭啊、哭啊！」兩段都使用了許多雙關語，也有不少意義不明之處……

過這也是本生意經。為了這種目的，第一要選些迎合時代的內容，所以不自量力，三教九流無所不譯了。第二要快，所以文字也顧不得推敲，往往一日譯到萬餘字，雖說是為了生活，但是這樣的濫譯，使我自己現在每一想到，未嘗不汗流浹背，羞愧難當也！」[6]但是話雖這麼說，張我軍的翻譯態度總體是認真的，特別是一九三〇年代初期，譯出並出版《文學論》這樣的長達三十多萬字、篇幅巨大、體大慮周、翻譯難度很大的高端的純理論著作，是十分不容易、非常具有挑戰性的。相信譯者至少在翻譯《文學論》的時候，絕不是出於稻粱謀，而是有著學術文化的擔當意識和文學理論建設的責任感的。

關於翻譯的理念與方法，張我軍在上述那篇文章中，在嚴復的「信達雅」的基礎上，提出他的「翻譯的理想」是「達、信、雅」。他解釋說：「因為詞不達意，還說得上信嗎？所以應以達為先，以信承之，以雅殿之。」理論上，他把「達」放在第一位，這與魯迅的「寧信而不順」的主張有所不同。但這只是他的「翻譯的理想」，理想往往是沒有實現、難以實現的東西，而在他的《文學論》的翻譯實踐中，恰恰是「達」出了問題。上文列舉的十個段落的例子，除了明顯的誤譯之外，大都是既不全錯、也不全對，但卻是不通順、不道地的「缺陷翻譯」。譯者常常按照原文機械迻譯，未違背原文，所以不算誤譯，但卻是不「達」的，多數情況是不合漢語習慣，令讀者撓頭皺眉、搖頭歎息。

那麼張我軍本人當時在翻譯的時候，有沒有意識到自己的譯文與自己的「達」為第一的主張相去甚遠呢？或者說，他是否自覺到《文學論》的許多譯文是不達、不順的呢？這個問題極為複雜。主要的原因，還是因為在一九三〇年代之前，現代漢語中的敘事文體、抒情文體、理論文體這三種不同的文體語言，都普遍不夠成熟，有些作家在

6 《張我軍全集》（北京市：台海出版社，2000年），頁489。

創作中使用這三種文體，表面上看都較為成熟老到，但一旦去從事翻譯，則常常無法與原文平起平坐，轉換時顯得力有不逮、捉襟見肘。例如魯迅的雜文是老辣的，但同時期魯迅所翻譯理論文章，卻彆扭拗口得很，而頗受詬病。同樣的，張我軍在三十年代所寫的理論文章、所創作的詩歌小說，語言上都較為成熟，為此，他才被譽為臺灣新文學的開拓者和奠基人。然而，他所翻譯的《文學論》，現在看來卻已經難以卒讀了。這是為什麼呢？根本的原因，恐怕還是當時現代漢語中的純理論語言、嚴謹的學術思辨性的語言，相比其他文體，還遠遠沒有達到成熟的境地。這就使得張我軍《文學論》翻譯不得不大量依賴於迻譯，乃至機械迻譯，導致翻譯度不夠；甚至可以說，多數情況下是只「譯」而未「翻」。於是，大量的翻譯度不夠的迻譯，造成了譯文未能從原文中脫胎而出，彷彿與原文未割斷臍帶，黏連太多，致使中文不像是道地的中文，生澀拗口、佶屈聱牙，乃至不知所云。例如日文的「文學其物」，現在通譯為「文學本身」，但在當時尚沒有通行譯法的情況下，張我軍則照日文逕直迻譯為「文學其物」，今天的讀者讀之，便覺得彆扭不自然。許多表述、表達已經與今天高度成熟的現代漢語有了相當距離，今人讀之，就會感覺滯澀不暢，恍如隔代，再加上張譯《文學論》本來就存在不少誤譯，因而在現代讀者眼裡，已經呈現出了種種缺陷，這就是譯本老化的表徵。

譯文老化與譯文缺陷及誤譯，是同一個問題的兩個方面：正因為缺陷翻譯或誤譯較多，所以加速了它的老化。反過來說，在今天讀者感覺這個譯本老化了，就會發現更多的誤譯特別是缺陷翻譯。其中，「誤譯」是硬性的存在，不論是在當時，還是在現在看來，誤譯就是誤譯，百口莫辯，但「缺陷翻譯」卻因時代的推移會有所增多。有一些譯文，在當時來看可能算不上缺陷，因為是否有缺陷是相對而言的，有了完善的譯法，才能把缺陷翻譯反襯出來。而當時尚沒有完善的譯法，所以今天看來的「缺陷翻譯」，在當時可能算不上是「缺陷翻譯」；也就是說，譯文老化的徵兆，常常表現為譯文的缺陷越來越多地顯示出來，等到缺陷翻譯顯示到一定程度、暴露到一定限度，除非迫不得已，讀者便不願再讀了；一旦有了可靠的新譯本，老化的譯文便被拋棄；而一旦完全被拋棄，這個譯文便由「老化」狀態進入「死亡」的狀態，使譯本成為故紙。

譯文老化是翻譯史上的一種現象，譯文老化問題，也是一個關於「譯文學」研究的理論問題。老化是如何形成的？除了時間推移、語言變遷等等客觀因素之外，還有哪些因素導致老化？有沒有能夠抵抗時光的流逝，而不老化、或很少老化的譯文？對此，翻譯理論界若干年前關於翻譯有沒有「定本」、有沒有「範本」的討論，實際上也觸及了「老化」的問題。認為譯文有「範本」、「定本」，則不認為那些「範本」、「定本」會老化；相反，認為譯文壓根兒就不會有「定本」、「範本」的，邏輯前提就是任何譯文隨著時間的推移都會老化，都會被新的譯本所覆蓋。

平心而論，譯文的「老化」是客觀存在的事實，但「老化」的判斷並不是一個純粹的價值判斷，而只是一個客觀描述。也就是說，譯文老化，與譯文失去價值，兩者並不是一回事。從老化的角度看，一九四〇年代問世的朱生豪的莎士比亞戲劇譯文，在語言上已經明顯具有老化的跡象了，但朱生豪的譯文並沒有因為老化而失去價值。再往前推，林紓的用文言文翻譯的現代歐洲的小說作品，由於文體上的乖離與特定讀者群的喪失，可以說完全老化了，但林紓譯文在翻譯文化史上的價值並沒有失去，它永遠是翻譯文學史上的重要存在。看來，衡量「老化」與否，首先有一個時間上的因素。一般而言，時間久了，老化的可能性就大。但時間的因素不是絕對的。正如每一個人的壽命有長有短，長壽首先依賴於健康的體魄。有的譯作由於譯文質量不好，就會未老先衰，甚至速朽。錯誤百出、缺陷纍纍的譯文，一旦讀者有所察知，便會摒棄，使其速老速朽速死。但有一些眾所公認的優秀的譯文，哪怕過去了半個世紀，卻仍然富有生命力，仍然不乏讀者。可見，對於譯文的老化而言，時間長短是相對的，不是絕對的。

除了上述的時間上的標準外，還有兩個標準，一個是閱讀學上的「老化」標準，一個是文獻學上的「老化」標準。從閱讀學上看，對於一般讀者的閱讀而言，除非有特殊的需要，老化的譯本往往不再有閱讀價值。因為讀者從老化的譯本中，既得不到準確可靠的信息，也難以享受到閱讀的快意。例如張我軍的《文學論》譯本，在閱讀學上價值已經很小了。筆者曾在一次學術會上，聽到一位教授正在介紹自己的夏目漱石文學理論研究的項目，而提到使用的譯本就是張我軍譯《文學論》。我當場問道：「張我軍的《文學論》譯本，您看得懂嗎？」我的意思是：張譯的許多段落讀者是不可能看懂的。若不核對原文，無論如何也不會看懂。譯文根本上是對原文的一種翻轉解釋與傳達，所以即便能讀原文的讀者，有時候也需要讀讀譯文，會有助於對原文的理解。但倘若譯文比原文還要難懂，那就說明這個譯文已經老化了，而且是絕對老化，不是相對老化，因為它已經喪失了一般閱讀的價值。

然而閱讀學的老化標準，不同於文獻學上的老化標準。文獻上所見的譯文的價值，不在於讀者是否閱讀，而在於其文化史料價值，它是供研究者研究用的重要史料。例如，我們今天談張我軍的《文學論》，用意絕不是向一般讀者推薦閱讀，相反，是要告訴讀者這個譯本已經不再適合閱讀了。但是，它對翻譯研究者而言卻具有不可取代的價值。從張我軍《文學論》譯文中，我們可以見出中國文學理論著作翻譯的發展演變，見出現代漢語的理論語言艱辛的形成過程與成熟軌跡，可見它不僅有語言學史上的價值，而且也有翻譯學史上的價值。因而可以說，張我軍譯《文學論》這樣的譯文，雖老化甚而接近老朽，但卻沒有死亡。

「創造性叛逆」還是「破壞性叛逆」？[1]

我曾寫過《二十世紀中國文學翻譯之爭》（新版更名《中國文學翻譯九大論爭》）一書，對二十世紀中國文學翻譯論爭做了歸納和評述。現在倘若有人問我：進入新世紀後，中國文學翻譯界最大的論爭是什麼？那我將毫不猶豫地回答：是「創造性叛逆派」（以下簡稱「叛逆派」）與「忠實派」（又可稱「求信派」）的之間的論爭。

一　「叛逆派」的起源及其與「忠實派」的爭點

所謂「創造性的叛逆」，據說是法國學者埃斯卡皮在《文學社會學》一書中較早提出來的，說「翻譯總是一種創造性的叛逆」。[2]但是論者並不是翻譯理論家，沒有對「創造性叛逆」做出嚴格界定和詳細闡釋。所謂「翻譯總是創造性的叛逆」，顯然只是一種印象性概括，並不是嚴格的科學論斷。翻譯確實免不了「創造性叛逆」的成分，但並非「總是創造性的叛逆」。例如一首詩，每一句都是對原文的「創造性叛逆」，那麼這算是翻譯，還是創作呢？一篇一萬字的翻譯小說，從語言學的角度看，如果只是很少一部分字句屬於「創造性的叛

1　本文原載《廣東社會科學》（廣州），2014年第3期。原題〈「創造性叛逆」還是「破壞性叛逆」？——近年來譯學界「叛逆派」、「忠實派」之爭的偏頗與問題〉。

2　埃斯卡皮撰，王美華、於沛譯：《文學社會學》（合肥市：安徽文藝出版社，1987年），頁137。

逆」，其他都是逐字逐句的直譯，那由此應該得出「翻譯總是一種創造性的叛逆」的結論，還是應該得出「翻譯總是一種忠實性的轉換」的結論呢？如果一多半的字數都屬於「創造性的叛逆」，是否還算是合格的翻譯呢？在「創造性叛逆」之外，有沒有「破壞性叛逆」呢？如果「破壞性叛逆」的比重多了，還能叫作「創造性」的叛逆嗎？如果譯文基本上是原文的忠實的轉換和再生，那它是「叛逆」原文的結果，還是「忠實」原文的結果呢？這些都是令人不得不提出的疑問。

埃斯卡皮的這句話，所強調的是對翻譯文學（譯本）是譯者的一種再創造，翻譯文學難以百分百忠實原文。謝天振教授最早在他的相關文章及《譯介學》中，發現了埃斯卡皮這句話的理論價值，並把它作為他的「譯介學研究的基礎與出發點」。認為「創造性叛逆現象特別具有研究價值，因為這種創造性叛逆特別鮮明、集中地反映了不同文化交流過程中所受到的阻滯、碰撞、誤解、扭曲等問題。」[3]顯然，謝天振是把「創造性叛逆」置於比較文化、比較文學立場的，研究的著眼點是文學翻譯的相對獨立的價值，強調的是譯者的主體性、譯入國讀者的閱讀主體性。在這一點上，比較文化與比較文學的譯介學不同於語言學立場上的、以「忠實」於原文為中心訴求的翻譯理論與翻譯研究，所以謝天振才把這一立場的研究稱為「譯介學」，顯然是要與一般意義上的「翻譯學」相區別。

但是，此後，一些翻譯研究者卻在脫離比較文學語境的情況下，進一步將「創造性叛逆」論運用於一般的翻譯研究，並將「創造性叛逆」論與「反忠實」論或「解構忠實」論掛起鉤來。十幾年來，有關「創造性叛逆」及相關的「解構忠實」的言論與文章層出不窮，如林克難的〈翻譯研究：從規範走向描寫〉（《中國翻譯》2001年第6期）、葛校琴的〈譯者主體的加鎖〉（《外語研究》2002年第1期）、王東風的

3 謝天振：《比較文學與翻譯研究》（上海市：復旦大學出版社，2011年），頁112。

〈解構「忠實」——翻譯神話的終結〉(《中國翻譯》2004年第6期）等，還出現了《翻譯：創造性叛逆》(董明著，中央編譯出版社，2006年）那樣的以「創造性叛逆」為關鍵詞的專門著作，形成了陣容較為強大的「叛逆派」，並由此引發了「忠實派」與之針鋒相對的反論，特別是翻譯家江楓在《江楓翻譯評論自選集》和《江楓論文學翻譯自選集》(武漢大學出版社，2009年）兩書的相關文章中，對「叛逆派」做了激烈反駁與批評。

「叛逆派」認為翻譯不可能完全忠實原文，並指責「忠實派」脫離翻譯實際，以「信達雅」之類的標準來「要求翻譯做它所不能的事」;「忠實派」則認為翻譯「無信不立」,「忠實」、求信是翻譯的永恆追求，指出「叛逆派」是在鼓勵一些人胡譯亂譯，貽害無窮，因而「叛逆派」應該為近年來翻譯質量下滑、粗製亂造的譯文大量出現承擔罪責。「叛逆派」以西方「後現代主義」理論如解構主義之類為依據，將以「忠實」為核心的翻譯理論列為「傳統翻譯學」，而把「創造性叛逆」奉為新派的「現代翻譯學」，明言「忠實派」已經陳舊過時，應該被取代；而「忠實派」則將「叛逆派」視為西方時髦的「主義」和理論在中國的「二傳手」所販賣的違背翻譯基本性質與規律的虛假理論，是「偽翻譯學」。

平心而論，「叛逆派」與「忠實派」的論爭，對於推動新世紀中國譯學理論的活躍與繁榮，是有益的、必要的，各自的理論主張都有合理性的一面。

站在文學角度而言，在我看來，「忠實派」理論主張是從「文學翻譯」立場得來的，而「叛逆派」的理論主張則是從「翻譯文學」而來的。「忠實派」適用於作為行為過程的「文學翻譯」。因為「文學翻譯」的行為過程若不講「忠實」，那麼翻譯便成為一項極不嚴肅、隨意為之的行為，胡譯亂譯將肆意橫行，翻譯將喪失其規定性；同理，「叛逆」是對最終成品的「翻譯文學」狀態的描述，只適用於作為最終文本形態的「翻譯文學」。因為作為翻譯結果的「翻譯文學」，不可能百分百地再現原文，總有對原文的有意無意的背離、丟棄和叛逆，所以從文學翻譯的最終文本「翻譯文學」上看，「叛逆」是其基本屬性之一。如果不承認「叛逆」，看不到「叛逆」的合理性與價值，翻譯批評就只是關於語言學上對與錯的挑錯式的批評，而不是視野更為廣闊的跨文化批評，翻譯研究就無法正確評價翻譯史與翻譯文學史。

在相對而言，「忠實派」是翻譯中的理想主義，它用「信達雅」等標準指導翻譯活動與翻譯過程，用「神似」、「化境」等理想，來要求風格上出神入化的最高的忠實與美；「叛逆派」則是翻譯中的現實主義，它承認翻譯家翻譯出來的翻譯文學不可能完全忠實原文，於是坦然接受這個現實，只是在理論上描述這一現實，並在翻譯研究中揭示這種並非忠實的、乃至叛逆性的譯作之價值，指出它在文化溝通、文學交流方面所起的不可替代的特殊作用。

這樣看來，「叛逆」與「忠實」兩派可以在「理想」與「現實」兩個介面上互相補充，在「文學翻譯」與「翻譯文學」兩種形態上互為依存，在「翻譯實踐」與「翻譯史研究」兩個領域互為犄角。事實上兩派也起到了這樣的作用，但是表現在具體的論爭與論證上，一些論者將各自的主張絕對化，各執一端、針鋒相對、不加包容。「忠實派」認為「忠實」是翻譯的根本，絕不能提倡「叛逆」，認為將翻譯研究納入比較文學的範疇是「不可接受」[4]的；「叛逆派」認為「忠實」只是翻譯中的「神話」，而「創造性叛逆」才能揭示翻譯的實質。顯然，兩派在理論闡述的過程中，在相互的論爭中，各自都「越界」了。「忠實派」把「忠實」的理論要求，由「文學翻譯」推廣到「翻譯文學」，由翻譯過程與翻譯實踐的規範性理論，而普泛為整個文學翻譯與翻譯文學的全部。殊不知「忠實」的理論固然是翻譯實踐

4　江楓：《江楓翻譯評論自選集》（武漢市：武漢大學出版社，2006年），頁176。

的理想追求，卻不是翻譯結果的正確描述。同樣的，「叛逆派」把自己的「創造性叛逆」由翻譯文本即「翻譯文學」的某方面屬性，放大為整個翻譯的本質屬性。殊不知「叛逆」只能是對文學翻譯之成品狀態即「翻譯文學」一種描述。

「忠實派」與「叛逆派」兩者本來應該各有畛域，不可越界。一旦越界，便由真理走向謬誤。想在理論上真正站得住，就必須明確意識到各自立論的邏輯前提究竟是什麼，各自的理論適用性又在哪裡。

「忠實」作為翻譯實踐的指導性理論，是必不可少的。但「忠實派」往往用「忠實」來衡量已經問世的譯作，並以此對譯作做出價值判斷。有的譯者和翻譯家重視譯文獨立的審美價值，提出了「與原文競賽論」；有的理論家提出了翻譯標準的「多元互補」論。但是，「忠實派」的一些論者常常只堅持「忠實」一端，對其他的這些理論主張強烈排斥，並從這些人的譯作中，挑出一些並不忠實的翻譯，乃至錯譯，而對其譯作做出否定性判斷。拿「忠實」的標準，做字句上的挑錯式的批評，固然是必要的、也是重要的，但以個別字句翻譯上的不忠實而否定整個的譯作，就不免以偏概全了。假如拿「忠實」為標準而對具體字句的翻譯一一加以語言學層面上的衡定，則無論是哪個翻譯家的譯作，多多少少肯定會有不忠實乃至錯誤之處，但我們不能因此而否定該譯作。看來，「忠實」論是有適用限度的，它是指導翻譯實踐（文學翻譯）的理論，而不是對翻譯的成品（翻譯文學）的唯一的評價標準。是否忠實於原文固然是其中重要的標準，但衡量翻譯文學之價值的標準，是一個綜合性的、多層次的指標體系，既有純語言文學層面上的標準，也有文化上、特別是跨文化交流上的標準。例如，一部譯作是否受到譯入國讀者的歡迎，在譯入國文學史、文化史上是否起有作用和影響等等，都是應該考慮的。甚至正如「叛逆派」所主張的，有時候「創造性叛逆」也是一個重要的評價標準，因為它在跨文化交流中起到了特殊的重要作用。

二 「叛逆派」立論中的問題

在上述兩派中，「叛逆派」屬於新派。相比於源遠流長、根底扎實的「忠實派」而言，「叛逆派」的理論還較為粗糙，還未臻於成熟。雖然發表了很多的著述，雖然援引了許多西方人的觀點作支持，但無論是西方的翻譯理論，還是以此為支撐的中國的「叛逆」理論，在邏輯論法、觀點結論等方面，問題都很多。

歸納起來，問題之一，是未能很好地處理「忠實」與「叛逆」之間的辯證關係，在論述「創造性叛逆」的時候，誤把「忠實」作為靶子和對立面，將「忠實」作為陳舊的理論主張全面否定。「叛逆派」中有人寫論文，宣稱要「解構『忠實』」，把「忠實」與傳統禮教社會夫妻之間的絕對占有與絕對服從、與臣民對君主的絕對忠誠、與譯者對原作者、譯作對原作的「忠實」，相提並論，認為「忠實」屬於傳統封建社會的「集體無意識」而痛加否定。這就未免生拉硬扯、針小棒大、離題甚遠了。其實翻譯中的「忠實」問題是一個語言問題、文學問題、美學問題，「忠實」與傳統社會中的君主專制問題的關聯，似乎有點風馬牛。「叛逆派」的一些論者，按照「傳統與現代」二元對立的思路，進一步將「忠實」理論視為「傳統翻譯學」，將「創造性叛逆」理論視為現代翻譯學的「全新理論」，在兩派之間做出了新與舊、傳統與現代的價值判斷，等於宣布「忠實派」已經過時了。實際上，翻譯學、翻譯理論固然有出現的先後之別，也有形態之分，但卻沒有「傳統翻譯學」與「現代翻譯學」的壁壘，新與舊絕不能決定價值的高低。「傳統翻譯學」如果仍在延續，那它就既有傳統性，也有現代性。事實上，以「忠實」論為核心的中國翻譯理論，在古代源遠流長，至今仍然是翻譯理論的核心。「忠實」論過時不過時，絕不是因為它是不是傳統譯論，而是取決於它能不能在現代翻譯實踐中不斷充實和發展。

問題之二，「叛逆派」一些論者在把「忠實派」作為「傳統翻譯學」加以批判的時候，認為「忠實派」之所以主張對原作忠實，是因為「預設原作和作者是完美無暇的」，或者是認可了原作的「權威性」，所以要服從。而事實上原作往往並非完美無暇，也未必有那麼大的權威性，所以譯者未必要忠實它、服從它。此言不無道理。「叛逆派」從這個角度論述「忠實派」理論的起源，也是可行的。但是，一些著名翻譯家自述的那種對原作的「戰戰兢兢、如臨深淵、如履薄冰」式的敬畏之感與忠實之心，恐怕主要是對翻譯本身的敬畏與忠實，是對翻譯事業的忠誠之心，而並不意味著是認可原作者或原作本身的權威與完美。「叛逆派」在論述這個問題的時候，喜歡舉出宗教經典的翻譯為例，到了當代也可以舉出「馬恩列斯」著作的翻譯為例，來說明「完美」與「權威」。但是，事實上，還可以舉出完全相反的並不完美、並不權威，但仍然要忠實地加以翻譯的例子，例如文革時期被翻譯過來「供批判用」的著作，像右翼作家三島由紀夫的《豐饒之海》四部曲那樣的作品，查對原文，譯者的翻譯仍然堪稱忠實。這既不能表明譯者認定原作完美無缺，更不說明譯者認可作者有何權威，而只能表明：只要進入了翻譯過程，就要忠實原文。既然要去翻譯它，就要忠實它，哪怕原文很不完美、很沒「權威」也罷。換言之，「忠實」還是「叛逆」，不取決於原文是否完美、是否有權威，而取決於「翻譯」本身的要求。譯者忠實於原作，並非表明譯者對原作者低人一等，而是真正體現了與原作之間的平等意識。

問題之三，「叛逆派」中的一些論者，在「忠實—叛逆」、「傳統—現代」、「權威—服從」的二元對立中，就很難處理好「忠實」與「叛逆」之間的辯證關係。他們沒有意識到，無論是什麼樣的翻譯，只要它還算是「翻譯」，那就有著對原作的一定程度的「忠實」，其中的「叛逆」也是在「忠實」基礎上的「叛逆」。「忠實」與「叛逆」的這種矛盾運動，是貫穿於一切翻譯，也包括文學翻譯中的根本屬性。

正如世界上不存在百分百「忠實」的譯文，世界上也不存在百分百的「叛逆」的譯文。如果百分百地「叛逆」了，那就不是翻譯，而是創作了。因此，就原文與譯文的關係而言，「叛逆」是某種程度上的，因而「叛逆」是相對的，而不是絕對的。「忠實」與「叛逆」是互為補充的關係，而不是對抗關係。很多情況下與其說是「叛逆」，不如說是翻譯家為求「忠實」而採取的特殊的、非常規的、個性化的表現。在大部分情況下，對於譯文與原文的關係而言，「忠實」是主要的，「叛逆」是次要的；「忠實」是基礎，「叛逆」是附屬；「忠實」是主流，「叛逆」是支流。不能做到完全的忠實，是翻譯的本身侷限性，而不是翻譯值得自豪的理由。「叛逆派」高調主張「叛逆」，卻忽視了「忠實」是對「文學翻譯」的規範性的最基本的要求，未充分注意「忠實」是許多翻譯家的理想，也是一個翻譯工作者起碼的職業操守。若沒有「忠實」這個要求，若不追求「忠實」這個理想，那麼翻譯就不存在，翻譯家也不存在了。

問題之四，就是無條件地肯定和弘揚「創造性叛逆」。當「創造性叛逆」被無條件肯定和弘揚的時候，所有「叛逆」就都被視為「創造性」的了。「創造性叛逆」這個命題中，暗含著對「叛逆」的完全正面的評價，體現了以譯者為中心的一元論的立場。也就是說，無論譯者怎麼譯，都是「創造性叛逆」。在「創造性叛逆」的語境中，將譯者的「叛逆」與翻譯中的「創造」視為因果關係，也就是將「叛逆」視為「創造性」的行為。實際上，並不是只有「叛逆」才算「創造」。在翻譯實踐中，「忠實」的翻譯本身就是「創造」或「再創造」，而且是翻譯活動中的主要的創造方式。這種「創造」常常比「叛逆」更艱難，是將科學性與藝術性、從屬性與主體性結合在一起的更為複雜的勞動，嚴復所說的「一名之立，旬日躊躇」表達的，就是翻譯中的艱辛創造。

「忠實派」要「叛逆派」為翻譯質量的下滑負責，實際上是誇大了，或者說放大了「叛逆派」的適用性。實際上「叛逆派」早就聲言：它的理論不指導實踐，而只是客觀描述。但是，另一方面，「叛逆派」似乎也不能不承認，完全從正面肯定「叛逆」，將「誤譯」這樣的損害原文的行為與結果也不加分析地歸為「創造性叛逆」，客觀上會寬容誤譯，甚至會為誤譯開脫，這是不得不承認的。「叛逆派」的問題，是將翻譯中的一切「叛逆」視為理所當然、視為合理合法，而沒有看到，實際上在翻譯中，存在著兩種「叛逆」，一種是「創造性叛逆」，另一種是「破壞性叛逆」。

三　「創造性叛逆」還是「破壞性叛逆」？

「破壞性叛逆」是我權且杜撰出來的一個詞組，可以作為「創造性叛逆」的反義詞，以解釋「叛逆」的另一面，即消極面或負面。對於「破壞性叛逆」這個問題，「叛逆派」的論者完全沒有意識到。如今公諸於世的屬於「叛逆派」的上百篇相關文章和數部專著，甚至專門闡述「創造性叛逆」的博士論文，對於「破壞性叛逆」這個問題，連淺嚐輒止的論述都沒有，甚至沒有觸及，這是令人十分遺憾的。實際上，「創造性」與「叛逆性」是「叛逆」的兩面。並非所有的「叛逆」都是「創造性叛逆」，肯定也有「破壞性的叛逆」。只有看到「破壞性叛逆」，才能正確認識「創造性叛逆」。

從翻譯史上看，「創造性叛逆」應該是一個歷史範疇。在某一歷史時期看似「忠實」，在另一歷史時期看來則是「叛逆」，反之亦然；在某一歷史時期看似「創造性叛逆」，在另一歷史時期則屬於「破壞性叛逆」，反之亦然。在各國早期的翻譯史上，人們對「創作」與「翻譯」、翻譯與改寫等，並沒有嚴格區分，因此「忠實」與「叛逆」的區分意識也很漠然，現在看來那時翻譯中的「叛逆」固然有很多。但當時主觀上並非都是要「叛逆」，大多是時代條件限制下的迫不得已。

中國近代翻譯史初期的以林紓為代表的「竄譯」，對原文有大量的篡改、增刪，是很「叛逆」的翻譯。「叛逆派」的一些論者也喜歡舉林紓的作品，指出林譯小說的影響有如何深遠和巨大，將其作為「創造性叛逆」的典型代表。但是，我們還要看到，林紓的「竄譯」在「創造性叛逆」之外，也有更多的「破壞性叛逆」。它是近代中國純文學翻譯史上不成熟時期的產物，是特定歷史時期出現的「譯述」（「譯」與「述」合一）現象。

早期翻譯史上的很多翻譯都屬於包括編譯、節譯、竄譯、改譯（翻譯修改，例如日本江戶時代對中國古典小說的所謂「翻案」）等形式，現在看來，這些都是根據譯入國讀者的需要對原作實行了大幅度改竄與刪削，屬於翻譯的各種「變型」或「變體」，而不是嚴格意義上的翻譯。歷史地看，其中當然不無「創造性叛逆」的成分，起到了一定的歷史作用。但是，如今，這些翻譯的變體形式比之先前是越來越少了，這是因為它們對原作的「破壞性叛逆」的程度較大，令讀者不太信賴的緣故。「叛逆派」的一些論者，不分古今，一律把上述譯本形式歸為「創造性叛逆」之列，是不知當時之所以採取這些變體翻譯，一般都是翻譯或出版條件暫不具備、或雙語水平暫不具備時的一種權宜之計，它們對原作造成的更多是「破壞性叛逆」，故而一旦有了忠實的全譯本，就會被很大程度地覆蓋掉。

縱觀中外翻譯文學史，隨著翻譯水平的提高，翻譯中的「叛逆」逐次遞減，叛逆中的「破壞性」逐次遞減，這是人類翻譯發展進步的基本趨勢。

我之所以這樣說，是因為，一種語言與其他語言的對應解釋，是在成百上千年間無數次的語言文學交流的實踐中形成的，是無數翻譯家在長期探索中逐漸形成的。在沒有雙語詞典可供翻查的情況下，字詞的對譯，這種今天看來連機器都能完成的簡單轉換，在那時卻是極富有冒險性和創造性的活動。而在雙語詞典編纂出來並日益得以完善的今天，語言語義的對應意義，句法的對應及其意義，都有了約定俗成的通識和解釋，翻譯者在這個問題上的「叛逆」的空間已經很小了，很多時候甚至這個空間都不存在了。

在中國古代翻譯史上，唐朝以前的佛經及佛經文學的翻譯，「叛逆」較多，而到了唐朝，隨著翻譯經驗的積累，隨著梵漢雙語的交流與意義對應的形成，唐代的佛經翻譯忠實程度達到最高，「求信」成為可能。這是唐代佛經翻譯在經歷了五、六百年的經驗積累後的完善與進步的體現。在近代中國翻譯的初期，由於中西、中日語言的意義對應尚未確立，各種的編譯、節譯、乃至胡譯亂譯的「豪傑譯」一時盛行，但到了一九三〇年代後，隨著中國人外語水平的提高和語言學的進步，各種雙語詞典編寫出來了，忠實的翻譯成為可能，「叛逆」的餘地大為減小。

在西方，古羅馬人面對古希臘作品的時候，以勝利者和占有者的姿態，曾經肆無忌憚地「叛逆」，是因為既需要翻譯人家的東西，又想顯示自身文化的優越。而到了近代翻譯中，隨著英法德意俄等民族國家語言的成熟與各語種之間語義對應的確立，科學化、精確化的翻譯成為可能，叛逆的餘地減小。於是出現了主張忠實準確的「科學派」（語言學派）。到了「叛逆」的餘地小到翻譯家不能容忍的時候、限制了翻譯家主體創造的時候，才出現了「藝術派」與「科學派」的反覆不斷的論爭。現代西方譯學史上「藝術派」是在翻譯業已出現「科學化」基礎上的出現的，其「叛逆」的主張是對文學翻譯中過度「忠實」（死譯）的反撥。我們不能孤立地看待西方的「叛逆」主張，當我們主張「創造性叛逆」的時候，應該有這種歷史感。

在「破壞性叛逆」中，「誤譯」是最常見的。然而「叛逆派」的一些論者卻明確地將「誤譯」列入了「創造性叛逆的形式」，從論述到舉出的例子，都無視「誤譯」的「破壞性」。實際上，誤譯，無論是自覺的誤譯還是不自覺的誤譯，是有意識的誤譯還是無意識的誤譯，對原作而言，都構成了損傷、扭曲、變形，屬「破壞性的叛逆」。誠然，正如叛逆派的一些論者所言，誤譯，特別有意識的誤譯，有時候會造成出乎意外的創造性的效果，其接受美學上的效果也是正面的。但是，這種情況多是偶然的，是很有限度的。事實上，誤譯在大多數情況下，是由譯者的水平不足、用心不夠造成的，因而大多數情況下是「破壞性叛逆」，屬於翻譯中的硬傷，譯者是引以為恥的。因此不能以此來無條件地肯定誤譯。不能將出於無知、疏忽等翻譯水平與翻譯態度上引發的誤譯，稱之為「創造性叛逆」。

即便是有意識的誤譯，譯者很可能是想「創造」一下，但大多數情況下也屬「破壞性叛逆」。這裡只舉最簡單的例子，以日本文學中的作品名稱的翻譯為例。夏目漱石的小說《行人》這一書名是有典故的，那就是《列子》中的「夫言死人為歸人，則生人為行人矣。行而不知歸，失家者也。」是說小說的主人公是一個「行而不知歸」的「行人」，而中譯本卻將這書名譯成了《使者》，造成了對整個題名寓意的破壞；森村誠一的著名長篇推理小說《人性的證明》，主題是要證明人性善惡的限度，而中文譯本卻譯為《人證》。「人證」是法律名詞，不僅與原作要旨相去甚遠，而且只能引起讀者誤解。一九八〇年代在中國引起轟動的日本著名電視連續劇中文譯本譯為《血疑》者，原文是「赤色的疑惑」，譯為「血疑」固然是對原文標題的凝縮，卻無法準確反映出女主人公白血病的題材，徒令讀者觀眾費解，甚至會令人聯想到兇殺，也屬「破壞性叛逆」無疑。這種「破壞性叛逆」似乎都有一個明顯的特徵，就是無論是出於媚俗、還是無知，都對原作構成了顯而易見的、毋庸置疑的傷害、損壞，屬於翻譯中出現的「硬傷」。換言之，「破壞性叛逆」的發生，是在原文意義相對確定、沒有「叛逆」之餘地的情況發生的叛逆行為。

有時候，在文學理論、藝術美學等特有的名詞、術語的翻譯中造成的「破壞性叛逆」，則是因為譯者沒有發現譯入語中有相對應的詞語，於是譯者便發揮「創造性」，做了解釋性的翻譯。例如，將日本古典美學的基本概念「物哀」解釋性地譯為「愍物宗情」、「感物興歎」之類，於是破壞了「物哀」獨特的思想意蘊；將日本美學概念「寂」譯為「閑寂」，於是大大縮小了日本之「寂」的內涵與外延；將日本獨特的美學概念「意氣」譯為「美」，於是用一般的「美」，消解了日本特殊的身體美學之美。在這種情況下，一些譯者沒有意識到這些概念的獨特的民族性，不甘心將原語概念平行遷移（迻譯）到中文裡，於是便選擇了「創造性叛逆」，不料，卻成為「破壞性叛逆」。

可見，若站在譯者與原作的二元論的立場上看，「叛逆」並不都是創造性的，有時則是破壞性的，因而在「創造性叛逆」之外，顯然還存在著「破壞性叛逆」。一開始就想著要「叛逆」原文者，那就不是好譯者，甚至不算是譯者。因為翻譯的創造性主要不是在「叛逆」中進行的，更不是在「創造性叛逆」中進行的，而主要是在譯文對原文的「若合符節」和「以似求是」的盡可能忠實的轉換中實現的。因而一部譯作的「叛逆」越多，其中所含有的「破壞性叛逆」就越多；「破壞性叛逆」越多，「創造」的意義就越少，「創造性叛逆」也越少。因此，一部好的譯作不僅「破壞性叛逆」要盡可能少，「創造性叛逆」也要也盡可能地少。這樣的譯作才是值得讀者信賴的，並可很大程度上替代原作的譯作。

總之，翻譯理論的宗旨應該是「提倡理想，規制現實」；翻譯研究的宗旨也應該是「呈現事實，描述歷史，生產知識，影響現實」。從這樣的宗旨出發，翻譯中的「叛逆」應當被客觀地呈現和承認、得到客觀的描述，但從「規制現實」、「影響現實」的角度看，「叛逆」卻不應該被弘揚和提倡。因為「叛逆」中含有「破壞性叛逆」，作為一種歷史現實，我們可以接受它，應該有一定的限度、範圍、條件和前提。相反的，凡是理論主張都是理想，至少具有理想色彩，理論是對實際的提煉，如理論等於實際，那就不是理論了。「忠實」作為理想，提倡之無害而有益。正因為「信達雅」等忠實的標準難以實現，所以更需要這樣的標準，正如法律不能被百分百遵守，所以需要法律，屬一個道理。「叛逆」固然是翻譯上的一種現實，但如果無條件地接受現實，就會喪失理想與規矩的指引與規範，現實就將越來越糟。正如社會腐敗是一種現實，所以我們不能無條件接受它，卻需要用法律加以約束和制裁，是同樣的道理。

「譯文不在場學」的翻譯文學史

——「譯文學」意識的缺失與中國翻譯文學史著作的缺憾[1]

一　譯文不在場的「翻譯文學史」實為「文學翻譯史」

以陳玉剛主編的《中國翻譯文學史稿》（中國對外翻譯出版公司，1989年）的公開出版為標誌，中國的文學史撰寫出現了一個新的類型，就是「翻譯文學史」。作為學術範疇的「翻譯文學」及「翻譯文學史」也在稍後逐漸確立起來。《中國翻譯文學史稿》作為中國第一部公開出版的中國翻譯文學史著作，在選題上具有開拓意義，使得中國文學史書增添了「翻譯文學史」這樣一個新的品種或類型，開闊了文學史的視野與範圍，具有重要的價值。特別是在人們對「翻譯文學」的認識普遍淡漠的時候，拈出「翻譯文學」這個概念，在當時不僅有文學史撰寫上的意義，也有重要的理論意義。「翻譯文學」這個概念有助於強化人們把譯作也視為一種相對獨立的再創作的文學樣式，而不僅僅視為原作的簡單的轉換和複製；有助於人們意識到翻譯家也是創作家，而不單單是模仿者；意識到中國文學史不僅僅是作家創作的歷史，也是翻譯家再創作的「翻譯文學」的歷史。正因為如此，當《中國翻譯文學史稿》出版後，僅是書名與選題，便令讀者耳目一新。但是，這部書作為第一部公開出版的翻譯文學類著作，它的

1　本文原載《文學評論》（北京），2015年第3期；《中國社會科學文摘》2015年第10期轉載。

出現不免令人感覺有點突然。因為當時學界對「翻譯文學」的理論探討與學術研究還遠遠沒有展開。照例說，要等翻譯文學的個案的、具體的研究達到一定程度、有了一定積累後，才可能寫出「翻譯文學史」。從這個角度看，《中國翻譯文學史稿》的出現是有點超前了。在寫法上，這本書基本上沿襲一直通行的中國現代文學史書的時代分期和章節布局方法，以重要的翻譯家為基本單元，介紹、評述了翻譯家的生平、其翻譯活動的貢獻，以此構成了全書的主要內容。作者稱它為「史稿」，既是謙辭，也如實表明了它並不是成熟的作品。

「翻譯文學」無疑是《中國翻譯文學史稿》全書的第一關鍵詞，全書反覆使用「翻譯文學」這個詞，但在「緒論」等關鍵節點上，對「翻譯文學」卻沒有做出任何界定。或許在當時的編寫者看來，「翻譯文學」是一個不言自明的詞組，因而無需界定也無需解釋。實際上，凡是概念、範疇，都有自己特殊的內涵和外延，既要對它的內涵加以明確界定，又要對它的外延做出說明，特別是要說清它跟其他相關概念的聯繫與區別。就「翻譯文學史」這個概念而言，起碼涉及到「翻譯文學史」與「文學翻譯史」，「翻譯史」與「文學史」這幾個概念的區分與釐定。否則，「翻譯文學史」究竟該怎麼寫，就很可能沒有明確的理論自覺。

現在看來，我們對「翻譯文學史」這個概念，大致可以有兩種不同的理解。第一，「翻譯文學史」主要是作為一種「文學史」來寫的，而不是作為「翻譯史」來寫的，因而叫作「翻譯文學史」，意即「翻譯的文學史」；第二，如果是作為「翻譯史」來撰寫的，那就是「文學翻譯史」，亦即「文學方面的翻譯史」，與其他方面的翻譯史，如科技翻譯史、宗教經典翻譯史、學術翻譯史、口譯史等，加以區分或區別。

若從這樣的理解和分別來看，作為開拓性的著作，《中國翻譯文學史稿》對「翻譯文學」及「翻譯文學史」的認識還沒有到位。編寫者主要是將這本書作為「文學史」來撰寫的，而對「翻譯文學史」與「翻譯」、「翻譯史」、「文學翻譯史」的特性還缺乏認識和把握。從寫作主體來看，無論是主編，還是參與執筆撰寫的人，都是從事中國文學特別是近現代文學史研究的，而並非是從事翻譯研究或翻譯史研究的。因而所要撰寫、所能撰寫的，實際上自然就是一部「文學史」，而不是落實在「翻譯」上的「翻譯史」。作為「文學史」，按照一般的文學史慣例，那就包含著三個基本環節，一是時代背景的交代，二是作家生平創作經歷的描述，三是作品文本的分析批評。按照這三個環節來衡量《中國翻譯文學史稿》，則前兩個環節做得很充分，對翻譯文學產生的時代背景，對翻譯家的生平、翻譯活動及翻譯思想主張的評述，幾乎構成了全書的所有內容。然而，作品，即「譯作」這一環節，卻被嚴重地忽略了。例如，獨立成章的翻譯家，包括梁啟超、嚴復、林紓、魯迅、茅盾、郭沫若、巴金、瞿秋白等八個翻譯家中，沒有對他們的某一代表性譯作進行「文學」、「翻譯學」或「翻譯史」層面上的譯文文本批評。其他各章中涉及到的翻譯家，因為文字篇幅有限，更沒有譯文批評。這樣一來，整個《中國翻譯文學史稿》的重點就放在了中國文學翻譯的時代背景、翻譯家外部活動的記載與評述上，而對於翻譯家之為翻譯家的最終成果的「譯文」，則缺乏觀照，多數情況下語焉不詳。

幾年後，謝天振先生發表了一篇文章，肯定了這部著作的貢獻，也指出了其中的問題：

> 綜觀「史稿」全書，在這部標明為「中國翻譯文學史稿」的著作裡，卻沒能讓讀者在其中看到「翻譯文學」，這裡指的是翻譯文學作品和翻譯文學作品中的文學形象以及對他們的分析評述；沒能讓讀者看到披上了中國外衣的外國作家，即譯介到中國來的外國作家。而從譯介學的角度來看，他們應該和中國的

> 翻譯家一起構成中國翻譯文學的創作主體；書裡也沒能讓讀者看到對翻譯文學在中國的接受和影響的分析和評論……那麼，這樣一部著作更確切地說，是一部「文學翻譯史」，而不是「翻譯文學史」。[2]

在這裡，雖然謝天振先生沒有接著進一步界定和闡述兩者的異同，但這已經為我們提出了「翻譯文學史」與「文學翻譯史」這兩種不同的類型，對此後的理論概念的辨析與文學史的撰寫都具有很強的啟發性。不過，除了謝天振的這些話之外，筆者還想補充說明的是：《中國翻譯文學史稿》與其說屬於「文學翻譯史」，不如說是以文學翻譯家的背景、思想與翻譯活動為中心的「文學史」，而不是「翻譯史」。因為「翻譯史」的重點應該是語言的轉換、文本的轉換，是對「翻譯」的外部環境（社會歷史背景、讀者期待）和內部機制（文本的語言學層面的轉換、譯本的美學層面上的生成）及其發展演化規律的解釋和評析。而恰恰是這一點，《中國翻譯文學史稿》作為第一部公開出版的同類書，是沒有做到的。作為「文學史」書，缺乏的是文本分析；作為「翻譯史」書，缺乏的是譯文文本的分析。總之，是「譯文不在場」。

在《中國翻譯文學史稿》出版近二十年後，以天津師範大學孟昭毅教授為首的近二十人的團隊，對《中國翻譯文學史稿》「重新修訂編寫」（語出該書「後記」）。把「史稿」的「稿」字去掉了，在此基礎上出版了《中國翻譯文學史》（北京大學出版社，2005年）。在時段內容上加以擴寫充實，把原書到一九六六年為止的內容，增補到二〇〇三年，還補充了港臺的翻譯文學，形成了從晚清到當下的完整的「中國翻譯文學史」的敘述，這是很有必要的。但是，作為「翻譯文

2　謝天振：《譯介學》（上海市：上海外語教育出版社，1999年），頁274。

學史」,「譯文不在場」的問題仍然沒有解決。全書「緒論」的第一部分〈中國翻譯文學的本體認識〉,有一節文字,表達了本書作者對「翻譯文學」的認識,其中寫道:

> 本書著重探討的是以漢語筆譯外國文學的歷史軌跡。近年來……學者對於翻譯史、翻譯理論、翻譯家以及譯本的研究,已經形成譯介學的新學科。翻譯文學作為其中的熱點之一,突出研究兩種語言文字表達的同一部文學作品的深層關係有哪些不同,翻譯家在譯介過程中進行那些文化選擇,社會文化對文學翻譯的制約,以及翻譯文學對中國文學發展的影響等等。[3]

看來,作者是把「翻譯文學」作為「譯介學」的一個組成部分來理解的。這樣的理解是與北大版《中國翻譯文學史》實際的寫作情況相一致的。眾所周知,以上引文中提到的「譯介學」,是在一九九〇年代中期以後,由謝天振等學者較早在比較文學的語境下提出的,得到了比較文學界的共鳴和呼應。「譯介學」是從法國學派比較文學的「媒介學」一詞中轉化而來,因為文學交流的「媒介」除了「翻譯」之外,還有文學人員之間的跨國交流、原版書刊出口、進口及跨境閱讀、電影電視的視覺媒體等等,站在比較文學的立場上,把「文學翻譯」從這些媒介中剝離出來,就成為「譯介學」。換言之,「譯介學」就是研究文學翻譯如何承擔文化交流之中介的,它與一九九〇年代西方翻譯界方興未艾的所謂「文化翻譯」(相對於此前的「語言翻譯」)的思潮具有深刻的聯繫。「文化翻譯」從「文化」角度研究翻譯,是翻譯研究擺脫傳統的語言學的束縛,進入文化研究大舞臺的一種學術追求和研究策略。受「文化翻譯」影響而形成的「譯介學」視域下的

---

3 孟昭毅等主編:《中國翻譯文學史》(北京市:北京大學出版社,2005年),「後記」,頁2。

「翻譯文學史」研究，實際上必然是「翻譯文化史」的研究。當然，「翻譯文化」並不排斥、而是可以包含「翻譯文學」在內，但在「翻譯文化」的語境裡，「翻譯文學」是從屬於「翻譯文化」的，「文學」被視為一種文化現象，而文學本位或文學本體，實際上就難以凸顯了，於是「翻譯文學史」往往就寫成了「翻譯文化史」。而在寫作的過程中，就往往會造成「譯文不在場」。

看看北大版《中國翻譯文學史》的具體內容，「譯文不在場」的問題比此前的「史稿」固然有所改善，但總體上看仍然是「譯文不在場」。與《中國翻譯文學史稿》一樣，北大版《中國翻譯文學史》也是以翻譯家的翻譯活動為中心的，這對「翻譯文學史」而言是必須的。以「翻譯家」為中心，也與「以作家為中心」的普通文學史的寫法與要求相對應。但是，一般文學史談「作家」，實際上是圍繞「作品」來談的，因為作家之所以是作家，是因為他有作品，在介紹和評述作家的時候，始終都要落實在「作品」上。這樣一來，實際上「作品」才是真正的中心。這也是「文學史」著作與一般歷史著作的根本不同。一般歷史只記錄評述人物及其事件，但文學史必須做文學作品的分析判斷，甚至有些文學史主要是由系統的文本批評構成的。換言之，文學史必須有文本批評，而且文本批評應該是文學史的核心和基礎。同樣的，「翻譯文學史」作為文學史的一種，也必須以文本批評作為基礎。翻譯文學史要面對和處理的文本，就是「譯本」，因此，翻譯文學史必須以譯本的分析批評為基礎。

從這個層面來看，北大版《中國翻譯文學史》固然注重了翻譯家，但多是對翻譯家的生平及翻譯活動的外部描述，多是介紹翻譯家如何走上翻譯之路、如何成為翻譯家、翻譯了什麼作品、出版的情況如何，有時也涉及社會影響與反響。而對於譯本，最多只是引述一段文字，做幾句表層的印象式的評論而已。「緒論」中所說的「突出研究兩種語言文字表達的同一部文學作品的深層關係有哪些不同」，這一寫作意圖似乎沒有很好地得以貫徹和落實。要真正做到「突出研究兩種語言文字表達的同一部文學作品的深層關係有哪些不同」，就要做譯文的深入評析，而要深入評析譯文，就要深入到語言學層面，做語言學上的對錯評價，又要做文學上的審美評價。做不到這些，就無法說明「兩種語言文字表達的同一部文學作品的深層關係有哪些不同」。說到底，由於「譯文的不在場」或者譯文在場的時候不夠多，北大版《中國翻譯文學史》的基本寫作模式仍然屬於「譯介學」，本質上屬於「文學翻譯史」而不是「翻譯文學史」。

二 「譯介學」立場上的「翻譯文學史」實為「翻譯文化史」

從「譯介學」及「翻譯文化史」的角度寫成的中國翻譯文學史，是近年來「中國翻譯文學史」的主要撰寫模式。

「譯介學」的文學史，在以某一語種或國別為研究對象的著述中，代表性的成果是王建開所著《五四以來我國英美文學作品譯介史》（上海外語教育出版社，2003年），還有許鈞、宋學智所著《二十世紀法國文學在中國的譯介與接受》（武漢市：湖北教育出版社，2007年）。兩書都以「譯介」或「譯介史」為主題詞，可謂名實相副。但在書中理論概念的解釋與表述上，特別是在「翻譯文學」這個概念的理解上，卻也顯出含混之處。如在《五四以來我國英美文學作品譯介史》的「前言」中，作者認為「本書是一項翻譯文學研究」，接下去又說：「集中討論一九一九至一九四九年的三十年間英美文學在中國的譯介過程中產生的一些特有現象，兼及外國文學、中國現代文學和文學理論（如讀者反應批評），可以說是多學科的交叉。」顯然，作者所說的「翻譯文學」其實是「譯介學」的範疇，而不是嚴格意義上的「翻譯文學」。因為作者並沒有將「翻譯文學」的譯文批評作為立意宗旨，而譯文批評恰恰是「翻譯文學」研究及翻譯文學史著作的主要構成。

從「譯介學」角度所寫的綜合性的文學史方面，代表性的作品是謝天振、查明建主編的《中國現代翻譯文學史》(上海外語教育出版社，2004年)。作者在該書的「總論」中，明確提出了對「翻譯文學史」的理解：

> 翻譯文學史其性質和形態應是一部文學史。翻譯文學史與文學翻譯史並不是同一概念。以敘述文學翻譯事件為主的「文學翻譯史」不是嚴格意義上的翻譯文學史，而是文學翻譯史。文學翻譯史以翻譯事件為核心，關注的是翻譯事件和文學翻譯歷時性的發展線索。而翻譯文學史不僅注重歷時性的翻譯活動，更關注翻譯事件發生的文化空間、譯者翻譯行為的文學、文化目的以及進入中國文學視野的外國作家。總之，翻譯文學史將翻譯文學納入特定時代的文化時空中進行考察，闡釋文學翻譯的文化目的、翻譯形態、為達到某種文化目的而做的翻譯上的處理及其文化效果等，探討翻譯文學與民族文學在特定時代的關係和意義。[4]

作者在這裡強調的是翻譯文學史的「文化空間」、「文化目的」、「文化時空」、「文化效果」等，實際上是把「翻譯文學史」理解為一種文化史了。站在這一立場上，作者對「文學翻譯史」與「翻譯文學史」做了區分，區分的依據則是「文學翻譯史」以翻譯事件的敘述為主，而「翻譯文學史」卻不能像「文學翻譯史」那樣滿足於翻譯事件的敘述，而應該有更大的文化空間與視野。這顯然是從「譯介學」的

4 《中國現代翻譯文學史》(上海市：上海外語教育出版社，2004年)，頁12。

立場上理解的「翻譯文學史」。基於「翻譯文學史」的文化學、譯介學的理解，作者在理論上同樣也沒有將「譯文」、將譯文的文本批評作為翻譯文學史的一個關鍵的因素提出來。作者注意到了在此前的相關著作中，雖將翻譯家作為主體加以突出，但卻相對忽略了另一個主體——譯介過來的外國作家，應該讓譯介過來的外國作家的面貌也在翻譯文學史中有所呈現。所以全書分為兩編，上編以翻譯家為主體，下編以被翻譯的原作家為主體。《中國現代翻譯文學史》中的「兩個主體」的提法是十分必要的，但是還需要進一步意識到，無論是翻譯家這一主體，還是「披上了中國外衣的」外國作家這一主體，最終都要落實到「譯文」上。作為文學史，基本要素是對作品文本的分析；作為「翻譯文學史」，基本要素是對「譯文」文本的分析。但是，通觀《中國現代翻譯文學史》，總體上也是「譯文不在場」的。在全書上下兩編中，無論是以中國翻譯家為中心的上編，還是以外國作家為單元的下編，都缺乏對具體「譯文」文本的觀照、分析與評價。由於「譯文不在場」，不僅使其不具有「翻譯史」的性質，而且作為「翻譯文學史」的「文學史」的性質也就勢必被淡化了。最終，《中國現代翻譯文學史》作為「譯介學」視野下的「翻譯文學史」，實際上是一部「翻譯文化史」。

實際上，作為頭腦極為清醒的譯介學理論家，謝天振先生對「譯文不在場」的問題，也是有所意識的。對此，他在有關文章中有所表露，認為翻譯文學史應該讓讀者看到作品和作家。[5]在這種意識下，查明建、謝天振先生在隨後出版的《中國二十世紀外國文學翻譯史》（上下卷，湖北教育出版社，2007年）中，將寫作策略和角度加以調整，從他們此前提出的「文學翻譯史」與「翻譯文學史」的分野出

5 謝天振：《潤物有聲：謝天振教授七十華誕紀念文集》（上海市：復旦大學出版社，2013年），頁456。

發，將新著《中國二十世紀外國文學翻譯史》定位在了「文學翻譯史」上。因為，就「文學翻譯史」而言，沒有細緻的翻譯文本的批評是完全可以的；換言之，「譯文不在場」也是完全無妨的，因為「文學翻譯史」有著自己的使命——

> 文學翻譯史，顧名思義，其重點是描述和分析不同時期的翻譯狀況、翻譯選擇特點等。它以翻譯事件為核心，關注的是翻譯事件和文學翻譯的歷時性發展線索，闡釋各個時期文學翻譯的不同特徵及其文化、文學原因。它是翻譯文學史撰寫的基礎，為翻譯文學史的撰寫提供基本的史料和發展線索……[6]

兩位作者意識到了，「文學史」的建立需要以作家作品為中心，作家之為作家是因為他有作品，因而對作品的文本批評就成為文學史的基本構件。如果缺少或基本沒有譯作的文本批評，那就乾脆回到「文學翻譯史」的寫作語境中為好，為今後的「翻譯文學史」的撰寫打下基礎，「為翻譯文學史的撰寫提供基本的史料和發展線索」，這樣的思路和做法顯然是可行的，也是實事求是的。不過，此前的「翻譯文學史」已經有若干種了，包括上述的兩位作者的《中國現代翻譯文學史》，可是幾年過後，又從「翻譯文學史」退回到了「文學翻譯史」，似乎不太合乎發展的邏輯。然而這恰恰包含了作者在研究與撰寫實踐中的體驗的深切和認識的深化，認識到了綜合性的「中國翻譯文學史」這類著作，實際上只能是「中國文學翻譯史」。「文學翻譯史」與「翻譯文學史」的「名」與「實」，就在這種認識中靠近了。

對「翻譯文學」的認識的深化，必然要求將「翻譯文學」與其他

6 查明建、謝天振：《中國二十世紀外國文學翻譯史》（上卷）（武漢市：湖北教育出版社，2007年），頁14。

相關概念的複雜關聯與區別在理論上說清楚，如此在實踐上才能有明確的體現和落實。這裡主要是指「翻譯文學」與「文學翻譯」的關係、「翻譯文學」與「譯介學」的關係，「文學翻譯」與「文化翻譯」的關係、「翻譯文學」與「外國文學」的關係。那麼在近幾年來出版的相關著作中，對這些問題又是如何認識和處理的呢？

楊義主編、二○○九年出版的六卷本《二十世紀中國翻譯文學史》（百花文藝出版社），是迄今規模最大的以「中國翻譯文學史」為主題詞的著作。冠於卷首的是楊義撰寫的總序。但是在這長達三萬字的序言中，我們沒有看到對上述相關觀念的清楚的釐定。例如，本來是為「翻譯文學史」所寫的序言，但題目裡出現的關鍵詞卻不是「翻譯文學」而是「文學翻譯」。表述為「文學翻譯與百年中國精神譜系」。在行文中，也是將「文學翻譯」與「翻譯文學」兩個詞隨意混用。在序文的第六節，作者提出百年中國「翻譯文學」從五個方面「進入我們的精神文化譜系」，即「開拓視野；標舉潮流；援引同調；擴充文類；新創熱點」，這些概括固然很凝練，但這五大方面與其說是「翻譯文學」的功能，不如說是「外國文學」的功能。實際上，要說「翻譯文學」融入中國的精神譜系，那就是優秀的「文學翻譯」作為翻譯家成功再創作的「翻譯文學」，得以融入中國文學，成為中國文學的特殊組成部分。這是一個複雜的「過程」，要揭示這個過程，就必須具體地分析譯文，而不能僅僅宏觀地分析其效果、結果及表現。而楊義所概括的上述五個方面其實是「外國文學」及「外國文學翻譯」進入中國後的文化上的總體效果。由於對「翻譯文學」這一基本的概念缺乏界定，對「翻譯文學史」與「外國文學譯介史」、與「文學翻譯史」究竟有什麼不同，也就語焉不詳了。至於「翻譯文學史」究竟應該怎麼寫，楊義認為：

> ……我們在研究翻譯文學史的時候，不能只停留在翻譯的技藝

> 性層面，而應該高度關注這種以翻譯為手段的文學精神方式的內核。也就是說，要重視翻譯文學之道，從而超越對文學翻譯之技的拘泥。道是根本的，技只不過是道的體現、外化和完成。這種道技之辨和道技內外相應、相輔相成之思，乃是我們研究翻譯文學史的思維方式的神髓所在。[7]

這段話可以看作是《二十世紀中國翻譯文學史》的方法論。很顯然，所謂「道技之辨」，就是放棄、忽略「技」，而直奔「道」。那麼，就翻譯文學而言，「技」是什麼呢？顯然，「技」指的是文本的轉換過程，是譯文的生成機制的分析，也就是「譯本批評」。這一得魚忘筌、得「道」棄「技」的思路，也就等於明確宣布，在這部《二十世紀中國翻譯文學史》中，對譯文的文本分析可以忽略，換言之，就是「譯文不必在場」。楊義強調的「文學翻譯與百年中國的精神譜系」之間的關係，似乎也是引導執筆者把「翻譯文學史」寫成「翻譯文化史」。總之，綜觀六卷本的《二十世紀中國翻譯文學史》，儘管作者不一，寫法上、文字風格上有所不同，但沒有或缺乏譯本批評，致使「譯文不在場」的情況，則是基本一致的。這樣一來，《二十世紀中國翻譯文學史》實際上仍然不是以譯本批評為中心的「翻譯文學史」，而是以文學翻譯為切入口的「翻譯文化史」。

三　譯文在場，方能寫成真正的「翻譯文學史」

當然，作為「翻譯文化史」，《二十世紀中國翻譯文學史》是成功的。但吾人所應該關注的焦點不是「翻譯文化史」本身，而是要追

7　楊義主編：《二十世紀中國翻譯文學史．近代卷》（天津市：百花文藝出版社，2009年），「總論」。

問：為什麼近三十年來中國幾乎所有的標稱「翻譯文學史」的著述，卻都寫成了「譯文不在場」的「文學翻譯史」或「翻譯文化史」呢？

當代中國的翻譯研究的興起與繁榮，翻譯學學科建設的展開，是從一九九〇年代中期以後才開始的。因此它從興起的那一天起，就帶上了鮮明的時代印記。就在那個時候，西方翻譯界開始反撥傳統的語言學派的翻譯觀，擺脫了以原文文本為出發點的研究範式，而提倡從社會學、歷史學、心理學等多層面、多角度、多學科的翻譯研究，亦即翻譯的「文化翻譯」，出現了所謂「翻譯研究的文化轉向」現象。西方馬克思主義、解構主義、女權主義、後殖民主義等文化理論，成為「文化翻譯」研究的理論基礎。這一新的研究模式對中國翻譯研究界迅速產生了影響。中國也很快出現了相關的理論著述，如王秉欽的《文化翻譯學》（1995）那樣全面論述「文化翻譯」之原理的著作，接著又出現了王克非《翻譯文化史論》（1997）那樣的翻譯文化史的著作。

但是，另一方面還需要看到，西方的「文化翻譯」的理論主張與研究思潮，是對二十世紀初以來就盛行近百年的翻譯研究的語言學派的一個反撥，是對源遠流長、積澱悠久的語言學翻譯研究的超越。但是，在中國近現代翻譯史上，語言學派的翻譯研究幾乎可以說沒有形成，以嚴復的「信達雅」三字經為中心的中國現代翻譯理論，是集語言學、文藝學、文化學三者為一體的全視角的翻譯理論，而沒有形成西方翻譯那樣的專門的語言學翻譯研究。換言之，中國近現代翻譯理論與翻譯研究，沒有語言學、文藝學之類的嚴格的學派與學科上的區分，其本質就是「文化學」的。這樣一來，當二十世紀末西方的「文化翻譯」理論傳入中國的時候，正好與中國的翻譯研究傳統不謀而合，而且，由於此前並沒有一種歐洲那樣的與之拮抗的「語言學派」從中掣肘牽制，故而中國學界對「文化翻譯」接受起來極為自然順手。然而，同樣是提倡「文化翻譯」，中西的條件和背景卻是不同的。西方是對語言學派翻譯研究的否定超越，中國卻是在語言學派的翻譯研究未成氣候的情況下，順乎其然的把「文化翻譯」的理論與方法承接過來。由於長期以來中國沒有經過語言學層面上的翻譯研究的洗禮，由於翻譯研究中的微觀層面的「譯文」批評及譯文研究沒有形成大氣候，沒有形成一種學術傳統，所以當「文化翻譯」大潮捲來的時候，翻譯界還沒有來得及潛入「譯文」，便又很快從譯文上跨越過去，進入了「文化研究」的層面。對於譯文的文本而言，不是「入乎其內、超乎其外」，而總體上卻是「遊乎其上，超乎其外」的狀態。

這一點首先表現在近三十年來，不斷呈幾何級數增長的翻譯批評方面的研究論文中。在大量的論文中，介紹西方翻譯理論的、套用西方翻譯理論加中國翻譯事例的占了大部分。研究中國傳統翻譯理論和現代翻譯理論的，占了一少部分。而對譯文文本加以切實的分析批評的，卻少之又少。像錢鍾書的〈林紓的翻譯〉、王宗炎的〈評呂譯《伊坦．弗洛美》〉那樣的細緻入微而又頗多見地的譯文品評文章，尤為少見。也有學者呼籲多寫這方面的文章，但仍然未見大的改觀。這可能是因為這一工作看似簡單，實則困難。譯文批評，有純語言層面上的對與錯、好與壞的價值判斷，有美與不美的審美判斷，還有水土服不服的文化價值判斷。僅僅就說對與錯的判斷，就是魯迅當年所說的「剜爛蘋果」式的譯文批評，就已經相當不容易了。要在別人的譯文中發現錯誤，往往必須要有超出譯者的語言能力與翻譯能力，還要有耐心與細心。這樣的批評文章發表出去，還要勇於承擔或許獲罪於批評對象的那種壓力。然而，譯文批評的這種種困難，恰恰表明它是翻譯的難點，難點往往就是研究的重點。遺憾的是，這一難點和重點，卻常常被忽略。即便是以較大的篇幅規模，對重要的翻譯家如魯迅、周作人、傅雷、朱生豪等進行深入研究的專門著作，也基本使用的是文化翻譯研究的方法，而對其「譯文」的分析批評和研究，也大都是舉例式的，所占比重很小，而且常常流於賞析的層面、缺乏嚴格的、學術的批評態度的介入。由於學界譯文批評與譯文研究的嚴重貧乏，使得一些理論專著在舉例的時候，竟然幾乎都不約而同地舉同一個例子或有限的幾個例子。例如關於誤譯的問題、關於「創造性叛逆」的問題，趙景深「牛奶路」的譯例也不知被人舉了多少回。這也無奈，因為這樣的例子在譯文中雖然很多，但只有在具體深入的譯文研究中才可以發現，而我們發現的實在太少了。

譯文研究的缺失，表明中國的翻譯研究沒有經過語言學翻譯研究的浸淫或洗禮，在西方當代最新的「文化翻譯」思潮的激勵之下，願意埋頭於微觀的譯文研究、從事譯文批評的人，越來越少了。許多人在談翻譯、在談翻譯家，卻沒有意識到譯文才是翻譯研究的核心，往往遠離譯文文本，沒有在譯文與原文的轉換過程中對翻譯活動加以透視與觀照，這樣實際上是站在翻譯的周邊談論翻譯。如此談翻譯，固然是「文化翻譯」，或者是「文學翻譯」，卻不是真正的「翻譯文學」。最終表現在「翻譯文學史」的撰寫中，就出現了「譯文不在場」的情形，就出現了名為「翻譯文學史」，實為「文學翻譯史」，或者名為「翻譯文學史」，實為「翻譯文化史」的狀況。

誠然，「文學翻譯史」也好，「翻譯文化史」也好，作為翻譯研究的類型或形式，都各自具有其特定的學術價值。我們絕不能否定這方面著述的必要性、重要性和學術意義。事實上，這類的著作也是中國學界和讀者急需的，也背負著廣泛的讀者期待。但是，換一個角度，我們也應該看到，這樣的既成的研究模式，還沒有達到「翻譯文學」之「名」與「實」之間的契合。因為「翻譯文學史」不同於「文學翻譯史」，它不應以敘述翻譯的外部事件為主；「翻譯文學史」也不是「翻譯文化史」，它不能以綜合、整合的文化視域來代替翻譯文學的視域——準確地說是「譯文學」的視域，不能略過「譯文批評」這一最基本、最基礎的環節。事實上，只有把微觀的對「譯文」文本的分析研究，與宏觀的「文學」視域研究兩者結合起來，才是真正的翻譯文學史。同理，只有把微觀的「譯文」文本的分析研究與宏觀的「文化」研究結合起來，才是真正的「翻譯文化史」。若是認為「翻譯史」就是「翻譯文化史」，則基本是正確的；但若認為「翻譯文學史」也是「翻譯文化史」，那就嚴重錯誤了。「翻譯文學史」首先是「文學史」，其次是「翻譯史」，最後才是「文化史」。「文化史」只是「翻譯文學史」的周邊的、背景的敘述。

中國翻譯研究有自己的歷史，有自己的現實，與西方頗有不同。中國的翻譯研究要從自己的實際出發，不必一味緊隨西方學術界的「文化翻譯」大潮。要優化、提升我們的翻譯文學史研究，就必須重新返回「譯文」本身，使用「譯文學」的研究範式，在中外語言文學的互動中，仔細地觀照和研讀「譯文」。在這個過程中，我們常常需要把研究的最小單位縮小為「翻譯語」的研究，看看目前一些重要的「翻譯語」（翻譯家在翻譯過程中創制的新的漢語詞）起源於哪個翻譯家的哪個文本、哪句譯文，看看某一種新的句式、句法是哪個翻譯家的哪個譯本首先引進和使用的。這類工作很細緻、很微觀，但價值巨大，難度很大。我們都大體確認外國文學通過翻譯而影響到中國文學，但這不僅僅體現在大而化之的總體風格方面，更體現在一個個的詞彙、一個個的句式句型中。這固然是「語言學」的問題，也更是文學本身的問題。在這個過程中，我們要將譯文與原文進行對讀研究，同一原文如有多種譯文，還要將這些譯文加以比較對讀。然後作語言學上的「正譯／誤譯／缺陷翻譯」的具體判斷，作語言學上的「信／達／雅」的總體判斷，作「迻譯／釋譯／創譯」上的方法論判斷，作翻譯文化學上「創造性叛逆／破壞性叛逆」的判斷，還要作譯文風格學上的「歸化／洋化／融化」或者「神似／化境」的評價，如此一來，譯文才能得到全方位的觀照。「翻譯文學史」只能在此基礎上，再進一步延伸到「譯介學」或「文化翻譯」層面上的總體的文化觀照。否則，越過上述「譯文學」層面上的各種批評判斷，而逕直在

「文化翻譯」的層面上看問題，就難免浮光掠影，就不能深入翻譯文學內部，就只能在翻譯文學周邊逡巡徘徊，那就難稱真正的「翻譯文學」或「翻譯文學史」的研究。

總之，我們已經從「文學翻譯史」，走向了「翻譯文化史」，今後還需要努力，走向真正的「翻譯文學史」。應該意識到「譯文不在場」的翻譯文學不是真正的翻譯文學史。今後的中國翻譯文學史寫作，不能只是著眼於翻譯文學的周邊，而應該由翻譯的周邊走向翻譯的核心、由翻譯活動的周邊走向翻譯中心的譯本。也就是著眼於「譯文」，落實於譯文，強化「譯文學」意識。只有站在譯文的基點上放眼，才能看出真正的翻譯文學；也只有站在譯文的基點上遠望，才能看到真正的「翻譯文化」。

「譯文學」與一般翻譯學

——「譯文學」對一般翻譯學建構缺失的補益作用[1]

翻譯作為一種現象，大體是由四個基本要素構成：一是翻譯的社會歷史環境與文化背景，二是譯者（翻譯家），三是譯文（譯作），四是譯文的讀者。在翻譯研究中，以這四個要素中的某個要素為中心，就形成了不同的研究模式。首先，以研究社會歷史文化背景為中心的，關涉翻譯的種種外部因素，就形成了「翻譯文化」或「文化翻譯」的研究模式；第二，以研究翻譯家（譯者）為中心，則必須圍繞譯者的人生軌跡與翻譯活動展開，因為創造翻譯歷史的是翻譯家，翻譯史的研究必然要以翻譯家的活動為中心，作為單個翻譯家的研究是傳記式、歷時的研究，作為群體翻譯家的研究自然是翻譯史的研究；第三，以譯本為中心的研究，便是筆者提倡的「譯文學」的模式；第四，以譯本的讀者（包括譯本的批評者、鑒賞者）的研究為中心，那就是翻譯批評史或閱讀接受史的模式。對這四個方面的某一方面，提煉出特有的概念範疇，架構出理論體系的，則是「特殊翻譯學」或「分支翻譯學」，如「文化翻譯學」、「譯介學」、「譯文學」等。而把這四個方面綜合地加以概括提煉，並用特定範疇與體系加以結撰的，則是狹義的「翻譯學」即「一般翻譯學」、「普通翻譯學」。在迄今為止出版的著作中，冠以《翻譯學》、《翻譯論》、《翻譯學導論》、《翻譯學概論》、《翻譯學原理》、《翻譯學教程》這一類書名的，大都屬於一般翻譯學。

1　本文原載《中國政法大學學報》（北京），2016年第3期。

一　「翻譯學」與「翻譯理論」

狹義的「翻譯學」即「一般翻譯學」對翻譯的觀照應是全方位的，對翻譯的研究論述應是多角度多層次的。它是翻譯的基本原理，也是翻譯學學科知識、學科理論的體系化。但是，在全世界範圍內，雖然上千年來翻譯實踐一直很發達，翻譯家的翻譯經驗談、翻譯讀者的翻譯評論也很活躍，但翻譯學的學科意識的覺醒卻很晚才出現。直到二十世紀中期，人們才開始將翻譯作為一個學科加以系統的闡述。有研究者認為，把翻譯作為一門學科來加以闡述和研究的，最早的是美國學者奈達一九六五年出版的《翻譯科學探索》一書，也有人認為最早的是前蘇聯學者費道羅夫一九五三年出版的《翻譯理論引論》。[2]實際上，早於這兩個外國人，中國的董秋斯先生在一九五一年四月就發表了題為〈論翻譯理論的建設〉的長文，提出了「翻譯是一種科學」的論斷，認為將來需要撰寫出《中國翻譯史》和《中國翻譯學》，強調「我們首先得考察各種語文的構造、特點和發展法則，各學科的內容和表現方式，各時代和各國家的翻譯經驗，然後把這三樣東西調查研究所得結合起來，構成一個完整的理論體系。」[3]這是一個關於一般翻譯學的很好的構想，對翻譯理論的構成、作用功能，做了很到位的闡述，恐怕也表達了當年的翻譯理論建設者共通的看法。到了一九八〇年代，一般翻譯學方面較早的專門著作是黃龍先生的《翻譯學》（英文版，1988年）以及同年出版的與英文版內容大同小異的中文版《翻譯藝術教程》，該書論述了翻譯的定義、屬性、職能，準則、可譯性、準確性、審美特性等，還論述了詩歌、科技等不同類型的翻譯的特點。一九九〇年代後，特別是進入新世紀後，這類著作又陸續出現了多種。

2　譚載喜：《翻譯學》（武漢市：湖北教育出版社，2000年），頁9。

3　董秋斯：〈論翻譯理論的建設〉，原載《翻譯通報》，1951年4月15日。

董秋斯先生在上述文章中，提到了「有關翻譯的完整的理論體系」的價值與功能，認為：「翻譯界有了這樣一種東西，就等於有了一套度量衡，初學的人不要再浪費很多時力去搜索門徑，也不至不自覺地蹈了前人的覆轍。從事翻譯批評的人也有一個可靠的標準。」[4]這一翻譯理論的功能觀，對後來的相關著述也產生了相當大的影響。人們普遍認為翻譯理論及翻譯學體系建構的最根本的宗旨、最大的用處就是能夠提供標準與原則（度量衡），能夠指導實踐活動，既指導翻譯的實踐，也指導翻譯批評的實踐。這顯然是「理論指導實踐」這一權力話語的表現和延伸。到了一九九九年，劉宓慶先生在《當代翻譯理論》一書中講到了「翻譯理論的職能」有三個方面，第一是「認知職能」，就是指「翻譯理論的啟蒙作用」；第二是「執行職能」，就是「翻譯（理論）的能動性與實踐性」；第三是「校正功能」，指的是「翻譯理論的規範性與指導性」。[5]與半個世紀前董秋斯的觀點一脈相承。可以說，從那時起一直到今天的翻譯理論建設，其基本思路和定位就在於此。簡言之，「翻譯學」是一種「理論—實踐」體系。

值得注意的是，董秋斯先生並沒有明確說「有關翻譯的完整的理論體系」就等於是「翻譯學」，而是說要在「翻譯理論建設」的基礎上，將來撰寫出《中國翻譯學》。但是，後來，翻譯界許多學者對「翻譯理論」與「翻譯學」不再做學理上的釐定和區別。毫無疑問，指導實踐是理論的基本功能與主要價值之一。但是，「翻譯理論」的建設與「翻譯學」的建構，兩者既有密切的聯繫，也有相當的差異。嚴格地說，「翻譯理論」是各家各派對翻譯的各種觀念、觀點、看法、主張、闡釋與闡發的總和。「理論」與「實踐」是對義詞，「翻譯理論」的最大特點是它相對於「實踐」而言。理論來源於實踐，反作

4　董秋斯：〈論翻譯理論的建設〉，原載《翻譯通報》，1951年4月15日。

5　劉宓慶：《當代翻譯理論》（北京市：中國對外翻譯出版公司，1999年），頁2。

用於實踐，與實踐是一種互動的關係。無論是學理性較強的純理論，還是操作性較強的應用性理論，其差別在於它與實踐行為的關係遠近親疏而已。但總體上，大凡理論，總是與實踐相對而立的。翻譯理論能夠解釋翻譯實踐，也能夠指導翻譯實踐、規範翻譯實踐。所以，理論是一種價值體系、規範體系、規律體系、操作體系；同理，翻譯理論是翻譯的價值體系、規範體系、規律體系和操作體系。

另一方面，嚴格說來，「理論」與「學」（「學問」）屬於不同的形態。「學問」包含著理論的成分，但「學問」並不等於「理論」，「理論」也不等於「學問」。「理論」是主觀性、指向性很強的觀念形態，「學問」則是客觀性的知識形態，也是供人持續追問、探問和思考的本體領域。就翻譯而言，「翻譯理論」這個概念不同於「翻譯學」這一概念。如果說翻譯理論是關於翻譯活動的規則與規律的主觀概括，那麼「翻譯學」或「譯學」就是關於翻譯的客觀的知識體系或知識系統。翻譯規則、規律來源於翻譯實踐並可以指導翻譯實踐，但是作為翻譯的「知識體系」的翻譯學，就其與翻譯實踐的關係而言，是相對超越的。翻譯學建構的宗旨和目的也絕不僅僅是為了指導翻譯實踐，而主要是為了將翻譯這類現象、這類行為加以知識化、譜系化，以滿足人們的求知欲、認知欲。作為一種知識體系，一種「學問形態」的翻譯學，是知識探求——此乃「學問」之「問」的精髓——的產物。如果說，讀者閱讀掌握翻譯理論是為了指導自己的翻譯實踐，那麼讀者讀「翻譯學」並不一定是為了用它來指導實踐，即便自己完全不從事翻譯實踐，也想拿來閱讀。正如自己從來不打算從事文學創作，也要想讀《文學原理》、《文藝學概論》之類的著作，是一樣的道理。求知、益智，應是這類著作主要的閱讀動機。

但是，遺憾的是，在目前的翻譯學界，人們對「翻譯理論」與「翻譯學」似乎並沒有明確區分。例如，譚載喜先生的《翻譯學》一書，是要自覺地建構「翻譯學」的，但他在論述「翻譯學的任務與內容」的時候，這樣寫道：

> 如前所述，翻譯學作為一門科學，其任務是對翻譯過程和這個過程中出現的問題進行客觀的描寫，揭示翻譯中具有共性的、帶規律性的東西，然後加以整理使之系統化，上升為能客觀反映翻譯實質的理論。同時，它又把通過描寫和歸納而上升為理論的東西作為某種準則，以便指導具體的翻譯工作。這就是譯學理論的兩個功能即它的描寫功能和規範功能，同時也是譯學研究的基本任務所在。[6]

可見，這樣的「翻譯學」的界定，與「翻譯理論」的界定是大體一樣的。在這裡，他把「翻譯學」、「譯學理論」作為同義詞來使用，認為「翻譯學」的功能就是「譯學理論」的功能。換言之，認為翻譯學的體系就是「理論—實踐」體系。

從「翻譯學」類的著述實踐上看，目前中國出版的「翻譯學」與「翻譯理論」著作，其內容及架構體系也相當趨同。許鈞先生的《翻譯論》一書，書名沒有取作「翻譯學」，也沒有稱作「翻譯理論」，而是稱作「翻譯論」，似乎是介乎兩者之間的表述。書中各章節的內容較譚載喜的《翻譯學》論述更為系統詳實，但問題點與譚著的卻是大致一樣的。譚載喜在《翻譯學》一書認為：「一般完整的翻譯理論應當包括五個組成部分。一、闡明翻譯的實質；二、描述翻譯的過程；三、釐定翻譯的標準；四、描述翻譯的方法；五、說明翻譯中的各種矛盾。」[7]許鈞在《翻譯論》中，設立了七章，共七論，依次包括：翻譯本質論、翻譯過程論、翻譯意義論、翻譯因素論、翻譯矛盾論、

6　譚載喜：《翻譯學》（武漢市：湖北教育出版社，2000年），頁26。

7　譚載喜：《翻譯學》（武漢市：湖北教育出版社，2000年），頁29。

翻譯主體論、翻譯價值與批評論。[8]與譚著的論題重合度很高。而且，這樣一來，「翻譯論」便填平了「翻譯學」與「翻譯理論」之間、「翻譯理論」的指導性應用性與「翻譯學」的知識體系性、學問性、學科性之間的界溝。

或許是意識到了翻譯研究界「學」與「論」的不分，辜正坤先生特地提出了「玄翻譯學」的概念，提出「玄翻譯學是關於翻譯理論的理論，其目的既非傳授具體的翻譯對策或技巧，也非創建翻譯的標準之類，以評定特定譯文的優劣。不過，玄翻譯學確實制定了相關規則，以檢驗翻譯理論或標準（例如翻譯標準）的創建是否合理。」[9]「玄翻譯學」似乎意在超越此前翻譯學的實踐指導性，但並未把「翻譯學」定性於翻譯的學問形態或知識系統，也沒有把「譯文」作為「玄翻譯學」的主要構件或層面，仍然強調了「檢驗翻譯理論或標準（例如翻譯標準）的創建是否合理」的應用價值。

總之，翻譯學或一般翻譯學與翻譯理論的最大區別，就在於前者是學問，後者是理論；前者是知識體系，後者是規律與規範體系；前者滿足人們的求知欲，後者存在指導實踐活動的動機。而現有的以「翻譯理論」的思路來構架「翻譯學」、以「翻譯理論」代「翻譯學」的傾向，沒有意識到「翻譯學」與「翻譯理論」之間的區別，致使兩者混為一體，那就會給「翻譯學」的建構帶來一系列問題。

二　「翻譯學」與「翻譯研究」

一般翻譯學建構中的另一種傾向，就是以「翻譯研究」來等同「翻譯學」、以「翻譯研究」論，來代替「翻譯學」學科論。

8　許鈞：《翻譯論（修訂本）》（南京市：譯林出版社，2014年）。

9　辜正坤：《中西詩比較鑒賞與翻譯理論》（北京市：清華大學出版社，2010年），頁289。

與上述的「翻譯學」與「翻譯理論」區分一樣，「翻譯研究」與「翻譯學」雖有相互疊和之處，卻是兩個不同的範疇。「翻譯研究」是翻譯的學術研究形態，是對翻譯現象、特別是對翻譯的歷史現象的發掘、整理、說明與闡釋，它所要關注、所要處理的對象是翻譯史上的種種現象與文獻、文本資料；「翻譯學」則是在翻譯研究的基礎上，對翻譯作為一門學科的總體的建構。「翻譯學」應是「翻譯研究」的提煉與綜合，是「翻譯理論」的提純形態。沒有特有的概念與範疇，「翻譯研究」照樣可以進行；但沒有特有的概念與範疇，「翻譯學」就不能成立。「翻譯學」猶如一座精緻的建築，其基石與支柱是它特有的概念與範疇。

但是，在現有的「翻譯學」建構中，「翻譯研究」與「翻譯學」兩者常常被混淆起來，把有關「翻譯研究」的論述作為「翻譯學」本身加以論述。一方面雖然有「翻譯學」學科建構的自覺意識，但另一方面卻僅僅論述有關「翻譯研究」的對象、領域、方法等問題。而「翻譯學」建構所必不可少的特有的原理性的概念、範疇卻付之闕如。這樣一來，「翻譯學」實際上變成了「翻譯研究」論或「翻譯研究導引」類的著作，相當程度地偏離了「翻譯學」建構的宗旨與目標。

我們現在不妨以兩部最有代表性的有關翻譯學的專著為例，來觀察這一問題。

第一部是劉宓慶著《當代翻譯理論》。作者稱本書作為「一本概論性著作，力求突出地顯現翻譯基本理論的系統結構及各理論項目的大體框架」。[10]可見雖然書名是《當代翻譯理論》，實際上也可以看作是一部具有一般翻譯學性質的著作。全書除「緒論」外，共有十一章，其中，第一章〈翻譯學的性質與學科架構〉中最主要的兩節分別

10 劉宓慶：《當代翻譯理論》（北京市：中國對外翻譯出版公司，1999年），前言，頁14。

講「翻譯學學科架構：內部系統」和「翻譯學學科架構：外部系統」，並且分別列出一個內部系統與外部系統的示意圖。示意圖以詞語和劃線構成。詞語相當於核心概念，劃線表示的是核心概念之間的聯繫。可見，劉著的「翻譯學」學科建構意願是很強的。其中「翻譯學學科架構：內部系統」包括三項：「翻譯史」、「翻譯理論」、「翻譯信息工程」（包括「軟體研究」、「機譯技術理論」、「機譯語言理論」）。其中，「翻譯史」中包括兩項：「翻譯發展史」、「翻譯理論史」；「翻譯理論」中包括「翻譯基本理論」（含「翻譯的技能意識、可譯性研究、翻譯思維、原理、實質、基本理論模式）、「翻譯方法論」、「翻譯程式論」、「翻譯風格論」、「翻譯教學法研究」。這當中用了近二十個詞或詞組。很顯然，它們都不屬於「翻譯學」特有的基本概念，而是「翻譯研究」的一些分支學科與研究領域的稱謂，如「翻譯史」、「翻譯基本理論」、「翻譯方法論」、「翻譯風格論」等。另一張「外部系統」的示意圖也一樣，幾乎全部由現有的翻譯研究的對象名稱所構成，如「對比語言學」、「文學」、「心理學」、「歷史學」、「文化學」等，也不見「翻譯學」特有的概念範疇。這兩張學科結構示意圖及所使用的概念，全部都是常識層面的翻譯研究的對象與研究模式的概念，而對翻譯學學科本身的概念，幾乎沒有新發現、沒有自己的提煉。不僅在這兩張圖表上，表現在全書各章節的標題及內文中，情況同樣如此。全書十一章，包括「翻譯學的性質及其學科框架」、「中國翻譯理論的基本模式」、「翻譯的實質和任務」、「翻譯的原理：語際轉換的基本作用機制」、「翻譯思維簡論」、「可譯性即可以性限度問題」、「翻譯的程式論」、「翻譯的方法論」、「翻譯美學概論」、「翻譯的風格論」、「論翻譯的技能意識」。僅從這些標題就可以看出，其論述的問題基本上是翻譯研究，而且相關概念大都來自傳統語言學，此外還有意識地引進現代美學、文藝學的視域，如「語境」、「風格」、「形式」、「形象」、「語際轉換」、「符號」、「結構」等。

第二部是譚載喜的《翻譯學》，這是明確冠名為「翻譯學」的著作。通觀全書，譚著沒有將「翻譯學」定位為翻譯學體系建構本身，而實際上是以「翻譯研究」論代替了「翻譯學」學科本體論。這從全書的章節名稱中就可以清楚看出。除「緒論」外。第一章是〈翻譯的學科性質〉，這一章首先區分了「翻譯」與「翻譯學」這兩個範疇，論證「翻譯學是一門獨立學科」。值得注意的是，按說論述「翻譯學是一個學科」最重要的是要拈出、論證、確立作為學科之基石的基本概念，但譚著只初步地區分界定了「翻譯」與「翻譯學」這兩個原初概念，此外再也沒有提出其他學科概念的問題。第三章〈翻譯研究的任務與內容〉、第四章〈翻譯研究的途徑〉、第五章〈翻譯學與語義研究〉、第六章〈翻譯學與詞彙特徵〉，是全書的核心部分（最後第七、八、九章講中西譯論即比較研究，實際是全書核心內容的延伸），講的全部是「翻譯研究」的問題。誠然，「翻譯研究」與「翻譯學」具有深刻複雜的關聯，但對「翻譯研究」的論述，不能取代對「翻譯學」的論述，正如對「文學研究」的論述不能取代「文學原理」，對「哲學研究」的論述不能取代「哲學原理」一樣。在將「翻譯學」基本等同於「翻譯研究」的情況下，譚著中關於翻譯學學科的基本概念的提煉、論證、確立，就顯得不是那麼重要了。或者說，正是由於沒有提煉、創制出有關翻譯學的基本概念範疇，就只能以「翻譯研究」論來代替「翻譯學」學科論了。

由對以上最有代表性的兩部著作的分析可見，在現有的翻譯學學科建構中，將「翻譯學」等同於「翻譯研究」，將「翻譯學」的建構等同於「翻譯研究論」，致使「翻譯學」本身的學科概念與範疇嚴重缺位，這是一個普遍現象。不僅中國如此，外國也大體如此。不僅現在如此，上千年來也是一直如此。由於翻譯學學科意識發生較晚，翻譯的有關概念的形成與普遍運用也相當有限。眾所周知，中國傳統翻譯理論的基本概念，現在經我們發掘、總結和發現的，有「譯」與

「翻」、「按本」與「失本」、「不譯」與「不翻」、「信達雅」等，這些都屬於翻譯特有的概念。其他則是從相關學科借入的概念，如「信」與「美」、「名」與「實」、「文」與「質」、「意」與「言」、「形似」與「神似」，乃至「化境」等。西方翻譯論的基本概念也相當有限，其中有「等值」、「等效」，「可譯」與「不可譯」乃至晚近的「多元系統」、「文化翻譯」等。現在，我們僅僅靠這些概念，還不能構建令人滿意的「翻譯學」。

正因為相關概念範疇的嚴重匱乏，對中國傳統的資源發掘不夠、闡發不夠，外國可供借鑒的資源也不夠多，所以「翻譯學」的建構非常困難。一九八〇年代後期至一九九〇年代，當一些翻譯學研究者提出要建立「翻譯學」這門學科時，得到大量呼應，同時質疑之聲也不絕於耳。反對者的主要論點，是認為「翻譯學」提倡者試圖找到「雙語轉換規律」或「客觀規律」，實際上是「空中樓閣」，是一種「迷夢」，並為此展開了一場熱烈的爭鳴。[11]現在看來，翻譯學當然可以建立，但試圖從總結「翻譯規律」的角度，以指導實踐的宗旨目的來構架「翻譯學」，確實是有問題的。最大的問題，就是這樣的思路只能提出有關翻譯研究的一些理論主張，只能建立「翻譯研究論」，卻難以建設真正的「翻譯學」。現在的問題是，關於「翻譯學」方面的著作已經數十種，論文數百篇，數量不可謂不多，但翻譯學的基本概念的提煉卻極少，學科範疇的運用也極少。在這種情況下，不得不承認，真正的「翻譯學」尚難以成立。

我們應該意識到，任何一種知識領域與研究領域，要成為一門學問，就要進行學科原理的建構。學科原理的建構必須以基本概念為若干中心點，「概念」是思想理論觀念濃縮為詞語的形態，「範疇」是被

11 王向遠：〈中國翻譯文學九大論爭〉，《翻譯文學研究》，收入《王向遠著作集》（銀川市：寧夏人民出版社，2007年），卷8，頁422-440。

運用於學科建構的那些基本概念，是學科成立的基石。對基本概念加以界定，對各個基本概念的相互關係加以說明和闡發，便是連點成線，再由大量的具體材料填充點與線之間的空白處，便成為「面」。於是，一門學科成立了。翻譯學的建構方式自然也不例外。但是做到這一點非常困難。古人沒有做到，「洋人」也沒有做到，正因為如此，我們需要努力，並相信經過努力是會做到的。

三　「翻譯學」與「譯文學」

如上所說，以「翻譯理論」、「翻譯研究」的思路來構架「翻譯學」以「翻譯理論」、「翻譯研究」代「翻譯學」的傾向，不利於翻譯學範疇的提煉與概括。而只有將「翻譯學」與「翻譯理論」相區分，將「翻譯學」將「翻譯研究」相區別，才能真正聚焦「翻譯學」的本體；也只有將「翻譯」作為一種知識體系、學問體系、思想體系來總結，才能提煉出、創制出基本概念；只有把這些基本概念運用於翻譯學建構，才能使翻譯學擁有自己特有的學科範疇；只有擁有自己特有的學科範疇，翻譯才能夠成其為「學」。

在這個問題上，作為「特殊翻譯學」之一種的「譯文學」，可為「翻譯學」的建構打開一條路徑。

「譯文學」的最大特色，是把上述的翻譯現象四要素中最容易被忽略的「譯文」這一要素凸顯出來。按理說，作為翻譯實踐、翻譯活動之最終結果的「譯文」，在翻譯的知識體系中應該占有極為顯要的位置。「譯文」是翻譯活動的旨歸，是翻譯現象的集中體現與反映，是翻譯活動的成品。當一般翻譯學對翻譯作總體闡述的時候，「譯文」這一環節是不可缺少的。不但不可缺少，而且最終需要指向譯文、需要落實在譯文上。但事實上「譯文」卻被普遍忽視了。無論在「翻譯學」還是在「翻譯理論」亦或是「翻譯研究」論中，「譯文」

都被按下不表、不加論列。由於缺乏對「譯文」的觀照與論述，「譯文」沒有成為翻譯學建構的關鍵字，沒有被列為書中的某一章、某一節加以論述。在這種情況下，有關譯文的基本問題，諸如「譯文」的語體風格及文體風格、譯文的類型、譯文的生成、譯文的美學上的優劣美醜的鑒賞，譯文的語言學上的對錯正誤的判斷評價，譯文的生命力與老化現象等等問題，本來是一般翻譯學最基本的不可迴避的問題，但迄今為止，在幾乎所有的一般翻譯學性質的著述中都極少得到反映，甚至不被觸及。

為什麼會出現這種情況呢？當然並不是因為那些研究翻譯的專家教授對譯文的重要性沒有意識到，而是有內在原因的，是由上述翻譯學建構中的「理論—實踐」體系的定位所決定的。「譯文」作為翻譯活動的最終的既成品，已經成為客觀的東西了。譯文作為翻譯實踐的結果，已經結束了受理論指導的實踐過程。從這個角度講，以翻譯實踐為旨歸的翻譯理論可以不專門涉及譯文。換言之，譯文的既成性、成品化、過程性的結束，使得事先的理論指導、規則約束成為不可能。這樣，「譯文」脫出了翻譯實踐之外、被意在指導翻譯實踐的翻譯理論或「翻譯學」所忽略，就是自然和必然的了。這是迄今為止的「翻譯學」及「翻譯理論」架構中譯文缺位的主要原因。

另一方面，一直以來人們之所以習慣上把「翻譯學」定位於翻譯實踐指導系統，原因之一恐怕是教科書編寫的思維習慣使然。如果把《翻譯學》寫成專業學生的教科書，那麼它對實踐的指導意義當然是首要的。但實際上，撇開教科書的功能考量，把翻譯學作為一種「知識」或「知識論」來看的話，它對讀者的翻譯實踐的指導意義就大大減弱了。首先是讀者未必已經有了翻譯方面的實踐，或有翻譯實踐的意欲，才有興趣讀翻譯學的書；其次，讀者即便要從事翻譯實踐，那也絕不是靠讀「翻譯學」就能夠成為一個翻譯家的。所以，關於翻譯的理論對翻譯實踐的指導意義，有的翻譯家早就提出質疑。傅雷先生曾在《翻譯經驗點滴》一文中說過：「翻譯重在實踐。我一向以眼高手低為苦。文藝理論家不大能兼做詩人或小說家，翻譯工作也不例外；曾經見過一些人寫翻譯理論頭頭是道，非常中肯，譯的東西卻不高明得很。我常引以為戒。」[12] 的確，在中外翻譯史上，出色的翻譯家也往往不是翻譯理論家、翻譯學家；反過來說，很好地掌握了翻譯理論、翻譯學的，也未必能成為出色的翻譯家。不懂得、不關心翻譯學的翻譯家大有人在。因此，我們寫出的一本本的「翻譯理論」或「翻譯學」著作，若定位於指導專業學生或讀者的翻譯實踐，有助於他們做好翻譯，成為一個翻譯家，那動機固然是不錯的，效果也許多少會有一些，但顯然是偏離鵠的了。要知道，對於新一代讀者而言，閱讀學習這樣的一般翻譯學，並不見得有什麼實踐行為的指向與功利的目的，也許大多只是為加強學問修養，只為滿足求知欲，只為從學理上更深入地理解譯文、從美學上深度鑒賞譯文。

建構這樣的嚴格意義上的真正的翻譯學，就是要把翻譯學定性為一種「知識系統」、「知識系譜」和「思想體系」，定位為一種「學問」而不是一種操作性的「學術」[13]。在這一點上，半個多世紀前，哲學家金岳霖撰寫的巨著《知識論》一書中，將「翻譯」作為專節納入其「知識論」體系中，是非常有識見的。[14]把「翻譯」從一種實踐行為、一種過程現象，轉而視為一種客觀的「知識」對象，就是將「翻譯」從動態的活動，定位為一種靜態的「知識」形態。對翻譯的論述由翻譯實踐論，轉入翻譯知識論，這是對翻譯觀照層面的變化，也是對翻譯認識的一種深化。只有這樣，才能將翻譯由「術」而上升

12 傅雷：〈翻譯經驗點滴〉，原載《文藝報》1957年第10期。

13 廣義上、通常意義上，「學問」與「學術」常常被當作同義詞。雖然兩者都立足於「學」，但實際上，從嚴格的語言學的角度看，「學問」重在「問」，主要是滿足人的求知欲的；「學術」重在「術」，以傳授實際技能技巧為主要目的。

14 金岳霖：《知識論》（下冊）（北京市：商務印書館，2011年），頁845-853。

為「學」，由「技」而進乎「道」。立足於「學」和「道」寫出的翻譯學或譯學，才能擺脫現有的相關著作立足於指導實踐、規範實踐的實用主義思路，使「翻譯學」與「翻譯理論」、「翻譯研究」相區分，使翻譯學真正成為提煉凝聚翻譯知識、並且滲透著翻譯思想的「一般翻譯學」。只有翻譯學成為「知識論」形態，才能使「翻譯學」之類的著作突破「翻譯界」這個有限的閱讀圈子，使小圈子的知識文化，成為人人都可以關注、可以學習的普通的知識文化。當這樣的「一般翻譯學」真正形成，當許多有文化品位的讀者有閱讀翻譯學著作的需求和意欲的時候，我們的翻譯學才能真正成為一般讀者所不可或缺的一種「國學」。現在，中國的美學、文藝學、乃至比較文學等學科，大體已經有了這樣的功能和位置，相信「翻譯學」早晚也會擁有這樣的功能和地位。

建構這樣的嚴格意義上的真正的翻譯學，「譯文」當然是不能缺位的。非但不能缺位，而且還要作為核心問題之一加以深入詳實的講解論述。在這方面，我們可以參照相關學科，例如文學學科來做比較考察。在文學的一般原理類著作中，文學作品、文學文本的問題是最基本的問題，在多數相關著作中都得到了重視和深入論述。誠然，在中國文藝研究界，也存在著將「文學理論」、「文學概論」與「文藝學」的概念相混淆的傾向，但即便是在「理論」與「學」的界限較為模糊的情況下，作品、文本都被置於重要的地位加以論述和闡發。例如，在中國影響較大的美國學者韋勒克、沃倫合著的《文學理論》一書，把文學研究分為「內部研究」和「外部研究」兩部分，把文學作品（文本）作為「內部研究」的對象，並作為文學理論的重心與核心問題；近來出版的國內學者合作撰寫的「馬克思主義理論研究和建設工程重點教材」《文學概論》中，第三編《文學活動的構成》也設有《文學創作》和《文學作品》兩章。看來，在文學理論研究中，作品文本是最重要的、核心的對象與問題。在翻譯學研究中，「譯文」的性質和地位正相當於文藝學中作品文本的性質和地位，而譯文卻沒有擁有文藝學著作中的作品文本那樣的位置，這顯然是「翻譯學」建構中的一個重大的疏漏和缺憾，也是「翻譯學」在「翻譯理論」和「翻譯研究論」之前止步不前的一個主要原因。

要彌補這一疏漏，要消除這一缺憾，就要強化「譯文」在翻譯學建構中的地位，就要把「譯文學」的原理延伸到一般翻譯學中，讓「譯文學」的各個層級的概念範疇，如「譯／翻」、「可譯／不可譯」與「可翻／不可翻」、「迻譯／釋譯／創譯」、「正譯／誤譯／缺陷翻譯」、「歸化／洋化／融化」、「翻譯度」、「譯文老化」等，成為「翻譯學」、「一般翻譯學」概念範疇的一部分。從「譯文學」這樣的「特殊翻譯學」中，向「翻譯學」不斷輸送資源和營養，才能使翻譯學逐漸臻於完成、臻於完善。

「譯介學」與「譯文學」

——「譯介學」的特色、可能性與不能性及與「譯文學」之關聯[1]

「譯文學」與「譯介學」一字之差，具有深刻的內在關聯。沒有「譯介學」，則「譯文學」的建構會失去參照；沒有「譯文學」，則「譯介學」的特點、功能、可能與不可能性，也不能得以凸顯。因此，有必要從「譯文學」的立場上，對「譯介學」加以反顧、加以觀照，理清兩者之間的關係，從而使兩者相輔相成、相得益彰。

一　「譯介學」是中國人創制的第一個比較文學概念

「譯介學」，在比較文學界及翻譯研究界，現在都已經是耳熟能詳的術語了。但是，在十幾年前，它還是一個生僻的詞。最早提出並使用「譯介學」這一概念的是謝天振先生。在一九九四年臺灣出版的謝天振的第一部專題論文集《比較文學與翻譯研究》的「前言」中，謝天振這樣解釋說：

> 書名《比較文學與翻譯研究》很容易使人誤以為本書收入的是「比較文學」與「翻譯研究」兩類論文，其實不然，本書所收入的翻譯研究論文也都是嚴格意義上的比較文學論文。我之所以在書名上標稱「翻譯研究」，一方面是因為該部分論文在本

1　本文原載《民族翻譯》（北京），2016年第4期。

> 書中占有較大的比重，但另一方面，更重要的，我是想以此突出翻譯研究與比較文學的密切關係及其在比較文學中所占的重要地位。
> 毋庸諱言，迄今為止，中國大陸學術界對從比較文學的立場出發研究翻譯，也即譯介學研究，了解不多，具體投入進行研究者更少。不僅如此，人們對之還有一種誤解，認為這種研究「脫離實際，沒有多大意義」。[2]

在這裡，「譯介學」一詞已經出現了，但作者鑒於當時的學界連比較文學的翻譯研究都較為隔膜，所以他還是將這類研究稱為「翻譯研究」，是「從比較文學的立場出發的翻譯研究」，並明確說明這就是「譯介學」。幾年後，到了一九九九年，謝天振先生在該領域的第一部專著，書名就叫《譯介學》，他在該書「緒論」中做了這樣的界定：

> 譯介學最初是從比較文學中媒介學的角度出發、目前則越來越多是從比較文化的角度出發對翻譯（尤其是文學翻譯）和翻譯文學的研究。嚴格而言，譯介學的研究不是一種語言研究，而是一種文學研究或者文化研究，它關心的不是語言層面上出發語與目的語之間如何轉換的問題，它關心的是原文在這種外語和本族語轉換過程中信息的失落、變形、增添、擴伸等問題，它關心的是翻譯（主要是文學翻譯）作為人類一種跨文化交流的實踐活動所具有的獨特價值和意義。[3]

這段話講清了「譯介學」這個概念的來源——比較文學中的媒介學，講清了譯介學的角度——比較文化，講清了譯介學的主要研究對

2　謝天振：《比較文學與翻譯研究》（臺北市：業強出版社，1994年），頁10-11。

3　謝天振：《譯介學》（上海市：上海外語教育出版社，1999年），頁1。

象——文學翻譯與翻譯文學，還講清了譯介學的目的與宗旨——翻譯在跨文化交流中的價值與意義。

就這樣，「譯介學」這個獨特的概念就被提了出來並作了嚴密的界定。在近三十年的中國比較文學學科理論建構中，「譯介學」可以說是極為有限的由中國學者提出並加以論證、運用的新詞、新概念之一。比較文學的許多重要概念，如影響研究、平行研究，主題學、文類學、比較詩學、形象學等，都是從外國翻譯引進轉換來的。現在看來，「譯介學」的提出在中國比較文學學科理論建構中的意義就越來越顯示出來了。

「譯介學」顯然受了法國學派「媒介學」的影響。法國比較文學學派的特色之一是主張比較文學是文學史的一個分支，研究的是國際文學交流史。要研究交流史，就要注意交流的媒介，於是明確提出「媒介學」。但梵．第根在《比較文學論》中闡述的「媒介學」的「媒」或「媒介」，包括了「個人」、「社會環境」、「批評；報章和雜誌」、「譯本和譯者」共四個方面。梵．第根之後的法國比較文學理論家馬．法．基亞在《比較文學》一書中，用「世界主義文學的傳播者」這樣的表述用作章名，[4]而不再把「媒介」作為重要概念，同時大量使用「外國文學」這個概念，卻未使用「翻譯文學」的概念。一九九一年，伊夫．謝夫勒的小冊子《比較文學》作為基亞《比較文學》的「接班之作」，雖然有了「媒介」一章，但基本上是對梵．第根〈媒介〉一章的縮寫。而在這一章中，小標題卻變成了《翻譯史與翻譯家史》，這與「媒介」在理論邏輯上似乎也不協調。[5]在「媒介」中僅僅關注「翻譯史和翻譯家史」顯然是不夠的。看來，法國人固然

4 馬．法．基亞撰，顏寶譯：《比較文學》（北京市：北京大學出版社，1983年），頁18。

5 伊夫．謝夫勒撰，王炳東譯：《比較文學》（北京市：商務印書館，2007年），頁84-87。

重視「媒介學」，但在諸種媒介中，也並沒有單單特別重視翻譯文學、文學翻譯這一媒介，也就不會提出「譯介學」之類的概念。謝天振先生曾經援引過的斯洛伐克學者朱里申的《理論比較文學》(一譯《文學比較理論研究》)，在第四章有一節〈藝術性翻譯的媒介功能〉，用了「媒介」一詞，[6]但這裡的「媒介」也並不是作為核心概念來使用的。至於德國和美國的比較文學，不太注重文學交流史研究，而較為側重於理論研究與思想史的研究，相應地提出了「文類學」、「主題學」之類的平行比較的研究模式，其比較文學學科理論架構中也大都不設「媒介學」的專章。

在這種情況下，謝天振先生的「譯介學」把「媒介」聚焦在「譯」字上，而拈出了「譯介」兩字，將散點變成了一個點，並且稱之為「學」。這樣一來，「媒介」變成了「譯介」，「譯介」變成了「譯介學」，成為比較文學的一個分支學科。這就大大提升、擴大了翻譯特別是作為文學交流之媒介的文學翻譯在比較文學學科中的地位。但是謝天振先生並沒有對「譯介」這個詞做出具體的語義分析，或許認為有了上述的總體界定就可以了，而無需再做語義分析。但是，從比較語義學的角度看，「譯介」既然作為概念來使用，就必須做詞素和語義的分析。分析不是割裂，分析之後的合璧及其意義才能更清晰、更準確、更科學。從語義學的角度看，「譯介」的辭源是「媒介」，它的內涵應該是「作為媒介的翻譯」或「翻譯作為媒介」，因此「譯介」並非「翻譯介紹」的縮略語。商務印書館《現代漢語詞典》(第六版) 收「譯介」一詞，釋義為：「翻譯介紹」。這只是「譯介」作為普通詞彙的釋義。這裡「譯介」之「介」是「介紹」的意思，但這個意義上的「介」顯然並不是「譯介學」的「介」。在謝天振先生關於

6 朱里申撰，谷口勇譯：《理論比較文學》(東京：而立書房，2003年，日文版)，頁115-124。

「譯介學」的表述與闡釋中，雖沒有從語義學的角度說明「譯介學」的「介」指的是什麼，但在邏輯和學理上，我們應該把這個「介」理解為「中介」之「介」。但「譯介」這個詞，無論是詞典上的釋義還是一般人的顧名思義，大都會理解為「翻譯介紹」。「翻譯介紹」又可做兩種理解，一是並列結構，是「翻譯加介紹」、「翻譯與介紹」的意思；二是「翻譯的介紹」即「作為翻譯的介紹」的意思，是把翻譯作為「介紹」的一種途徑與手段。第一種理解顯然過於寬泛了，寬泛到了可以囊括整個翻譯學而且再加「介紹」即文化文學交流史、關係史；第二種解釋「作為翻譯的介紹」，也可以表述為「作為介紹的翻譯」，這就突出、強化了「介」字。在這種理解中，「翻譯」是「介紹」的手段和途徑，「介」是研究的重心。「譯介學」之「介」指的應是「中介」、「介體」。這應該是對「譯介學」的正確的顧名思義的理解。總之，「譯介學」作為一個概念是頗為複雜微妙的，很難把它譯成外語，正如謝天振所說，若翻譯成英文會很勉強。[7]此外也沒有辦法翻成日文，因為日文中沒有這樣的漢字詞。這也正說明，「譯介學」是一個獨創的詞、獨創的概念。

在謝天振先生的有關論文與《譯介學》問世之前，即二十世紀末之前，中國已經出版的十幾種比較文學學科理論著作，都不見「譯介學」這個概念，當然也缺乏關於這方面的觀照與論述。例如，一九八四年出版的我國第一部比較文學學科理論著作、盧康華與孫景堯合著《比較文學導論》，具有劈路開山之功，但它的基本內容、框架是從歐美那裡借鑒而來的，當然同時也有我們中國學者自己的轉換、消化、整理、改造和發揮，這在當時的歷史條件下已是非常不容易的事情了。一九八七年出版的樂黛雲先生著《比較文學原理》，也沒有跟翻譯有關的章節。一九八八年出版的陳惇、劉象愚著《比較文學概

7　謝天振：《譯介學》（上海市：上海外語教育出版社，1999年），頁2。

論》，用的是法國梵·第根《比較文學論》中的「媒介學」這一概念。而在謝天振先生提出「譯介學」的概念之後，絕大多數的比較文學學科理論類專著、教材，都逐漸開始使用「譯介學」這一概念了。這當中，包括謝先生本人執筆的有關教材的《譯介學》章節，也包括其他學者的編撰的著作。於是，「譯介學」這個概念的影響逐漸擴大，並廣為人知。

創制「譯介學」這個獨特的概念，或許是謝先生的一念之功，但實際上它需要理論想像力與學術修養，實在並不容易。任何一門學科理論的建構，都需要有若干術語概念作為學科的基本範疇，否則學科不能成立。一本理論著作若沒有自己的術語概念，往往是缺乏原創的表徵，很可能只能是普及性、轉述性的。缺少一個術語、範疇，就意味著缺少一種研究模式、一種學術思路、一種學問思想。這樣說來，「譯介學」作為上世紀末唯一的一個、也是中國人自己創制第一個比較文學學科理論概念，是值得稱道的。聯繫到一直以來中國比較文學的諸多教材、教科書乃至專著，通篇沒有一個屬於自己的獨特的概念範疇，全都是照搬、翻譯和詮釋外來的概念範疇，不知其理論的創新性究竟體現在何處。在這種情況下，「譯介學」作為一個新概念，就成為中國比較文學學科理論中的一個特色亮點，彌足珍貴。

二　以「譯介學」名義將翻譯納入比較文學是名正言順的

從詞語分析的角度看，「譯介學」的「譯」指的是翻譯，「介」指的是作為文學交流的媒介途徑。實際上，研究國際文學交流史，必然會涉及到翻譯問題。但是，兩者怎樣結合在一起，而不失學科劃分的規矩與規範，就成為一個重要問題。所謂的「學科」，就是給學問領域分科，學科是劃分出來的，無條件地、無規則地「跨學科」，隨意跨界，會擾亂學科規範，使學科喪失邊界，學科則不成為學科，學科理論也就出現了混亂、喪失了基盤。因此如何處理「比較文學」與「翻譯學」兩個學科之間的交叉關係，如何使兩者既相互關聯又各有畛域，是「譯介學」理論建設的難點。「譯介學」必須很好地處理和回答它與翻譯學之間的學理關係問題。但是，綜觀世界比較文學學科發展史，關於比較文學與翻譯學學科之關係問題並非已經解決，也不是一下子就解決了的。

在謝天振的「譯介學」理論及中國比較文學學科理論大規模建構之前，在世界比較文學學科理論中，最重視翻譯研究的大概要屬日本的比較文學了。這與日本學界一直以來重視比較文學與翻譯文學的關聯研究這一學術取向密切相關。例如大冢幸男在《比較文學原理》及《比較文學——理論、方法、展望》兩書中，都單列〈翻譯者與翻譯〉一章；[8]渡邊洋在《比較文學研究導論》一書，在全書十四章中也單設〈翻譯研究〉一章。[9]他們都努力將「翻譯研究」納入比較文學學科理論體系內。其中大冢幸男的《比較文學原理》一九八五年在中國翻譯出版，作為改革開放後最早譯成中文的比較文學學科理論著作，謝天振對該書也數次援引，該書在翻譯方面的觀點，特別是作者所強調的「翻譯通常是『創造性叛逆』」的觀點，對謝天振的「譯介學」建構，乃至對整個中國比較文學學科理論都有明顯影響。但是，這些學科理論著作只是將翻譯、將文學翻譯作為「媒介」的一種拉到比較文學中來，並沒有對翻譯、翻譯學與比較文學學科之間的關係做出理論說明，便逕直切入了對翻譯問題的闡述。

誠然，富有包容性的比較文學可以順乎其然地將翻譯納入到比較文學的體系範疇，但是，從翻譯學的立場看，事情就不是那麼簡單

8 大冢幸男撰，陳秋峰、楊國華譯：《比較文學原理》（西安市：陝西人民出版社，1985年）。

9 渡邊洋撰，張青編譯：《比較文學研究導論》（北京市：中國社會科學出版社，2007年），頁57-66。

了。一方面，正統翻譯學深受傳統的以語言科學為基盤的翻譯研究模式的影響，與比較文學所具有的文藝學、文化學的觀念有時往往會扞格不入。即便是近二十年來做得風生水起的「文化翻譯」這一模式，因其偏離翻譯本體，這幾年也受到了一些學者的強烈質疑，如趙彥春先生著《翻譯研究歸結論》[10]等書，都呼籲回到翻譯研究的本體上去。在這種情況下，若以「翻譯研究」這個概念將翻譯整體地作為比較文學學科的一個部分納入，作為比較文化的觀念方法加以處理，那就等於無視翻譯學學科的主體性，從翻譯學科本體的立場而言，會令一些翻譯學者覺得難以接受，這是可以想像的。

從學術史上看，比較文學與翻譯研究，這兩門學問在西方學術界原本是平行推進的。兩者在起源上不同、學術理念與方法不同、學術宗旨也不同。比較文學學科理論的建構以梵・第根的《比較文學論》為標誌，在一九三〇年代成熟並確立。而翻譯研究及翻譯理論的建構則成型於二十世紀後半期。比較文學學科理論的建構成熟顯然稍早於翻譯學，但主流的、或正統的翻譯學卻一直緊緊依傍於語言學，並以語言學的科學性作為學科的根本，從而與翻譯理論中的主張譯文之美的「文藝學派」形成了對峙。在這種情況下，比較文學要把「翻譯研究」整體納入自己的範疇顯然是不能的，所能納入的當然只有「文學翻譯」。但是，嚴格說來，實際上連「文學翻譯」也難以全部納入「比較文學」的範疇，因為即便是文學翻譯，也仍然是正統翻譯學研究的重要領域與對象。換言之，若將正統翻譯學中占有很大比重的「文學翻譯」納入比較文學，則「翻譯學」就失去了半壁江山。因此，在比較文學文學學科理論建構中，像渡邊洋那樣以「翻譯研究」的名義整體納入，雖不能說是蛇吞大象，起碼也是大蛇吞大蛇，是勉為其難的。即便像大冢幸男那樣改為「翻譯者與翻譯」，體積也嫌過

10 趙彥春：《翻譯研究歸結論》（上海市：上海外語教育出版社，2005年）。

大。因為「翻譯者與翻譯」實際上是翻譯學研究的基本對象。也許是因為這樣的原因，到了二十世紀九〇年代，西方學界最終沒有將「翻譯研究」納入「比較文學」以解決他們的比較文學研究資源逐漸減少匱乏的問題，而是像英國的蘇珊·巴斯奈特那樣，乾脆用「翻譯研究」取代「比較文學」，並且直接宣布比較文學學科的「死亡。」[11]

在這種情況下，從翻譯學與比較文學的撞擊與接合處，創制「譯介學」一詞，將它納入比較文學學科理論範疇中，這無論在學科關係上，還是在學理邏輯上，都規避了上述的問題。「譯介學」這個詞本身就是它的學術特徵的很好的標注，它表明比較文學的「譯介學」對翻譯的研究，與一般翻譯學是不同的。「譯介學」的「譯介」，不是「翻譯」、不是「翻譯加介紹」，「譯介學」只定位於「介」，即把翻譯作為文學交流的中介環節，而不是對翻譯本體加以研究。換言之，「譯介學」沒有試圖將翻譯學或翻譯研究整體納入比較文學，而只是把文學翻譯的「中介性」研究作為研究對象。在這一點上，「譯介學」與正統翻譯學路數相悖，而與二十世紀後期西方興起的突破正統翻譯學的「文化翻譯」思潮相向。事實上，謝天振也十分推崇「文化翻譯」，其「譯介學」的構建受到了「文化翻譯」的影響。「譯介學」與正統翻譯學取的是兩種不同的路向，可以說是各行其道：一條是文化研究及比較文化研究之道，一條是語言學及比較語言學之道。兩者當然可以相互借鑒，即便偶爾越界，但也可以適可而止。

總之，以「譯介學」的這一概念，將作為「中介」的「文學翻譯」納入比較文學的體系，無損於正統翻譯學，又不會使比較文學的體積過大膨脹。可謂名正言順，順理成章。對此，謝天振先生有著清醒的理論認識，他闡述了「譯介學」與正統翻譯學（謝天振表述為

11 巴斯奈特撰，黃德先譯：〈二十一世紀比較文學反思〉，原載《中國比較文學》2008年第4期。

「傳統意義上的翻譯研究」）的不同，一是「研究角度的不同」，「譯介學」是在文化交流的視角下看翻譯；二是「研究重點的不同」，「譯介學」不做語言學上的價值判斷，而主要關注文學交流中如何誤解誤讀扭曲變形等問題；三是研究目的不同，正統翻譯學的目的是為了指導翻譯實踐，「譯介學」則「缺乏對外語教學與具體實踐的直接指導意義」。[12]這就把「譯介學」與正統翻譯學的分野說得很清楚了。

三　「譯介學」的可能與不能

但是，在「譯介學」的理論闡釋上，仍然存在一些重要的問題需要進一步思考，需要進一步說清楚。

第一個問題，「譯介學」的對象是「譯介」還是「譯文」？

既然「譯介學」重心是在「介」、「中介」的研究，那麼什麼是「介」或「中介」呢？「中介」的對義詞應該是「本體」。中介是本體與本體之間或本體周邊的介體。這裡不妨借助中國翻譯史上郭沫若用過的「處女」與「媒婆」和鄭振鐸用過的「奶娘」的比方。郭沫若曾把作家的文學創作說成是「處女」，把翻譯及翻譯家說成是「媒婆」。鄭振鐸不滿意這種說法，認為翻譯家是「奶娘」。我們可以把這個比喻稍加改造一下，把原作看成是「處女」，把婚配的牽線撮合者即譯者看成是「紅娘」。在紅娘的撮合下，原作從她的本國文學中被嫁入另一國文學（例如中國文學）中，入籍歸化，隨了夫性，生了孩子。這個孩子便是「譯文」或「譯作」。其實「紅娘」在完成了牽線搭橋的事情之後，其角色接著就轉化為鄭振鐸所說的「奶娘」的角色了，是作為奶娘的翻譯家把孩子哺育成人。但是無論是作「紅娘」還是作「奶娘」，無論是為別人做嫁衣裳還是為別人餵養孩子，翻譯家

---

12 謝天振：《譯介學》（上海市：上海外語教育出版社，1999年），頁9-11。

都屬於介乎「原作」與「譯作」之間的「中介」。這樣看來，「譯介學」所要研究的「介」，其實就是翻譯家從引進原作到完成譯作的整個行為過程。這個行為過程也就是法國學派所倡導的「國際文學交流」或「國際文學關係」的重要內容，是比較文學研究需要研究的對象。至於哺育成人的孩子即「譯作」或「譯文」，則是「介」的指向和結果。至少從理論上說，這已經不是「譯介學」所要研究的重心了。雖然「譯介學」不得不涉及譯作或譯文，不能只講「文學翻譯」而且還要講「翻譯文學」，但是，如果把譯文即翻譯文學作為「譯介學」研究的重點的話，那就從作為行為過程的「文學翻譯」轉到了「譯文」上，那也就不是「譯介學」了，實際上成了「譯文學」。

第二個問題，「譯介學」所能處理的是「翻譯文學」還是「文學翻譯」，是「文學翻譯史」還是「翻譯文學史」？

「譯介學」有一對基本概念，就是「文學翻譯」、「翻譯文學」。這是兩個相輔相成、相反相成的對蹠的概念。「文學翻譯」指的是翻譯這種行為，而「翻譯文學」則是這種行為的結果。在這對概念中，體現了「譯介學」之「介」的當然是「文學翻譯」。對此，謝天振先生也有清楚的界定。總體看來，「譯介學」對「文學翻譯」的觀照與研究是有效的、到位的，對文學翻譯中的文化信息的改變、文學形象的變形、改造、扭曲等等都做了透澈的論述，但對「翻譯文學」即譯文文本的的觀照，則是簡略的、模糊的、薄弱的。只是認識到了譯作是文學作品的一種存在形式，談到了譯作的獨特價值及其對原作的介紹、傳播、延伸作用，談到了譯作在審美價值上可能勝過原作，譯作對譯入國的文學產生了很大影響等問題。這一切，實際上也都是「翻譯文學」的外部作用，如此從外部闡述「翻譯文學」的價值，是因為使用的是文化立場、中介層面與俯視鳥瞰的視角，所以對「翻譯文學」的內在腠理就看不清。試想：當「譯介學」明確宣稱「把任何一個翻譯行為的結果（也即譯作）都作為一個既成事實加以接受」，而

「不在乎這個結果翻譯質量的高低優劣」[13]的時候，又怎能對「譯文」做出高低優劣的質量評價與審美觀照呢？當然，任何一個學科特別是分支學科，都有自己的特定的視域與立場，都不是全方位的，「譯介學」也不例外。所以我們不能苛求「譯介學」既能能很好地觀照、論述「文學翻譯」，也能說透「翻譯文學」。因為嚴格說來，「譯介學」的第一範疇應是「文學翻譯」，為了說明什麼是「文學翻譯」，就需要相對地說明什麼是「翻譯文學」。譯介學雖然很很重視「翻譯文學」的本體價值，但卻並不意味著「譯介學」所適合處理的對象是「翻譯文學」。實際上，以「譯介學」的學科觀念與方法，是難以處理屬於「譯文學」層面的「翻譯文學」的。

不僅如此，從「譯介學」的這種定位出發，聯繫到文學史的撰寫，謝天振先生還使用了「翻譯文學史」與「文學翻譯史「這兩個次級概念，並聯繫具體的文本，對這兩種文學史的的性質、形態做了區分。在「文學翻譯」與「翻譯文學」的區分的基礎上，又落實到文學史的兩種類型及其撰寫上面，這在理論與實踐上都具有重要的意義和價值。但就是在這一區分的過程中，也出現了理論上的悖論：「譯介學」的重心在於作為中介的「文學翻譯」，這是文化研究及文化史研究的立場，但是一旦落實到文學史上的文本，就必然涉及對譯文正誤對錯的科學判斷，必須拿原文與譯文對照，這樣的判斷必然是語言學和比較語言學的，也是正統翻譯學的。對於譯文的研究而言，只有在這個基礎上，才能繼續對譯文做優劣美醜的審美判斷。因為譯文的優劣是就它與原文的關係而言的。錯誤百出的譯文，其文字再美也不是好譯文。對譯文的審美判斷必須建立譯文對原文的忠實程度的判斷上，不能脫離語言學上的對錯正誤的判斷而孤立地進行優劣美醜的審美價值的判斷。而這些，卻正是「譯文學」所放棄不取的。有意思的

13 謝天振：《譯介學》（上海市：上海外語教育出版社，1999年），頁11。

是，在文學史的研究的問題上，謝天振先生也不滿足於「文學翻譯史」，而是更指向理想的「翻譯文學史」。因為「翻譯文學」有譯本的觀照，有譯本觀照而不僅僅關注翻譯的外部因素的，才是真正的「翻譯文學史」。但是，當研究的重心一旦從作為中介研究的「文學翻譯」走向作為文本研究的「翻譯文學」的時候，「文學翻譯」的價值觀就不得不讓位於「翻譯文學」的價值觀了，實際上就溢出了「譯介學」的範疇。當強調「文學翻譯」所具有的文化交流的意義與價值的時候，是以「文學翻譯」為出發點的；當談到「翻譯文學史」與「文學翻譯史」撰寫的方法與模式時，又認為比起「文學翻譯史」來，理想的還是有文本分析的「翻譯文學史」。這當中實際上已經發生了價值轉換，就是由「譯介學」的價值觀而進入了「譯文學」的價值觀。但這一矛盾點，似乎是現有的「譯介學」理論所沒有明確意識到的，但這也同時表明，「譯介學」與「譯文學」雖各有畛域、各有側重，但具體的學術研究中是需要相互借重的。

第三個問題，「創造性叛逆」對「翻譯文學」和「文學翻譯」都同樣適用嗎？

在「譯介學」的理論架構中，「創造性叛逆」是一個關鍵詞。謝天振先生強調：「文學翻譯中的『創造性叛逆』是我的譯介學研究的理論基礎和出發點。」[14]可見這個概念對「譯介學」十分重要。關於「創造性叛逆」的適用性問題，關於「創造性叛逆」與「破壞性叛逆」的關係問題，筆者在〈「創造性叛逆」還是「破壞性叛逆」？〉一文中曾有具體分析。[15]讀者可參閱，此處不贅。現在需要強調的是，「創造性叛逆」是「譯介學」的價值判斷的概念。強調文學翻譯的「創造性叛逆」，與正統翻譯學以「忠實於原文」為譯者天職的價

---

14 謝天振：《譯介學（增訂本）》（南京市：譯林出版社，2013年），頁2。

15 王向遠：〈「創造性叛逆」還是「破壞性叛逆」？〉，原載《廣東社會科學》2014年第3期。

值觀形成了截然的對峙，也成為「文化翻譯」即「譯介學」擺脫正統翻譯學而自立的基礎。但是，在現有的「譯介學」的理論闡述中，「創造性叛逆」論究竟適用於「翻譯文學」抑或是「文學翻譯」？對這一重要問題尚缺乏明確的說明和論述。既然沒有明確說明論述，就可以理解為「創造性叛逆」論既適用於「文學翻譯」也適用於「翻譯文學」。問題是，如果說「創造性叛逆」論適用於「翻譯文學」，這容易接受和理解。因為任何一本（一篇）譯文，無論譯者在翻譯過程中如何秉承對原文的忠誠態度，如何像一些翻譯家所說的面對原文「戰戰兢兢、如臨深淵、如履薄冰」，如何與原文「亦步亦趨」，但實際上，至少就文學作品的翻譯而言，譯文與原文之間總是有一些過猶不及、或不相吻合、不準確、不到位之處，客觀上或多或少地背離原文。除非不翻譯，一旦翻譯，無論譯者的翻譯技術或翻譯藝術多麼高超，都不免如此。這正是翻譯的天然本性，也是翻譯的宿命。在這種情況下，「創造性叛逆」首先是對「翻譯文學」實際狀態的一種客觀描述，而且是定性為「創造性」的正面的描述。「創造性叛逆」論就是發現譯文叛逆了，承認譯文叛逆了，卻認定所有的「叛逆」都是理所應當的，都是值得肯定的。如果否定了「叛逆」，那麼就等於完全否定了翻譯本身、否定了譯文的存在價值。所以，從這個角度看，「創造性叛逆」論是有合理成分的。儘管它只看到了叛逆的「創造性」的一面，而無視了叛逆的「破壞性」一面，表現出一元論的獨斷，但它畢竟為翻譯找到了合法性、合理性的存在依據，使翻譯文本擺脫了正統翻譯學中對原作的依附性，肯定了、宣告了譯文的獨立、獨特的價值。

但是由此有帶來了另一問題——「創造性叛逆」的判斷也適合作為行為過程的「文學翻譯」嗎？這個問題很關鍵。由於現有的「譯介學」理論沒有做出明確說明，因此讀者可以認為：不做說明，就意味著不言而喻，即「創造性叛逆」同樣也適用於「文學翻譯」。實際上，「創造性叛逆」是不能適用於「文學翻譯」的。原因很簡單：雖然一個譯者在翻譯過程中免不了多多少少、自覺不自覺的叛逆原文的行為，但譯者絕不能在翻譯過程中以「叛逆」的態度去對待原文；若是，則必然導致過量的「破壞性的叛逆」，從而不可能取得成功的翻譯。抱著「叛逆」動機去做翻譯的，可能是個作家，甚至是個好的作家，他弄出來文本也許是「翻改」之作、「戲仿」之作或受到原作啟發的創作，但絕不是嚴格意義上的翻譯或譯文，也不是「翻譯文學」。因此，「創造性叛逆」只能用來描述既成的譯文，用來評價譯文，而不能用來暗示乃至引導文學的翻譯行為過程即「文學翻譯」，否則，在理論上是悖理偏頗的，實踐上也是有害無益的。假若說「翻譯總是創造性叛逆」，則是基本正確的，如果這裡的「翻譯」所指的是「翻譯文學」的話；但是假若說這裡的「翻譯」指的是作為行為過程的「文學翻譯」而言，那就不免偏誤了。在「文學翻譯」這種行為過程中，即便譯者本心並不打算叛逆，結果也難免伴隨著叛逆的現象。但是這個行為過程的主流不能是叛逆，而是「翻譯」，翻譯就是力爭忠實地加以轉換傳達，如一味地尋求叛逆，就只能是打著翻譯旗號的另外一種形式的創作了。在這一點上，古代日本人在實踐過程中發明使用了「翻案」（可以譯為「翻改」）一詞，是很值得稱道、值得借鑒的。「翻案」與「翻譯」有明確區分，「翻案」是一種模仿性較強的創作，「翻譯」則是盡可能忠實的轉換傳達活動。因這樣說來，即便是用「叛逆」來描述「文學翻譯」，那也不是正確的描述，因為只要是翻譯活動，「叛逆」就不能是主導性的，忠實才是主導性的。對於「創造性叛逆」的這種適用性問題，迄今為止中外所有的「創造性叛逆」論者，似乎都沒有做出明確界定和論述，但這個問題絕不是不言而喻的。「創造性叛逆」作為「譯介學」的「理論基礎和出發點」，更應該得到透徹的說明；作為一個關鍵字或基本概念，對其內涵與外延應該加以清楚的界定。

另外，由於對「創造性叛逆」的適用性界定不明確，在關於「譯介學」與「翻譯學」（主要指正統翻譯學）的關係上，也會帶來一些問題。「譯介學」來源於「文化翻譯」，而「文化翻譯學」來源於正統翻譯學，同時又是對正統翻譯學的叛逆。因此也可以說，「譯介學」是對「正統翻譯學」的叛逆。當「譯介學」反過來要從比較文學的角度介入「翻譯學」的時候，正統翻譯學就會發生排斥反應，難以容納。有批評者認為，談論翻譯，談翻譯學，卻將翻譯必須忠實這一根本問題置之不問，只講「創造性叛逆」，這樣的「翻譯學」就只能是『偽翻譯學』」，這是「一而再、再而三地要在學科界限問題上把水攪渾」，是「夾著一本所謂《譯介學》把頭伸進翻譯學帳篷的駱駝」。[16] 這裡表現了正統翻譯學與「譯介學」的相剋。的確，按保守的正統翻譯學的觀點來看，「譯介學」不是真正的「翻譯學」而是「偽翻譯學」。其實，「譯介學」本來就是作為「比較文學」的分支學科誕生的。它固然與翻譯學密切相關，但它當然不是嚴格意義上的「翻譯學」，更不是正統的「翻譯學」，這一點是必須承認的。應該意識到，「譯介學」作為比較文學的一個分支學科，是有其可能與不能之限度的，當進一步越界到「翻譯學」、甚至假若以為「譯介學」才是翻譯研究今後的大方向的時候，就難免要引起正統翻譯學的排擊。一些長期從事翻譯實踐的翻譯學家也擔心作為比較文學的「譯介學」越界到「翻譯學」，擾亂了翻譯以「忠實」為最高追求的職業原則，會誘導一些年輕譯者從事「叛逆」活動或翻譯的「叛逆」，導致翻譯質量危機，於是表現出反感乃至抗拒，這也是可以理解的。看來，以「創造性叛逆」為理論基礎的「譯介學」可以有條件、有限度地介入翻譯學，卻難以無條件地介入翻譯學。

16 江楓：〈先生，水已夠渾，幸勿再攪——駁謝天振先生又一謬論〉，載《江楓翻譯評論自選集》（武漢市：武漢大學出版社，2009年）頁168、173。

總之，「譯介學」在具有自己鮮明立場和特點的同時，也顯出了若干侷限。而這些侷限之處、不可能之處，正需要「譯文學」的介入。為了更清楚地說明這一點，我們不妨進一步從外國文學與翻譯文學之關係的角度來觀察「譯介學」的位置，從「由原文到譯文」的演變過程，可以簡單地表示為：

原文──→中介──→譯文

這裡表示的是：由外文原文的研究，進一步發展為原文的對外譯介傳播的研究，又進一步發展為對譯文本身的研究；換言之，研究「原文」的屬於外國文學研究，研究「中介」環節的屬於「譯介學」，研究「譯文」的屬於「譯文學」。這又可以簡單地表示為：

原文──→外國文學研究
中介──→譯介學研究
譯文──→譯文學研究

在這種關聯關係中，「譯介學」的位置就很清楚了。

「譯介學」與「譯文學」分屬於兩個階段、兩個層面。「譯文」固然是「譯介」的產物，但如上所說，「譯介學」不能有效地觀照和研究譯文，難以處理「譯文學」的文本問題，正因如此，才有了「譯文學」建構的必要。「譯文學」本質上是翻譯文學的內部研究，而譯介學則屬於翻譯文學的外部研究。「譯介學」不能包含「譯文學」，不能替代「譯文學」。但「譯介學」可以為「譯文學」提供了文化視野，「譯文學」又可以補足「譯介學」視角的偏失與不足，兩者可以相輔相成。同時，「譯文學」在方法論上繼承了正統翻譯學以語言學為中心的「忠實」中心論的主張，同時也接受了「譯介學」的文化翻譯、文化交流學的視野與方法，然後又聚焦於「譯文」這一獨特的文學文本，立足於文學研究、文本研究的立場。因此，正統翻譯學、譯介學、譯文學三者的關係，可以看作是一種是「正反合」的關係。在「譯文學」的建構中，取消了「傳統」與「現代」的對立、語言學與文藝學的對立，消泯了中介研究與文本研究的疏離，故而具有「和」的包容性和交叉性，使得它既是比較文學的組成部分，也是外國文學研究的組成部分，又是翻譯學及翻譯文學研究的組成部分。

後記

投入王老師門下，學習和研究東方文學，是一件很巧合的事情，但這個巧合，卻成了我最大的幸運。王老師是個和善可親的人，他喜歡和學生聊天，在課上，在課餘，在裊裊茶香和話家常般的對話中，將自己的想法娓娓道來，潤物有聲。不過，按老師自己的話說，其實無論是課上還是課下，說得再多也都是有限的，老師的話主要是希望能夠啟發學生的思考，讓思想活躍起來，不被現有的觀念所禁錮，嘗試去換個角度想問題。如果能對思維有一定程度的「撼動」，那就達到了目的。

印象最深刻的是我們剛入校，與王老師交流今後的研究課題時，老師說了這麼一段話：「年輕人做選題，不能僅僅出於現有的興趣，不能只因為自己現在喜歡什麼就去研究什麼，『喜歡』是因為你熟悉；不熟悉甚至不知道的，你不可能『喜歡』，但是那裡卻有很多有價值的課題。越是以前沒有人或很少人觸及的領域，就越是有研究的價值，所以要了解既往的學術史，要了解學術研究的現狀，然後找出問題，定下路子。」換句話說，研究不是個人愛好，不是趕時髦湊熱鬧，而應該甘受寂寞，而獨闢蹊徑。魯迅說走的人多了就成了路，在學術上，就是要有意識地努力去做開路者。

這不僅僅是對我們莘莘學子的告誡和教誨，也是老師一直以來貫徹和堅持的做法。他常講，他在學術上屬於「純粹的少數派」。這個「少數派」，在我鄙陋地揣測看來，就是他現在所做的事情，都是獨闢蹊徑，很少有人做的，因而呼應者寡。例如，十多年前他做的日本侵華文學、日本對中國的文化侵略的研究，便是篳路藍縷之舉；近些年做的對日本古典文論與美學的原典的系統的翻譯與研究，在中國似乎也沒有幾個人做；現在正在做的「東方學」，在偌大的中國恐怕沒有多少人做。而「譯文學」這個學科範疇，恐怕即便是翻譯研究界的人，乍聽上去都不一定耳熟。試想，作為「少數派」寫出來的文章，哪能有那麼多「引用率」、「關注度」呢？哪能以此「出名」呢？但孔子曰「人不知而不慍，不亦君子乎」？老師的態度似乎就是如此。

翻譯研究與翻譯理論研究，是王老師近年來投注精力較多的一個領域，並且做了深入的開掘。他最重要的建樹，是將長期被忽略的「譯文」作為研究的重心和主體，從而提出了「譯文學」這一概念並與「譯介學」相對。老師首先從中國傳統譯論文獻中，首次發現了「譯」與「翻」這兩個基礎概念，作為「譯文學」體系建構的基礎與出發點。然後，提出了「迻譯／釋譯／創譯」、「正譯／誤譯／缺陷翻譯」、「異化／歸化／融化」、「創造性叛逆／破壞性叛逆」等一系列概念，論述了這些概念之間的關係，建起了不同於以往的「翻譯學」即「譯介學」獨特的框架體系，為翻譯學以及比較文學研究輸送了新的觀念與方法、拓展了研究領域、提供了更加廣闊的研究前景。

我負責編輯的這第四卷，主題就是「翻譯及翻譯文學研究」，共收錄了二十二篇相關論文，前半部分是關於翻譯文學宏觀理論體系的構建和一些個案研究，從〈「翻」、「譯」的思想——中國古代「翻譯」概念的建構〉一文之後，都屬於「譯文學」的內容。老師的「譯文學」體系建構邏輯嚴密、論述精深，我在編輯校讀的過程中收穫很多，感觸也很多。其中，對老師論證的「翻譯度」這一概念感觸尤深。在翻譯實踐與翻譯評論中，都會接觸到關於譯文的「還原度」與「翻譯度」的問題。翻譯家楊絳先生曾用「翻譯度」來表達譯文對原文的還原程度，她在〈失敗的經驗〉一文中寫道：「我仿照現在常用的『難度』、『甜度』等說法，試用個『翻譯度』的辭兒來解釋問題。同一語系之間『翻譯度』不大，移過點兒就到家了，恰是名副其實的

『迻譯』。中西語言之間的『翻譯度』很大。如果『翻譯度』不足，文句就彷彿翻跟斗沒有翻成而栽倒在地，或是兩腳朝天，或是蹩了腳、拐了腿，站不平穩。」(《中國翻譯》1986 年第 5 期）這是從「經驗談」的感性角度較早使用「翻譯度」這個概念，王老師則將「翻譯度」作為譯文生成與評價的延伸概念，無論是「迻譯／釋譯／創譯」、「正譯／誤譯／缺陷翻譯」、「創造性叛逆／破壞性叛逆」，還是作為譯文風格判斷的「融化」，都可以用「翻譯度」來進行統籌和評價。翻譯行為原本就是較為主觀的，除了譯詞、譯意的準確性之外無法進行精確判斷，老師用這一系列概念來規制「翻譯度」，將原本虛無縹緲、不易衡量的「感受」評價，變成了一個具有「模糊的精確度」的學科概念，認為無論是譯文生成還是譯文評價，都可以歸結到一個「翻譯度」問題。這是很有理論價值和啟發性的。

「譯文學」以及相關翻譯理論的構建，只是王老師豐碩學術成果的一個方面。但從這一個方面，我們不僅能清楚地看到老師的治學態度和學術方法，也能看出他的學術價值觀。那就是不為成見所囿、不為時潮所湮、不為名利所牽，用他的話說，「做學問就是不能走群眾路線」，要把學術成果「留給後代」，做真正有價值的、不會被時間湮沒的學問。與此同時，幾十年如一日的筆耕不輟，沒有週末、沒有節假日的工作模式，將讀書思考變成一種習慣，將研究寫作視作一種生活方式，也讓我們學子從心底裡深深地敬佩。

寫到這裡，我突然想起前一陣子網路上頗為流行的一句話，姑且拿來作為文章的結尾吧：

圓規為什麼能畫圓？因為腳在走，心不變。

我們做事情，就要像王老師這樣，無論走多遠，初心永遠不變。

尹玥

二〇一六年七月於北京師範大學

作者簡介

王向遠教授一九六二年出生於山東，文學博士、著作家、翻譯家。

一九八七年北京師範大學畢業後留校任教，一九九六年破格晉升教授，二〇〇〇年起擔任比較文學與世界文學專業博士生導師。現任北京師範大學東方學研究中心主任、中國東方文學研究會會長、中國比較文學教學研究會會長，中國作家協會會員。

主要研究領域：東方學與東方文學、比較文學與翻譯文學、日本文學與中日文學關係等，長期講授外國（東方）文學史、比較文學等基礎課，獲「北京師範大學教學名師」稱號。

主持國家社科基金重大項目一項，重大項目子課題一項，獨立承擔國家社科基金一般項目兩項，國家社科基金後期資助項目一項，教育部、北京市社科基金項目共四項。兩部著作入選為國家社科基金項目中華學術外譯項目。

在《中國社會科學》、《文學評論》、《外國文學評論》、《外國文學研究》、《中國比較文學》、《北京師範大學學報》等刊物發表論文二百二十餘篇。著有《王向遠著作集》（全十卷，寧夏人民出版社，2007

年）及各種單行本著作二十多種，合著四種。譯作有《日本古典文論選譯》（二卷4冊）、《審美日本系列》（4種）、《日本古代詩學匯譯》（上下卷）及井原西鶴《浮世草子》、夏目漱石《文學論》等日本古今名家名作十餘種共約三百萬字。

曾獲首屆「高校青年教師教學基本功比賽」一等獎、第四屆「寶鋼教育獎」全國高校優秀教師獎、第六屆「霍英東教育獎」高校青年教師獎、教育部「新世紀優秀人才獎」；有關論著曾獲第六屆「北京市哲學社會科學優秀成果」一等獎、第六屆「中國人民解放軍優秀圖書獎」（不分等級）、首屆「『三個一百』原創出版工程」獎等多種獎項。

東方學研究叢書　1801001

王向遠教授學術論文選集

第四卷　翻譯及翻譯文學研究

作　　者　王向遠
叢書策畫　李　鋒、張晏瑞
責任編輯　蔡雅如
特約校對　林秋芬

發 行 人　陳滿銘
總 經 理　梁錦興
總 編 輯　陳滿銘
副總編輯　張晏瑞
編 輯 所　萬卷樓圖書股份有限公司
排　　版　林曉敏
印　　刷　百通科技股份有限公司
封面設計　斐類設計工作室

發　　行　萬卷樓圖書股份有限公司
臺北市羅斯福路二段 41 號 6 樓之 3
電話　(02)23216565 傳真　(02)23218698
電郵　SERVICE@WANJUAN.COM.TW
大陸經銷　廈門外圖臺灣書店有限公司
電郵　JKB188@188.COM
香港經銷　香港聯合書刊物流有限公司
電話　(852)21502100

第四卷 ISBN 978-986-478-072-3
全　套 ISBN 978-986-478-063-1
2017 年 3 月初版
定價：18000 元（全十冊不分售）

如何購買本書：

1. 轉帳購書，請透過以下帳戶
   合作金庫銀行　古亭分行
   戶名：萬卷樓圖書股份有限公司
   帳號：0877717092596
2. 網路購書，請透過萬卷樓網站
   網址　WWW.WANJUAN.COM.TW

大量購書，請直接聯繫我們，將有專人為您服務。客服：(02)23216565　分機 10

如有缺頁、破損或裝訂錯誤，請寄回更換

國家圖書館出版品預行編目資料

王向遠教授學術論文選集 / 王向遠著.
李　鋒、張晏瑞 叢書策畫.
-- 初版. -- 臺北市 : 萬卷樓, 2017.03
冊；　公分. -- (王向遠教授學術著作集)
ISBN 978-986-478-063-1(全套 : 精裝)
ISBN 978-986-478-072-3(第四卷 : 精裝)
1.文學 2.學術研究 3.文集
810.7　106002083